소설 콘스탄티누스

소설 콘스탄티누스

초판 1쇄 찍음 2008년 10월 2일 • 초판 1쇄 펴냄 2008년 10월 10일 • 지은이 류상태 • 펴낸이 강준우 • 기획편집 홍석봉, 정지희, 김윤곤, 김수현, 이지선 • 교정교열 차여진 • 디자인 이은혜, 임현주 • 마케팅 이태준, 최현수 • 관리 김수연 • 펴낸곳 인물과사상사 • 출판등록 제17-204호 1998년 3월 11일 • 주소 (134-850) 서울시 강동구 성내1동 533-1 영우빌딩 301호 • 전화 02-471-4439 • 팩스 02-474-1413 • 우편 (134-600) 서울시 강동구 강동우체국 사서함 164호 • www.inmul.co.kr • insa@inmul.co.kr • ISBN 978-89-5906-096-2 03810 • 값 11,000원

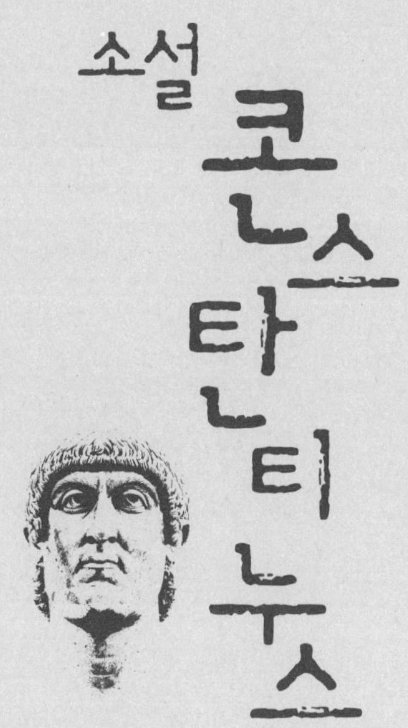

류상태 지음

차례

● 주요 등장 인물

콘스탄티누스 (Flavius Valerius Constantinus, A.D.306~337년 로마제국을 통치)

디오클레티아누스 황제가 은퇴한 후 사분오열이 된 로마제국을 재통일했다. 혼란을 종식시키고 제국을 하나로 묶을 구심점을 찾아 고민하던 중 체계적인 박해 속에서도 끈질기게 살아난 그리스도교에 눈을 돌린다. 마침내 그리스도교 신앙을 공인하고(A.D.313), 예수를 신으로 공포하여(A.D.325) 로마제국뿐 아니라 그리스도교 신앙이 이후의 세계를 지배하는 길을 연다.

디오클레티아누스 (A.D.284~305년 로마제국을 통치)

자신의 장점과 한계를 잘 아는 냉철한 정치인. 피의 쿠데타가 난무했던 지난 50년 간의 군인 황제 시대를 마감하기 위해 제국을 넷으로 분할 통치하는 사두 정치 체제를 과감히 도입한다. 자신은 황제단의 수석으로 제국 전체를 관할하였고 동방 지역은 직접 통치했다. 군사적 재능이 부족한 자신의 약점을 보완해줄 파트너로 막시미아누스 장군을 선택하여 제국 서방을 통치하는 공동 황제로 임명한다.

막시미아누스

제1차 사두 정치 시대의 아우구스투스(황제). 용맹성과 군사적 재능에서는 누구에게도 뒤지지 않지만 본성이 착하고 순진무구한 전형적인 무인. 제국 서방을 통치했다. 은퇴 후 황제를 자칭한 아들과 함께 정계에 복귀하여 콘스탄티누스에 대항한다.

갈레리우스

제1차 사두 정치 시대의 카이사르(부황제). 제2차 사두 정치 시대의 아우구스투스. 제국 동방을 통치하였다. 수석 황제인 디오클레티아누스의 오른팔로 제국 동방의 군사 문제 전권을 위임받아 페르시아의 침공을 성공적으로 막아낸다.

콘스탄티우스 클로루스

콘스탄티누스의 아버지이며, 제1차 사두 정치 시대의 카이사르. 제2차 사두 정치 시대의 아우구스투스. 제국 서방을 통치했다.

막시미누스 다이아

제2차 사두 정치 시대의 카이사르. 제국 동방을 통치했다. 갈레리우스 사후 동방의 아우구스투스 자리를 이어받아 세력을 키우는 리키니우스에 위협을 느껴 군대를 이끌고 소아시아 침공을 감행한다.

세베루스

제2차 사두 정치 시대의 카이사르. 제국 서방을 통치했다. 콘스탄티우스 클로루스의 급사 후 아우구스투스 자리를 이어받는다. 자신의 통치 지역인 이탈리아에서 황제를 자칭하고 나선 막센티우스를 진압하기 위해 군대를 이끌고 본토 정벌에 나선다.

리키니우스

제3차 사두 정치 시대의 아우구스투스. 제국 동방을 통치했다. 세베루스 사후 서방의 아우구스투스로 임명받았으나 갈레리우스 사후 수석 황제의 통치 지역인 동방의 황제 자리를 이어받는다.

막센티우스

선임 황제 막시미아누스의 아들. 콘스탄티누스의 쿠데타가 성공하여 카이사르로 임명받자 수도 로마와 이탈리아 본토의 지원을 업고 아우구스투스를 자칭하고 나선다. 그러나 황제단의 동의를 얻지 못하자 아버지 막시미아누스의 정계 복귀를 요청하여 제국에 여섯 명의 황제가 난립하는 혼란의 시기를 연다. 서방 황제 세베루스의 군대를 격파하고 콘스탄티누스와 역사적인 밀비우스 다리 전투를 벌인다.

그라쿠스

콘스탄티누스 황제의 둘도 없는 친구. 백인대장의 아들로 태어나 역시 백인대장의 아들로 태어난 콘스탄티누스와 어렸을 때부터 함께 자란 소꿉친구다. 콘스탄티누스와 함께 군에 입문한 뒤 타고난 성실성과 뛰어난 판단력으로 유능한 지휘관으로 인정받지만 군생활을 견디기에는 너무나 섬세한 성격으로 고민 끝에 은퇴하고 농부로 살아간다. 종교 문제로 갈등을 겪는 콘스탄티누스에게 늘 진실한 조언자의 역할을 하지만 후에는 그리스도교를 정치적으로 이용하는 친구에게 크게 실망한다.

호시우스

그리스도교 주교로 콘스탄티누스 황제의 책사이자 그라쿠스의 숙부. 그라쿠스의 천거로 콘스탄티우스의 종교정책에 대해 자문하며 막대한 영향력을 행사한다.

클로디우스

콘스탄티누스의 오른팔. 뛰어난 군사적 재능과 강직한 충성심을 가진 무관이다. 평생에 걸쳐 오로지 콘스탄티누스에게만 충성한다. 콘스탄티누스의 장남인 카이사르 크리스푸스를 어려서부터 돌봐준 무술 스승이기도 하다.

크리스푸스

콘스탄티누스 황제의 맏아들. 아버지에 의해 로마제국 서방의 카이사르와 임페라토르로 임명된다. 정치적 인간이었던 아버지와 달리 따뜻한 인간애와 천재적인 지략을 함께 갖추어 수하 지휘관과 병사들의 절대적 신뢰를 받는다.

헬레나

콘스탄티누스 황제의 어머니. 독실한 그리스도교 신앙을 견지하여 아들을 신앙인으로 키우고자 애쓰지만 자의식이 강한 아들과 여러번 충돌하게 된다. 말년에 성지 예루살렘을 방문하며 성묘교회를 세우는 등 제국의 그리스도교화에 적지 않은 영향을 끼친다.

폼페이아

콘스탄티누스의 첫 아내. 크리스푸스의 생모. 라인강을 넘어온 게르만족의 공격으로 어린 아들을 두고 일찍 세상을 여읜다.

파우스타

콘스탄티누스 황제 치세 때의 황후. 막시미아누스 황제의 의붓딸이며 막센티우스의 누이동생. 콘스탄티누스와의 정략 결혼으로 제국의 황후가 되었다. 아버지와 오라버니가 남편의 손에 차례로 죽은 후 괴로운 나날을 보낸다.

콘스탄티아

콘스탄티누스의 이복동생. 제국 동방의 황제 리키니우스와 정략 결혼을 한다. 오빠와 남편이 격전을 벌이자 중재에 나선다.

코르불로

황후 파우스타의 사촌 오빠. 콘스탄티누스 황제의 맏아들 크리스푸스와 오른팔 클로디우스를 제거하고 황후가 직접 낳은 세 아들을 황제의 후계자로 옹립하려 한다.

● 로마군 지휘관

임페라토르: 총사령관. 2개 군단(레기오) 이상으로 이루어진 군 전체를 통솔한다.

레가투스: 군단장. 10개의 대대(코호르스)를 지휘한다.

트리부누스: 대대장. 6개의 백인대(켄투리아)를 지휘한다.

켄투리오: 백인대장. 100명의 군사를 지휘한다.

서방 카이사르 통치 지역
서방 아우구스투스 통치 지역
동방 아우구스투스 통치 지역
동방 카이사르 통치 지역
브리타니아
라인강
갈리아
다뉴브강
히스파니아
이탈리아
달마티아
로마
마케도니아
흑해
콘스탄티노플
니코메디아
페르시아
카르타고
안티오키아
지중해
예루살렘

3세기 말 로마제국 판도

로마제국의 황제로 기독교의 역사에 지대한 영향을 남겼던 콘스탄티누스(재위 306~337)의 흉상.

밀비우스 다리의 전투를 그린 그림.

콘스탄티누스 개선문의 부조로 콘스탄티누스가 거둔 승리 장면을 묘사하고 있다.

콘스탄티누스 개선문. 로마의 콜로세움 옆에 있다. 제국의 패권을 놓고 벌어진 밀비우스 다리 전투에서 콘스탄티누스가 막센티우스에게 승리하자 막센티우스 편에 섰던 로마는 개선문을 만들어 콘스탄티누스의 승리와 로마 입성을 환영했다.

⬆ 로마에 있는 막센티우스 앤 콘스탄티누스 바실리카. 바실리카는 재판이 열리거나 연설회장, 상품 거래소 등으로 사용되던 공공건물인데 훗날에는 성당 건물의 원형이 된다. 이 건물은 막센티우스가 짓기 시작해서 콘스탄티누스가 완성했는데 콘스탄티누스 바실리카로 불리기도 한다.
⬇ 로마의 카피톨 박물관에 전시되어 있는 콘스탄티누스 석상의 부분들.

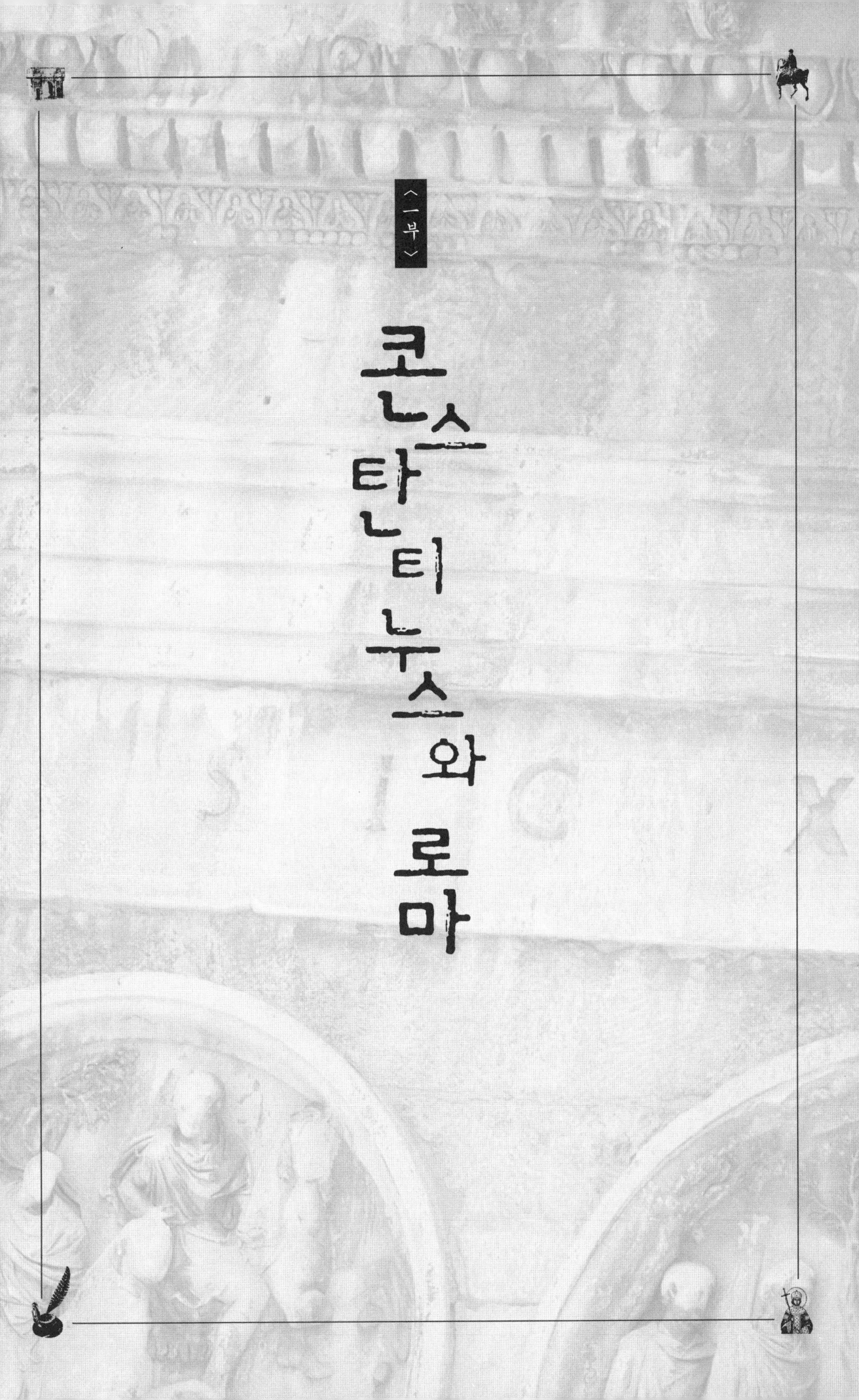

〈一부〉

콘스탄티누스와 로마

밀비우스 다리 전투

막센티우스는 죽을힘을 다해 달렸다. 나뭇가지가 얼굴을 때리고 긁어 댔다. 손으로 얼굴을 훔치자 얼굴에서 흘러내린 피가 손바닥을 가득 적셨다. 하지만 그를 도와줄 수하 병력은 하나도 남아있지 않았다. 데리고 온 17만 대병력은 전멸을 당했고, 그를 지켜주던 지휘관들도 눈앞에서 차례차례 목이 잘려나갔다.

콘스탄티누스의 잔인한 웃음소리가 그칠 줄 모르고 귀청을 때렸다. 숨이 턱까지 차올랐다. 막센티우스는 고개를 들 수 없을 정도로 무거워진 투구를 벗어 던졌다. 방패를 든 왼손이 마비되는 듯했다. 힘없이 방패를 떨구었다. 청동 가슴판도 벗어던졌다. 이제 숨을 좀 쉴 수 있을 것 같았다. 글라디우스*가 남았다. 이것만은 놓을 수가 없다. 막센티우스는 다시 달렸다. 하지만 달린 건 마음뿐이었다. 그의 발은 겨우 땅바

* 로마군 주력 보병이 쓰는 70센티미터 정도 길이의 양날 단검

닥을 긁어대고 있었다.

여기서 쓰러지면 끝이다! 일어나, 막센티우스! 로마 주민과 원로원이 널 기다리고 있어! 스스로에게 말했지만 더 이상은 발을 떼기조차 힘이 들었다. 젖 먹던 힘까지 짜내 오른발을 번쩍 들어 올려 크게 한 걸음을 내디뎠다. 순간, 막센티우스는 앞으로 픽 고꾸라지고 말았다. 몸을 일으키려 했지만 끈적끈적한 진흙이 그의 전신을 휘어 감았다. 넓적다리까지 깊이 빠져드는 늪이었다. 고개를 돌렸다. 악귀처럼 달려드는 콘스탄티누스의 모습이 보였다.

'죽어!'

콘스탄티누스가 칼을 크게 휘둘렀다. 하늘이 빙글 돌았다. 아프지는 않았다. 그저 서늘한 아니 시원한 느낌뿐이었다. 막센티우스는 히죽 웃었다. 나쁘지 않은 기분이었다. 하지만 이것이 바로 죽음이라는 생각이 들자 막센티우스는 크게 소리를 질렀다.

"안돼!"

"폐하, 무슨 일이십니까? 또 악몽을 꾸셨군요!"

막센티우스는 눈을 번쩍 떴다. 또 꿈이었군, 제기랄! 눈만 감으면 어김없이 찾아오는 악몽을 오늘도 꾼 것이다. 그는 먼지도 없는 잠옷을 툭툭 털고 일어서서 부관에게 물었다.

"준비는 다 되었나?"

"예, 출전 준비 완료되었습니다."

막센티우스는 꼼꼼하게 군장을 갖추고 진홍빛 망토를 걸쳤다. 총사령관으로서의 위용을 보여주는 것은 장병들의 사기와 직결되는 문제였다.

원형 경기장에는 17만 대군을 대표하는 정예 병력과 로마 주민, 원로원 의원들까지 참석하여 발 디딜 틈조차 찾기 어려웠다. 막센티우스가 천천히 연설을 시작했다. 콘스탄티누스와의 최후 결전이 어떻게 판가름 나느냐에 따라 막센티우스와 휘하 군단은 물론 그에게 충성을 맹세한 수도 로마의 주민과 원로원 의원들의 존망까지 좌우될 것이었다.

"콘스탄티누스에게 죽음을! 로마에는 평화를!"

막센티우스는 제국의 안정과 평화를 위해 콘스탄티누스의 목을 가져오겠다는 말로 연설을 끝냈다.

"황제 폐하께 승리를! 로마에는 자유를!"

경기장을 가득 메운 로마 원로원과 시민들은 경기장이 떠나갈 듯 열광했다.

막센티우스의 선발대가 경기장을 빠져나와 광장 한가운데로 들어섰다.

"콘스탄티누스는 어디쯤 와 있는가?"

총사령관 막센티우스가 근위대장 카토에게 물었다. 언제 보아도 믿음직스러운 수하였다. 연륜과 경험, 지략을 함께 갖춘 카토가 곁에 있는 한 아무것도 두려울 것이 없을 것 같았다.

"베로나를 막 함락시키고 남쪽으로 내려오고 있습니다."

카토는 베로나 전투를 빨리 잊고 싶었다. 베로나 방위군 사령관 폼페이아누스는 어릴 적부터 절친한 친구였다. 병사들 뿐 아니라 시민들에게도 선망을 한몸에 받는 유능하고 성실한 장군이었다.

폼페이아누스가 그렇게 허망하게 죽다니…! 카토가 한숨을 몰아쉬며 속말을 토해냈다.

“적의 병력이 9만이라고 했던가?”

선두에서 말을 타고 행렬을 이끄는 두 사람은 손을 뻗으면 닿을 만한 거리에 있었지만, 카토는 젊은 황제의 말을 알아듣지 못했다. 악을 쓰는 군중의 열광에 황제의 말이 파묻힌 것이다.

“콘스탄티누스의 병력 말씀입니까?”

카토가 큰소리로 되물었다.

“그렇다네. 적의 병력이 얼마나 되는가?”

황제도 큰소리로 받았다.

“예, 폐하! 보병만 4만 정도 됩니다.”

“4만이라구? 그러면 나머지는 어디에 있나? 콘스탄티누스의 병력이 전부 9만 아닌가?”

“직접 데려온 병력은 4만입니다.”

“4만이라….”

혼잣말로 중얼거리던 황제가 다시 물었다.

“기병은?”

“8천 기 정도입니다.”

경기장에서 시작된 로마시민들의 열렬한 환송은 광장을 지나 가도까지 끝없이 이어졌다. 카토는 무겁게 고개를 돌려 환호하는 시민들을 둘러보았다. 총사령관이 아직 적의 병력 규모조차 완전히 파악하지 못하고 있다니! 카토는 불길한 예감을 떨쳐내려 안간힘을 썼다.

콘스탄티누스의 총 군사력은 보병 9만, 기병 8천 기였다. 막센티우스가 거느린 군사력이 보병 17만, 기병 1만8천 기임을 감안하면 막센티우스 병력의 절반에 불과했다. 그러나 콘스탄티누스의 병력은 7년 동안 그와 생사를 같이했던 용감하고 충성스런 병사들로 이루어져 있었다. 라인강변에서 게르만족과 싸우며 전투력을 키웠고, 콘스탄티누스의 탁월한 지휘 아래 천하무적의 강군이 되어 제국 전역에 이름을 날렸다.

콘스탄티누스는 이 병력 가운데 보병 4만을 골라 8천 기병과 함께 데려왔다. 나머지 병력은 라인강을 언제 넘어올지 모르는 게르만족의 침입에 대비해 남겨두었다. 콘스탄티누스의 수족과도 같은 4만8천의 정예 병력이 알프스 산을 넘어 제국의 수도 로마를 향해 곧장 남하하고 있었다.

막센티우스의 행렬이 경기장을 빠져나와 광장 한가운데를 지나고 있을 때, 갑자기 고함소리가 들렸다.

"저놈들 잡아라! 한 놈도 놓치지 마라!"

행렬의 중간쯤에서 백인대장 한 명이 튀어나왔다. 그를 따라 오른쪽 행렬의 일부가 떨어져 나갔다. 그들의 눈은 저 멀리 쏜살같이 달아나는 여섯 명의 장정을 향하고 있었다.

"흩어져! 같은 방향으로 뛰면 다 죽어!"

조장으로 보이는 사내가 소리쳤다. 그들은 로마에 잠입해 정보를 캐고 있던 콘스탄티누스의 정보원들이었다. 그러나 드넓은 광장에서 그들이 몸을 숨길 곳은 없었다. 사내들은 곧 열광하던 시민들로 겹겹이 둘러싸였다. 사내들이 일제히 글라디우스를 쑥 뽑아들었다.

"가까이 오는 놈은 다 죽는다!"

입에 거품을 문 사내가 거칠게 내뱉었다. 백인대장 한 명, 병사 다섯 명으로 구성된 사내들이 곧장 앞으로 내달으며 소리를 질렀다. 주춤한 시민의 벽이 무너지는가 싶었지만 벽은 뚫리지 않았다. 두껍게 이어지는 구름층처럼 시민들은 끝없이 몰려들었다. 시민들 한가운데 포위된 그들은 닥치는 대로 글라디우스를 휘둘렀다. 쓰러지고 또 쓰러져도 시민들은 흩어지지 않았다. 아니, 흩어질 수가 없었다. 밀려오는 파도와 같이 거대한 군중의 물결이 그들을 덮쳤다. 뒤쫓아 온 군인들이 흥분한 시민들을 밀쳐내고 질서를 잡았을 때는 이미 백여 명이 넘는 사람이 압사해 있었다.

막센티우스의 대병력이 수도 로마의 성벽을 막 나서기 시작했을 때, 테베레 강 북쪽 광야에서 산을 뒤흔드는 함성 소리가 들렸다. 골짜기를 타고 흐르는 메아리가 끝없이 이어졌다. 키가 크고 얼굴 윤곽이 뚜렷한 한 사내가 단 위에서 연설을 하고 있었다.

"위대한 로마의 아들들이여, 콘스탄티누스의 전우들이여!"

카이사르(부황제)라기보다 지휘관이라고 불리는 것이 어울릴 전형적인 군인, 전장에서 잔뼈가 굵은 콘스탄티누스였다.

"제군들은 지난 2년간 나와 함께 수많은 전장을 누빈 역전의 용사들이다. 나와 제군들이 가는 곳에는 언제나 승리뿐이었다. 이번 전쟁에서도 승리는 우리의 것이다. 그러나 나는 제군들에게 '우리가 승리할 것이다' 라고 말하지 않겠다. 우리의 승리는 앞으로 일어날 일이기는 하지만 이미 결정된 것이기 때문이다. 승리는 나와 제군들의 의지와 희망을 넘어 이미 예정된 것이기에 우리는 이미 승리했다."

병사들은 그의 연설이 허풍이 아님을 알고 있었다. 실제로 그가 가는 곳에는 늘 승리만이 있었다. 병사들은 물론 장교들도 콘스탄티누스를 절대 신뢰했다. 장교들은 콘스탄티누스를 '미트라의 아들' 이라고 불렀고, 병사들은 실제로 그렇게 믿기도 했다.

이런 병사들의 믿음에는 콘스탄티누스의 외모도 한몫 했다. 그들보다 머리 하나는 더 큰 장대한 체구, 부리부리한 눈, 흠잡을 데 없이 반듯한 외모를 가진 미트라의 아들이 연설을 이었다.

"어제 밤에 나는 꿈을 꾸었다. 두 분의 아버지께서 나를 찾아오셨다. 나를 낳아주신 위대하신 선황제 콘스탄티우스 클로루스와, 내 육체에 혼을 심어준 영혼의 아버지 태양신 미트라였다. 미트라는 나에게 말했다. 내 아들아, 아무것도 두려워하지 마라. 내가 너와 함께 하겠다. 내 권능의 오른 손으로 너를 붙들겠다. 너는 제위를 찬탈한 반역자를 물리치고 위대한 제국의 최후 승리자가 될 것이다."

병사들의 함성이 다시 하늘을 뒤흔들었다. 좌에서 우로, 병사들을 드넓게 훑어보던 콘스탄티누스가 천천히 오른손을 펴들었다. 함성소리가 잦아들었다. 총사령관인 카이사르가 연설을 이었다.

"그 옆에 서 계시던 클로루스 선황제께서는 이렇게 말했다. 너는 내가 시작했던 일을 완성하게 될 것이다. 나는 밭을 갈았고 너는 열매를 거둘 것이다. 너의 열매는 크고 아름답다. 제국의 모든 백성이 그 열매를 먹고 배부를 것이며, 네가 이룩하는 제국은 영원하리라."

마침 황야를 두껍게 덮고 있던 먹구름이 걷히고 한줄기 밝은 햇살이 콘스탄티누스의 병사들을 향해 내리쬐었다. 콘스탄티누스가 글라디우스를 쑥 뽑아 태양을 향해 치켜들었다. 글라디우스에 반사된 햇빛이 병사들의 얼굴에 쏟아졌다.

"태양신 미트라다!"

한 병사가 소리쳤다.

"미트라의 아들, 콘스탄티누스 만세!"

또 다른 병사가 외쳤다.

병사들의 함성이 골짜기를 가득 메웠다. 미트라의 아들이 거만한 웃음을 지으며 글라디우스를 조금씩 옆으로 움직였다. 글라디우스에 반사된 빛, 눈이 부시도록 강렬한 햇살이 병사들의 얼굴에 골고루 쏟아져 내리고 있었다.

"미트라가 응답하고 있다! 미트라 만세! 콘스탄티누스 만세! 위대한 로마 만세!"

병사들의 사기는 하늘을 찔렀다. 이제 수만의 동족을 피로 물들일 참혹한 전쟁은 피할 수 없게 되었다. 제국이 또 다시 비참한 내전으로 휘말린 서기 312년, 그해 10월이 거의 저물어가고 있었다.

막센티우스를 제거하기 위해 알프스산맥을 넘어 플라미니아가도를 따라 남하한 콘스탄티누스가 이곳에서 진격을 멈춘 것은 자신의 작전을 구사하기에 더없이 적절한 곳이라고 판단했기 때문이었다. 여기까지 오는 동안 콘스탄티누스는 저항하는 북이탈리아 도시들을 간단히 제압하고 모두 수중에 넣었다. 이제 콘스탄티누스는 제국의 수도 로마의 북쪽 접경을 이십여 킬로미터 앞두고 막센티우스의 대병력이 당도하기를 여유 있게 기다리게 되었다. 앞에는 넓은 황야가 펼쳐져 있고 왼쪽으로는 강을 낀 평원이 자리 잡고 있었다.

수도 로마를 빠져나와 북상한 막센티우스의 병력도 평원을 앞에 두고 진영을 설치했다. 콘스탄티누스군 4만8천과 10만이 넘는 막센티우스군이 정면 충돌을 앞두고 돌격 명령을 기다린 채 대치하게 되었다. 붉은 자갈로 덮인 거친 황야의 동쪽으로는 수도 로마의 젖줄 테베레강이 유유히 흐르고 있었다.

"준비는 다 됐는가?"

막센티우스가 근위대장에게 물었다. 당당한 모습을 보이려 애를 썼지만 동요하는 빛이 얼굴에 역력히 드러나 있었다.

"예, 폐하! 명령만 내려주십시오. 병사들의 사기는 충천하며 정예 근위군단이 폐하를 보필할 것입니다."

황제를 안심시켜야 한다고 생각하며 근위대장 카토가 대답했다. 심약한 황제가 대군을 제대로 지휘할 수 있을지 걱정되었다.

"오래 끌수록 우리가 불리해 질 수 있소. 희생자를 최소로 줄이는 길은 가능한 전투를 빨리 끝내는 것이오."

"그렇습니다, 폐하. 적의 군대는 우리의 절반에도 미치지 못합니다. 양쪽 군대가 질적으로 대등한 로마의 정예 병력임을 감안하면 수적 우위는 매우 중요한 의미를 갖습니다. 이 평원에서 전투를 끝내겠습니다."

카토의 설명과 자신감이 막센티우스를 안심시켰다.

"지금부터 전투의 총지휘는 그대에게 맡기겠소."

황제는 최전방의 위험으로부터 물러나 있기를 원했다. 근위대장은 황제를 위해서나 군을 위해서나 그게 나은 방법이라고 생각했다. 이제 전투의 지휘권은 근위대장 카토에게 넘겨졌다.

콘스탄티누스 진영에서는 레가투스* 작전 회의가 열리고 있었다.

"우리 쪽 희생을 최소화하면서 단번에 적을 섬멸할 수 있어야 하오."

콘스탄티누스의 머리에는 이미 전투의 밑그림이 그려져 있었지만, 돌다리를 두드리듯 지휘관들의 의견을 하나하나 경청하고 점검했다.

"이곳에선 달리 작전을 세울 여지가 없다고 판단됩니다. 섣부른 지략은 오히려 위험할 수 있습니다. 정공법으로 맞서면 승리는 오랜 전투 경험으로 단련된 우리에게 당연히 돌아올 것입니다."

제3군단장의 의견이었다.

"적의 병력은 우리의 배가 넘습니다. 우리 병사들은 일당백의 정예지만, 적군 역시 정예 근위군단이 주축을 이루고 있습니다. 정면 대결은 모험입니다."

제6군단장이었다.

지휘관들의 의견을 충분히 듣고 나서 콘스탄티누스는 비로소 자신이 구상한 작전 명령을 내렸다.

* 군단장

아지랑이가 어질어질 피어오르고 있었다. 양쪽에 포진한 십여만 대병력이 황야를 가득 뒤덮고 있는 벌판 한가운데였다. 병사들은 청명하고 밝은 대낮에 눈부시게 펼쳐지는 아지랑이 춤을 보았다. 마치 전쟁의 신 마르스가 죽음을 부르듯 아지랑이가 음산하게 황야를 흔들어대고 있었다.

콘스탄티누스는 공격 명령을 앞두고 주력 보병의 후위에 잠복해 있는 기병 대대장들을 소집해 마지막 훈령을 내리고 있었다.

"모든 것은 너희들에게 달려있다. 적의 기병이 완전히 뒤로 빠져나갈 때까지 꼼짝도 해선 안 된다. 적의 마지막 기병이 보이지 않을 때까지 사라진 것을 확인한 후에, 막센티우스의 기병이 있던 자리로 돌아나와 적의 보병 전 병력을 테베레강으로 몰아넣을 것이다."

기병 군단장 클로디우스도 보병의 우측에 포진해 있는 기병 대대장들에게 훈령을 내리고 있었다.

"우리의 임무는 적과 싸우는 것이 아니라 유인해 내는 것이다. 전투에 몰두하여 내 명령을 놓치는 일이 없도록 각별히 유의하라. 명령이 떨어지면 동시에 전력을 다해 철수해야 한다."

말을 마친 클로디우스는 울컥 목이 메는 걸 간신히 참아냈다. 어쩌면 이것이 너희들과의 마지막이 될지도 모르겠구나! 못난 군단장을 용서해라! 작전이 성공한다면 막센티우스의 대군은 기병의 도움을 받지 못한 채 아군에 포위되어 궤멸될 것이다. 그러나 그동안 자신의 기병 4천 또한 그 4배가 넘는 막센티우스의 기병에 쫓겨 몰살을 당하게 될 판이었다.

완전 무장을 갖춘 총사령관 콘스탄티누스가 주홍빛 망토를 휘날리며 보병의 주력 군단이 포진하고 있는 본대 앞으로 뽀얀 먼지를 일으키면서 달려 나왔다. 콘스탄티누스는 그대로 말을 돌려 주력 보병을 정면에서 바라보고 명령을 내렸다.

"전위, 공격하라!"

중무장 보병이 질서정연하게 전열을 유지하며 진격을 시작했다. 카토도 중무장 보병으로 대응했다. 마주보던 거대한 탑이 서로를 향해 무너져 내리듯 양군 보병이 순식간에 뒤섞여 아비규환을 이루었다. 격전이 계속되면서 수에서 열세인 콘스탄티누스군이 조금씩 밀리기 시작했다.

"기병, 후위 보병, 돌격하라!"

승기를 잡았다고 판단한 카토는 후방에 진을 친 경무장 보병과 기병을 모두 투입해 총공격을 가했다. 카토 자신은 기병과 함께 움직였다.

"나의 자랑스런 전우들이여, 나를 따르라! 돌격하라!"

기병 군단장 클로디우스도 돌진해 오는 카토의 기병에 맞서 말을 달리며 명령을 내렸다. 보병 오른쪽에 포진해있던 자신의 기병 절반이 꼬리를 물고 따라오고 있었다. 콘스탄티누스도 주력 보병의 뒤를 바치고 있던 경무장 보병에게 돌격 명령을 내렸다.

보병은 대등한 격전을 벌였지만 기병은 잠시 접전을 벌이다 후퇴하기 시작했다. 1만8천 기의 막센티우스군 기병이 콘스탄티누스의 4천 기병을 뒤쫓기 시작했다. 빠른 속도로 양쪽 기병들은 보병과 격리되었다. 그때였다. 콘스탄티누스는 후방에 잠복해 있던 4천 기의 기병을 직접 인솔하여 테베레강 반대쪽으로 돌아나와 막센티우스군 보병을 포위했다.

기습에 놀란 막센티우스군 주력의 왼쪽 날개가 급격히 무너지기 시작했다. 파도가 밀리듯 10만 대군이 조금씩 차례로 밀려들어간 곳에는 테베레강변의 습지가 기다리고 있었다. 밀리는 듯 보였던 콘스탄티누스군 보병도 총반격에 나섰다.

발이 푹푹 빠져드는 습지까지 밀린 막센티우스군의 전열은 한순간에 무너져 내렸다. 한번 무너진 전열은 회복되지 않았다. 막센티우스군 보병은 더 이상 전열을 갖춘 군대가 아니라 살길을 찾아 우왕좌왕 발버둥치는 겁먹은 군중일 뿐이었다.

뭔가 이상해! 콘스탄티누스의 기병이 단지 도주하기 위해 전쟁터에 나왔단 말인가! 카토는 그제야 사태를 파악했지만 주력 군단과는 이미 너무 멀리 떨어져 있었다.

"추격을 멈춰라. 주력 군단이 위험하다. 전 기병대는 추격을 중지하고 나를 따르라!"

카토는 전령을 각 기병대에 급파하고 말을 돌려 미친 듯이 달렸다.

위기에 빠진 보병을 구출하기 위해 급히 되돌아오는 카토의 기병대가 콘스탄티누스의 시야에 들어왔다. 막센티우스군 기병이 적의 주력과 합류하면 모든 계획이 수포로 돌아갈 수도 있는 상황이었다. 이미 전의를 상실한 막센티우스군 보병을 계속 압박하는 데는 일개 기병대대로 충분하다고 판단한 콘스탄티누스는 나머지 기병 병력을 진두지휘하며 말을 달렸다. 맨 앞에서 달려나가는 콘스탄티누스를 호위 기병대를 필두로 3천 기병이 따랐다.

카토의 기병대는 콘스탄티누스와 뒤따라온 클로디우스의 기병 사이에 갇히고 말았다. 전체 기병의 수에서는 압도적으로 많았지만, 이미 전의를 상실한 막센티우스군 기병은 제대로 싸워보지도 못하고 테베레강 반대쪽으로 뿔뿔이 흩어졌다.

기병전도 끝났다고 생각한 순간, 콘스탄티누스는 갑자기 벌어지는 상황에 자신도 모르게 억 하고 소리를 질렀다. 클로디우스가 카토를 뒤쫓고 있었다.

"추격 중지, 돌아오라! 추격을 중지하라, 더 이상 쫓지 마라. 클로디우스, 돌아오라!"

미친 듯이 소리를 질렀지만 클로디우스는 총사령관의 명령을 듣지 못했다.

클로디우스의 말이 화살을 맞고 고꾸라지고 있었다. 언제나 자신을 최측근에서 호위했고 위기 때마다 제 목숨을 돌보지 않고 지켜주었던 클로디우스! 이번 전투에서도 수하 기병 4천의 몰살을 각오하며 총사령관인 자신의 뜻에 충실히 따랐던 친아들과 다름없는 젊은이! 그가 절체절명의 위기에 빠진 것이다.

"나를 따르라!"

콘스탄티누스는 말에 채찍을 가했다. 하지만 갑작스레 발생한 상황에서 지휘 체계가 제대로 작동되지 않았다. 콘스탄티누스를 따라나선 기병은 30기가 채 되지 않았다. 콘스탄티누스는 순식간에 도망치던 카토의 기병대에 포위되고 말았다.

"폐하를 보필하라, 포위망을 뚫어라!"

클로디우스는 혼란 상태에 빠진 기병대 병력을 추스르며 악을 썼다. 콘스탄티누스의 호위 기병들도 필사적으로 콘스탄티누스를 감싸며 포위 공격을 막아냈다. 적의 포위망이 뚫리고 콘스탄티누스가 털끝 하나 다치지 않았음을 확인하고 나서야 클로디우스는 자신이 직접 지휘하던 4천 기병의 절반을 잃었음을 알았다.

막센티우스군 전 병력이 후퇴하기 시작했다. 아니, 그건 후퇴가 아니라 도망이었다. 습지에서 빠져나오지 못한 막센티우스군 보병들은 콘스탄티누스군에 의해 무자비하게 학살당했다.

십만 대군의 무질서한 퇴각에 뒤섞인 막센티우스는 어느덧 밀비우스 다리까지 밀리고 있었다. 막센티우스는 다리 난간 위로 올라가 자신이 그토록 신임했던 근위대장을 불렀다.

"카토, 어디 있는가? 나의 병사들이여, 자랑스러운 로마의 병사들이여, 전열을 갖춰라!"

그러나 그의 명령은 아우성 소리에 삼켜지고 말았다. 밀비우스 다리는 길이 130미터, 너비 8미터에 이르는 넓고 견고한 다리였지만 한꺼번에 도망치는 수만의 병사들을 수용하기에는 너무 좁았다.

다리 위에서 대혼란이 일어났다. 한꺼번에 밀려든 막센티우스군 병사들의 압사된 주검들이 차곡차곡 쌓여갔다. 다리는 순식간에 거대한 시체 더미로 뒤덮이고 말았지만 병사들은 끝없이 밀려들었다.

강물로 뛰어든 병사들은 무거운 군장 때문에 그대로 물 속에 잠기고 말았다. 다리를 건너지 못한 병사들은 강기슭에서 이러지도 저러지도 못하고 허수아비처럼 서있어야 했다. 뒤따라온 콘스탄티누스군 기병들이 마치 허수아비를 향해 창을 내리꽂듯 새파랗게 질린 막센티우스군 병사들을 무참히 살육했다.

다음 날 아침, 테베레 강을 수색하던 콘스탄티누스에게 부관이 보고했다.

"폐하, 병사들이 막센티우스의 시체를 찾았습니다."

"그래? 어디에서 찾았나?"

"강바닥에서 찾아냈다고 합니다."

"참수하라!"

콘스탄티누스가 표정 없는 얼굴로 명령했다. 막센티우스의 잘린 머리는 상하지 않도록 즉시 방부 처리되었다.

기병 군단장 클로디우스는 뒤늦게 자신이 얼마나 큰 실수를 저질렀는지 깨달았다. 흥분한 상태에서 무리하게 적장을 추격하다 기병의 절반을 잃었다. 게다가 추격을 중지하라는 콘스탄티누스의 명령을 듣지 못해 자신을 구하려고 달려온 총사령관을 죽음에 이르게 할 뻔했다. 하지만 콘스탄티누스는 자신이 위험에 빠진 일에 대해서도, 명령을 듣지 못한 일에 대해서도 일체 언급하지 않았다. 다만 군단을 지휘하는 책임자로서 전체 상황을 파악하지 못하고 감정적으로 대처한 일에 대해서만 조목조목 실수를 지적하며 반복되는 일이 없도록 하라고 주의를 주었다. 죽지 않고 살아주어서 고맙다는 말을 너털웃음과 함께 남기면서.

클로디우스가 자신의 부관에게서 막센티우스의 두 아들을 체포했다는 보고를 받은 건 자책감에 시달리며 실수의 원인을 곱씹고 있을 때였다. 클로디우스는 즉시 콘스탄티누스에게 보고했다.

"폐하, 막센티우스의 두 아들이 체포되었습니다."

"그런가? 로마의 평화를 해치려는 자들에게 언제고 이용당할 수 있는 아이들이지."

콘스탄티누스가 싸늘한 웃음을 물고 말했다.

"제국의 안정을 선택하십시오, 폐하!"

"자네가 맡아주게."

"예, 폐하!"

클로디우스는 하루 만에 두 아이의 목을 콘스탄티누스에게 가져왔다.

승자의 군대가 제국의 수도 로마로 진군했다.

"저 사람이 콘스탄티누스인가?"

"그렇다네. 정말 소문대로군. 바늘로 찔러도 피 한 방울 안 나오게 생겼네 그려!"

"왜 그래, 이 사람아! 잘 생기기만 했구먼!"

"그래, 인물값 좀 하게 생겼어."

두 사내의 대화는 군중의 웅성거림에 곧 파묻혔다. 제국의 수도 로마의 주민들은 경악했다. 선두에서 말을 타고 석상처럼 굳은 표정으로 행진하는 콘스탄티누스 바로 뒤에, 얼마 전까지 로마 주민의 신뢰와 환호를 한 몸에 받았던 막센티우스의 머리가 창에 꽂혀 행진에 참여하고 있었다.

승리자 콘스탄티누스의 로마 입성은 그렇게 시작되었다. 콘스탄티누스는 로마에 입성하기 전, 백인대장 이상 전 지휘관들을 소집해 엄명을 내려놓았다.

"이곳은 적진이 아니라 우리들의 고국, 자랑스러운 제국 로마의 심장부다. 천년의 역사를 자랑하는 우리의 제국이 이곳에서 시작되었음을 잊어서는 안 된다. 제국은 지금 앓고 있다. 밖으로는 게르만족이 끊임없이 제국의 허리를 자르려 덤벼들고 안에서는 화합과 일치를 이루지 못한 채 갈등이 지속되고 있다. 이제 전쟁은 끝났다. 더 이상 피를 흘려서는 안 된다. 우리를 낳아주고 길러준 어머니의 품과 같은 이곳에서 한 방울의 피도 더 이상 흘리지 않게 되기를 바란다. 로마 입성 이후 콘스탄티누스의 병사들에 의해 저질러지는 만행의 소문이 내 귀에 들어오면, 나는 그 자가 누구든 용서하지 않을 것이다."

콘스탄티누스의 병력이 로마에 입성한 후, 승리자에 의해 저질러지기 쉬운 강탈은 일어나지 않았다. 원로원은 카이사르*의 지위에 있던 콘스탄티누스를 아우구스투스**로 승격시킨다고 발표했다. 포고문에는 로마에 평화를 가져온 새 황제를 위해 개선문을 짓겠다는 내용도 포함되어 있었다. 콘스탄티누스는 로마 제국의 서쪽 절반을 통합한 황제가 되었다.

* 부황제
** 황제

소년 콘스탄티누스

아내가 위급하다는 소식을 켄투리오* 콘스탄티우스 클로루스가 접한 건 서기 275년, 유난히도 더웠던 여름이 거의 지나고 시원한 바람이 찾아올 무렵이었다.

"클로루스, 한 달간 휴가가 나왔네."

함께 군에 입대하여 백인대장이 된 후에도 줄곧 같은 군단에서 근무하고 있는 절친한 고향 친구 크라수스였다. 어색한 웃음을 억지로 입에 물고 있었지만 늘 쾌활한 성격의 그답지 않게 경직된 표정이 얼굴에 그대로 묻어 나왔다.

"어? 갑자기 휴가라니. 무슨 소리야, 그게?"

자신의 백인대를 둘로 나누어 훈련시키고 있던 클로루스는 불길한 예감에 친구의 눈을 쏘아보며 물었다.

* 백인대장

"헬레나가 위급한 모양이야."

눈길을 피한 크라수스가 친구의 등을 두드리며 한 말이었다.

"뭐, 헬레나가 위급…? 어떻게 된 거야, 이 친구야, 자세히 말해 봐!"

클로루스는 애꿎은 크라수스에게 눈을 부라리며 소리를 질렀다.

"자세한 내용은 나도 잘 모르겠어. 자네에게 급히 전해달라는 전갈을 방금 받았네. 오는 길에 대대장님께 말씀드려 한 달 동안의 휴가를 허락 받았네."

클로루스는 뒤도 돌아보지 않고 말에 올라 그대로 나이수스를 향해 말을 몰았다.

아내의 친정이 있는 나이수스는 클로루스가 복무하고 있는 군단으로부터 그리 멀리 떨어져 있지는 않았다. 하지만 고트족이 도나우강을 넘어와 전선에 발이 묶인 클로루스는 지난 반년 동안 아내를 만나지 못했다. 임신한 아내가 걱정이 되어 인편으로 알아보았을 때, 만삭의 아내가 출산을 앞두고 있다는 전갈을 받은 게 불과 보름 전이었다.

헬레나, 제발…! 말을 달리며 클로루스는 난생 처음으로 낯선 이방신에게 기도했다.

'그리스도여, 내 사랑하는 헬레나의 신이여! 당신은 가엾고 힘없는 자를 사랑한다고 들었습니다. 나의 가여운 아내, 헬레나를 지켜주십시오.'

제국의 동쪽 끝에 있는 변방 갈릴리의 이름 없는 시골 마을에서 태어났다는 그리스도. 신의 나라를 세워 로마제국에 맞서려했다는 죄목으로 십자가에 처형된 사나이. 그러나 그리스도인들은 그가 사흘 만에 다시 살아났고 사십일 동안 제자들에게 나타난 후에 하늘로 올라갔다고 굳게 믿고 있었다. 로마인들의 비웃음을 사면서도 그들의 세력은 꾸준히 늘어갔다. 제사 의식 때 산 사람을 잡아 그 피를 마신다는 속설도 돌았지만 그들은 누구에게나 친절했고 지진이나 화재가 났을 때는 제 몸을 돌보지 않고 위기에 빠진 이웃을 도왔다.

'저는 그리스도인이에요.'

결혼식을 며칠 앞둔 헬레나의 갑작스런 고백에 클로루스는 깜짝 놀랐다. 평소에 보지 못했던 단호한 표정이었다. 잔뜩 겁을 먹은 것 같기도 한 헬레나의 얼굴이 벌겋게 상기되어 있었다.

'뭐, 뭐요? 그리스도인?'

'네, 역시 달갑지 않은 모양이군요.'

헬레나가 곧 울 것 같은 얼굴을 떨구며 말했다.

'아, 아니오, 헬레나. 그냥 좀 의외라서.'

'제 신앙을 존중하겠다고 말해 주세요. 그렇지 않으면 당신을 사랑하지만 결혼할 수 없어요.'

큰 눈에 눈물을 가득 담은 헬레나가 천천히 또박또박 말했다. 앙다문 입술이 더없이 가엾고 사랑스러웠다.

'헬레나, 당신도 그리스도란 사내에게 마음을 뺏긴 것이오? 그가 그토록 소중하오? 나보다 더?'

묘한 감정이 일었다. 이것이 질투심인가! 클로루스는 쓴웃음을 삼키며 헬레나를 살포시 감싸 안았다.

'허락해 주세요. 안된다고 말할까봐 두려워요.'

헬레나가 흑 울음을 물며 클로루스의 품에 무너졌다.

안 된다고 말하면 당신은 나보다 그를 선택할 것 같소, 헬레나. 클로루스는 속말을 삼키며 너털웃음을 지었다.

'그래요. 당신의 신앙을 존중하겠소. 하지만 너무 깊이 빠지진 않았으면 좋겠소.'

'고마워요, 클로루스. 당신을 사랑해요.'

찬바람이 불기 시작하던 작년 가을의 일이었다. 오, 헬레나, 제발...! 달리는 말의 엉덩이를 연신 걷어차며 클로루스는 아내의 신에게 따지듯 기도했다.

'만일 당신이 정말로 부활했다면, 그래서 지금 살아있는 신이 되었다면, 당신은 내 아내 헬레나의 기도를 반드시 들어주어야 합니다. 아내는 당신을 나보다 더 사랑하는 사람입니다….'

헬레나는 연신 신음을 흘리며 사경을 헤매고 있었다. 창백한 얼굴에서 진땀이 배어 나왔다. 남편이 껄껄 웃으며 다가와 살며시 손을 잡아주었다.

'아들을 낳으면 콘스탄티누스('콘스탄티우스의 아들' 이라는 뜻)라고 지어야지. 내 아들이니까.'

'딸을 낳을지 어떻게 알아요?'

입을 삐죽 내밀며 눈을 흘겼지만 행복한 미소가 헬레나의 얼굴 가득 번졌다.

'음, 딸을 낳아도 좋지. 어쩌면 예쁜 딸이 더 좋을 것 같아. 그러면 뭐라고 지을까? 그래, 콘스탄티아가 좋겠어.'

'클로루스!'

헬레나는 여전히 행복한 미소를 머금은 채 남편 품에 안겼다. 아무런 감촉도 느껴지지 않았다. 기우뚱 앞으로 고꾸라지는 느낌에 헬레나는 헉 하고 신음을 흘렸다. 조금 전까지도 대낮 같이 밝던 방이 어느새 칠흑 같은 어둠으로 덮여 있었다.

'어, 어디 있어요? 클로루스!'

'걱정 말아요, 헬레나! 난 언제나 당신 곁에 있다오.'

아득히 멀어지는 클로루스의 목소리가 겨우 들리는 듯 했다. 겁에 질린 헬레나는 흑 울음을 물고 애절하게 남편을 불렀다.

'클로루스, 무서워요. 옆에 있어줘요.'

남편의 목소리는 더 이상 들리지 않았다. 모습도 보이지 않았다. 다시는 그를 못 볼지도 모른다는 생각이 들었다. 클로루스…. 남편이 사무치게 그리웠다. 헬레나는 가슴 깊은 곳에서 터져 나오는 울음을 간신히 참아내며 두 손을 가슴에 모으고 흐느껴 기도했다.

'하느님, 저를 데려가셔도 좋습니다. 하지만 남편이 돌아올 때까지, 아니, 제 아이가 무사히 태어날 때까지라도 기다려 주세요.'

클로루스가 사라져간 곳에서 소리가 들려왔다.

'딸아, 너의 기도를 내가 들었다. 아무것도 염려하지 말아라. 너의 아들은 장차 나와 세상을 위해 역사에 길이 남을 원대한 일을 이루게 될 것이다.'

헬레나는 소리가 나는 쪽으로 고개를 돌렸다. 환한 얼굴의 젊은이가 얼굴 가득 웃음을 물고 천천히 말하고 있었다.

갑자기 머리가 하얗게 센 노인이 소리를 지르며 다가왔다.

'아니오. 그건 안 될 일이오.'

노인은 나이에 어울리지 않게 군장을 갖추고 로마군 지휘관의 주홍색 망토를 걸치고 있었다.

'그 아이는 로마의 아들이오. 갈릴리 유대신의 아들이 아니란 말이오. 아이는 그대와 그대의 세상을 위해서가 아니라, 위대한 로마를 위해 일하게 될 것이오. 그의 길을 방해하는 자, 역사의 심판을 받으리라.'

노인이 벌겋게 충혈 된 눈을 부라리며 아들을 빼앗았다.

'안 돼요. 그 애는 내 아이, 하느님이 보호해 주실 거예요.'

헬레나는 손으로 허공을 휘휘 저으며 부르짖었다. 여전히 얼굴에 함박 웃음을 머금은 젊은이가 말했다.

'아이의 선택에 달려있다. 로마를 위하고, 교회도 위하고, 세상도 위하는 일을 찾아라. 아이가 가야할 길이 거기에 있다.'

젊은이의 말에 노인은 천천히 고개를 끄덕이더니 만족한 웃음을 지으며 아기를 헬레나에게 건네주고 사라졌다. 아이가 방긋 웃었다.

'로마를 위하고 교회도 위하고 세상도 위하는 일을 찾아라. 로마를 위하고 교회도 위하고 세상도 위하는….'

번쩍 섬광이 비치더니 지붕을 부술 듯 강렬한 뇌성이 울렸다. 깜짝 놀라 자리에서 일어나 몸을 움츠렸다. 오늘따라 남편의 빈자리가 한없이 크게 느껴졌다. 훗날 젊은이의 음성은 날이 가고 해가 바뀌어도 여전히 헬레나의 가슴을 두드렸다.

죽음의 문턱을 넘나들며 낳은 아들은 이제 열셋의 어엿한 소년이 되어 있었다. 또래 아이들보다 모든 면에서 앞서 자란 아들은 올 들어 부쩍 키가 크더니 엄마인 자기보다 더 키가 커졌다. 점차 뚜렷하게 자리 잡아 가는 이목구비와 크고 서글서글한 눈매가 엄마를 빼닮았다.

아들은 군대놀이를 좋아했다. 아버지처럼 훌륭한 군인이 되어 로마를 지키는 방패가 되겠다는 말을 입에 달고 다녔다. 그 금쪽 같은 아들이 강변으로 물놀이를 떠났다. 그런데 아들이 떠난 다음 날부터 내린 비가 하늘에 구멍이 뚫린 듯 멈출 줄 모르고 쏟아지고 있었던 것이다. 헬레나는 아들 걱정에 기도를 멈출 수가 없었다.

'하느님, 제발 제 아들이 무사히 돌아오게 해 주소서!'

콘스탄티누스는 가슴까지 차오른 물을 필사적으로 휘젓고 있었다. 몸이 자꾸 떠오르고 발이 땅에서 떨어지는 것 같았다. 이대로 죽는구나 하는 생각이 들었다. 거대한 물기둥이 사정없이 콘스탄티누스를 향해 집어삼킬 듯 입을 벌리고 달려들었다.

카틸리나가 필사적으로 소리를 질렀다.

"나 좀 살려줘! 엄마, 콘스탄티누스, 나 좀 붙잡아 줘!"

키가 작은 카틸리나의 목까지 물이 찼다. 카틸리나는 한 발짝도 떼지 못하고 잔뜩 겁을 먹은 채 고래고래 소리만 질러댔다. 발을 떼는 순간 그대로 누런 황토빛 물살 속으로 사라질 것만 같았다.

"절대로 움직이면 안 돼! 발을 떼지 말고 내가 갈 때까지 계속 물살을 저어!"

콘스탄티누스는 혼신의 힘을 다해 물살을 가르며 소리쳤다. 누군가 자기 이름을 부르는 소리가 들려왔다.

'콘스탄티누스, 기도를 하거라. 하느님은 사랑하는 아들의 기도를 들어주신다.'

어머니의 음성이었다.

'하느님, 어머니의 하느님! 제 친구를 살려주세요. 친구를 지켜주세요.'

가슴이 뜨거워지며 울컥 눈물이 났다. 신이 자기 기도를 반드시 들어줄 것 같았다. 고맙습니다, 고맙습니다! 콘스탄티누스는 친구의 손을 잡았다고 생각했다. 순간, 카틸리나가 비명을 지르며 물 속으로 빨려 들어갔다.

"카틸리나, 카틸리나, 아악…. 카틸리나…."

콘스탄티누스는 발악을 하며 울어댔다. 물기둥이 덮쳐왔다. 물을 꼴깍 삼킨 콘스탄티누스는 앞을 볼 수가 없었다. 물 속에 깊이 잠겨들었다고 느낀 순간 살아야겠다는 강렬한 욕구가 솟아올랐다.

'하느님, 살려주세요!'

온 몸에서 힘이 빠지고 있었다.

'콘스탄티누스, 신은 나약한 자를 지켜주지 않는다.'

어디선가 익숙지 않은 음성이 들려왔다.

'신은 개인의 운명에 일일이 간섭하지 않는다. 네 인생은 스스로 개척해야 한다. 신이 너를 이끌어주는 것이 아니다. 신은 최선을 다하는 자

를 도울 뿐이다.'

또 하나의 거대한 물기둥이 콘스탄티누스를 삼킬 듯이 덮쳐왔다. 물 속으로 곤두박질 친 소년은 이를 악물고 두 발을 땅에 딛으려고 안간힘을 썼다. 발이 땅에 닿았다 싶었다. 얼마나 물을 먹었는지 정신이 혼미해졌지만 콘스탄티누스는 두 발에 힘을 주고 벌떡 일어섰다. 물이 목까지 차있었다. 다시 음성이 들려왔다.

'콘스탄티누스, 일어서라. 힘을 내라. 너는 반드시 이 위기를 넘어설 수 있다!'

콘스탄티누스는 다시 힘을 내어 두 팔로 열심히 물을 저었다. 하지만 끊임없이 밀려오는 물살을 헤치고 앞으로 나가기가 쉽지 않았다. 물이 없는 둔덕은 한참 멀게만 보였다. 이겨내야 한다, 이겨내야 한다.

'하느님, 힘을 주세요. 어머니, 도와주세요.'

콘스탄티누스는 자신에게도, 어머니에게도, 또한 어머니의 신에게도 혼신의 힘을 다해 기도하며 힘껏 물살을 갈랐다.

겨우 둔덕에 오른 소년은 동행했던 친구들을 찾았다. 아무도 보이지 않았다. 물놀이에 나섰던 어린 소년 넷 가운데 셋이 홍수에 휩쓸린 것이다. 사방이 물 천지였다. 마치 물 속에서 거대한 괴물들이 무리를 지어 헤어가듯 사방에서 여러 개의 물기둥이 꾸역꾸역 흘러가고 있었다. 나무와 집이 떠내려갔다. 송아지 한 마리가 음매음매 울며 떠내려가는 모습도 보였다. 공포와 분노에 휩싸인 소년은 목을 놓아 울어댔다.

콘스탄티누스는 집을 떠난 지 닷새 째 되는 날 저녁이 되어서야 집에 돌아왔다. 그동안 아무것도 먹지 못한 어린 소년은 문을 열자마자 쓰러져 정신을 잃었다. 아들을 찾아 미친 듯 헤매다 돌아온 헬레나는 집 앞에 쓰러져 있는 아들을 발견하고는 한참 부둥켜안고 울었다. 얼마나 지났을까. 소년은 자신이 어디 있는지 도무지 알 수가 없었다. 아직도 물 속에 있는 것 같았다. 힘껏 팔을 저어보았다. 물은 아니었다. 어디선가 기도 소리가 들리는 것 같았다. 어머니 목소리였다.

"엄마, 살려줘요."

소년이 힘겹게 애원했다.

"얘야, 깨어났구나. 하느님 감사합니다. 제 아들을 살려주셔서 고맙습니다."

어머니는 말을 잇지 못했다. 소년의 가슴에서 격정이 일었다.

"으아아!"

콘스탄티누스가 울음을 터뜨렸다. 아들을 품에 안은 어머니의 기도가 이어졌다.

"오, 하느님, 제 기도를 응답해 주셨네요. 자비로우신 하느님!"

어머니의 기도가 콘스탄티누스의 가슴을 아프게 파고들었다. 소년이 어머니를 밀치며 소리를 질렀다.

"자비로우신 하느님이라구요? 그 자비로운 분이 절 살려주신 거로군요. 어머니의 기도 때문에요. 그런데…."

"아들아…."

"그 자비로우신 분이 왜 제 친구들의 소원은 외면한 건가요? 왜요? 엄마의 신이 전능하다고 했지요? 그러면 내 친구들을 살려내 달라고 엄마의 신에게 부탁해 주세요. 내 친구는 모두 죽었는데 나 혼자 살아오다니! 아으으으…. 카틸리나, 트레보니우스, 율리아….”

콘스탄티누스는 숨진 친구들의 이름을 부르며 목 놓아 울었다. 어머니의 신이 무섭고 싫었다. 그 순간에는 어머니도 무서웠다. 어머니는 더 이상 기도하지 않았지만 소년은 계속 어머니의 기도 소리를 듣고 있었다.

‘자비로우신 하느님, 감사합니다. 사랑의 하느님, 고맙습니다.’

자비로운 분이라구요? 사랑의 하느님이라구요? 그런데 왜 제 친구들은, 제 친구들은요…. 콘스탄티누스는 발작을 하며 울부짖었다. 헬레나는 그저 큰 눈을 더욱 크게 뜨고 아들의 이름을 부를 뿐이었다.

“콘스탄티누스, 얘야, 진정해라. 엄마가 잘못했다, 엄마가 잘못했어….”

그라쿠스가 콘스탄티누스를 찾아온 건 그 일이 있은 지 한 달이 지나서였다. 도와달라는 헬레나의 전갈을 받자마자 달려왔지만 히스파니아의 코르도바에서 트레벤툼까지는 그리 만만한 거리가 아니었다.

콘스탄티누스는 갑자기 벙어리가 된 듯 입을 닫아버렸고, 그라쿠스는 헬레나에게서 아들의 입을 열게 한 사람이 지금껏 아무도 없었다는 말을 들어야 했다. 늘 쾌활하던 콘스탄티누스는 먼 길을 찾아온 소꿉친구를 보고서도 좀처럼 입을 열지 않았다. 자물쇠를 채워놓은 듯 입술을 앙다문 채 넋 놓은 사람처럼 표정이 없었다. 무언가를 골똘히 생각하는 것 같기도 했다.

“콘스탄티누스, 너 충격이 너무 컸구나. 하지만 언제까지 이러고 있을 수는 없잖아, 기운을 내야지!"

그라쿠스가 애써 웃음 지으며 콘스탄티누스의 어깨에 손을 얹었다. 콘스탄티누스도 억지로 웃음을 지었지만 여전히 말은 없었다. 두 소년은 한동안 말없이 허공만 쳐다보고 있었다.

"너의 어머니가 걱정을 많이 하시더구나."

그라쿠스가 힘겹게 말을 꺼내고는 친구의 눈치를 살폈다.

"그라쿠스, 넌 정말 신이 있다고 생각하니?"

콘스탄티누스가 다짜고짜 물었다.

친구의 물음이 어떤 의미를 갖는 건지 그라쿠스는 잘 알고 있었다. 같은 군단에서 복무하는 백인대장의 아들로 태어나 줄곧 단짝으로 지낸 그라쿠스와 콘스탄티누스였다. 그라쿠스는 독실한 신앙을 가진 숙부 호시우스의 영향으로 일찌감치 그리스도교를 받아들였다. 하지만 그라쿠스와는 달리 콘스탄티누스는 그리스도인들의 신이 무섭고 싫다는 말을 자주 했다.

"신이 정말 있느냐구? 글쎄, 솔직히 말하면 나도 잘 모르겠어. 나도 숙부께 비슷한 질문을 한 적이 있었지. 그때 숙부는 이런 말을 하셨어. '신이 있느냐 없느냐 보다 신을 어떻게 이해하느냐가 더 중요하다' 고."

그라쿠스는 말을 하면서도 자신이 너무 어려운 말을 꺼냈다고 생각했다. 사실 자신도 잘 이해하지 못하는 말이었다.

"무슨 말인지 모르겠어."

콘스탄티누스가 미간을 찌푸리며 퉁명스럽게 말했다.

"음, 뭐랄까…. 헤헤, 나도 잘 몰라. 하지만 뭔가 깊은 뜻이 담긴 말 같

아. 우리 저기 가서 좀 앉자."

그라쿠스가 저 너머 널찍한 바위를 가리키며 말을 이었다.

"우리 저기까지 달리기할까? 누가 먼저 가나."

콘스탄티누스가 씩 웃었다. 헤, 이 녀석 웃는 모습 오랜만에 보네! 그라쿠스도 환하게 웃으며 소리쳤다.

"자, 달리기 시작!"

그라쿠스가 콘스탄티누스의 등을 철퍼덕 치더니 재빨리 달려나갔다.

"어어, 너 반칙이야!"

콘스탄티누스도 지지 않겠다는 듯 힘껏 달렸다. 그라쿠스는 힘을 다해 달렸지만 자신보다 한 뼘이나 키가 큰 콘스탄티누스를 이길 수는 없었다.

"쳇, 내가 또 졌다!"

그라쿠스가 입을 삐죽 내밀며 말했다.

"달리기는 언제나 자신 있어."

콘스탄티누스가 짓궂은 웃음을 흘리며 혀를 쏙 내밀었다.

"그래, 내 친구 콘스탄티누스가 최고다!"

그라쿠스는 웃음을 되찾은 친구를 보며 마음이 상쾌해지는 걸 느꼈다.

"짜식! 꼭 형처럼 말하는 말버릇은 여전하구나, 헤헤헤."

콘스탄티누스가 익살스런 표정을 지으며 다시 해맑게 웃었다.

"헤헤헤헤."

그라쿠스도 따라 웃으며 콘스탄티누스에게 와락 달려들었다. 두 소년이 언덕 아래로 함께 뒹굴었다. 파란 하늘에 가느다란 한줄기 구름이 천천히 흘러가고 있었다.

"친구를 잃어 마음이 많이 아픈가 보구나."

그라쿠스가 말했다.

"응."

콘스탄티누스가 고개를 푹 떨구었다. 그라쿠스는 친구의 어깨를 살포시 감싸 안았다.

"신이 있는지 없는지 그건 중요하지 않다고 했지?"

콘스탄티누스가 물었다.

"응, 숙부가 그랬어. 숙부 생각일 뿐이다. 네 어머니에게는 신이 반드시 있어야 하겠지만."

그라쿠스는 뒷말을 쓸데없이 꺼냈다고 생각했다.

"나는 신이 없었으면 좋겠어. 있다 하더라도 이 세상 일은 그냥 사람에게 맡겨줬으면 좋겠어."

콘스탄티누스가 주먹만 한 돌을 들어 힘껏 던졌다.

"신이 싫으냐?"

그라쿠스도 작달막한 돌을 집어 들었다.

"응, 난 신이 싫어. 무섭기도 하구."

"네 친구들을 구해주지 않아서?"

그라쿠스가 돌멩이를 던지려다 힘없이 내려놓았다.

"어머니는, 이 세상에서 일어나는 모든 일은 신이 하는 거라고 하셨어. 전염병이 도는 것도, 지진이 일어나는 것도, 사람이 죽고 사는 것도…. 난 그게 도무지 이해가 안 돼."

웃는 건지 우는 건지 모를 희한한 표정으로 콘스탄티누스가 말했다.

그라쿠스는 가슴에 먹구름이 밀려오는 걸 느꼈다. 같은 그리스도인이지만 콘스탄티누스의 어머니가 믿는 신은 자신도 이해하기 힘들었다.

"조금 전에, 우리 숙부가 했다는 말 기억하니?"

"신을 어떻게 이해하느냐가 중요하다고 한 거?"

"그래. 숙부는 신이 사람의 일에 일일이 간섭하고 참견하는 건 아니라고 하셨어. 그러니까 네 친구들을 잃은 건 안타까운 일이지만 신이 홍수를 일으켜서 네 친구를 죽게 했다고 생각할 필요는 없는 거야."

"그럼 내가 살아난 것도 엄마의 기도를 들어준 신이 도와준 게 아닌 셈이네."

그라쿠스는 다시 가슴이 먹먹해졌다. 쉽게 설명할 수 있는 문제가 아니었다.

"글쎄, 그건…. 가능할 수도 있는 일이 아닐까? 그러니까 신이 지진이나 홍수를 일부러 일으키는 건 분명 아닐 거야. 그리고 그런 재앙을 일부러 막지 않는다고 생각하지도 않아. 그렇게 되면 신은 선하고 자비로운 분이 될 수 없으니까. 그렇다면 결국, 신은 없거나 있다 하더라도 재앙을 막을 힘은 없다고 봐야 하지 않을까?"

"그럼 재앙이 닥쳐왔을 때 도울 힘은 있구?"

"난 그렇게 생각해. 그래서 기도가 필요한 게 아니겠니?"

"그건 불공평해. 정말 자비로운 신이라면 기도와 상관없이 어려움을 당한 사람을 그냥 도와야 해. 게다가 강한 사람보다는 약한 사람을, 어른보다는 아이를, 남자보다는 여자를 도와야 해. 나라면 그렇게 하겠어."

콘스탄티누스는 단숨에 자기 생각을 토해놓았다.

나라면 그렇게 하겠어, 라고 말하는 친구의 마음속에 신에 대한 불만이 쌓여있음을 그라쿠스는 느낄 수 있었다.

"그래, 그러면 너는 정말로 신이 없는 게 좋으냐?"

그라쿠스는 자신이 점점 콘스탄티누스에게 끌려가고 있다고 생각하며 친구의 얼굴을 쳐다보고 물었다.

"꼭 그런 건 아니야. 사람하고 대화할 수 있는 신이라면 좋겠어."

"네 어머니도 신과 대화하는 거다. 신과의 대화, 그게 기도 아니겠니?"

"짜식, 꼭 사제처럼 말하고 있네. 아니야, 엄마의 신은 대화하는 게 아니야. 그냥 명령만 해. 듣기만 하든지. 대화는 서로 생각을 나누면서 상대의 얘기를 듣고 자기 생각을 바꿀 수도 있어야 해. 그런데 어머니의 신은 생각을 바꾸지 않는대. 모든 걸 다 알기 때문이고 모든 걸 다 할 수도 있기 때문이래. 난 그게 도무지 이해가 안 돼. 모든 걸 다 안다면 홍수가 일어날 것도 알았을 거야. 그리고 내 친구들이 죽을 것도."

얼굴이 벌겋게 상기된 콘스탄티누스가 말을 이었다.

"그런데 신은 아무 일도 하지 않았어. 네 숙부는 신도 할 수 없는 일이 있을 거라고 하셨지만, 어머니는 신이 할 수 없는 일은 없다고 하셨어. 그렇다면 어머니의 신은 분명 내 친구들을 구해주었어야 해. 그런데 그렇게 하지 않았어."

그래, 어쩌면 네 말이 맞을 지도 모르겠다. 그라쿠스가 콘스탄티누스의 생각에 동의하고 싶은 마음을 누르며 겨우 말했다.

"너를 구해 주셨잖니?"

"신이 나를 구해 주셨다면, 그럴 능력이 있는데도 내 친구들을 외면했다면, 나는 그 신을 용서할 수가 없어."

충혈된 눈에 그렁그렁 눈물이 맺힌 채로 콘스탄티누스가 말을 이었다.

"내가 만일 신이라면, 나는 율리아를 제일 먼저 구해 주었을 거야. 몸이 약한 여자아이이니까."

"콘스탄티누스…."

그라쿠스는 더 이상 할 말이 없었다. 자기가 신이라도 그렇게 했을 것이다.

동방으로 가다

"클로루스, 믿어지지가 않아요. 당신이 카이사르가 되다니."

헬레나는 마치 꿈을 꾸는 것 같았다. 불안하기도 했다. 내가 이런 행운을 누릴 자격이 있는 것일까! 선술집 딸로 태어나 운 좋게 로마군 백인대장을 만나 사랑에 빠졌다. 성실하고 따뜻한, 가정적인 남편이었다. 남편의 친구 크라수스로부터 전장에서는 무서운 용사로 변한다는 말을 들었을 때, 헬레나는 믿을 수가 없었다. 사람은커녕 새 한 마리도 죽이지 못하는 남편이었다.

"이게 다 막시미아누스 황제의 은덕이요. 그가 나를 추천해 주었고 디오클레티아누스 황제께서 승인을 해 주셨소."

헬레나는 몇 년 전, 남편이 모시던 장군이 황제가 되었다는 말을 들었다. 그런데 그 장군을 황제로 임명한 사람이 또 다른 황제라는 말을 들었던 기억이 났다.

"로마에는 황제가 많나요?"

클로루스는 아내의 말을 듣고 껄껄 웃었다.

"왜, 황제가 많으면 안 될 일이라도 있소?"

"그건 아니지만…."

헬레나는 전에도 황제가 다른 황제를 임명했다는 말을 들은 적은 있었다. 그러나 황제가 둘 이상이 되면 결국 황제끼리 싸우다 누군가 죽는 일이 일어나기 마련이라는 사실 정도는 알고 있었다. 황제들의 싸움은 마치 사자와 용의 싸움과도 같아서 패한 황제의 군단은 전체가 몰살을 당하는 경우도 있다고 들었다. 이러다 남편이 큰 위기에 휘말리는 것은 아닐까!

"걱정하지 마시오, 헬레나. 이번 경우는 다르오. 황제와 갈등이 있어서 또 다른 황제가 나선 것이 아니라 드넓은 로마제국을 효율적으로 통치하기 위해 황제가 자신의 친구를 제위에 올려준 것이오. 쉽지 않은 일이요. 자신의 권력을 나누어주다니. 진정으로 로마를 사랑하는 황제가 아니라면 할 수 없는 일이오. 이제 로마는 가장 절친하고 서로를 깊이 신뢰하는 두 명의 아우구스투스가 나라를 다스리게 되었소. 그들은 자신들을 도와 일할 두 명의 카이사르를 더 세우기로 했소. 이 모든 일이 나라의 안정과 평화를 위한 선택이오. 로마는 전보다 더욱 강해지고 안정된 것이오."

말은 그렇게 하면서도 클로루스는 가슴 한 편이 미어지는 걸 느꼈다. 황제단의 우두머리인 디오클레티아누스 황제는 클로루스를 카이사르로 임명하기 전, 조용히 그를 불렀었다.

'막시미아누스가 그대를 카이사르로 추천했소. 그대 의향은 어떻소?'

디오클레티아누스가 얼굴 가득 웃음을 머금은 채 물은 말이었다.

'아우구스투스 막시미아누스는 마음 깊이 존경하는 분입니다. 그가 원하는 일이라면 무슨 일이든 마다하지 않겠습니다. 그러나 카이사르라니요. 제가 어찌….'

클로루스가 말을 다 마치기도 전에 황제가 그의 말을 끊었다.

'아, 그렇다면 됐소. 그대의 겸손함에 대해서는 충분히 들었소. 한 가지만 더 묻겠소. 로마를 사랑하오?'

'물론입니다. 저의 조국 로마, 로마를 위해서라면 언제든 기꺼이 목숨을 내놓을 각오가 되어 있습니다.'

고개를 끄덕이던 디오클레티아누스의 얼굴에서 웃음이 사라졌다. 황제가 클로루스를 뚫어지게 쳐다보았다. 내가 대답을 잘못한 것인가. 클로루스는 긴장으로 온몸이 경직되는 걸 느끼며 황제의 굳은 얼굴을 주시했다.

'됐소! 그대를 제국 서방의 카이사르로 임명하겠소. 로마를 위해 혼신의 힘을 다해 그대의 역량을 펼쳐주시오. 무엇보다 내 친구 막시미아누스 황제를 잘 보필해 주기 바라오.'

'폐하…!'

'한 가지 부탁, 아니 명령을 해야겠소.'

'말씀하십시오. 무슨 명령이든.'

클로루스는 따르겠습니다, 라는 말은 속으로 삼켰다. 그 말이 자신에게 무언가 만만찮은 굴레가 되어 되돌아올 것 같은 느낌이 들었던 것이다. 어차피 명령이라면 거부할 수 없기는 마찬가지겠지만.

'내 딸아이와 결혼해 주시오.'

디오클레티아누스가 홱 돌아서서 클로루스를 똑바로 쳐다보고 말했다.

'예? 폐하, 저는 이미 결혼한 아내와 장성한 아들이 있습니다.'

'알고 있소. 그러나 그대는 더 이상 한 개인이 아니오. 제국을 위해서는 사사로운 모든 일을 희생할 수 있어야 하오. 황제들에게는 사생활, 아니 자유란 없소. 오직 제국 로마를 위한 의무만이 있을 뿐이오. 그건 나 역시 마찬가지요. 그리고….'

황제는 차마 말하기 어렵다는 듯이 잠시 망설이는 빛을 보이더니 단호하게 말을 이었다.

'그대의 아내와 이혼해 주시오. 왜 그래야 하는 지는 카이사르 자신이 잘 알고 있으리라 믿소.'

클로루스는 황제의 말을 이해할 수 있었다. 적어도 머리로는. 그러나 그의 가슴은 황제의 명령을 받아들일 수가 없었다. 헬레나와 이혼이라니, 헬레나와!

'폐, 폐하! 저에게 하루 생각할 시간을 주시겠습니까? 지금 이 자리에서 쉽게 답할 수 있는 문제가 아닌 것 같아서….'

클로루스가 힘겹게 대답했다. 입이 바짝 마르고 손에서는 땀이 배어 나오고 있었다. 그러나 선택의 여지가 없다는 걸 클로루스는 잘 알고 있었다. 황제는 부탁이 아니라 명령을 하고 있는 것이다.

'그렇게 하시오. 내일 다시 와서 답을 주기 바라오. 그대가 싫다면 어쩔 수 없는 일이오.'

황제가 얼굴에 웃음을 가득 담고 말했다. 고개를 끄덕이는 황제의 얼굴에서 클로루스는 황제의 속마음을 읽을 수 있었다.

'그래, 힘들고 괴롭겠지. 그 마음을 내가 왜 모르겠나? 하지만 내가 그랬듯이 자네 역시 로마를 위해 개인의 행복을 유보할 줄 아는 진정한 군인이라 믿네.'

밤새 뒤척이며 잠을 이루지 못한 클로루스는 멀리 닭 우는 소리를 들은 것 같았다. 벌써 먼동이 트는 건가! 그제야 무겁게 밀려드는 잠에 빠져든 클로루스는 까맣게 잊고 있던 먼 과거로 여행을 떠났다. 사랑하는 아내 헬레나와의 첫 만남, 아들 콘스탄티누스가 태어나기 한 해 전의 장면이 생생하게 되살아나고 있었다.

서기 274년 여름, 백인대장 콘스탄티우스 클로루스는 기분 좋게 취해 있었다. 얼마 만에 찾아온 휴식이던가. 분리 독립을 추진했던 갈리아 제국이 소멸하여 다시 로마제국의 일부로 돌아왔다. 걸핏하면 라인강을 넘어 침략해오던 게르만족도 화친 조약으로 묶어두었다. 오랜만에 갈리아 전역에 평화가 찾아온 것이다.

이제 전선의 상황은 당분간 걱정을 하지 않아도 될 것이었다. 게르만족과의 협약은 말이 화친 조약이지 실제로는 로마군의 완승으로 맺어진 강압 조약이었다. 볼모로 잡아놓은 족장의 친인척은 모두 열두 명. 말만 잘 들으면 그들은 로마의 선진 문물을 배우고 익히는 유학생으로 후한 대접을 받게 될 터였다. 그러나 언제든 족장이 딴생각을 품으면 그들은 몰살을 당할 수도 있었다.

라인강변 주둔 병력은 교대로 휴가를 허락 받았다. 클로루스도 자기 차례가 돌아와 모처럼 보름 동안의 휴가를 만끽하고 있었다. 여가를 즐길 때면 자주 들르는 선술집. 전장의 피 냄새를 잠시 잊고 같은 군단의 동료 백인대장 크라수스와 함께 즐기는 술자리는 언제나 유쾌했다. 갑자기 여자의 비명이 들려왔다. 한 사내가 젊은 여자를 뒤에서 껴안은 채 가슴을 우악스레 움켜잡았다. 헬레나였다. 일행으로 보이는 대여섯 명의 사내들이 재미있다는 듯이 키득거리고 있었다.

'저 놈들이….'

클로루스가 자리에서 반쯤 몸을 일으켰을 때, 크라수스가 그의 어깨를 잡았다.

'못 본 척 하게, 클로루스. 휴가 중에 민간인들의 일에 끼어드는 건 금지되어 있지 않나.'

술에 취했지만 크라수스는 냉철했다. 연륜 있는 군인다운 모습이었다. 클로루스가 막 자리에 앉으려는 순간 다시 헬레나의 고성이 들렸다.

'제발 이러지 말아요!'

'이봐, 선술집 아가씨, 손님에 대한 예의가 이래서야 쓰나!'

사내는 음흉한 웃음을 흘리며 헬레나의 입술을 훔쳤다. 그의 손이 치마를 헤집었다. 하얗고 곧은 다리가 사내들의 동물적 욕구를 자극했다.

'그만 두지 못해?'

클로루스가 버럭 소리를 질렀다. 여섯 사내의 험악한 눈초리가 일제히 두 사람을 향했다. 잡아먹을 듯이 쏘아보던 한 사내가 느물거리는 말투로 이죽거렸다.

'이봐, 남의 일에 참견말고 얌전히 술이나 드시지.'

어깨를 건들거리며 일어선 사내들이 주먹을 마주 눌러 우두둑 소리를 내며 클로루스를 향해 걸어왔다. 클로루스와 크라수스는 눈을 마주치며 빙그레 웃었다. 이쪽 세 놈은 내가, 저쪽 세 놈은 자네가…. 클로루스가 눈짓으로 말하고 있었다.

헬레나를 희롱하던 녀석은 재미있는 구경거리가 생겼다는 듯 이쪽으로 시선을 고정시키면서도 헬레나를 놓아주지 않았다. 징그러운 벌레를 만난 듯 곤혹스러워하는 헬레나의 얼굴에 두려움이 겹쳤다.

덩치 큰 사내가 주먹을 들고 달려드는 순간 클로루스의 다리가 사내의 정강이를 걷어찼다. 억 소리를 내며 사내가 고꾸라졌다. 클로루스와 크라수스는 동시에 허리춤에서 단검 크기의 막대를 꺼내들었다. 맨주먹이라면 모를까 하루 종일 검술 연마로 세월을 보내는 두 로마군 백인대장 앞에서 건달패 여섯은 적수가 되지 못했다. 순식간에 사내들이 선술집 바닥에 나뒹굴어 신음을 흘렸다.

헬레나를 희롱하던 사내는 어느 순간 사라졌고, 나이든 남자가 주방에서 뛰쳐나오고 있었다. 장인이었다. 헬레나는 부끄러움으로 고개를 푹 숙이고 있었다. 딸의 손을 잡고 다가온 장인이 두 손을 모으며 말했다.

'손님, 다친 데는 없습니까? 고맙습니다. 딸아이를 구해주셔서.'

'아, 이 집 딸이었….'

말을 마치지도 못하고 클로루스는 그 자리에 고꾸라지고 말았다. 쓰러졌던 사내 중 하나가 걸상으로 그의 머리를 내려친 것이다.

얼마의 시간이 흘렀을까. 클로루스는 작은 방에 일자로 누워있었다.

헬레나가 자신을 정성껏 간호하는 모습이 보였다.

아악! 고개를 들고 일어나려던 클로루스는 머리를 감싸며 벌렁 나자빠지고 말았다. 머리가 두 쪽으로 갈라지는 것 같았다.

'이제 깨어나셨군요. 괜찮으세요?'

'아가씨는….'

'뭐라 감사 말씀을 드려야 할지….'

발갛게 상기된 헬레나의 얼굴을 보며, 클로루스는 자신이 왜 이 좁은 방에 들어와 있게 되었는지 비로소 알 수 있을 것 같았다.

'크라수스는?'

'친구 분 말이군요. 약을 구해오겠다고 하셨어요. 내일 해가 지기 전까지는 꼭 돌아오겠다고 하셨구요.'

고개를 끄덕였다고 생각하는 순간 클로루스는 얼굴을 일그러뜨리며 신음을 흘렸다. 머리를 움직일 때마다 망치로 얻어맞는 듯한 통증이 느껴졌다.

'아무 말도 하지 마시고 그대로 편히 누워 계세요. 너무 많이 다치셨어요.'

헬레나의 눈에 눈물이 그렁그렁 맺히고 있었다. 클로루스는 천천히 손을 들어 머리로 가져갔다. 머리가 온통 붕대로 감겨 있고 눈과 코, 입만 겨우 구멍을 뚫어놓은 꼴을 하고 있었다.

'으으흐흐….'

참을 수 없는 고통에 클로루스는 자기도 모르게 다시 신음을 흘렸다.

'어떻게 해요….'

헬레나가 클로루스의 손을 잡고 울먹였다.

'아가씨 이름은…?'

'헬레나, 헬레나라고 해요!'

'헬레나! 난 콘스탄티우스 클로루스라고 합니다. 로마군 백인대장이지요. 십삼일 내로 부대에 복귀하지 않으면 탈영한 줄로 알 텐데….'

'그 안에 건강을 회복하실 거예요. 반드시….'

헬레나가 클로루스의 손을 잡고 힘을 꼬옥 주면서 말했다. 클로루스가 그 손을 맞잡았다.

'고마워요, 헬레나. 날 이렇게 치료해 주어서. 내 생명의 은인인 셈이요.'

클로루스는 웃으며 말해야 한다고 생각했다. 그러나 붕대로 감싼 얼굴에서 표정이 묻어 나올 리 없었다.

'은인이라니요. 저를 구해 주신 분인데….'

헬레나가 흑 울음을 물며 클로루스와 맞잡은 손을 얼굴로 가져갔다. 헬레나의 부드러운 볼의 감촉이 클로루스에게 그대로 전해졌다. 아름답고 고운 아가씨.

'으으….'

다시 격렬한 통증이 클로루스의 머리를 휘감았다. 클로루스는 머리를 쥐어뜯었다.

'어떡해! 어떡해!'

헬레나가 붕대에 싸인 클로루스의 얼굴을 매만지며 울음을 터뜨렸다. 고통이 조금씩 사그라들고 있었다. 클로루스도 천천히 손을 들어 헬레나의 얼굴을 어루만졌다. 사슴처럼 크고 슬픈 헬레나의 눈망울에 맺혀 있던 눈물 한 방울이 클로루스의 얼굴에 뚝 떨어졌다.
클로루스가 헬레나의 목을 휘감았다. 흠칫 놀란 헬레나는 반사적으로 몸을 사렸지만 클로루스의 입술을 거부하진 않았다. 아니 거부할 수가 없었다. 클로루스는 거친 숨소리를 연신 토해냈고 부끄러움과 두려움으로 헬레나는 잔뜩 몸을 움츠리고 있었다.
클로루스는 자신이 꿈을 꾸는 거라고 생각했다. 잠에서 깨어야 한다고 생각하여 의식적으로 눈을 번쩍 뜬 클로루스는 천천히 고개를 저었다. 어떻게 내가 헬레나를 버릴 수 있단 말인가! 내일 황제 폐하께 말씀을 드리고 고향으로 내려가 농사를 지으며 평생 살리라. 내 사랑하는 헬레나와 함께. 클로루스는 다시 눈을 감았다. 견딜 수 없이 피곤이 몰려왔다.

아무도 없는 드넓은 황야에 혼자 남겨져 있었다. 클로루스는 도무지 이해할 수가 없었다. 부하들은 모두 어디로 갔으며 자신은 왜 여기에 홀로 서서 방황하고 있는 것일까?
'크라수스! 어디에 있나? 나의 백인대원들은 모두 어디에 있는가? 대답하라.'
그러나 그의 목소리는 메아리가 되어 되돌아올 뿐 아무도 응답하는 사람은 없었다. 저 멀리서 무언가 다가오고 있었다. 사람일까? 그러나 입에서 침을 뚝뚝 흘리며 기어오는 그 짐승은 들개였다. 한 마리, 두 마리, 세 마리…. 점점 많아지는 들개 무리들이 클로루스의 주위를 빙빙 돌며 삼킬 듯 컹컹거리고 있었다.

들개 한 마리가 일어서더니 사람처럼 걸어왔다. 머리도 사람의 얼굴로 변했다. 입에선 피가 뚝뚝 흘러내리고 있었다.

'로마인을 모두 없앨 거다. 한 놈도 살려두지 않을 거야. 너희들의 목을 잘라 게르만 부족의 창고에 차곡차곡 쌓아둘 것이다.'

들개들이 한 마리씩 일어섰다. 일어선 들개는 모두 게르만 병사로 변했다. 수백은 될 것 같았다. 일제히 칼을 빼든 그들이 고함을 지르며 달려들었다.

'우리 부족의 원수를 갚자. 저 놈을 죽여라!'

게르만족으로 변한 들개들이 일제히 공격을 가해왔다.

'죽어라!'

날카로운 칼날이 심장을 찌르고 들어왔다. 이상하게 아프지 않았다.

'내 아버지를 죽인 원수!'

증오가 가득 섞인 쉰 소리와 함께 쉭 하고 허공을 가르는 소리가 들렸다. 도끼를 쥔 게르만 병사가 클로루스의 머리를 내리찍었다. 클로루스는 휘청하며 뒤로 넘어졌다. 피가 얼굴을 가득 덮었지만 그는 여전히 살아있었다.

게르만 병사들이 다시 들개로 변하는가 싶더니 아가리를 벌리고 그에게 달려들어 닥치는 대로 물어뜯었다. 클로루스는 자신의 살점이 뚝뚝 떨어져 나가는 모습을 멍하니 내려다보았다.

해골과 뼈만 남았다. 그런데도 그는 살아있었다. 클로루스는 안간힘을 다해 일어서려고 했다. 그의 목이 툭 떨어지더니 데굴데굴 굴러 내려갔다. 머리를 잃어버리면 안 된다는 생각이 들었다. 머리 없는 몸뚱이가 일어나 제 머리를 붙잡으려고 달음질쳤다.

해골이 비탈길로 굴렀다. 몸뚱이가 자신의 머리를 따라 뛰었다. 해골이 비명을 지르며 절벽 아래로 떨어지고 있었다. 절망의 심연으로 떨어지던 해골이 서서히 다시 떠오르더니 사람의 얼굴로 변했다. 수석 황제 디오클레티아누스였다. 황제가 그에게 다가왔다. 눈물을 뚝뚝 흘리며 황제가 클로루스에게 말했다.

'클로루스! 로마를 지켜주게. 나의 로마를!'

'황제 폐하, 어찌 저에게 로마를 지켜 달라 하십니까? 저는 그런 일을 감당할 그릇이 못됩니다.'

'이런 비겁하고 못된 친구 같으니라구! 자네 개인의 행복과 안일을 위해 무거운 짐을 나에게만 맡길 셈인가?'

'폐, 폐하! 짐이 무거우시다니요? 사람들은 폐하를 철의 황제라 부릅니다. 폐하께서도 황제의 자리가 힘에 겨우신 것입니까?'

'자네는 나이를 헛먹었군. 철이 들지 않은 게야. 내 겉모습만 보고 그렇게 판단하다니. 그래, 나는 사람들이 철의 황제라고 부를 만큼 위선의 탈을 쓰고 있네. 하지만 내 속은 두려움으로 가득 차 있지. 난 하루하루를 지옥에서 살고 있네. 나에겐 동역자가 필요해. 유능하고 성실하며 믿을 수 있는….'

황제가 말을 다 마치지 못하고 다급한 소리를 지르며 절벽 아래로 다시 떨어지고 있었다.

'클로루스, 도와주게. 나를 도와줘, 제발….'

'황제 폐하! 도와드리겠습니다. 혼신의 힘을 다해 폐하를 보필하겠습니다. 폐하, 돌아오십시오!'

클로루스는 허공을 휘저으며 악을 썼다.

"친애하는 클로루스, 어떻게 마음의 결정을 내렸소?"

구름 한 점 없는 맑고 청명한 아침, 황실 접견실로 막 들어서는 클로루스를 보자마자 황제가 물었다. 가엾은 분! 클로루스는 새벽녘 꿈을 떠올렸다.

"한 가지 부탁을 드려도 되겠습니까, 폐하."

"말해 보시오."

"저에게는 열여덟 살 된 아들이 있습니다. 아내와 그 아이를 폐하께서 돌보아 주셨으면 합니다."

클로루스는 헬레나를 가까이 두고서는 또 하나의 가정을 꾸릴 자신이 없었다. 이런 경우에는 아들 역시 멀리 떨어져 있게 하는 것이 더욱 안전할 수 있었다. 피할 수 없는 문제라면 헬레나와 콘스탄티누스를 수석 황제의 보호 아래 두면서 자신은 제국의 안녕을 위한 직무에 전념하고 싶었다. 디오클레티아누스라면 틀림없이 자신의 기대를 채워줄 수 있으리라는 믿음이 들었다.

"좋소, 그렇게 합시다."

디오클레티아누스도 마다할 이유가 없었다. 비록 의붓딸이기는 하지만 딸아이를 그에게 시집보내는 것은 황제단의 결속을 강화하기 위해서는 불가피한 선택이었다. 카이사르의 전처와 아들을 수하에 둔다면 황제단의 결속은 더욱 튼튼해지는 셈이었다.

서기 293년, 콘스탄티우스 클로루스는 로마제국 서방의 카이사르(부황제)가 되었다. 디오클레티아누스 황제가 도입한 사두 정치 체제의 한 축을 담당하게 된 것이다. 클로루스의 나이 43세, 콘스탄티누스는 18세가 되었다.

이제 네 명의 황제가 방대한 로마제국의 방위와 통치를 나누어 맡게 되었다. 디오클레티아누스 황제는 지난 50여 년 동안 계속된 군인 황제 시대의 끝없는 피의 쿠데타와 그로 인한 참상을 직접 겪었다. 정국은 극도로 불안정해졌고, 이민족의 침입과 강탈로 민생은 말할 수 없이 피폐해졌다.

피의 악순환을 끊기 위해서는 무언가 획기적인 대책이 필요하다고 생각한 황제는 과감하게 자신의 절친한 친구인 막시미아누스에게 로마제국 서쪽의 통치권을 떼어주고 자신과 동등한 아우구스투스의 칭호를 주었다. 큰 모험이었지만 막시미아누스는 권력과 명예에의 욕망을 자제하고 제국의 제2인자로서의 위치를 잘 지켜 친구의 신뢰에 멋지게 보답했다.

콘스탄티누스는 디오클레티아누스와 막시미아누스, 두 명의 황제가 환상의 콤비를 이루고 있을 때 제국의 서방에서 10대 소년기를 보냈고, 그의 아버지 콘스탄티우스 클로루스는 막시미아누스 황제가 가장 신임하는 유능한 지휘관으로 색슨족과 프랑크족, 랑고바르드족이 제집 드나들 듯 넘나드는 제국의 북방 라인강변과 갈리아의 전선을 누비고 다녔다.

양두 정치가 성공하자 디오클레티아누스는 황제의 계승자로 카이사르를 각각 한 명씩 세워 모두 4명의 황제단을 구성했다. 이리하여 동방의 아우구스투스는 황제단의 수장인 디오클레티아누스, 서방의 아우구스투스는 막시미아누스가 맡게 되었고, 황제를 도와 일하면서 장차 황제 계승의 우선권을 갖게 된 카이사르는 동방의 갈레리우스와 서방의 콘스탄티우스 클로루스가 선임되었다.

공동 통치자가 4명이 되었기에, 이제 군인들이 멋대로 쿠데타를 일으키는 일은 거의 불가능해졌다. 한 명의 황제를 제거한다 해도 나머지 세 황제가 버티고 있었기 때문이다. 문제는 황제단에 들어온 사람 중에 딴생각을 품는 경우인데, 적어도 디오클레티아누스가 제위에 있는 동안은 그런 일은 발생하지 않았다. 그만큼 디오클레티아누스는 사람 보는 눈이 정확했고 빈틈없이 일을 처리했다.

클로루스는 브리타니아와 갈리아, 에스파니아, 북서 아프리카의 통치자가 되었다. 본국 이탈리아를 중심으로 서방의 동쪽을 차지한 막시미아누스 못지않은 방대한 지역을 실질적으로 통치하는 권력자가 된 것이다.

이별을 앞둔 아버지가 장성한 아들에게 술을 따라 주었다. 포도주 잔을 입에 대려다 말고 아버지가 아들의 얼굴을 쳐다보며 말했다.

"이제 가면 몇 년 동안 못 볼 지도 모르겠구나."

부자는 잠시 말없이 서로를 바라보았다. 키가 껑충하게 큰 아들을 쳐다보느라 불편할 정도로 아들을 올려봐야 했지만 기분은 더 없이 좋고 자랑스러웠다. 녀석, 진정 사내 대장부가 되었군. 클로루스가 속말을 하며 기분 좋게 잔을 들이켰다. 콘스탄티누스도 단숨에 잔을 비웠다.

"동방으로 가서 디오클레티아누스 황제를 보필하라구요? 어쩌면 아버지와는 영원한 이별이 될 지도 모르겠군요."

방금 마신 잔을 들어 눈께로 가져간 콘스탄티누스가 입을 뗐다. 아버지의 출세가 자신의 가정에는 비극으로 다가오고 있었다. 아, 어머니…. 자신은 아무래도 좋았다. 아버지 없이 어머니께서 어찌 견디실까? 그것도 먼 제국의 동방에서!

아들의 말이 아프게 가슴을 파고들었다. 클로루스가 뒤돌아 몇 걸음을 걷다 아들을 향해 천천히 몸을 돌리며 말했다.

"너는 이제 나이 열여덟의 장부다. 작년부터 내 군단에 참여하여 몇몇 전투를 치렀지. 아비는 줄곧 너를 예의 주시했다. 장차 너는 로마의 탁월한 지휘관이 될 것이다. 언젠가 나라가 필요로 할 때 너를 부르겠다. 그때까지 열심히 배우거라. 디오클레티아누스는 이전의 황제들과는 확연히 다른 분이다. 그에게서 단지 군사 분야뿐 아니라, 네가 조국 로마를 위해 해야 할 많은 것들을 배울 수 있을 것이다."

아들도 운명을 피해갈 수 없음을 클로루스는 잘 알고 있었다. 카이사르의 아들을 주변에서 가만히 내버려둘 리가 없었다. 그를 떼어놓을 수밖에 없다면, 또한 제국을 위해 무언가 해야만 한다면, 일찌감치 격랑의 한가운데로 뛰어들게 하는 게 낫겠다고 생각했다.

클로루스는 자신에게 조국을 위해 일할 수 있는 기회를 준 황제, 지혜와 총기가 번뜩이며 사람을 신뢰하고 적절하게 쓸 줄 아는 디오클레티아누스에게 아들을 맡기기로 했다. 평생을 함께하리라 다짐했던 사랑하는 아내 헬레나도 아들과 함께 제국의 동방으로 떠나보내야 했다. 아내 얼굴이 떠올랐다. 가슴이 저려왔다.

"어머니를 잘 모셔라. 나에게는 너의 어머니가 전부였다."

"예, 아버지."

콘스탄티누스는 다음 말을 속으로 삼켰다.

'저에게도 어머니가 전부입니다.'

제국의 수석 황제가 함박웃음을 머금은 채 콘스탄티누스를 단 아래로 내려다보고 말했다.

"자네가 나의 카이사르, 콘스탄티우스 클로루스의 아들 콘스탄티누스로구먼!"

"예, 폐하! 아버지께서 안부를 전해달라고 하셨습니다."

"오, 그래. 자네 부친께선 어떠신가? 건강이 좋지 않다는 말이 들리던데."

"작년에 전투 중에 당한 부상으로 가슴에 통증을 자주 느끼십니다. 그것 외에는 건강하십니다."

콘스탄티누스는 새삼스럽게 아버지의 건강이 걱정되었다.

"저런, 가슴에 통증을 느낀다…."

디오클레티아누스가 걱정스러운 표정을 짓더니 헬레나에게 연민의 정이 담긴 목소리로 물었다.

"헬레나라고 하셨소? 카이사르의 아내였던…."

"그렇습니다, 폐하."

헬레나가 떨리는 목소리로 겨우 대답했다. 말로만 듣던 제국의 최고 통치자 앞에 서자 그만 온몸이 얼어붙었던 것이다.

"내 원망을 많이 하셨겠소."

황제가 말을 이었다.

"아닙니다, 폐하. 원망이라니요. 당치도 않습니다."

헬레나는 속마음을 들킨 것 같아 황급히 머리를 조아리고 손을 홰홰 저으며 말했다. 얼굴이 벌겋게 달아올랐다.

"괜찮소, 여인의 마음은 다 같을 것이오. 내가 왜 부인의 마음을 모르겠소. 부인에게는 내가 참으로 못된 짓을 한 것이오."

디오클레티아누스는 진심으로 말하고 있었다.

"나를 용서하시오. 이 모든 것이 제국의 안녕과 평화를 위한 어쩔 수 없는 선택이오."

헬레나는 같은 말을 세 번째 듣고 있었다. 처음에는 남편으로부터, 다음에는 제국 서방의 황제라는 막시미아누스로부터, 이번에는 제국 전체를 통치하는 수석 황제에게서. 하지만 헬레나는 남자들의 말이 여전히 이해되지 않았다. 왜 꼭 그래야만 하는 것일까? 남자들은 혈연으로 엮이지 않으면 서로를 믿지 못하는 것일까?

"이보게, 젊은이."

황제가 웃음을 가득 담은 얼굴로 콘스탄티누스를 불렀다.

"예, 폐하."

콘스탄티누스는 고개를 들어 황제를 쳐다보았다. 내 앞에 있는 저 분이 아버지가 그토록 존경한다는 제국의 수석 황제인가! 사두 정치를 창안하여 아버지를 카이사르의 자리에 오르게 한 분. 그러나 그 결과로 자신과 어머니를 아버지와 헤어질 수밖에 없게 만든 사람. 제국의 안녕을 도모하고 결속을 다지기 위해서라는 아버지의 설명을 콘스탄티누스는 충분히 납득할 수 있었다. 황제를 원망하지도 않았다. 그러나 이 지경으로 몰고 온 상황에 대한 분노와 아쉬움, 어머니에 대한 애처로운 연민의 감정이 솟구치는 건 어찌 할 수가 없었다.

"자네가 지난 한 해 동안 아버지를 도와 어떤 전과를 올렸는지 잘 알고 있네. 카이사르의 아들이고, 뛰어난 능력을 지닌 젊은이를 곁에 두게 되었으니 내겐 큰 행운이로군. 자넨 이제부터 내 근위군단에서 나를 도와주게나."

디오클레티아누스가 콘스탄티누스를 애정 어린 눈으로 바라보며 말했다. 젊은이는 이제 겨우 열여덟이었지만, 어려서부터 전쟁터에서 자란 군인의 아들답게 절도 있고 강직해 보였다. 디오클레티아누스는 그가 성년이 된 지난해에 군에 들어오자마자 이룩한 혁혁한 전과에 대해 충분히 들어 알고 있었다. 이런 젊은이라면 굳이 카이사르의 아들이 아니라 해도 제국 군단의 중책을 맡길 만하다고 디오클레티아누스는 생각했다.

곁문을 두드리는 소리가 들려왔다.

"들어오게!"

디오클레티아누스가 고개를 돌려 문에 대고 말했다. 호리호리한 몸집을 가진 사내가 날카로운 눈빛을 빛내며 들어왔다. 그의 손에는 둘둘

말린 가죽 문서가 들려 있었다.

"준비는 다 됐나?"

"예, 폐하. 집수리는 다 끝냈습니다. 바로 입주할 수 있는 상태입니다."

황제의 비서가 두 손에 공손히 받쳐 든 두루마리 문서를 내밀었다.

"사랑스런 아들이여. 자네가 어머니를 모시고 살 집을 마련해 두었네. 내 작은 성의이니 어려워 말고 받아주게나. 집문서는 어머니 명의로 해 두었네."

황제는 당황해하는 콘스탄티누스의 손에 직접 집문서를 쥐어주었다.

콘스탄티누스가 어머니와 함께 살 집은 니코메디아의 황궁에서 그리 멀지 않은 경치 좋은 언덕 중간쯤에 위치해 있었다. 잔디로 깨끗이 단장된 고급 빌라의 정원에는 작은 목욕장이 갖추어져 있었고, 건물 안으로 들어가자 주방과 거실이 가구들과 조화를 이루었다. 고급스런 재료들로 정성껏 준비한 흔적이 느껴지는 화사한 집이었다. 지나치게 크거나 화려하지 않으면서 아담하고 고풍스런 느낌을 주었다.

헬레나의 표정이 조금씩 밝아졌다. 오랜만에 보는 환한 얼굴이었다.

콘스탄티누스도 어머니의 얼굴을 쳐다보고 빙그레 웃었다.

"앞으로 이 집의 관리는 아드님이 맡아 주십시오. 제 임무는 오늘 이 집을 인수인계하는 것까지입니다."

비서가 웃음을 머금고 말했다.

"그리고 매 달 어머니 앞으로 생활비가 지급될 것입니다. 카이사르의 부인이었던 분으로서 품위를 유지하기에 부족함이 없는 수준이 될 것입니다. 집을 관리해줄 집사와 주방 일을 맡을 소녀가 곧 배치될 것입니다. 두 사람의 인건비는 황실 관리비용에서 지출됩니다. 아드님이 군 작전에 따라 멀리 이동을 하게 되더라도 어머니의 생활을 책임지시겠다는 황제 폐하의 배려이십니다. 또한 이곳은 황실 경비대가 철통같이 지키는 경비 구역 안에 있으니 안전에 대해서도 염려하실 필요가 없습니다. 그러나 아드님의 생활비는 스스로 마련하셔야 합니다. 군단에서 받는 월급이면 생활하기에는 큰 불편이 없을 것입니다."

웃으며 말하고 있었지만 비서의 눈매는 여전히 서늘하고 날카로웠다.

고맙습니다, 폐하. 이 은혜는 반드시 열 배 스무 배로 보답하겠습니다!

뜨거운 눈물이 솟구치려는 걸 참아내느라 콘스탄티누스는 큰 눈을 더욱 부릅떴다. 당분간 어머니에 대한 염려는 내려놓아도 괜찮겠다는 생각이 들었다. 하지만 디오클레티아누스의 휘하에서 일하게 된 것이 반드시 좋은 것만은 아니라는 것쯤은 충분히 알고 있었다. 자신은 수석황제의 보호를 받고 있기도 하지만 볼모로 잡혀온 것이기도 했다.

거실에서 정원으로 내려오는 문턱에 앵무새 한 쌍이 새장에서 천진하게 놀고 있었다. 콘스탄티누스는 물끄러미 새들을 쳐다보았다. 갑갑하겠군. 종일 이 좁은 새장에 갇혀있어야 하다니! 새를 놓아주어야겠다고 생각했다. 새장 문을 열어 앵무새를 하나씩 꺼냈다. 겁먹은 새들이 발버둥을 쳤다.

앵무새를 쳐다보는 콘스탄티누스의 눈에, 어릴 적 보았던 가여운 비둘기 한 마리가 푸덕거리는 모습이 겹쳐 보였다.

비둘기의 목에서 흐른 피가 허연 배까지 흘러내린 채 바짝 말라붙어 있었다.

어린 콘스탄티누스는 비둘기가 맹금류의 공격을 받았을 거라고 생각했다. 가엾은 비둘기! 소년은 조심스럽게 가녀린 비둘기를 들어 왼손에 올려놓았다. 따뜻하고 보드라웠다. 게슴츠레 눈을 감은 비둘기가 반쯤 눈을 뜨고 푸덕거리다가는 다시 눈을 감았다.

소년의 가슴에 슬픔이 밀려왔다. 왜 하필 비둘기로 태어났니! 이왕이면 독수리나 매로 태어났으면 이런 꼴은 안 당했을 텐데! 아니야, 그러면 이 비둘기가 다른 새를 공격했겠지! 소년은 머리를 흔들었다. 왜 누군가를 해쳐야만 할까. 독수리나 매도 비둘기처럼 콩이나 벌레를 먹고 살면 안 되는 것일까. 비둘기가 입을 벌리고 꺼억 거렸다. 소년은 개울 쪽으로 뛰었다.

'제발 죽지 마! 내가 꼭 널 살려 줄 거야. 죽으면 안 돼!'

비둘기가 손에서 파닥거렸다.

'그래, 힘을 내! 조금만 더 가면 개울이야.'

소년은 마침내 개울에 도착했다.

'자, 비둘기야. 물을 마시고 힘을 내, 어서!'

비둘기는 입을 조금 열어 물을 마시는 듯했다. 그리고는 그만이었다. 벌린 입은 더 이상 움직이지 않았다. 소년은 그 자리에 철퍽 주저앉았다. 소년의 눈에서 꾸역꾸역 눈물이 흘러내렸다.

방안에서 기도 소리가 들려왔다. 어머니의 기도였다.

"자비로우신 하느님, 감사합니다. 주님은 어린 딸을 버리지 않으시고 이렇게 새 희망을 주셨습니다. 주님의 말씀을 기억합니다. 우리는 고통을 당하면서도 기뻐합니다. 고통은 인내를 낳고 인내는 시련을 이겨내는 끈기를 낳고 그러한 끈기는 희망을 낳는다는 것을 우리는 알고 있습니다."

어머니의 기도 소리가 눈물과 감격으로 떨리고 있었다. 어머니의 기도를 들으며 콘스탄티누스는 스스로에게 말했다. 강해져야 한다, 콘스탄티누스. 반드시 살아남아 어머니를 지켜드려야 한다. 감상에 젖지 마라, 너는 강하다. 저 강렬한 태양의 신 미트라의 아들이다! 가슴에서 격정이 일었다. 콘스탄티누스는 하늘을 쳐다보며 외쳤다.

"그리스도, 십자가에 달려 죽은 자여. 그대를 따르는 자는 그대를 신의 아들이라 한다. 그대가 진정 전능자의 아들이요, 사랑과 자비의 신이라면 그대의 자비를 원하는 어머니의 기도를 외면해선 안 된다. 그대를 위해 온몸과 마음을 다 바친 나의 어머니, 이 가련한 여인에게 당신이 돌려줄 수 있는 것이 이것뿐인가? 세상을 구원하겠다는 그리스도여."

'그리스도여, 그리스도여.'

가까이서 들려오는 소리였다. 콘스탄티누스는 흠칫 놀라 손을 들어올렸다. 앵무새 한 쌍이 양손에 들려 있었다. 손에 힘을 주었다. 앵무새가 꺽꺽거리며 발버둥 쳤다. 콘스탄티누스는 하얗게 뒤집어지는 앵무새의 눈을 똑바로 쳐다보았다. 두 마리 앵무새가 차례로 몸을 축 늘어뜨렸다. 콘스탄티누스는 하늘을 보고 다시 외쳤다.

"태양의 아들 미트라여! 반드시 내 능력으로 일어서는 것을 보시오! 카이사르의 아들로 부끄럽지 않은 모습을 보여주리다! 제국 로마를 위해, 그리고 어머니를 위해 이 한 몸 바치리다!"

나이 열여덟의 젊은이는 주먹을 불끈 쥐며 언덕 너머 허공을 뚫어져라 응시했다. 젊은이의 매서운 눈초리가 향하는 곳에 제국의 수석 황제가 거하는 니코메디아 황궁이 있었다. 젊은이의 벌겋게 상기된 얼굴에서 경련이 일었다.

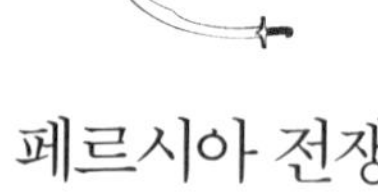

페르시아 전쟁

"한동안 잠잠하던 페르시아가 갑자기 왜 이렇게 대규모 공격을 가해 왔을까?"

전쟁에 참여했다는 사실을 잊은 듯 그라쿠스의 눈매에는 서글서글한 웃음이 담겨 있었다.

그라쿠스가 새로운 임지로 발령이 난 아버지 크라수스를 따라 히스파니아*로 떠나 있는 동안 콘스탄티누스는 대홍수로 친구들을 잃는 아픔을 겪었다. 그 일로 해맑았던 콘스탄티누스의 마음에 그늘이 지기 시작했고 기독교를 싫어하게 되었다는 사실이 그라쿠스의 마음에는 늘 안타까움으로 남아있었다. 그렇기에 콘스탄티누스를 다시 만나게 된 것이 그라쿠스는 무엇보다 기뻤다.

"국내의 반대파를 제압하기 위해서가 아니겠나?"

* 에스파니아

콘스탄티누스가 얼굴에 함박웃음을 물고 대답했다.

콘스탄티누스와 그라쿠스는 열일곱이 되자마자 나란히 입대하여 갈리아의 전장을 함께 누볐다. 아버지의 뒤를 이어 제국을 지키는 전사가 되기로 한 어릴 때의 약속을 지킨 것이다. 하지만 그라쿠스에게는 군인의 길이 적합하지 않다는 걸 콘스탄티누스는 최근에야 느끼기 시작했다. 영리하고 뛰어난 전술을 잘 구사하여 유능한 장교로 인정을 받기는 했지만 심성이 너무 착하고 정이 많았다.

"단지 반대파를 제압하기 위해 이런 큰 모험을 감행했단 말인가?"

그라쿠스로서는 이해하기 힘든 일이었다. 한 나라의 왕이라는 자가 자신의 정치적 안위를 위해 수많은 젊은이를 사지로 내 몰다니! 잔인하고 무모한 일이었다.

"페르시아는 전제군주국가라네. 모든 권력이 왕 한 사람에게 집중되어 있지. 평소에는 왕을 반대하는 무리들이 숨을 죽이고 있지만 왕이 바뀌면 반드시 일을 꾸미게 돼. 그렇게 되면 왕은 반대파를 억누르고 혼란한 국내 문제를 수습하기 위해 대외적으로 강경책을 쓰게 되지. 아무래도 국내의 골치 아픈 문제를 통합하고 국론을 통일시키는 데는 외국과의 전쟁이 특효약이거든."

콘스탄티누스가 별 표정 없이 정세를 설명했다. 그라쿠스는 대대를 지휘하며 전투를 수행하는 데는 아직까지 콘스탄티누스에게 지기 싫었지만, 전쟁의 전체 구도를 보는 전략적 안목에서는 콘스탄티누스를 당해낼 재간이 없다는 걸 인정할 수밖에 없었다. 게다가 콘스탄티누스는 정치적인 안목과 수완까지 갖춘 데 비해서 자신은 정치 문제에는 도무지 안목도 갖추지 못했고 관심도 없었다.

저 친구는 결코 트리부누스*로 만족하지 않을 거야! 레가투스라면 만족할까! 아니 그렇지 않을 것 같아. 트리부누스도 버거워하는 그라쿠스는 친구의 행보가 어디까지 이어질 지 가늠하기 어려웠다. 그래, 네가 가고 싶은 곳까지 가보거라, 콘스탄티누스! 하지만 제국의 시민과 함께 가야 한다. 그들을 밟고 가는 것이 아니라 어깨동무하고 말이야. 너라면 그럴 수 있을 거야, 반드시! 그라쿠스가 슬며시 웃음을 물고 절친한 친구에게 다시 물었다.

"샤푸르가 왕이 된 지 얼마나 되었나?"

"3년쯤 된 걸로 알고 있네."

"적의 군대는 누가 지휘하는가?"

"샤푸르 왕이 직접 참전하여 지휘하고 있네."

"간단히 끝날 전쟁이 아니겠군."

두 젊은 장교가 한참 대화를 나눌 때 주홍색 망토를 두른 총사령관이 천천히 말을 몰고 다가왔다.

"반갑네, 콘스탄티누스! 그라쿠스!"

발칸 지역의 방위를 맡다가 페르시아의 침공을 막기 위해 메소포타미아 지방으로 파견된 제국 동방의 카이사르 갈레리우스였다.

"폐하를 뵙게 되어 영광입니다."

콘스탄티누스와 그라쿠스가 정중히 고개를 숙였다.

* 6개의 백인대를 지휘하는 대대장

"자네들 얘긴 충분히 들었네. 둘은 어려서부터 절친한 친구였다지! 그리고 따로 싸울 때보다 같이 있을 때 더욱 큰 능력을 발휘한다고 들었네. 자네들 부친께서 그랬듯이. 내가 자네들을 함께 부른 이유도 바로 거기에 있네. 이번 전투에 자네들이 참여하게 되어 얼마나 큰 힘이 되는지 모르겠네."

갈레리우스는 호쾌하게 웃었지만 표정이 밝지는 않았다. 골똘히 생각에 잠긴 표정으로 천천히 말을 모는 갈레리우스 옆을 콘스탄티누스와 그라쿠스가 말없이 동행했다. 세 사내를 태운 말들이 안티오키아의 한가한 교외를 터벅터벅 걷고 있었다.

"이번엔 절대 실수가 없어야 할텐데…."

갈레리우스가 혼잣말처럼 중얼거렸다.

"지난 전쟁을 생각하고 계십니까?"

콘스탄티누스가 카이사르의 속말을 놓치지 않고 물었다. 갈레리우스가 씩 웃으며 답했다.

"그렇다네. 과거는 오늘의 스승이니까. 자신감이 지나치면 경솔하게 행동하게 마련이지."

갈레리우스는 지난해의 참패를 잊을 수가 없었다. 샤푸르에게 그렇게 허망하게 당하다니!

디오클레티아누스 황제로부터 샤푸르가 북부 메소포타미아로 쳐들어왔다는 소식과 총사령관직을 맡아 적을 격퇴하라는 명령을 받았을 때 갈레리우스는 자신을 발탁해 준 수석 황제에게 멋지게 보답하고 싶었다. 하지만 서둘러 참전한 결과는 참담한 패배로 끝나고 말았다.

분위기를 바꾸려는 듯 그라쿠스가 갈레리우스에게 다가가 무언가 말을 주고받았다. 갑자기 갈레리우스의 표정이 환해졌다. 고개를 크게 끄덕이는 모습도 보였다.

“이보게, 트리부누스 콘스탄티누스!”

갈레리우스가 콘스탄티누스를 쳐다보고 얼굴 가득 함박웃음을 지으며 말했다.

“예, 폐하!”

“축하하네.”

“예? 뭘, 뭘 축하한다는 말씀이신지….”

“아들을 얻었다구?”

“아, 예….”

콘스탄티누스가 그라쿠스를 쳐다보며 눈을 흘겼다.

“내가 폐하께 말씀드렸네. 기쁜 일은 함께 나누어야지.”

그라쿠스가 한쪽 눈을 찡긋 감으며 짓궂은 웃음을 흘렸다.

“아들 이름은 지었나?”

“예, 어머니께서 지어주셨습니다. 크리스푸스라고….”

“그렇구만. 자네 나이가 지금…?”

“스물둘입니다.”

“스물둘이라, 좋은 나이로구만. 그라쿠스도 비슷한 또래일 것 같은데.”

“예, 저도 스물둘입니다.”

“아, 그래. 자네들은 동갑내기로군.”

서른일곱의 카이사르 갈레리우스는 두 젊은 장교를 대견하다는 듯이

번갈아 쳐다보았다.

"내일 아침 일찍 내 사무실로 오게. 중요하게 의논할 일이 있네."

"예, 폐하."

두 젊은 장교가 동시에 대답했다.

"자네 왜 쓸데없는 얘기는 하고 그러나?"

갈레리우스와 헤어지고 난 후 콘스탄티누스가 그라쿠스를 쏘아보며 퉁명스럽게 물었다.

"쓸데없는 얘기라니? 자네 아들 얘기 말인가? 그게 어째서 쓸데없는 얘긴가? 가정이 안정되어야 장수가 사랑하는 아내와 자식을 지키기 위해서라도 더 열심히 싸울 것 아닌가?"

그라쿠스가 말을 받았다. 콘스탄티누스는 픽 웃고 말았다.

"이 사람아, 그렇게 웃고 넘어갈 일이 아니야! 자넨 제국에서 가장 모범적인 가장이 될 의무가 있다는 사실을 잊지 말게! 제국의 전 지휘관이 자네 가정을 주시하고 있네."

그라쿠스가 껄껄 웃으며 말했다. 그러나 정작 그라쿠스 자신은 여자에 대해서도 결혼에 대해서도 별 관심이 없었다. 둘은 한바탕 호쾌한 웃음을 터뜨렸다.

카이사르의 아들 콘스탄티누스의 결혼식은 로마제국 동방의 장교들에게는 널리 알려진 일이었다. 수석 황제 디오클레티아누스가 직접 중매를 섰고 주례는 필히 자신에게 맡겨달라고 콘스탄티누스에게 부탁까지 했다는 소문이 돌고 있었다.

제국 동방의 각 군단에서 고위 지휘관들이 초청을 받아 결혼식장은 인산인해를 이루었다. 신랑이 소속된 근위군단에서는 지휘관과 장교들은 물론 병사들까지 대거 참석했다. 결혼 기념으로 이집트에서 가져온 오벨리스크*가 식장을 더욱 빛내주고 있었다.

'성대한 결혼식이로군.'

'저 미남자를 데려가는 여자는 누굴까?'

'누구긴? 폼페이아라고 하잖아.'

'이 사람아, 그 정도는 누구나 다 알아. 신부가 어떤 여자냐고 묻는 거지. 아무래도 신랑이 좀 아까워 보이는 걸.'

병사들이 싱글벙글 웃으며 객담을 쏟아냈다.

'폼페이우스 마그누스의 후손이라니까 콘스탄티누스와는 잘 어울리는 셈이지.'

폼페이아의 가정을 자세히 아는 장교들의 말이었다.

'조용히 해 주십시오. 곧 황제 폐하의 축사가 있겠습니다.'

결혼식 사회를 맡은 장교가 좌중을 훑어보며 엄숙한 얼굴로 말했다.

'오늘은 제국을 위해서도 경사스런 날이며, 개인적으로는 내 일생에서 가장 기쁜 날 중에 하나로 기억될 것 같소.'

황제가 얼굴에 웃음을 가득 담고 축사를 시작했다.

'나는 지금 수석 황제가 아니라 나의 절친한 친구이며 나의 카이사르인 콘스탄티우스 클로루스의 아들에게 우정으로 말하고 싶소. 나는 그

* 거대한 뾰족 석탑

대의 아버지인 카이사르 클로루스를 언제나 내 동료로, 또한 친구로 마음 깊이 사랑하고 있었음을 이 자리를 빌려 고백하는 바이오. 그가 나와 함께하지 않았다면 내가 이루었던 빛나는 전과 중 많은 부분은 수포로 돌아갔을 것이오. 그는 내가 위기를 겪을 때마다 지혜와 용기를 주었으며 중요한 전투에서 승리를 안겨주었소. 이처럼 사랑스런 내 친구의 아들이 결혼을 하게 되었으니 내가 어찌 축하하지 않을 수 있으리오.'

디오클레티아누스는 언변에 능한 사람은 아니었다. 그런 그가 굳이 축사를 맡겠다고 나선 데는 이유가 있었다. 제국 서방의 한 축을 맡은 카이사르의 아들이 결혼하는 자리였다. 신랑 자신도 혁혁한 전공을 세우고 있는 제국 동방의 유능한 장교였다. 따라서 제국 동방의 전 군단에서 지휘관들이 대거 참석했다. 이런 좋은 기회를 놓칠 수석 황제가 아니었던 것이다. 디오클레티아누스가 당사자인 신랑 콘스탄티누스나 신부 폼페이아보다 신랑의 아버지인 클로루스에 대해 더 많은 칭찬을 늘어놓은 이유는 거기에 있었다.

자, 보아라! 황제들은 이렇게 서로를 깊이 신뢰하고 서로 사랑하고 존경한다. 황제단에 도전할 생각은 아예 하지도 마라. 이제 로마에 더 이상의 쿠데타는 용납될 수 없다.

이것이 디오클레티아누스가 결혼식에 참석한 지휘관들에게 들려주고 싶은 말이었다. 그러나 그의 말이 결코 과장은 아니었다. 황제들은 진정 서로에 대한 신뢰와 우애를 깊이 간직하고 있었다. 그것은 막시미아누스도 클로루스도 갈레리우스도 마찬가지였다. 제국은 실로 오랜

만에 안정과 평화를 위한 탄탄대로를 구축하고 있었으며, 콘스탄티누스의 결혼식은 그런 황제단의 위세를 제국의 전군에 과시할 절호의 기회이기도 했다.

콘스탄티누스는 그렇게 가정을 이루었고 스물둘의 젊은 나이에 일찌감치 아들을 얻었다.

다음날 아침, 콘스탄티누스와 그라쿠스가 찾아갔을 때 갈레리우스의 표정은 전날보다 더욱 심각해져 있었다.

"지금부터 내가 묻는 물음에 솔직히 대답해 주게. 작년의 참패, 그 패인이 어디에 있다고 생각하나?"

두 젊은 장교는 서로의 얼굴을 쳐다볼 뿐 얼른 대답할 말을 찾지 못했다.

"일차적인 원인은 지리적인 불리함에 있었다고 생각합니다. 로마군은 사막에서의 전투에 익숙하지 않습니다."

콘스탄티누스가 말했다.

"고맙네, 콘스탄티누스."

"예?"

콘스탄티누스가 당황하여 엉겁결에 대답했다. 갈레리우스가 씨익 웃으며 말했다.

"총사령관의 성급한 판단이 결정적인 패인이었다고 말해주지 않아서 고맙다는 말일세."

"아, 예, 그게…."

콘스탄티누스가 얼버무렸다.

"내가 생각하는 패인의 가장 큰 이유는, 상대방을 모르는 상태에서, 적을 충분히 파악하지 않고 성급하게 행동했다는 데에 있네. 나는 그때까지의 전쟁에서 한 번도 패한 적이 없었지. 도나우강을 넘어오는 고트족 전사들은 용감하고 무자비했네. 나는 그런 전투에 익숙했고 여러 가지 전술을 동원하여 어려운 전투를 승리로 이끌 수 있었어."

제국 서방의 카이사르인 콘스탄티누스의 아버지 클로루스가 라인강을 넘어오는 게르만족을 모두 강 동쪽으로 쫓아냈듯이, 동방의 카이사르 갈레리우스 역시 제국 동방을 자기 집 안마당처럼 넘나들며 노략을 일삼던 고트족을 도나우강 북쪽으로 몰아내는데 성공했다. 그의 군사적 능력은 충분히 입증이 되고도 남았다.

"디오클레티아누스 황제께서 나를 메소포타미아로 보낸 것도 그런 나의 전투력과 경험을 믿으셨던 거지. 무엇보다 제국 로마를 사랑하고 고국을 위해서는 목숨을 아까워하지 않는 내 충심을 황제께서는 잘 알고 계셨네. 난 그분의 신뢰에 멋지게 보답하고 싶었지."

"그래서 폐하께선 디오클레티아누스 황제의 명령을 받자마자 곧바로 안티오키아에 주둔해 있던 군단을 이끌고 북부 메소포타미아로 진군하셨던 거로군요."

그라쿠스가 물었다.

"그렇다네. 여러 번의 전투에서 승리했다는 자신감과 경험에 대한 지나친 확신, 그것이 경솔한 판단을 불러온 것일세."

갈레리우스는 괴로운 듯 입술을 물었다. 그때의 악몽이 되살아나고 있었다.

사정없이 내리쬐는 사막의 열기를 로마군은 견뎌내지 못했고 시간이 흐를수록 전열이 흐트러지고 전사자가 속출했다. 패배를 인정할 수밖에 없었다. 그러나 페르시아군은 후퇴하는 로마군을 그냥 돌려보내지 않았다. 곳곳에 매복된 적에 의해 로마군의 피해는 계속 늘어갔고, 안티오키아까지 후퇴하는 동안 페르시아 기병은 계속 뒤쫓아오며 괴롭혔다.

"안티오키아에 도착해 보니 황제께서 시 외곽까지 나와 기다리고 계시더군."

갈레리우스가 씁쓸히 웃으며 말을 이었다.

"제복을 벗으라는 명령을 내렸어도 두말 없이 따를 수밖에 없었네. 그런데 황제께선 아무 말 없이 마차를 타고 시내로 들어가셨지. 평소 같으면 황제께서 마차를 타고 가실 때 나는 말을 타고 동행했네. 그러나 그때는 일반 병사들과 함께 걸어서 시내까지 들어가야 했지. 그 비참한 마음이야 이루 말할 수 없었지만 황제 폐하의 마음은 어떠셨겠나? 나보다 훨씬 더 가슴이 아프셨을 것일세."

지난해의 패배는 분명 총사령관 갈레리우스의 경솔한 판단과 지나친 자만심이 가져온 것이었다. 그러나 황제는 갈레리우스에게 재기할 수 있도록 기회를 주었고, 다시 지휘권을 하사받은 카이사르는 이번 전쟁이 자신의 과오를 만회할 수 있는 마지막이자 절호의 기회임을 명확히 인지하고 있었다.

"내가 왜 이 말을 하는지 알겠나?"

"예, 폐하!"

두 장교가 대답했다.

"페르시아는 결코 만만한 상대가 아닐세. 자네들, 발레리아누스 황제 소식을 알고 있나?"

갈레리우스는 이 골치 아픈 페르시아 문제를 가능하면 빨리 매듭짓고 싶었다.

"예, 조금은 알고 있습니다!"

두 장교는 이번에도 대답을 같이 했다.

"로마인이라면 누구나 발레리아누스 황제의 소식을 듣고 충격에 빠지지 않은 사람이 없었지. 대충은 알고 있는 얘기겠지만, 지금부터 내가 하는 말을 가슴 깊이 새겨주게."

비극의 황제 푸블리우스 리키니우스 발레리아누스. 그가 휘하 장병들의 추대를 받아 황제가 되었을 때, 그의 나이 63세였다. 현역에서 물러나 여가를 즐기며 여생을 보내야 할 때 어수선한 대제국의 골치 아픈 문제들을 풀어야 할 막중한 책무가 주어진 것이다.

발레리아누스 황제는 늙어 가는 로마에 젊은 피를 공급하기 위해 출신 지방이나 계급에 상관없이 능력 위주로 인물을 발탁했다. 북쪽에선 게르만족이, 동쪽에서는 페르시아가 끊임없이 제국의 안정을 위협해 오고 있었다.

서기 259년, 페르시아 왕 샤푸르 1세가 대군을 몰고 로마제국으로 쳐들어왔다. 샤푸르 1세는 유프라테스강을 건너 로마제국 극동부에 위치하고 있던 시리아를 점령했다. 발레리아누스 황제는 즉시 샤푸르를 막기 위해 7만 병력을 거느리고 동쪽으로 떠났다. 황제의 나이 일흔을 바라보는 노년기였다. 하지만 출신 배경이나 혈연을 따지지 않고 능력 위주로 발탁된 로마군 지휘부는 젊고 강했다.

초반의 전투에서 발레리아누스군은 연전연승을 거두었다. 안티오키아에서 샤푸르의 군대를 격퇴하고 페르시아 국경을 향해 동진을 계속하던 어느 날, 로마군에게 페르시아 사절단이 찾아왔다.

'페르시아 황제께서 폐하를 만나고 싶어하십니다.'

사절단장은 발레리아누스 황제 앞에서 오리엔트식으로 무릎을 꿇고 깊숙이 절을 하며 말했다.

'무슨 용건이요?'

급할 것이 없는 황제가 물었다.

'저희 페르시아 황제께서 휴전 문제를 논의하고 싶어하십니다.'

'로마는 대화로 해결할 수 있는 문제라면 무력에 의지하지 않소. 그러나 휴전을 원한다면 침략에 대한 대가를 지불해야 할 것이오.'

발레리아누스는 누가 승자의 입장에 서야 하는지를 분명히 해 둘 필요가 있다고 생각했다.

'샤푸르 황제께서는 로마가 원하는 것을 준비하고 계십니다.'

사절단장은 더욱 공손히 머리를 조아렸다.

'그대들의 왕을 이리 모셔 오시오.'

조금은 무리한 요구라고 생각하면서도 발레리아누스 황제는 그렇게 말했다. 휴전 회담이라면 제3의 장소에서 만나는 것이 관례였지만, 그로서는 적지인 이곳에서 제3의 장소를 판단하기란 쉽지 않았다. 어쨌든 칼자루는 이쪽에서 쥐고 있었다.

'제3의 장소에서 만나주십시오, 폐하.'

예상대로 사절단장이 부탁을 해왔다. 두 황제는 양 진영의 중간 지점에서 호위 기병 10기씩만 거느리고 만나기로 했다. 사방이 확 트인 드넓은 황야 한가운데 이삼십 명이 겨우 모일 수 있는 오아시스가 있었다. 그곳이 회담 장소로 정해졌다. 기병의 군장은 일인당 장검 한 자루만 허용하기로 했다.

약속된 장소에서 양국의 황제가 만났을 때, 그들은 조심스럽게 상대의 기병 수와 군장을 확인했다. 이상은 없었다. 그러나 회담이 막 시작되려 할 무렵, 오아시스를 둘러싼 땅이 들썩이더니 순식간에 백여 명의 무장 병력이 모습을 드러냈다. 발레리아누스는 즉시 말 위에 올랐다. 10기의 로마군 기병도 즉시 말을 타고 황제를 호위했지만 좁은 오아시스는 금세 무장 병력에 봉쇄되고 말았다. 빠져나갈 곳은 없었다.

"샤푸르 1세가 그런 위인이었던가요?"

그라쿠스가 의외라는 듯이 고개를 좌우로 저었다. 비록 적국의 왕이었지만 그때까지 샤푸르 1세는 폭넓은 존경을 받는 인물이었다. 학문과 예술을 사랑하는 페르시아의 황제, 사람들은 그를 동방의 마르쿠스 아우렐리우스라고 불렀다. 그런 그가 그렇게 비열한 방법을 동원했다는 것이 믿어지지 않았다.

"전쟁이란 게 그렇지. 샤푸르도 그런 방법을 쓰고 싶지는 않았을 거야. 그러나 파멸은 자신만으로 그치는 게 아닐세. 연패를 거듭한 샤푸르 1

세는 나라 전체에 파국이 미치는 걸 어떻게든 막고 싶었겠지. 정상적인 사람, 아니 현자까지 짐승으로 만드는 게 바로 전쟁이지."

갈레리우스는 잠시 말을 멈추고 두 젊은 장교를 무섭게 쏘아보더니 천천히 말을 이었다.

"나이 칠십의 노황제가 제국을 구하기 위해 그 먼 곳까지 달려가서는…. 계략에 속아 체포되었다는 소식을 들었을 때…."

갈레리우스의 눈썹이 꿈틀거렸다. 눈물을 흘리지는 않았지만 그는 속으로 울고 있었다.

"병사들은 더 이상 싸울 힘을 잃고 말았지. 자네들은 앞으로 로마의 미래를 짊어져야 할 젊은이들일세. 선조들께서 물려주신 제국의 영광을 자네들과, 자네들의 자손들이 변함없이 누릴 수 있도록 힘써 주게나."

마음의 여유를 되찾은 갈레리우스가 웃음을 머금고 콘스탄티누스와 그라쿠스를 쳐다보며 말했다.

"명심하겠습니다, 폐하!"

이번에도 두 장교는 거의 동시에 대답했다.

콘스탄티누스는 여섯 개의 백인대로 구성된 육백 명의 병력을 인솔하여 북부 메소포타미아로 진군했다. 작년과는 달리 갈레리우스는 사막전을 철저히 피하면서 산악 지대로 군대를 이동했다.

콘스탄티누스가 전령의 보고를 받은 건 갈레리우스의 주력 부대와 함께 티그리스강변에 도착하여 막 숙영지를 건설하고 있을 때였다. 갑자기 군영이 소란스러워졌다.

“대대장님, 페르시아의 예언자라는 자가 대대장님을 뵙게 해 달라고 합니다.”

부관이 보고한 내용이었다.

“페르시아의 예언자? 예언자가 왜 날 보자는 건가?”

밖에서 노인의 목소리가 들려왔다.

“꼭 좀 만나게 해 주십시오. 이 늙은이의 소원입니다.”

“들여보내게!”

접견실로 들어온 노인은 등이 굽어 제대로 걷지도 못하는 몸으로 키가 큰 콘스탄티누스를 힘겹게 올려다보았다.

“장교님과 단 둘이 대화를 나누게 해 주십시오.”

예언자라는 노인이 콘스탄티누스에게 한 첫마디였다.

“자넨 물러가 있게.”

콘스탄티누스의 명령을 받고 뒤돌아 나가는 부관을 한동안 쳐다보던 노인이 갑자기 무릎을 꿇었다.

“역사의 주인이 되실 분께 문안 인사드립니다.”

예언자가 굽은 등을 더욱 굽히며 말했다.

“말조심하시오! 역사의 주인이라니, 그 무슨 망발이요?”

콘스탄티누스는 등골이 서늘해지는 위기감을 느끼며 예언자를 나무랐다. 자칫 역모 죄인이 될 수도 있는 상황이었다.

“아닙니다. 장교님은 장차 제국은 물론 세계 역사에 이름을 크게 남기실 분입니다.”

“이보시오, 노인장. 아무래도 제정신이 아닌 것 같소. 더 이상 쓸데없는 말을 계속하면 유언비어 유포 혐의로 체포하겠소."

"필요하다면 그렇게 하십시오. 저는 아무래도 상관없습니다. 이미 칠십이 넘게 살았습니다. 너무 오래 살았지요. 그러나 세상을 오래 살다 보니 보이지 않는 세계의 비밀을 볼 수 있게 되었답니다. 그저 정신 나간 노인이 주절댄다 생각하셔도 좋으니 들어만 주시면 감사하겠습니다."

노인은 콘스탄티누스가 피할 구석까지 마련해 주며 간곡히 부탁했다.

"좋소, 황당한 얘기를 늘어놓지만 않는다면…. 어디 들어봅시다."

"카루스 황제를 아시지요?"

노인이 눈을 끔벅이다 잘 보이지 않는다는 듯 실눈을 뜨고 콘스탄티누스를 쳐다보며 말했다.

"카루스!"

콘스탄티누스는 기분이 확 상했다. 카루스 황제라면 자신이 여덟 살 때인가 페르시아와 싸우다 벼락에 맞아 죽은 황제였다. 이 노인네가 수작을 부리려는 모양이군! 속말을 삼키며 콘스탄티누스가 노인의 다음 말을 넘겨짚었다.

"그래, 카루스 황제가 어떻단 말이요? 페르시아와 싸우다가 저주를 받아 죽었다는 말을 하고 싶은 거요?"

"장교님, 문제는 페르시아가 아닙니다. 지고신에 대항하지 마십시오."

"지고신이라니? 제우스를 말하는 것이요?"

"아닙니다, 제우스가 아니라 세상을 있게 하시는 분, 인간과 신들과 존재하는 모든 것을 창조하신 지고하신 분에게 대항하는 자는 누구든 파멸을 피할 수 없습니다."

"그가 누구요?"

"갈릴리의 예언자는 그분을 하늘 아버지라고 가르쳐 주셨습니다."

"노인은 지금 유대인과 기독교인의 신을 말하고 있군."

"유대인의 신이기도 하고 기독교인의 신이기도 하지요. 페르시아의 신이기도 하고, 이름 없는 한 어린아이의 신이며 모든 인류의 신이십니다. 그분은 어느 한 민족이나 한 종교가 소유할 수 있는 분이 아닙니다. 그분은 민족이나 종교를 초월해 계십니다."

"됐소. 골치 아픈 얘기 더 이상 듣고 싶지 않으니 그만 돌아가 보시오."

콘스탄티누스는 더 이상 말하고 싶지 않았다. 어렸을 때부터 어머니로부터 비슷한 얘기를 지긋지긋하게 듣고 자랐다. 다른 점이 있다면 노인이 말하는 지고신은 기독교를 포함하면서도 넘어서고 있다는 점이었다.

"지난 역사를 잘 살펴보십시오. 신의 섭리에 대항한 황제 가운데 편안하게 여생을 마친 분이 있었던가요?"

잠시 뜸을 들이던 노인이 말을 이었다.

"지고신의 섭리는 긴 역사를 통해 서서히 이루어지기에 사람들이 그분의 손길을 잘 느끼지 못합니다. 그러나 그분의 섭리는 언제 어디서나 완전하게 이루어집니다. 그러나 저는 황당한 해석을 하고 싶지는 않습니다. 지고신이 인간 역사에 일일이 개입하여 장난친다고 생각하지는 않으니까요. 사람은 누구나 자기 인생을 설계하고 창조할 수 있습니다. 자유롭게요. 허나 지고의 신이 개인의 인생에 간섭하지는 않지만 그 책임은 물으십니다. 씨앗을 뿌리면 당연한 결과로 열매를 맺는 것처럼요."

"아, 시간이 많지 않소. 인생강론은 빼고 요점만 말하시오."

"세상에는 큰 도둑이 많습니다. 돈을 훔치는 자는 작은 도둑이요, 생명을 훔치는 자는 큰 도둑이지요. 제가 알기로 지금까지 세상의 가장 큰 도둑은 알렉산드로스 와 율리우스 카이사르였습니다. 그들이 어떤 숭고한 이념을 내세우더라도 무수한 생명을 빼앗을 권리는 없습니다. 그 권리는 오직 지고하신 신에게…."

"억지로 꿰어 맞추지 마시오. 그런 식의 해석으로 어리석은 사람을 유혹할 수는 있겠지만…."

"한 가지만 분명히 말씀드리지요. 생명을 경시하는 사람은 자기 생명 또한 경시 당하게 됩니다. 그건 로마의 카이사르 갈레리우스에게도, 페르시아의 왕 샤푸르에게도 동일하게 적용됩니다. 생명을 거두는 일은 언제나 신중해야 합니다."

"나를 찾아온 용건만 간단히 말하시오. 더 이상은 시간을 낼 수 없소."

"백성을 아프게 하는 사람은 언젠가 피의 대가를 받게 됩니다. 당대에 자신이 받지 않으면 그 다음 대에서라도 반드시요. 알렉산드로스 마그누스도 율리우스 카이사르도 비명에 죽었습니다. 그것도 측근의 손에 의해서 말입니다. 샤푸르 역시 자기 야욕을 위해 수많은 백성의 생명을 도둑질한 죄의 대가를 피할 수는 없습니다. 장교님, 세상에는 사람의 머리로 이해할 수 없는 일이 많습니다. 아무튼 지고신에게 도전하는 일만은 피하십시오. 지고의 신은 장교님에게 원대한 일을 맡기실 것입니다. 그때 제 말을 기억해 주십시오."

노인이 실성한 것 같지는 않았다. 기분이 그리 나쁘지도 않았다. 참고할 만한 얘기로군! 하지만 더 들을 필요는 없겠어. 콘스탄티누스는 노인을 쳐다보며 잠시 웃음을 지었다.

"부관!"

이내 웃음을 멈춘 콘스탄티누스가 문밖에 대고 소리를 질렀다.

"예언자께서 가신다고 하니 진영 밖까지 잘 모셔다 드려라!"

노인은 굽은 허리를 다시 깊숙이 숙이고 부관을 따라 뒤돌아 나갔다. 노인의 말이 콘스탄티누스의 뇌리에 남아 맴돌고 있었다.

'아무튼 지고신에게 도전하는 일만은 피하십시오. 지고의 신은 장교님에게 원대한 일을 맡기실 것입니다. 그때 제 말을 기억해 주십시오….'

총사령관 갈레리우스가 작전 명령을 내렸다.

"선발은 고트족 기병대가 맡는다. 밤에 기습 공격으로 적의 주력을 혼선에 빠뜨린 다음, 우리의 정예 보병으로 적을 포위, 섬멸한다."

콘스탄티누스의 대대는 보병의 전위를 맡아 격전을 각오해야 했다.

"페르시아군은 야간에는 싸우지 않는다지요?"

그라쿠스였다.

"그래서 한밤중에 기습하려는 것 아닌가."

콘스탄티누스가 총사령관 대신 말을 받았다.

"왜, 떳떳하지 못한 승부 같아서 마음이 불편한가?"

갈레리우스가 그라쿠스를 향해 고개를 돌리며 물었다.

"아, 예. 그게 아니고…."

그라쿠스가 속내를 들킨 듯 얼버무렸다.

"괜찮네, 괜찮아. 한밤의 기습 공격을 자네처럼 떳떳하지 못한 승부라고 생각할 수도 있네. 하지만 전쟁에 떳떳한 승부가 어디 있나? 희생을 최소화하는 전투를 선택하는 것이 그나마 나은 방법일세. 장수들은 회전이 가장 깨끗한 승부라고 말하지만 내 생각은 다르네. 대낮에 수천 수만 대군을 정면으로 충돌하게 하여 수많은 피를 흘리게 하는 회전이야말로 가장 비열하고 비참한 전쟁일세. 아무리 전쟁터라 해도 사람 목숨이 파리 목숨하고는 다르지 않나?"

장교들은 한결같이 고개를 끄덕이며 듣고 있었다.

야간의 기습 작전은 대성공을 거두었다. 고트족 기마병은 지난해의 승전으로 방심하고 있던 페르시아군 주력 부대를 마음껏 휘젓고 다니며 닥치는 대로 죽이고 약탈했다. 페르시아의 정예 병력은 큰 혼란에 빠졌다. 밤에는 싸우지 않는 페르시아군의 습관을 역이용한 총사령관 갈레리우스의 전법은 크게 성공했다.

콘스탄티누스의 대대도 전투라기보다는 일방적인 살육을 했다. 콘스탄티누스는 농부가 추수를 하듯 닥치는 대로 적을 찌르고 베었다. 전쟁은 로마군의 대승으로 끝났다.

"샤푸르는 어찌 되었나?"

살육전이 끝난 후 갈레리우스가 장교들에게 물은 말이었다.

"부상당한 채 호위병에 둘러싸여 도망쳤습니다. 그러나 참전한 왕의 가족은 거의 생포되었습니다."

부관의 대답이었다.

"그들을 데려오게!"

두려움에 떨고 있는 샤푸르 왕의 처와 첩들, 아이들이 갈레리우스 앞으로 끌려왔다. 아이들이 눈물을 흘리며 살려달라고 애원했다.

"살고 싶으냐?"

로마군 총사령관이 웃음 띤 얼굴로 페르시아 황족의 아이들에게 물었다.

"네, 제발…. 살려주세요."

예언자의 목소리가 콘스탄티누스의 가슴을 파고 들려왔다.

'돈을 훔치는 자는 작은 도둑이요, 생명을 훔치는 자는 큰 도둑입니다.'

콘스탄티누스가 예언자에게 말했다.

'전쟁터에서는 전쟁의 법칙이 있을 뿐이오. 죽이지 않으면 내가 파멸한다는 지극히 상식적인 법칙….'

예언자가 다시 말했다.

'그렇습니다. 그렇더라도 생명을 거두는 일에는 언제나 신중해야 합니다.'

콘스탄티누스는 예언자가 전쟁이 끝난 후의 일을 말한 것이라고 생각했다.

"걱정하지 마시오. 로마는 대항할 힘이 없는 자에게 무력을 들이대지 않소. 그대들의 안전을 보장해 주겠소. 또한 로마는 그대들의 신분에 걸맞은 대우를 해 줄 것을 약속하는 바이오."

페르시아 원정 로마군 총사령관이자 카이사르인 갈레리우스는 공포에 떠는 페르시아의 황족들에게 그렇게 말했다.

기독교 대박해

"아들아, 그건 안 된다. 그것만은 절대로 안 돼. 하느님을 대적해선 안 돼."

헬레나는 아들의 소매를 붙잡고 울부짖었다.

"어머니, 이건 제가 선택할 수 있는 일이 아닙니다. 국가 정책입니다. 로마의 안정과 평화를 위해 어쩔 수 없이 선택한 정책이라구요!"

"콘스탄티누스, 사랑하는 내 아들! 하느님을 시험하지 말아라. 교회를 업신여기지 말아라. 하느님을 시험하고 교회를 핍박하면 무서운 벌을 받게 돼."

"벌이라구요? 왜 어머니의 신은 인간 세상에 그렇게 일일이 간섭을 하는 건가요?"

"우리를 사랑하시기 때문이란다. 당신의 아들딸을 지켜주시려는 어버이 마음이지. 하나님을 대적하는 자는 로마 황제라도 신의 징계를 면할 수 없다."

"어머니, 황제는 단순히 기독교에 대한 증오심으로 이런 일을 계획한 것이 아닙니다. 문제는 기독교인들이 스스로 자처한 거예요. 기독교인들은 다른 사람들의 생활 방식을 이해할 줄 몰라요. 오직 자신들의 신념만 옳다고 주장하죠. 이렇게 되면 사회에 갈등이 일어날 수밖에 없어요. 기독교 조직이 커갈수록 로마는 일치와 화합을 이루지 못한 채 갈등에 빠져들게 됩니다. 그걸 막기 위해 황제 폐하께서 칙령을 발표하신 겁니다. 이제 로마제국 내에서 황제의 뜻과 힘을 막을 수 있는 사람이나 조직은 아무도 없어요. 어머니도 이제 기독교 신앙을 버리셔야 합니다. 그렇지 않으면 어머니도 저도 몰락할 수밖에 없어요."

콘스탄티누스는 단호하게 말할 수밖에 없었다. 헬레나가 큰 눈에 눈물을 가득 담고 아들을 쳐다보며 애원했다.

"콘스탄티누스, 제발 내 말 좀 들어다오. 오래된 일이지만, 하느님께서 이런 일로 제국에 내리신 징벌을 교훈으로 삼아야 한다."

헬레나는 주교의 설교를 떠올리며 필사적으로 아들을 설득했다. 자신의 아들이 신의 권위에 도전하는 무서운 죄만은 어떻게든 막아야 했다.

"무슨 말씀을 하시려는 건지 잘 알아요. 어머니, 그건 우연의 일치였을 뿐입니다. 제발 이성과 상식을 갖고 냉철하게 현실을 보세요."

"아니다, 아들아. 세상에는 우리 머리로 이해할 수 없는 일이 많아. 그건 너도 알지 않니?"

콘스탄티누스는 벽을 느꼈다. 그토록 사랑하는 어머니, 그토록 자상하고 따뜻한 어머니였지만 기독교 신앙 문제로 들어가면 언제나 벽이었다.

"그 전염병은 하느님께서 친히 보내신 거야. 그해에 하느님께선 지진도 보내셔서 거듭 경고하셨지만 사람들은 기적을 보고도 깨닫지를 못하더구나."

기독교를 박해하던 데키우스 황제의 둘째 아들이 전염병에 걸려 죽은 직후 주교와 사제들은 신에게 도전하는 행위가 어떤 결과를 가져올 수 있는지 경고하는 설교의 소재로 그 일을 자주 언급했다. 그들의 설교는 교회의 결속을 가져오는데 큰 효과를 발휘하고 있었다.

"그러니까, 어머니 말씀은 그 모든 게 신의 징계라는 거지요?"

"그렇단다. 신의 징계는…."

"어머니, 그건 말이 안 돼요!"

콘스탄티누스는 버럭 소리를 지르며 어머니를 밀쳐냈다. 착하고 순진하게만 살아온 어머니에게 그런 맹신을 심어준 교회 성직자라는 사람들을 향해 분노가 솟구쳐 올랐다.

"어머니의 신은 전능한 분이고 사랑의 신이라면서요? 그런 신이 한 사람의 범죄를 징계하기 위해 전염병을 보내 여러 사람을 죽게 한단 말입니까? 어떤 폭군도 그렇게 무자비하게 사람을 몰살하지는 않아요. 게다가 지진까지 신의 징계라니요. 혹시 어머니는 전염병에 걸리거나 지진에 죽은 사람들이 모든 신에게 죄를 지은 사람이라고 생각하는 건가요? 그건 불행을 당한 사람들의 영혼까지 죽이는 겁니다."

콘스탄티누스는 어머니와의 대화에서 이렇게까지 흥분한 적이 없었다. 이래선 안 된다고 생각하며 자신을 타일렀지만, 마음 깊이 솟구치는 분노를 제어하기 힘들었다. 방문을 박차고 나오며 콘스탄티누스는 혼잣말로 중얼거렸다. 이런 무지막지한 생각을 심어주는 종교라면 제국 내에서, 아니 이 세상에서 사라지는 게 낫겠군! 황제께서 현명한 판단을 내리셨어.

"얘야…."

얼굴이 파랗게 질린 헬레나는 방문 밖으로 멀어져 가는 아들을 멍하니 바라볼 뿐 더 이상 말을 잇지 못했다.

콘스탄티누스가 어머니의 신앙 문제로 디오클레티아누스 황제의 부름을 받은 건 보름 전이었다.

'자네가 나의 카이사르, 클로루스의 추천으로 내 군단에 합류한 지 올해로 꼭 십 년이 되었군.'

지난날을 회상하는 듯 눈을 가늘게 뜬 황제가 천장을 바라보며 말했다. 황제의 눈길이 머문 곳에 화려하게 장식된 조명이 조금씩 흔들리고 있었다.

'예, 폐하! 폐하의 은공으로 제 가족, 특히 저의 어머니께서 안정된 생활을 누릴 수 있었습니다. 마음 깊이 감사드립니다.'

콘스탄티누스는 수석 황제에게 진정으로 가슴 저리도록 고마움을 느꼈다. 십 년 전, 자신의 손에 직접 두루마리 집문서를 쥐어주던 황제의 모습이 떠올랐다.

'자네의 충성과 뛰어난 능력으로 제국도 안정된 기반을 다질 수 있었지. 자네와는 모든 걸 터놓고 얘기하고 싶네.'

콘스탄티누스가 군사적 재능을 인정받아 황제의 근위군단장으로 발령 받은 지도 두 해가 지났다. 황제를 가까이에서 보필한 시간은 벌써 십 년, 그들은 서로를 너무나 잘 알고 있었고 깊이 신뢰하였다. 그동안 열여덟의 소년은 스물여덟의 건장한 청년으로 자라 있었다.

'내가 서른 살이 되었을 때는 아우렐리아누스 황제께서 그리고 서른 일곱이 되었을 때는 프로부스 황제께서 각각 휘하 병사들에게 살해당했네. 그들은 모두 제국을 결정적인 위기에서 구해낸 뛰어난 임페라토르였고 애국자였지. 병사들은 물론이고 시민들도 존경해 마지않는 황제들이었네.'

'그래서 폐하께선, 공동 통치를 원하셨던 거로군요!'

콘스탄티누스가 늘 마음에 품고 있던 의문을 꺼냈다. 과연 황제단의 공동 통치가 수석 황제 디오클레티아누스의 의도대로 성공할 수 있을지는 미지수였다. 황제단에 참여한 네 사람이 딴 마음을 품지 않고 처음부터 끝까지 뜻을 같이 해야만 성공할 수 있는 어려운 일이었다. 어쨌든 디오클레티아누스 황제는 그 길을 선택했고 지금까지는 멋지게 성공을 거두고 있었다.

'그렇다네. 네 명의 공동 황제를 모두 적으로 삼고 칼을 들이댈 무모한 장군은 없을 테니까. 그래서 난 기꺼이 내 권력을 황제들에게 나누어 준 것일세. 어떻게든 쿠데타의 악순환만은 막아야 했기 때문이지. 제국의 안정을 위해서라면 나는 내가 가진 모든 것을 다 내놓을 용의가 있네. 이 자리도 내놓아 제국의 안정과 평화에 도움이 된다면 기꺼이 물러날 생각일세.'

'폐하의 진심을 알고 있습니다.'

콘스탄티누스는 진심으로 황제를 존경했다. 아무나 할 수 있는 일이 아니었다. 나라면 그렇게 할 수 있을까. 자신이 없었다.

'나는 최선을 다해 내가 할 수 있는 일을 했네. 그러나 내 능력으로 할 수 없는 일에 대해서는 신들의 도움을 받고 싶네. 우리 로마의 신들은 물론, 페르시아인과 유대인, 기독교인들이 믿는 절대신에게도 의지하고 싶은 마음일세. 로마의 일치와 평화, 안정된 번영을 가져다 줄 수만 있다면 어떤 종교나 이념, 신념도 모두 존중하고 받아들이고 싶은 것일세.'

콘스탄티누스는 디오클레티아누스 황제가 자신의 이름에 '제우스'라는 별명을, 공동 황제인 막시미아누스에게는 '헤라클레스'라는 별명을 쓰게 한 연유를 이해할 것 같았다. 로마의 일치를 위한 구심점은 종교, 그것도 로마의 전통 종교가 맡아야 할 문제였다. 그 구심점을 중심으로 여러 인종과 문화, 종교, 사상이 다양하게 꽃을 피우며 일치와 화합을 이룰 때 비로소 대제국 로마는 새로운 번영을 구가할 수 있을 것이었다.

'그런데 제국의 단결과 평화에 가장 방해가 되는 집단이 있어 골칫거리가 되고 있네. 제국의 황제들은 그들을 때로는 설득하고 회유했네. 로마를 진정으로 사랑한 황제들일수록 유일신을 믿는 이 특이한 사람들을 어떻게든 달래고 함께 하려고 노력했지만 그들의 고집은 꺾을 수가 없었네. 그들이 누군지 알겠나?'

'기독교인들을 말씀하시는 거로군요.'

'그렇다네. 그들과 갈등을 빚은 역대 황제들이 누군지 생각해 보게.'

'발레리아누스 황제를 비롯해서 데키우스 황제, 더 거슬러 올라가면 마르쿠스 아우렐리우스 황제나 하드리아누스 황제, 트라야누스 황제 등을 들 수 있겠지요.'

'그렇지. 그들의 공통점이 무엇인지도 생각해 보게나.'

황제의 말에 콘스탄티누스는 강한 충격을 받았다. 모두가 현명하고 어진 황제들이었다. 지금까지도 시민들의 신뢰와 존경을 한 몸에 받고 있는.

'콘스탄티누스, 오늘 내가 왜 자네를 불렀는지 알겠나?'

'짐작하고 있습니다, 폐하.'

황제가 본론을 꺼낼 때가 되었다고 생각하며 콘스탄티누스는 바짝 긴장하지 않을 수 없었다. 마음의 각오를 단단히 해야 했다.

'자네 어머니가 독실한 기독교인이라는 사실을 잘 알고 있네.'

'예, 폐하.'

'자네는 어떤가?'

'저는 개인적으로, 태양신 미트라를 마음에 모시고 있습니다. 어머니의 종교에 대해서는…. 이해하려고 애쓰고 있지만 여전히 잘 이해되지 않습니다.'

'자네가 생각하는 기독교에 대해 자세히 듣고 싶네.'

'저도 잘은 모릅니다. 다만, 기독교인들 중에 착한 사람이 많다는 점은 인정하고 싶습니다. 선행도 많이 하지요. 가난한 사람을 돕는 일에는 누구보다 앞장서고…. 그러나 자기 종교에 대한 애정과 확신이 너무 강해서….'

'개인의 심성은 착하다…. 그럴 것이네. 착하고 순진한 사람들이지. 콘스탄티누스!'

'예, 폐하!'

'내가 가장 우려하는 것은, 이들 대부분이 자신의 신념에 대해 의심할 줄 모른다는 점일세. 자기들이 믿는 신은 조금도 오류가 없는 전지전능한 신이라고 의심 없이 믿는 거지. 그렇게 믿는 것도 그들의 신앙이기에 거기서 멈춘다면 존중해 주고 싶네. 그런데 문제는 그런 신을 믿기에 자기들의 신앙도 오류가 없다고 생각하는 거야. 그래서 자기를 돌아볼 줄 모르고 타협을 못하는 것일세. 자기들의 신앙은 절대로 옳고 그와 다른 생각을 가진 사람은 모두 틀린 것이라는 이런 생각을 가진 사람과 함께 살아가는 것은 제국의 장래에 큰 위협이 될 수 있네.'

콘스탄티누스는 황제가 중대 결단을 앞두고 있다는 것은 짐작했지만, 그것이 기독교에 대해 칼을 겨누는 것이 아니길 간절히 바라고 있었다. 그로서는 어머니 문제와 엮여 난감한 문제가 아닐 수 없었다. 그러나 피해갈 길은 없었다.

'폐하의 판단이 옳다고 생각합니다.'

'자네 어머니를 잘 단속해 주게. 앞으로 기독교인임을 스스로 주장하고 나서면 나로서도 더 이상 어머니를 보호해 줄 방도가 없네.'

황제는 제국의 최고 통치자로서 카이사르의 가족에 대한 경고와 함께 그들을 보호할 수 있는 선이 어디까지인지 분명히 못을 박았다.

제발, 제발, 어머니. 그냥 얌전히 계십시오. 나서지만 마세요. 그냥 잘 모른다고 하세요, 제발! 취조실로 향하며 황제와의 대화를 회상하던 콘스탄티누스는 세차게 고개를 흔들었다.

취조실에는 사방의 벽에 한 개씩 모두 네 개의 등불이 걸려있었다. 햇빛이 완벽하게 차단된 이 지하 건물에 들어서면 누구나 주눅이 들 수밖에 없었다. 평상시에는 앞쪽 벽면에 붙어있는 등불에만 불을 밝혔다. 이렇게 되면 콘스탄티누스는 상대방의 얼굴을 잘 볼 수 있지만 취조를 당하는 사람은 콘스탄티누스의 얼굴을 제대로 볼 수 없었다. 심리적인 압박을 주기에는 더없이 효과적이었다. 하지만 상대는 주교였다. 콘스탄티누스는 일단 예우를 갖추기로 했다. 네 개의 등불 모두 불이 지펴졌다.

"그대는 황제 폐하의 칙령이 부당하다고 생각하시오?"

콘스탄티누스는 주교에게 차분히, 그러나 단호하게 물었다. 주교가 천천히 고개를 들며 대답했다.

"하느님 앞에서 정직하게 말씀드리자면, 황제는 월권행위를 하고 있는 것입니다."

"월권이라니? 황제는 원로원과 시민으로부터 권위와 권력을 위임받은 최고 통치자요. 제국의 안녕과 질서를 위협하는 자들에게 정당하게 부여받은 권력을 행사하고 있는데 월권은 무슨 월권이란 말이오?"

"공중을 나는 새 한 마리도 하느님이 허락하시지 않으면 땅에 떨어지지 않습니다. 황제의 권위와 권력은 하느님으로부터 온 것입니다. 그러나 황제는 하느님께 순종하지 않고 있습니다."

주교는 확신에 찬 표정으로, 콘스탄티누스의 말을 정면으로 받아냈다.

콘스탄티누스가 목청을 높였다.

"이보시오, 주교! 그건 당신과 같은 생각을 가진 기독교인들 사이에서나 통하는 논리일 뿐이오. 황제는 기독교인이 아니오."

"예, 그렇지요. 황제는 기독교인이 아닙니다. 하지만 하느님은 모든 자의 하느님이십니다. 하느님은 자신의 권위에 도전하는…."

주교가 말을 마치기도 전에 콘스탄티누스가 벌떡 일어나 소리를 질렀다.

"또 시작이군! 도대체 왜 당신들의 신은 사람들을 자유롭게 내버려두지 못하는 거요? 마치 어린아이 다루듯이 이래라 저래라 사사건건 간섭하고, 마음에 들지 않으면 전염병도 보내고 지진도 보내는 유치하기 짝이 없는 짓거리나 하는 신이란 말이오?"

"하느님의 말씀이 기록된 거룩한 책에 의하면…."

"이런, 젠장! 또 이놈의 책 얘기로군!"

콘스탄티누스가 탁자 위에 놓인 주교의 책을 집어 들어 북 찢었다.

"안됩니다, 그건…."

주교가 몸을 던져 찢겨진 파피루스*를 껴안았다. 중심을 잃은 주교는 그대로 취조실 바닥에 나뒹굴고 말았다. 찢겨진 파피루스를 조심스레 살펴보는 주교의 눈에 그리스어로 기록된 문장이 심장을 뚫듯 선명히 파고들었다.

'아멘 아멘 레고 휘민 호티 호 톤 로곤 무 아쿠온 카이 피스튜온 토 펨프산티 메 에케이 조엔 아이오니온 카이 에이스 크리신 우크 에르케타

* 수생 식물의 줄기를 이용하여 만든 종이

이 알라 메타베베켄 에크 투 타나투 에이스 텐 조엔.*'

오, 주여…! 주교의 충혈된 눈에서 굵은 눈물이 흘러내렸다.

"군단장님!"

주교는 곤혹스런 표정으로 콘스탄티누스를 올려보며 애걸했다.

"말해 보시오!"

"만약에, 만약에 말입니다. 우리 기독교인들이 믿는 대로 신이 자신의 신도들을 자식처럼 사랑하신다면, 자기 자식을 핍박하고 재산을 빼앗는 사람들을 어떻게 대하실까요?"

"오호, 그러니까 지금 주교는 신의 징계를 정당방위라고 주장하는 거로군. 당신들의 신은 제 자식이 다른 아이들의 놀이와 문화는 다 가짜고 자기들의 놀이만 옳다고 주장해도 자식 편만 드는 몰염치한 신이요?"

콘스탄티누스가 비웃는 표정으로 이죽거렸다.

"이 문제는 쉽게, 상식적으로 이해될 수 있는 문제가 아닙니다. 저 역시 기독교를 처음 접했을 때는 이해하기 어려웠습니다만…."

눈물로 얼룩진 주교의 얼굴에서 안타까워 어쩔 줄 몰라 하는 표정이 그대로 묻어 나왔다.

"당신들의 신이 정말로 그런 이유로 로마에 징계를 내린 것이라면 정말 무자비한 신이요. 고집스럽고 버르장머리 없는 자식들을 나무라기

* 진실로 진실로 너희에게 이르노니 내 말을 듣고 또 나 보내신 이를 믿는 자는 영생을 얻었고 심판에 이르지 아니하나니 사망에서 생명으로 옮겼느니라.

는커녕 오히려 다른 아이들과는 어울리지도 말라고 가르치는 신이 바로 당신들의 신이 아니냔 말이오. 도대체 그런 신을 사랑의 신이고 전지전능하다니 제정신을 가진 사람이 어떻게 그런 신과 그런 종교를 이해할 수 있겠소?"

"이 세상엔 사람의 머리로 이해할 수 없는 일이…."

"아, 그만! 또 그 얘기로군! 난 똑같은 말을 수도 없이 들었소. 당신들은 언제나 그런 말로 빠져나가더군. 이성과 논리로 설명할 수 없을 때마다 들이대는 당신들의 공식. 어쨌든 좋소. 로마에서 살아가려면 로마의 법을 따르시오. 다른 생각을 가진 사람들이 같은 공간에서 함께 살아가려면 법에 의해 조율될 수밖에 없소. 앞으로 기독교인들에 대한 모든 문제는 법과 칙령에 의해 처리될 것이오!"

황제의 칙령은 제국의 공공건물 곳곳에 붙여졌다. 칙령이 나붙은 건물마다 사람들이 끝없이 몰려들었다.

수석 황제가 살고 있는 니코메디아 황궁 벽 앞에서 칙령을 읽는 한 사내의 눈이 분노로 이글이글 타오르고 있었다. 사내를 격노하게 만든 칙령은 다음 내용을 담고 있었다.

① 기독교회로 사용되는 건물은 모두 파괴한다. 개인 주택이라 하더라도 교회로 사용된다면 이 조치에서 제외되지 않는다.

② 신도들의 모임은 이유 여하를 막론하고 금지된다. 미사나 세례식 등 기독교 의식은 물론이며, 결혼식이나 장례식이라도 기독교의 이름으로 모이는 것은 허락되지 않는다.

③ 기독교 경전은 물론 기독교와 관계된 책, 미사에 사용되는 기구, 십자가, 예수상 등은 몰수하여 소각한다.

④ 기독교인은 로마법의 보호를 받을 권리에서 제외되며 모든 공직에서 추방된다.

서기 303년 2월 24일, 디오클레티아누스 황제가 로마제국 전역에 내린 칙령이었다. 칙령을 읽고 있던 사내가 얼굴에 경련을 일으키며 거칠게 내뱉었다.

"드디어 디오클레티아누스가 본색을 드러냈군! 늙은 여우 같으니라구!"

사내는 미친 듯이 울부짖으며 칙령을 갈기갈기 찢더니, 몰려든 군중을 향해 홱 돌아서서 충혈된 눈으로 외쳤다.

"로마 황제 디오클레티아누스는 칙령을 철회하고 회개하라! 신의 권위에 도전하는 자는 누구든 신의 징벌을 면하지 못할 것이다! 그리스도께서는 반드시 승리하신다!"

칙령이 찢겨지고 있다는 보고를 콘스탄티누스가 들었을 때는 이미 수십 명의 기독교인들이 거리를 돌아다니며 칙령을 철회하라고 외치고 있었다. 콘스탄티누스는 근위대 병력을 보내 난동을 피우는 자를 모두 체포했다. 무장을 하지 않은 데모대를 제압하는 건 그리 어려운 일이 아니었다.

"그리스도께서 승리하신다! 악의 세력은 반드시 멸망할 것이다!"

체포된 기독교인들은 사지가 묶이고 입이 틀어 막히면서도 저항을 멈추지 않았다.

"법을 어기면 어떻게 되는지 알고 있는가?"

끌려온 난동자를 심문하는 콘스탄티누스의 물음에 한 사내가 단호하게 대답했다.

"악법에 따를 수는 없소!"

칙령을 찢은 사내였다.

"악법이라! 황제의 칙령을 악법이라 말하는 자는 제국 내에서 살아갈 수가 없다."

"그리스도를 위해 죽는다면 영광이요!"

콘스탄티누스는 고개를 설레설레 저었다. 얼마 전부터 습관이 된 행동이었다. 도무지 말이 통하지 않는 상황을 만날 때마다 그는 자기도 모르게 이런 행동을 반복했다.

"그대는 가족이 있나?"

"있소."

"누가 있는가?"

"어머니와 아내, 그리고 두 아이들이 있소!"

"그대가 죽으면 그들은 어떻게 되는가?"

사내의 눈빛이 잠시 흔들렸다. 그러나 이윽고 마음을 다잡은 듯 사내는 단호하게 말했다.

"그리스도께서는 말씀하셨소. 그리스도의 이름을 위하여 집이나 형제나 자매나 부모나 자식이나 전토를 버린 자마다 여러 배를 받고 또 영생을 상속…."

사내가 말을 다 마치지 못한 채 억 하고 쓰러졌다. 콘스탄티누스가 그의 얼굴을 갈긴 것이다.

"이런 쓰레기 같은 놈을 봤나! 그래, 정말 네 놈들의 그리스도란 자가 그런 말을 했단 말이냐? 자기를 위해 집도 형제자매도 부모도 다 버리라고? 그래, 그런 놈을 구세주라고 믿는다고? 이런 잡놈들 같으니라고!"

콘스탄티누스가 사내의 배를 걷어찼다.

"으으으…. 주여, 시험을 이길 힘을 주소서."

사내는 자신의 그리스도를 애타게 찾으며 기도했다. 부관이 황급히 뛰어 들어왔다.

"또 무슨 일이야?"

콘스탄티누스는 애꿏은 부관에게 화를 폭발시켰다.

"군단장님, 시내 곳곳에서 폭동이 일어나고 있습니다."

"인정사정 보지말고 진압해!"

콘스탄티누스는 뒤도 돌아보지 않고 소리쳤다.

"예, 명령대로 시행하겠습니다."

부관이 콘스탄티누스의 등 뒤에 경례를 붙이고 뛰어나갔다.

"박해를 중단하라! 하느님을 두려워하지 않는 이교도들은 회개하라!"

수백 명은 족히 될 만한 한 무리의 시위대가 구호를 외치며 거리를 메웠다. 무장한 백인대가 천천히 전열을 갖추어 시위대를 향해 행진했다. 시위대가 땅바닥에 주저앉아 노래를 부르기 시작했다.

"주께서 지켜주시네! 세상의 악은 잠시 뿐, 그리스도께서 승리하리라!"

백인대장이 외쳤다.

"시위대에 경고한다. 즉시 해산하지 않으면 강제로 진압하겠다."

"오직 믿음뿐이네! 오직 믿음만이 우리의 등불이 되네! 주의 말씀을 따르는 자, 영원한 하느님의 나라에 안겨 영생하리라!"

시위대는 곡조에 맞추어 계속 노래를 불렀다.

"전원 돌격! 반항하는 자는 즉시 처단하라!"

백인대장의 명령에 따라 병사들이 곤봉을 들고 달려들어 무자비하게 시위대에 타격을 가했다. 시위대의 노래와 비명이 뒤섞였다.

콘스탄티누스의 개인 저택은 높은 담장으로 둘러싸여 있었다. 담쟁이들이 막 담을 타넘고 있었다.

그라쿠스는 속이 끓어오르는 걸 겨우 참고 있었다. 콘스탄티누스의 집무실은 물론 이제는 개인 저택에까지 근위병들이 눈에 불을 켜고 드나드는 사람들을 검문했다. 전에는 보지 못하던 광경이었다.

"이보게들, 수고는 가상한데, 꼭 이렇게 이 잡듯이 몸수색을 해야만 되겠나? 콘스탄티누스가 이렇게 하라고 시키던가?"

"군단장님께선 이런 일에는 일체 간섭을 안 하십니다. 하지만 황제 폐하의 특명이라 저희로선 어쩔 수 없습니다. 이해해 주십시오."

장교의 설명을 듣고 그라쿠스는 피식 웃고 말았다. 콘스탄티누스, 너 많이 변했구나!

청춘을 다 바친 11년 세월이었다. 열일곱 창창한 나이에 둘도 없는 친구 콘스탄티누스와 함께 군에 입대했다. 일찌감치 군에 뛰어든 것은 자신도 콘스탄티누스도 자연스러운 일이었다. 둘은 백인대장의 아들로 태어나 전장에서 자랐고 군대 문화와 함께 성장했다. 우습게도 그라쿠스가 콘스탄티누스와 함께 군인이 되자고 다짐한 계기는 어린아이의 천진한 치기였다.

'난 백인대장이 될 거야.'

콘스탄티누스가 말했다.

'나도 백인대장이 될래.'

그라쿠스도 맞장구를 쳤다.

'헤, 이놈 웃기네. 계집애처럼 생겨 갖고는 무슨 백인대장이 된다는 거야?'

한 아이가 그라쿠스를 손으로 슬쩍 밀며 말했다.

'아냐, 난 대장이 될 수 있어. 너희들 모두 덤벼도 다 이길 수 있다구.'

그라쿠스는 악을 쓰며 대들었다.

'좋아, 그럼 한번 붙어보자. 날 이기면 널 대장으로 인정해 주마.'

아이가 말했다.

'그래, 두말하기 없기다.'

그라쿠스가 아이를 노려보다 냅다 달려들었다. 아이가 잽싸게 몸을 뒤틀면서 달려오는 그라쿠스의 다리를 걸었다. 그라쿠스는 그 자리에 엎어져 앙 하고 울었다. 아이들이 넘어진 그라쿠스에게 한꺼번에 달려들었다.

'야, 임마! 비겁하게 세 놈이 한꺼번에 덤비냐?'

그때까지 구경만 하고 있던 콘스탄티누스가 나섰다. 아이들이 주춤주춤 물러나더니 꽁지가 빠지게 도망을 쳤다. 콘스탄티누스가 그라쿠스의 손을 잡고 일으키며 말했다.

'우리가 이겼다, 봐라! 우린 틀림없이 백인대장이 될 거야. 로마군 백인대장이 될 거란 말이야.'

순간 누군가 뒤에서 콘스탄티누스의 머리를 툭 쳤다. 동네에서 말썽꾸러기로 소문난 술라였다. 그라쿠스와 콘스탄티누스보다 세 살이나 많았고 또래 아이들 중에서도 제일 키가 크고 사나워 그를 이긴 아이는 아직 한 명도 없었다.

'뭐, 너희들이 백인대장이 돼? 로마군 백인대장이라고? 그래, 내가 대대장이 되면 너희들을 백인대장으로 써 주마. 그러니까 나한테 잘 보여야 돼.'

술라가 개구진 얼굴로 이죽거렸다. 그라쿠스는 술라의 말에 기분이 상했다. 술라의 부하가 되고 싶지는 않았다. 네 부하가 되느니 차라리 그만두겠어! 그라쿠스가 말하려는 순간 콘스탄티누스가 먼저 술라의 말을 받아쳤다.

'네가 대대장이 되면 나는 군단장이 될 거야.'

'뭐, 뭐, 군단장? 야, 꿈 깨라. 이 조그만 녀석이….'

술라가 콘스탄티누스의 머리를 쥐어박았다.

그라쿠스는 다시 기분이 확 상했지만 맞서 싸울 자신이 없었다.

'너 지금 나한테 조그만 녀석이라고 했냐? 야, 말조심해! 지금까지 참고 있었는데, 오늘 나하고 정식으로 한판 붙어볼래?'

콘스탄티누스가 술라의 얼굴을 향해 주먹을 크게 휘둘렀다. 술라가 뒤로 살짝 몸을 빼는 순간 콘스탄티누스는 허공을 휘저으며 나가떨어지고 말았다. 술라는 공격할 생각은 하지 않고 실실 웃기만 했다. 콘스탄티누스는 다시 일어나 또 한 번 주먹을 휘둘렀지만 다시 허공을 치고 말았다. 이번에는 넘어지지 않았다. 술라가 콘스탄티누스의 머리를 한 손으로 꼭 쥐고 있었던 것이다. 콘스탄티누스는 두 주먹을 마구 휘둘러댔지만 계속 허공만 가를 뿐이었다. 웃음소리가 들렸다. 술라가 웃음을 뚝 멈추더니 말했다.

'한방에 끝내주마!'

콘스탄티누스가 뒤로 벌렁 나가 자빠졌다.

그라쿠스는 너무나 억울하고 속이 상했다. 으앙 울음을 터뜨렸다. 얼마나 울었을까. 콘스탄티누스가 그라쿠스를 빠끔히 쳐다보고 있었다.

'어, 어떻게 된 거야?'

그라쿠스가 울음을 그치고 물었다.

'헤헤, 어떻게 되긴. 그냥 머리로 받아버렸지.'

그제서야 그라쿠스는 고개를 뒤로 돌렸다. 술라가 코피를 흘리며 쓰러져 있었다.

그라쿠스와 콘스탄티누스는 기독교 문화권에서 성장했다는 공통점도 있었다. 콘스탄티누스는 독실한 기독교 신앙을 가진 어머니와 로마인으로서의 자존감을 간직한 아버지 사이에서 어느 정도 균형을 잡으며 객관적으로 기독교를 지켜볼 수 있었다. 하지만 그라쿠스는 사제가 된 숙부 호시우스의 영향으로 기독교 신앙을 자연스럽게 받아들이며 자랐다.

숙부는 아버지와 나이 차이가 많았다. 아버지는 막내 동생 호시우스를 자식처럼 챙겼고 그라쿠스도 호시우스를 형처럼 따랐다. 수석 백인대장이었던 아버지가 대대장으로 승진한 뒤 새 임지로 발령을 받았을 때, 호시우스도 그라쿠스의 가족과 함께 히스파니아로 떠났다. 이후 히스파니아 관구 사제가 된 숙부는 딴 사람처럼 변해갔다. 기독교의 중심인물인 예수에 대한 관심과 애정은 더욱 깊어진 반면 기독교회에 대한 분노를 가슴 깊이 묻어두고 있었다.

그라쿠스는 그런 숙부를 이해하는데 오랜 시간이 필요했다. 지금은 자신이 숙부보다 한술 더 뜨는 처지가 되었지만 자신의 신앙이 변하게 된 결정적인 계기는 숙부와 나눈 대화가 발단이 되었다. 페르시아 정벌에 나선 카이사르 갈레리우스의 부름을 받아 동방으로 전출되기 직전 인사차 찾아갔던 자리에서였다.

'삼촌, 샤푸르 1세가 발레리아누스 황제의 가죽을 벗겨냈다는 소문이 교회에서 돌고 있던데, 그게 사실이야?'

그라쿠스가 치를 떨며 물었다.

'그냥 떠돌아다니는 소문일 뿐이다. 분명한 것은 황제가 생포되었고, 아직도 돌아오지 못하고 있다는 것 뿐, 어느 것 하나 확신할 수 있는 단서는 없다.'

'하느님이 천벌을 내려서 그렇게 되었다는 말도 들리던데.'

그라쿠스는 언젠가 숙부에게 꼭 묻고 싶은 말을 물었다. 군인이라면 누구나 존경하는 황제였다. 기독교에 대한 황제의 거부감도 그라쿠스로서는 충분히 이해할 수 있었다. 좋은 의도를 가진 사람들이 서로에 대한 이해 부족으로 화합하지 못하고 갈등을 겪어야 한다는 사실이 그라쿠스로서는 슬프고 안타까운 일이었다.

'기독교인들의 못된 생각일 뿐이다.'

호시우스가 얼굴에 노기를 띤 채 잘라 말했다.

'기독교인들? 삼촌, 마치 남의 일 말하듯 하네. 기독교에 유감이 많은 것 같기도 하고. 많이 변한 것 같아. 하긴 사람은 변하기 마련이지만!'

'진정으로 로마를 사랑하는 사람이라면 기독교인들에게 유감을 갖지 않을 수 없을 거다.'

'왜 그렇게 생각해?'

'그들은 국가가 위기에 처해도 자기들의 공동체 외에는 관심이 없어. 국가에 대한 의무를 소홀히 하는 건 물론이고 병역도 기피하는 자가 태반이지. 자기들의 종교가 살상을 금지하기 때문이라고 변명하지만 적이 쳐들어오면 누군가 막아야 하지 않겠니? 누군 적과 맞서 싸워 나라를 지키고 있는데, 자기들은 신성한 종교의 계율에 따라 칼을 들 수 없다니 이런 이기적인 심보가 어디 있어? 국가가 주는 혜택은 꼬박꼬박 받아먹고 시민으로서의 의무는 소홀히 하는 사람들, 그들이 바로 기독교인들이지.'

'삼촌은 기독교인이 된 걸 후회해? 그렇다면 왜 사제가 되었는지 궁금하네. 아니면, 사제가 되고 나서 생각이 변한 건가?'

그라쿠스는 숙부의 신앙이 보통 기독교인들과 뭔가 다르다는 건 알고 있었지만 이렇게까지 분노하는 모습은 처음 보았다.

'제국의 모든 백성에게 로마 시민권을 준 게 과연 잘한 일인지 모르겠어. 어쩌면 기독교인들이 로마제국을 큰 위기로 몰아넣을 수도 있다는 생각이 들어. 기독교인들에게는 로마시민권이 어울리지 않는다는 생각도 요즘엔 자주 드는구나. 하지만 어쨌거나 권리를 누리게 되었으면 의무도 감당하는 게 당연한 건데 그들은 로마제국 안에 있는 비로마인으로 살고 있지. 어떻게 된 사람들이 매사를 자기들이 보고 싶은 대로만 보는지 모르겠구나.'

숙부의 말은 그라쿠스가 기독교에 대해 막연하게 품었던 의심을 도마 위에 올려놓듯 선명하게 드러내었다. 하지만 그라쿠스는 기독교인들의 심정도 어느 정도는 이해할 수 있을 것 같았다. 발레리아누스 황제의 기독교에 대한 분노는 일면 정당성이 있었지만 지나친 면도 없지 않다는 생각을 갖고 있었던 것이다. 그라쿠스가 만난 기독교인들은 대부분 성실하고 헌신적인 사람들이었다.

호시우스가 여전히 흥분을 가라앉히지 못한 채 말을 이었다.

'기독교인들은 데키우스 황제가 전사한 것도, 발레리아누스 황제가 사로잡혀 비참한 꼴을 당한 것도, 모두 기독교를 박해한 데에 따른 신의 징벌이라고 말하더군. 게다가 다음 해에 제국을 휩쓴 전염병도 발레리아누스에 대한 징계로 신이 직접 내려보낸 것이라는 거야. 우리 주님께서 하늘 아버지라고 가르쳐 주신 하느님을, 사람 목숨을 파리 목숨처럼 생각하는 패거리 두목으로 바꾸어 버렸어.'

모든 비극을 신의 징벌로 해석하는 기독교인들의 독특한 신념은 그라쿠스도 받아들일 수 없는 것이었다. 그때 숙부와 나눈 대화는 도덕적인 우수성과 교리적인 독선을 아울러 가진 기독교 신앙에 대해 그라쿠스가 본격적으로 회의하게 된 계기가 되었다.

기독교의 독특한 교리는 로마인에게 적지 않은 저항을 불러일으켰다. 무엇보다 공정성의 문제가 제기된 것이다. 서기 212년에 시행된 카라칼라 황제의 칙령에 따라 제국의 모든 백성은 동등하게 로마 시민권을 갖게 되었다. 따라서 로마시민이면 누구나 감당해야 하는 병역의 의무도 제국의 모든 시민에게 공정하게 부과되었다. 대부분의 로마인은 시민권자가 된 제국의 모든 백성이 권리가 생긴 만큼 의무를 지는 것이 당연하다고 생각했지만, 유독 기독교인 중에는 자기 종교의 계율에 따라 칼을 들 수 없다고 버티는 사람들이 있어 사회의 골칫거리가 된 것이다.

발레리아누스가 황제로 등극하기 3년 전인 서기 250년, 데키우스 황제는 기독교인들에게 사이비 신앙을 버리고 로마의 전통 종교로 돌아오라고 법으로 강제했다. 제국 내의 모든 로마인은 비기독교인임을 증명하는 서류를 의무적으로 휴대해야 했다. 수많은 기독교인이 배교를 선택했지만 거부하는 사람도 많아 순교자와 도피자도 많이 발생했다. 불행인지 다행인지, 데키우스 황제가 야만족과의 전투에서 전사하는 바람에 탄압은 2년 만에 그치게 되었다.

발레리아누스 황제가 페르시아 왕 샤푸르에게 사로잡힌 해는 서기 260년이었다. 다음 해인 261년에는 전염병이 제국 전역을 휩쓸었다. 그라쿠스는 아버지 크라수스에게서 그 어려운 때에 자신의 옷을 벗어 헐벗은 이웃에게 입혀주고, 겨우 얻은 빵을 굶어 죽어 가는 사람들에게 나누어주는 사람들을 보고 충격을 받았다는 말을 들은 적이 있었다. 아버지 말에 의하면, 그들은 기독교인들이었고 자신들이 믿는 예수가 그렇게 했기에 자신들도 그 본을 따르는 것이라고 말했다. 그러면서도 기독교인들은 전염병을 발레리아누스 황제에 대한 신의 징계라고 철석같이 믿고 있었다. 그러나 신의 징계는 발레리아누스와는 아무 상관이 없는 아녀자와 갓난아이를 구분하지 않고 내려졌고 무고한 생명을 수없이 거두어갔다.

거북스런 몸수색을 마치고 정문을 지나 상념에 잠긴 채 뜰로 들어서고 있을 때였다.

"그라쿠스 아저씨!"

그라쿠스는 갑자기 달려와 안기는 아이에 밀려 하마터면 엉덩방아를 찧을 뻔했다.

"아이쿠, 이게 누구야, 크리스푸스 아니냐! 허, 이 녀석, 많이 컸는걸."

그라쿠스가 아이 머리카락을 마구 휘저었다. 아이 얼굴에 천진한 웃음이 가득 피어났다. 거실에서 뜰로 막 나온 콘스탄티누스는 걸음을 멈춘 채 빙긋이 웃고 있었다. 고약한 친구 같으니라구! 그라쿠스가 아이를 안은 채 눈을 흘겼다.

"그라쿠스!"

콘스탄티누스가 함박웃음을 머금은 채 손을 활짝 벌리고 다가왔다.

"높은 양반 만나기가 쉽지 않구먼!"

그라쿠스가 여전히 아이를 안은 채 쏘아붙였다. 콘스탄티누스가 아이를 받았다.

"크리스푸스, 엄마한테 가 있거라."

아이가 뒷마당으로 내달렸다.

"갑자기 왜 황제께서 그런 선택을 하신 건가?"

소파에 앉자마자 그라쿠스가 퉁명스럽게 내뱉은 말이었다. 그의 눈은 거실 벽에 높이 걸린 장검을 향해 있었다.

"갑자기라고?"

"그렇지 않은가? 황제가 제위에 오른 지 19년이 지났네. 그 동안 폐하께선 기독교에 대해 이렇다 할 정책을 내놓지 않으셨어. 그런데 이제 와서 이런 무리한 정책을 내놓으신 이유가 무언지를 묻고 있는 것일세."

"허허, 자네, 제대한 지 얼마나 되었다고 벌써부터 폐하에게서 등을 돌리는 건가, 세상인심 참 고약하군!"

콘스탄티누스는 그라쿠스가 황제의 정책에 이렇게 정면으로 반박하는 걸 처음 보았다.

"이봐, 콘스탄티누스! 난 지금 농담할 기분이 아닐세."

그라쿠스가 정색을 하고 다가앉았다.

"자넨 세월이 흘러도 여전하군."

콘스탄티누스가 슬며시 웃음을 지으며 말을 이었다.

"그라쿠스, 아마도 황제께선 이 문제를 지금까지 미뤄두었던 것 같네. 종교 사상 문제가 가장 난해하고 풀기 어렵지 않은가."

"그렇지, 콘스탄티누스! 종교 문제는 손쉽게 칼로 무 자르듯이 해결할 수 있는 문제가 아닐세. 그래서 내가 지금 이렇게 자네를 찾아온 것이 아닌가."

어렸을 때부터 절친한 친구였지만 콘스탄티누스는 그라쿠스를 이해하는데 어려움을 느꼈다. 그는 분명 같은 종교적 기반을 갖고 있으면서도 다른 기독교인들과는 생각이 많이 달랐다.

"우선 내 말을 차분히 들어보게나. 황제가 왜 이런 결정을 내렸는지 짐작할 수 있는 사건이 5년 전에 있었네."

콘스탄티누스의 표정이 조금 전과는 달리 석상처럼 굳어졌다.

"그때 나는 황제 폐하를 모시고 로마의 신들에게 제사를 드리고 있었네. 의식이 한창 진행되고 있는데, 황궁 관리 몇 명이 가슴에 성호를 긋더군."

"꽤나 불편했던 모양이구먼."

그라쿠스가 피식 웃으며 말했다.

"자네도 그들의 처신에 문제가 있다고 생각하나? 왜 그들이 그런 행동을 행했다고 생각하나?"

콘스탄티누스가 실눈을 뜨고 물었다.

"그들을 이해하는 입장에서 생각해 본다면, 두려웠을 것일세. 기독교인이 다른 신에게 절하는 것은 우상 숭배니까."

그라쿠스는 남의 일 말하듯 했다.

"그래서 어쩔 수 없이 참여한 자기들의 난처한 처지를 모면하기 위해 자신들의 신에게 양해를 구한 거란 말인가? 그들의…."

"그 모습을 황제께서 보셨나?"

콘스탄티누스가 말을 마치기도 전에 그라쿠스가 다그치듯 물었다.

"그렇다네. 황제께서 보시고 격분하셨지."

"그 다음엔…."

"한바탕 훈계가 이어졌지. 너희들의 신념은 존중해 주겠다. 그러나 국가의 오랜 전통과 신념도 존중할 줄 알아야 한다. 자신이 갖는 신념 때문에 다른 가치를 경시한다면, 자신의 신념도 존중받을 자격이 없다. 대체로 그런 내용이었던 것으로 기억하네."

"그것으로 끝이었나?"

"공식적인 징계 말인가? 그때는 그것으로 그쳤네. 그 이상의 징계는 없었네."

콘스탄티누스가 기억을 더듬으며 말했다. 확실히 그 이상의 다른 징계는 없었다.

"그런 방식을 계속 쓰셨으면 좋았을 걸 그랬군."

"이봐, 그라쿠스, 자네 말조심해. 앞으로 기독교를 변호하려는 자는 죽음을 각오해야 하네."

콘스탄티누스는 친구가 염려되어 심하다 싶은 말을 하고 말았다.

"나는 기독교를 변호하는 게 아닐세. 황제의 무리한 정책에 이의를 제기하는 거지."

"자네도 지금 기독교인이라는 의심을 받고 있다는 걸 알고 있나?"

콘스탄티누스는 차마 하지 못했던 말을 꺼냈다. 피해갈 문제가 아니었다. 친구의 비극을 목도하고 싶지 않았다.

"알고 있지! 유감스럽게도 기독교인들은 날 같은 기독교인으로 인정해 주지 않지만."

그라쿠스가 껄껄 웃으며 말했지만 표정은 점점 구겨지고 있었다.
"그래, 내가 보기에도 자넨 기독교인으로서 문제가 많은 것 같네."
콘스탄티누스가 짓궂은 웃음을 흘리며 말했다.
"분명한 사실 한 가지를 말하고 싶네. 황제와 자네는, 기독교의 본질을 제대로 이해하지 못하고 있다는 점일세."
"무슨 말인가?"
"황제는 기독교라는 종교가 다른 신념과 문화를 존중하지 못한다고 말했네. 그게 현실 기독교의 모습이기는 하지. 그러나 예수의 가르침은 그렇지 않다는 점을 모르고 있다는 말일세."
"그거 참 묘한 일이로군. 그렇다면, 기독교인들의 신념과 예수의 가르침이 다르다는 얘긴가?"
"한두 마디로 설명할 수 있는 문제가 아니야. 아무튼 종교 문제는 칼로 쉽게 해결할 수 있는 문제가 아닐세. 황제께선 지금 무리수를 두고 있네. 여우 몇 마리 잡으려고 산 전체에 불을 지르고 있어."
콘스탄티누스는 말없이 그라쿠스의 눈을 뚫어져라 쳐다보았다. 그의 말을 다 이해할 수는 없었다. 그러나 제국의 앞날을 걱정하는 친구의 진정성은 가슴으로 전해져 오고 있었다.

그라쿠스가 마지막으로 남긴 말이 콘스탄티누스의 귓전을 때렸다.
'황제께선 지금 무리수를 두고 있네. 여우 몇 마리 잡으려고 산 전체에 불을 지르고 있어.'
오늘도 잠을 이루기는 틀렸군! 콘스탄티누스는 이리저리 몸을 뒤척였다. 이틀 전에 황실에서 일어난 화재는 방화로 볼 수밖에 없었다. 황실 안에도 기독교인이 득실거리는가! 황제를 가까이에서 지켜야 한다는 생각에 황급히 황궁 안으로 들어와 조사를 벌였지만 이렇다 할 혐의를 찾아낼 수 없었다.

"불이야, 불!"

가까이서 들린 외침이었다. 콘스탄티누스는 튕기듯이 일어나 황제의 침실을 향해 내달았다. 투니카*만 입은 채로 달리는 콘스탄티누스의 손에는 글라디우스 한 자루가 들려있었다. 불은 디오클레티아누스 황제의 집무실에서 시작되어 침실 바로 옆 서재까지 옮겨 붙고 있었다. 불길한 생각이 들었다. 서재로 급히 뛰어들었다. 황제는 의연한 표정으로 의자에 앉아 있었다. 로마의 최고 권력자는 위기에 처할수록 더욱 냉정해지는 사나이였다.

"폐하, 괜찮으십니까?"

"난 괜찮네!"

황제가 씁쓸한 웃음을 머금고 짧게 대답했다. 누군가를 비웃는 표정이 얼굴에 담겨 있었다.

"누구의 짓이라고 생각하나?"

황제가 여전히 쓴웃음을 머금은 채 콘스탄티누스에게 물었다.

"황궁 안에도 기독교인들이 있다고 볼 수밖에 없겠군요."

콘스탄티누스는 자신에게 힘겨운 임무가 떨어지고 있음을 느꼈다.

* 소매가 짧고 무릎까지 내려오는 속옷

"조사와 처리, 모두 자네에게 맡기겠네."

황제는 천천히 일어나 침실로 들어갔다. 마치 아무 일도 없었다는 듯이.

서방으로 돌아오다

"이보게, 막스!"

디오클레티아누스가 여느 때보다 진중하게 말문을 열었다.

"예, 폐하! 무슨 말씀이든 편하게 하십시오."

말은 그렇게 하면서도 막시미아누스는 긴장으로 온몸이 경직되는 걸 느꼈다. 무슨 중대 결단을 내릴 모양이군! 이 양반이 이렇게까지 진지하게 나오는 건 처음 보는 걸!

"자네와 내가 제국을 통치한 지 거의 20년이 지났네. 이제 그만 후배에게 자리를 물려주는 게 어떻겠나?"

디오클레티아누스는 하고 싶은 말을 결론부터 해치웠다.

"예? 함께 은퇴하자는 말씀입니까?"

막시미아누스는 뒤통수를 한 대 얻어맞는 것 같은 충격을 느꼈다. 은퇴라니, 이제 한창 일할 나이인데…! 수석 황제가 지금 내 의사를 묻고 있는 것일까? 형식상으로는 분명 의논하는 절차를 밟고 있었다. 하지만 언제나 그랬듯이 사실상 결정을 내린 상태에서 통보하는 것임을 막시미아누스는 잘 알고 있었다.

언제나 이런 식이었지, 제기랄! 황제 자리를 내놓는다…. 내키지 않는 일이었지만 막시미아누스는 수석 황제와 자리를 함께 하면 왠지 모르게 주눅이 들고 할 말을 제대로 하지 못했다. 어쩌다 자기 견해를 피력해도 결국에는 설득 당하는 자신을 발견할 뿐이었다.

"폐하의 생각이 그러시다면 그렇게 해야겠지요."

사람 좋게 웃고 있었지만 막시미아누스의 얼굴에는 아쉬움과 회한이 짙게 배어 나왔다.

"이 사람, 미련이 많나 보군."

"미련이 없다면 거짓말이지요."

아무 소용이 없다는 걸 알면서도 막시미아누스는 솔직하게 속내를 밝혔다.

"이보게, 막스! 자네, 변비 때문에 고생해 본 적 있나?"

"예? 갑자기 웬 변비…."

"흐흐흐, 이 사람아, 변비란 게 뭔가! 물러가야 할 놈이 물러가지 않고 버티니까 문제가 생기는 거야. 끝까지 버티면 어떻게 되겠나? 결국은 문제가 돌출 될 수밖에 없어. 이십 년이면 많이 했네. 이제 클로루스와 갈레리우스에게도 기회를 줘야지."

쳇, 자기는 수석 황제 자리에 있었으니까 미련이 없을지 몰라도 난 다르잖아! 막시미아누스는 하고 싶은 속말을 그대로 삼켜버렸다. 이인자로 은퇴한다는 것이 조금은 서운했지만 그것도 수석 황제의 전적인 은

공에 따라 누린 혜택이었다. 그래, 그동안 할 만큼 했지! 막시미아누스는 이내 마음을 비웠다.

"좋습니다. 폐하와 함께 은퇴하겠습니다. 은퇴 후엔 변비 걱정은 안 해도 되겠죠?"

두 사람은 호쾌하게 웃었다. 마지막까지 환상적으로 이루어낸 명콤비였다.

305년 봄, 디오클레티아누스는 막시미아누스와 함께 황제 자리에서 은퇴했다. 로마제국의 안정과 재건을 위한 개혁은 모두 실행에 옮겼고 어느 정도 정착 단계에 들어섰다고 판단한 것이다.

마지막 남은 단 한 가지 개혁, 그것은 자신의 욕구를 다스림으로 완성해야 했다. 그동안 두 사람은, 혼자 모든 걸 거머쥐려는 욕심을 제어하고 기꺼이 권력을 나누어 드넓은 제국을 효율적으로 통치했다. 쉽지 않은 선택이었지만 결과적으로 멋진 성공을 이루었다. 이제는 어떻게 물러나야 하는지를 보여주는 일이 남았다. 디오클레티아누스는 자신이 살아있을 때 카이사르들에게 순조로이 제위를 물려주어 제국의 안정을 꾀하고 싶었다. 그리고 자신의 방식이 선례가 되어 후대 황제들이 그대로 따라줄 것을 기대했다.

"폐하, 한 가지 여쭤도 되겠습니까?"

막시미아누스가 물었다.

"말해 보게!"

"조금 전에 말씀하셨듯이, 아우구스투스 자리에 현재의 카이사르인 갈레리우스와 클로루스를 앉힐 생각이신 것 같은데요. 누구나 납득할 수 있는 당연한 인선인 것 같습니다."

"그러면, 새로운 카이사르는 누가 맡느냐, 그게 궁금한 게로군."

"아, 예, 제국의 미래를 위해 중요한 문제니까요."

"자네 가문을 위해서도 중요하고."

"예?"

막시미아누스는 속마음을 들킨 것 같아 머쓱해졌다.

"자네에게 한 가지 미리 양해를 구해야 되겠네. 나는 세습제는 문제가 많다고 생각해."

디오클레티아누스의 말을 듣고 막시미아누스는 가문의 영광이 여기서 끝나나보다 하는 생각에 머리가 하얗게 비는 것 같았다.

"오해는 하지 않기를 바라네. 나에게 아들이 있었다 하더라도 나는 아들에게 제위를 물려주지 않았을 것일세. 능력과 인품을 겸비한 후배들에게 나라를 맡기도록 하세나."

이런, 젠장, 자기 혼자 이미 다 결정을 해 놓았군 그래! 그래놓고 의논하는 척하기는! 막시미아누스가 픽 웃으며 속말을 삼켰다.

디오클레티아누스에게는 아들이 없었지만 막시미아누스에게는 장성한 아들이 있었다. 카이사르인 갈레리우스와 클로루스를 아우구스투스로 승격시키고 자신의 아들인 막센티우스와 클로루스의 아들 콘스탄티누스를 카이사르로 앉히면 간단할 텐데 뭘 저리 복잡하게 머리를 굴리나 하는 생각이 들었던 것이다.

막시미아누스가 자신의 아들과 콘스탄티누스를 생각한 것은 단지 아버지로서의 욕심 때문만은 아니었다. 그때 이미 콘스탄티누스의 나이는 서른이었고 자기 아들 막센티우스도 스물일곱이 되어 있었다.

"폐하, 솔직히 말씀 드려도 되겠습니까?"

막시미아누스는 그냥 넘길 문제가 아니라고 생각하여 말을 꺼냈다.

"말해 보게."

"제 못난 아들 막센티우스의 경우를 보면, 자신에게 아무 몫도 없다는 걸 알게 되면 서운해 할 것 같습니다. 사실 저도 그런 마음이 없지 않으니까요. 그러나 저는 폐하의 마음을 잘 알기에 기꺼이 폐하의 결정에 따를 것이고, 아들 녀석 단속도 잘 하겠습니다. 그런데 콘스탄티누스의 경우는 어떨까요? 그 친구도 꽤 야망이 있는 것 같던데."

"솔직히 말해 줘서 고맙네. 그 문제를 생각 안한 건 아닐세. 사실 염려가 되지 않는 것도 아니고. 그래서 자네와 나, 그리고 새로운 황제들의 처신이 매우 중요하다고 생각하네."

"알겠습니다. 그 문제는 더 이상 말씀드리지 않겠습니다."

"카이사르 후보가 누군지 궁금하지 않나?"

"궁금합니다."

"클로루스를 도와 일할 서방의 부황제로는 세베루스를 생각하고 있네."

"클로루스 밑에서 일했던 무장이로군요. 두 사람의 손발이 잘 맞을 겁니다."

제국 서방을 맡았던 막시미아누스는 서방의 카이사르를 임명하는데 자신과 상의 한 번 없이 결정을 내려버린 수석 황제에 대해 서운한 감정이 묻어 나왔지만 이내 털어 버렸다. 저 양반 스타일이 그렇지, 뭐!

"갈레리우스를 도와 동방에서 일할 부황제로는 막시미누스 다이아를 생각하고 있네."

"역시 사람 보는 눈이 깊으시군요. 괜찮은 친구입니다."

막시미아누스는 허전한 마음을 쉽게 달래지 못했다. 디오클레티아누스와 함께한 지난날이 주마등처럼 스쳐 지나갔다.

'당신은 인간의 아들이요!'

개선식이 거행되는 동안, 두 황제의 등 뒤에 바짝 다가선 채로 행정관은 줄곧 같은 말을 되풀이했다. 수석 황제 디오클레티아누스가 그의 통치 말기인 서기 303년 말, 그의 절친한 친구이자 동료 황제인 막시미아누스와 함께 로마에서 개선식을 치루고 있던 참이었다.

'당신은 인간의 아들이요! 그래봤자 인간일 뿐이란 말이오!'

수석 황제가 동료 황제를 힐끗 쳐다보았다. 막시미아누스의 얼굴이 벌겋게 달아오르고 있었다. 디오클레티아누스는 슬며시 웃음을 지었다.

'이보게, 막스! 얼굴 좀 펴라구. 자네 얼굴 표정이 지금 어떤 줄 아나?'

디오클레티아누스가 재미있다는 듯 짓궂은 표정을 지으며 말했다. 개선식 때 행정관이 개선장군의 등 뒤에 달라붙어 이런 말을 하도록 한 것은 로마의 오랜 전통이었다. 개선식으로 인해 오만해지지 않도록 하기 위한 장치였던 것이다.

'이놈들 좀 없었으면 좋겠습니다. 이 좋은 자리에서 계속 초를 치고 있으니, 원.'

막시미아누스는 똑같은 말을 되풀이하는 행정관이 미워 툴툴거렸다.

'으아하하하, 귀여운 막스! 자넨 나이가 들어도 하는 짓이 여전히 귀엽

다구.'

디오클레티아누스가 호쾌하게 웃었다. 전투에 나서면 사자처럼 용맹한 장수였지만 사석에서는 사심 없고 순수한 막시미아누스를 디오클레티아누스는 친동생처럼 사랑하고 아꼈다. 막시미아누스 역시 디오클레티아누스를 친형처럼 따르고 존경했다.

'쳇! 폐하께선 아직도 절 나이 어린 동생 취급하시는군요.'

사람 좋게 생긴 막시미아누스가 그제야 허허거리며 웃었다. 행정관이 따라 웃으며 이죽거렸다.

'이 자리만큼은 제가 무슨 말을 해도 두 분 폐하께서 꼬투리를 잡으시면 안 됩니다. 로마의 오랜 전통이니까요. 오래 전 율리우스 카이사르께서도 개선식 때 휘하 병사들에게 놀림을 당했지요. 대머리 난봉꾼이라고 말입니다.'

디오클레티아누스가 다시 호쾌하게 웃었다. 막시미아누스도 따라 웃었다. 두 황제의 화기애애한 모습에 로마 군중들은 더욱 환호했다. 그러나 환호 속에는 적지 않은 야유도 섞여 있었다. 두 황제가 제국 로마를 안정시키고 야만족의 침략에서 수도 로마와 본국 이탈리아를 지켜준 것은 한없이 감사한 일이었지만, 그들이 변방에서 활약하는 동안 수도 로마와 본국이 소외된 데 따른 서운함은 어쩔 수 없었기 때문이었다.

이 년 전 일을 생각하며 혼자 빙그레 웃는 막시미아누스의 눈가에 살며시 이슬이 비쳤다.

두 사람은 제위 승계를 순조롭게 끝내고 서기 305년 5월 1일, 니코메디아와 밀라노에서 두 황제의 퇴위를 공식으로 선언했다. 제2차 사두 정치가 시작된 것이다. 그러나 사두 정치의 출발은 불안했다. 디오클레티아누스는 권력에 대한 미련을 깨끗이 정리하고 퇴위했지만, 막시미아누스는 얌전히 물러나 있기에는 너무 활동적인 성격이었다. 디오클레티아누스의 나이는 육십, 막시미아누스의 나이는 오십오 세였다.

'서운한가?'
황제의 은퇴식이 끝난 직후 디오클레티아누스가 콘스탄티누스에게 물은 말이었다.
'아닙니다, 폐하.'
콘스탄티누스로서는 솔직하게 말할 수가 없었다. 감정적으로 서운한 건 어쩔 수 없었다. 그러나 수석 황제의 인사는 사욕을 철저히 누르고 제국의 번영을 위한 공익을 선택한 것이었다. 공인으로서의 올바른 처신이었다는 데 동의할 수밖에 없었다. 진정 유능하고 냉철한 황제였다. 콘스탄티누스는 진심으로 그를 존경했지만 사두 정치 체제가 과연 안정적으로 승계될 수 있을지에 대해서는 회의적인 생각이 들었다.
'그 동안 나와 로마를 위해 최선을 다한 자네와도 헤어져야 한다는 것이 몹시 섭섭하네. 그리고 자네를 위해 아무것도 해주지 못해 너무나 미안하네.'
디오클레티아누스는 진심으로 말했다. 콘스탄티누스를 카이사르 후보로 전혀 생각해 보지 않은 것은 아니었다. 콘스탄티누스와 함께 지

내온 지난 십 년 동안 늘 그를 친자식처럼 아끼고 사랑했으며 그의 자질과 능력을 관찰해 왔다. 천재적인 재능을 지닌 뛰어난 무관이고 호쾌한 젊은이였다. 그러나 제국의 통치자로 세우기에는 마음이 놓이지 않는 구석이 있었다. 너무 야망이 크고, 목적을 위해서는 수단 방법을 가리지 않는 교활함이 없지 않았다.

'아닙니다, 폐하! 폐하의 은공을 과분하게 받아왔습니다. 마음 깊이 감사드립니다.'

콘스탄티누스는 자신을 타일렀다. 지금까지 함께한 세월로 충분하지 않은가! 더 이상 욕심 부리지 말자! 새로운 황제에게 인사권의 전권을 준 디오클레티아누스 황제의 선택은 옳다! 갈레리우스 황제에게도 자신이 원하는 사람과 일할 수 있게 해주는 것이 옳을 것이다!

'폐하, 한 가지 부탁 말씀을 드려도 되겠습니까?'

'말해 보게.'

'아버지를 떠난 지 너무 오래되었습니다. 서방으로 가서 아버지를 돕고 싶습니다.'

'음, 그것도 좋겠군.'

디오클레티아누스는 콘스탄티누스의 속마음을 알 수 있을 것 같았다. 그래, 그렇게 하는 게 자네에게도 갈레리우스에게도 좋겠어!

'그리 하세. 서방에서 클로루스 황제를 잘 도와주게. 클로루스와 자네라면 서방에 대한 염려는 잊어도 좋을 것 같군.'

그래, 이제는 다 털고 서방으로 가는 거야! 가서 아버지를 힘껏 도와 제국의 안정을 위해 이 한 몸 멋지게 바쳐보는 거야! 혹시나 했던 기대는 깨끗이 접자고 마음먹었다. 그러나 콘스탄티누스는 여전히 마음 한 구석이 빈 것 같아 허공만 바라보고 있었다.

"이봐, 콘스탄티누스."

"응? 응, 그래!"

디오클레티아누스와 나눈 대화 속으로 빠져들었던 콘스탄티누스는 그제야 절친한 친구에게로 얼굴을 돌렸다.

"자네, 아무래도 많이 서운한 모양이군."

그라쿠스가 짓궂게 속마음을 찔러보았다.

"그래, 자네에게 뭘 속이겠나. 솔직히 좀 서운하네. 그런데 디오클레티아누스 황제 앞에만 서면 작아지는 느낌을 갖게 되네. 그 양반은 자기 관리가 철저하지. 오로지 로마를 위해 자신을 다 내던진 분일세. 존경하지 않을 수 없는 분이야. 그런 분 앞에서 내 사리사욕을 채울 수 있겠나."

"콘스탄티누스!"

두 사람은 한참 동안 서로를 말없이 바라보았다. 이제 헤어지면 언제 다시 만나게 될지 기약할 수 없었다.

"자네와 좀 더 많은 대화를 나누고 싶었는데…. 특히 종교 문제에 대한 자네의 식견을 빌려야 할 때는 이제 어떻게 해야 할지 모르겠네."

그라쿠스가 없었다면 콘스탄티누스는 기독교라는 특이한 종교를 그냥 사교로 단정짓고 말았을 것이다.

"내가 자네를 다시 만나지 않았다면, 기독교를 매우 증오했을 것 같네."

그라쿠스는 웃음 띤 얼굴로 말없이 듣고 있었다. 콘스탄티누스가 자기 말에 대한 설명을 늘어놓았다.

"반인륜적인 종교라는 생각이 들었기 때문이지. 한마디로 배은망덕한 종교라고 생각하네. 종교적 신념을 위해 부모까지 버리라고 가르치는 그런 막돼먹은 종교가 어디 또 있겠나?"

그라쿠스가 콘스탄티누스의 얼굴을 빤히 쳐다보았다. 여전히 말없이 웃음만 지은 채.

"그런데 자네가 나를 헷갈리게 하고 있네. 자네의 기독교는 좀 별다른 데가 있거든. 어느 게 진짜인지 모르겠네."

콘스탄티누스가 이처럼 진지한 모습을 보인 적이 별로 없었다고 생각하며 마침내 그라쿠스가 콘스탄티누스의 어깨에 손을 얹으며 입을 열었다.

"이봐, 콘스탄티누스! 종교의 언어는 매우 함축된 의미를 담고 있네. 감추어진 의미를 헤아리지 않으면 그 중심 뜻을 놓치기 쉽지."

"어떤 함축된 의미가 있다는 말인가? 실제로 자기 신념을 위해 부모를 헌신짝처럼 버리는 기독교인들을 나는 부지기수로 많이 보았네. 부모는 버릴 수 있어도 신앙은 버릴 수 없다고 두 눈 똑바로 뜨고 대드는 놈들을 보면 사람같이 보이질 않는단 말일세. 아무리 그들을 이해하려고 노력해도 내 눈엔 제정신이 아닌 사람들로 보여."

콘스탄티누스는 지난 대박해 때 자신이 직접 심문했던 기독교인들을 생각하고 있었다. 그때의 경험은 그로 하여금 기독교라는 종교에 대한 혐오감을 확고히 심어주었다.

그라쿠스는 벽에 걸린 장검을 쳐다보며 콘스탄티누스의 말을 듣고 있었다. 손잡이가 황금으로 장식된 보검이었다. 콘스탄티누스의 집무실과 사택 벽에 똑같이 걸려 있는 그 두 자루의 보검은 몇 년 전 자신과 콘스탄티누스가 대대장으로 함께 참전했던 페르시아 전쟁 때 노획한 것이었다.

"이봐, 그라쿠스! 내 말 듣고 있나?"

"다 듣고 있네. 제자들 가운데 스승의 뜻을 아는 놈이 열에 하나만 있었어도 좋았을 텐데."

"무슨 말인가?"

"예수의 제자들 말일세. 열둘이라는 그자들 말이야."

"열둘이라는? 열둘이 아닐 수도 있다는 얘기처럼 들리는데?"

콘스탄티누스는 그라쿠스와 대화할 때마다 그가 대부분의 기독교인들이 당연하게 여기는 기존 관념을 가차없이 비웃는 걸 여러 번 보았다.

"그걸 누가 정확히 알겠나? 다 지나간 얘기들이고 그렇다고 전해 오는 얘기들일 뿐인데."

그라쿠스가 피식 웃으며 말했다.

"부정확한 얘기란 말인가?"

콘스탄티누스는 여태껏 예수의 제자가 열둘이라는 데 이의를 제기하는 사람은 보지 못했다.

"복음서라는 책들을 보면 예수와 늘 함께 다니는 제자는 베드로와 야고보, 요한, 주로 이 세 사람이야. 나머지는 어쩌다 단편적으로 등장하는 것뿐이지."

"그러나 그들의 책에는 예수의 제자가 열둘이었다고 말하는 부분이 분명히 있지 않나?"

"물론 있지. 그런데 그 열둘이 예수의 제자로 함께 일했다는 뚜렷한 증거가 하나도 없네. 열둘이 함께 등장하는 건 그저 이름이 나열될 때 뿐이라구. 문서의 진실성을 받아들인다 하더라도, 예수의 제자라고 분명히 말할 수 있는 자는 셋밖에 없네. 그런데 기록에는 제자들의 수가 셋, 열둘, 일흔, 일백스물 등으로 등장하네. 다 맞는 얘기일 수도 있지만, 어느 것 하나 정확하다고 볼 수가 없네."

콘스탄티누스는 그제서야 그라쿠스의 얘기가 맞는 것 같다는 생각이 들었다. 기독교인들을 심문하면서 그들의 책을 면밀히 조사해 보기는 했지만 그 점을 의심한 적은 한 번도 없었다. 예수의 제자는 열둘이라는 세간의 고정관념이 어느새 자신에게도 박혀버렸던 것이다.

"그러면 왜 하필 열둘이라고 주장하게 된 것인가?"

콘스탄티누스가 눈을 부릅뜨고 그라쿠스를 매섭게 쏘아보며 말했다. 기독교라는 종교 조직에 처음부터 뭔가 음모가 들어있다는 느낌이 강하게 들었다.

"이 사람아, 진정해, 진정하라구! 나도 자네의 심문 대상자에 포함되어 있는 건가?"

그라쿠스가 눈을 흘기며 말했지만 그의 얼굴에는 웃음이 감돌고 있었다.

"아, 이거 내가 잠시 흥분을 했구먼. 미안하네. 기독교를 좀 더 알고 싶어 그러니 날 좀 도와주게."

콘스탄티누스가 두 손을 모아 비는 시늉을 했다.

"열둘이 갖는 중요한 의미가 있기 때문일세. 기독교의 뿌리인 유대 문학에서는 숫자가 중요한 상징과 의미를 갖고 등장하네. 예를 들면 3은 신의 수, 4는 사람의 수일세. 3과 4가 더해진 7은 완전을 의미하는 수지. 6은 완전수인 7에 미치지 못하면서도 7에 접근해가려는 건방지고 교만한 수를 의미하네. 그래서 악마를 상징하는 숫자가 된 것이지. 요한이 썼다고 전해지는 묵시록에는 '666' 이란 숫자가 등장하네. 악마를 상징하는 6을 세 번 붙여 쓴 걸세. 강조 용법이지. 로마 황제를 의미하는 숫자가 되겠네."

"뭐라고? 요한의 묵시록이 로마 황제를 겨냥해서 썼단 말인가? 내가 볼 때는 웬 정신병자가 쓴 글 같던데."

콘스탄티누스는 등골이 서늘해지는 긴장을 느꼈다. 마치 패잔병을 소탕하러 나선 전투에서 적의 매복에 걸린 것 같은 느낌이었다.

"흐흐흐, 저자가 로마인들을 속이는데 확실히 성공했군."

"이 사람아, 그게 무슨 소린가? 애매한 소리하지 말고 정확하게 설명 좀 해봐. 로마 황제를 겨냥한 책이라면 왜 요한이라는 자가 그렇게 추상적이고 난해한 글을 썼단 말인가? 그래 가지고는 독자들이 자기 의도를 제대로 알아듣지 못할 텐데."

"바로 그거야, 콘스탄티누스! 묵시록의 저자는 로마인을 속여야 했네. 눈치를 챘다가는 책이 모두 수거되어 불구덩이에 던져질 테니까. 자네가 말한 것처럼 묵시록은 그 뜻을 알지 못하는 사람의 눈에는 미치광이의 글로 보일 뿐이네. 자네, '묵시' 라는 말이 무슨 뜻인지는 알고 있겠지?"

"아, 그렇군!"

콘스탄티누스는 그제야 자신이 완벽하게 속았다는 느낌이 들었다. 묵시! '중요한 진리를 감추어 표현한다' 는 뜻이었다. 어쩌면 이건 보이지 않는 강적과의 새로운 전쟁이 될 수도 있겠어! 콘스탄티누스는 어깨에 힘이 잔뜩 들어가는 걸 느꼈다. 중요한 전투에서 진격 명령을 내릴 때마다 감지되는 독특한 느낌이었다.

"자네, 괜찮나?"

그라쿠스가 벌겋게 상기된 콘스탄티누스의 얼굴을 쳐다보며 물었다.

"응? 응, 그래, 계속하게."

무엇엔가 홀린 듯 급격히 상상의 세계로 빨려 들어갔던 콘스탄티누스의 의식이 그제야 다시 친구에게로 돌아왔다. 보이지 않는 적을 추적하여 치열한 전투를 벌이던 상상의 세계에서 현실 세계로 돌아온 시간은 극히 짧았지만 그 시간이 콘스탄티누스에게는 제국의 존망이 걸린 한없이 길고 힘겨운 시간처럼 느껴졌다.

"하지만 묵시 문학에 정통한 사람들은 거기에서 감추어진 진리를 찾아 읽을 수가 있네. 유대 문학에 대한 이해가 없는 로마인의 눈에는 정신병자의 글로 보이는 유치한 내용이 유대인과 신의 새로운 백성이라는 기독교인들에게는 진리의 계시가 되는 것일세."

"그렇다면 요한의 묵시록이 궁극적으로 말하고자 하는 게 무언가?"

"글쎄, 그걸 자네에게 말해도 좋을는지 모르겠네. 천기를 누설하는 대죄를 범하고 싶지는 않거든."

그라쿠스가 껄껄 웃었다.

"이 사람아, 지금 이 문제가 제국의 안정과 평화에 얼마나 중요한지 몰라서 그러나!"

말을 하면서도 콘스탄티누스는 이 문제에 있어서는 그라쿠스가 자신의 동료가 아닐 수 있다는 생각이 들었다.

"제국의 안정과 평화라…. 글쎄, 제국의 이익이 달린 문제라고 말해야 적절할 것 같은데."

그라쿠스가 눈을 살짝 치뜬 채 웃으며 말했다. 콘스탄티누스도 자신의 예감이 맞았다는 생각이 들어 빙그레 웃음을 지었다. 역시 그라쿠스는 페르시아 전장에서의 옛 전우가 아니었다.

"알겠네, 그라쿠스! 자네 말대로 나는 제국의 이익에 반대되는 조직이나 세력을 용납할 수가 없네. 자네가 진정 로마를 사랑하는 제국의 시민이라면 내 이런 마음을 헤아려 주리라 믿네."

"아무렴! 내 친구 콘스탄티누스의 국가에 대한 충성심만큼은 존경하지 않을 수 없지. 적어도 지금까지는!"

그라쿠스가 짓궂은 웃음을 흘렸다.

"예끼, 이 사람아! 내가 무슨 몹쓸 짓이라도 꾸밀까봐 그러나?"

콘스탄티누스는 정말로 기분이 확 상했다.

"후후. 콘스탄티누스, 난 자네를 믿고 싶네. 아니, 적어도 지금의 내 친구 콘스탄티누스라면 자신 있게 믿을 수 있네. 하지만 현실을 너무 가볍게 보지 말게. 자네는 황제의 아들일세. 게다가 매우 유능한 군단장이야. 현실 여건을 무시하고 자신의 의지만 믿는 사람은 자기 발등을 스스로 찍게 될 가능성이 높지. 게다가 자기 발등을 찍는 도끼가 미다스의 금도끼라는 걸 알게 되면 기꺼이 찍히고 싶은 마음이 들 수도 있어. 내 말 흘려듣지 말게!"

그라쿠스가 정색을 하고 말했다. 두 친구가 말없이 서로의 눈을 쏘아보았다. 콘스탄티누스가 눈을 떨구었다. 누군가와의 눈싸움에서 먼저 눈을 떨구기는 처음이었다.

"그래, 어쩌면 자네 말이 맞을지도 모르지. 하지만 그런 일이 일어나서는 안 되네, 절대로!"

"운명의 힘 앞에서 한없이 약한 것이 사람의 의지라네!"

"그 얘긴 그만 하세. 자네 말을 새겨듣겠네. 요한의 묵시록이 말하는 것이 무엇인지 정말 말해주기 어려운가?"

콘스탄티누스는 자신의 치명적인 약점을 들킨 것 같아 서둘러 매듭을 지었다. 그리고는 이제껏 나누었던 대화의 중심 주제로 다시 돌아갔다.

"좋아, 얘기해 주지. 흥분하지 말고 차분히 들어 주기 바라네. 자기들의 조직과 신념 체계를 사랑하고 지키고 싶어하는 사람들의 애절한 희망 사항일 뿐이니까."

그라쿠스가 헛기침을 하고는 말을 이었다.

"이런 뜻일세. 로마의 박해 아래 신음하는 하느님의 백성들이여! 끝까지 참고 견디어라! 견디는 자는 이길 것이다! 로마는 언젠가 하느님의 힘 앞에 고꾸라질 것이며 하느님의 백성들은 기필코 승리하여 영원한 나라에 참여하리라!"

"너무나 허황하고 비현실적인 얘기로군."

황당하다는 표정을 지으며 콘스탄티누스가 어깨를 으쓱하고 말했다.

"하지만, 그걸 믿는 사람들에게는 비현실적인 얘기가 아닐세. 초현실적인 계시이고 장래 언젠가 반드시 이루어질 신의 섭리지."

그라쿠스는 어느 때보다 진지하게 말했다.

"그렇다면 비현실을 초현실로 착각하는 사람들이로군."

콘스탄티누스가 노골적으로 비웃었다. 고개를 절레절레 흔들면서.

"입장을 바꾸어 생각해 보면, 로마인들이야말로 초현실적인 세계를 이해하지 못하고 비현실적인 것으로밖에는 받아들이지 못하는 아둔한 사람들이지. 그렇기에 필연코 멸망에 이를 수밖에 없는!"

그라쿠스는 마치 자신이 독실한 기독교인이 되어 로마에 대항하는 것처럼 말했다.

"그렇게 생각할 수도 있겠군."

콘스탄티누스가 한발 물러서며 말을 이었다.

"어쨌든 무서운 사람들이야. 상식을 가진 보통 사람들의 눈에는 너무나도 비현실적인데, 독특한 신념을 가진 사람들의 눈에는 현실과 상식을 넘어서는 초월적인 것으로 받아들여진다니. 보통 문제가 아니로군."

"그렇다네, 바로 그런 점 때문에 디오클레티아누스 황제의 기독교 정책은 필연적으로 실패할 수밖에 없는 것일세. 그들 스스로 자신들의 신념에 허점이 있다는 걸 깨우치기 전에는 어떤 제도적인 압력으로도 그 신념 체계를 무너뜨릴 수 없네. 그들 모두를 색출하여 죽인다 해도 이미 퍼진 그 신념은 누군가를 통해서 다시 싹트게 되지. 칼로 해결할 수 있는 문제가 절대로 아닐세."

"무서운 일이로군, 정말 무서운 일이야!"

콘스탄티누스는 어렸을 때 이후로 느껴보지 못했던 공포심을 느꼈다. 그것은 소년 시절 대홍수로 친구들을 잃었을 때 느꼈던 것보다 더욱 크고 무서운 공포였다.

"아까 내가 유대 문학에 등장하는 숫자 얘기를 설명하다 말았는데…."

그라쿠스가 생각이 났다는 듯 말을 이었다.

"신의 수인 3과 사람의 수인 4, 이 두 숫자가 곱해진 12는 신이 인간을 통해 자신의 뜻을 구현하는 데 중요한 의미를 갖는 수일세. 그래서 유대인이 열두 지파로 구성되어 있고 예수의 제자도 열둘이 되어야 하는 걸세."

"그러니까 열둘이 되어야 신의 뜻이 사람을 통해서 제대로 이루어질 수 있다, 뭐 그런 뜻인가?"

"그렇게 볼 수 있지. 요한의 묵시록에는 '14만4천' 이라는 숫자도 등장하네. 마지막 날에 신의 뜻을 구현하는데 큰 역할을 하는 사람들이지. 그 글자를 분석해 보면 '12×12×1000' 이 되네. 열두 지파와 열두 제자, 그리고 유대인들이 강조할 때마다 곱하는 10을 세 번이나 곱했네."

"그, 그게, 그렇게 되나?"

"그렇지! 12×12×1000. 그러니까 열두 지파로 이루어진 옛 하느님의 백성인 유대인이건, 예수의 열두 제자에 의해 새로운 복음을 받아들인 새 하느님의 백성들이건 박해를 이기고 믿음으로 승리한 사람들은 영원한 신의 나라에서 생명과 행복을 누리며 살게 된다는 뜻이 담겨 있네."

"으음, 묵시 문학이란 게 그런 뜻을 담고 있단 말이지."

콘스탄티누스는 신음을 흘렸다.

"그러니까, 예수의 제자가 열둘이라는 것도, 실제로 예수의 제자가 열둘이라 그렇게 기록했다기보다는, 교회가 예수의 제자를 열두 명으로 만들고 싶었을 걸세. 신의 뜻이 자신들의 조직을 통해 완성되기를 바라는 거지. 그런 그들의 희망이 반영된 결과가 바로 복음서라는 문서에 열두 명의 제자로 나타나게 된 것일 거야."

"틀림없나?"

"이 사람아, 종교의 세계에서는 그런 표현을 쓰는 게 아니야. 틀림없다, 이것만이 옳다, 이런 생각과 신념이 사람을 잡는다구. 내가 말한 것은 틀림없는 사실이라고 단정지을 순 없지만 그럴 개연성이 아주 높다는 거야."

"무슨 뜻인지 알겠네. 그런데 아까 자네가 스승의 뜻을 제대로 아는 제자가 없다고 말한 것 같은데, 그건 무슨 소린가?"

"아, 참! 그 얘기를 하다가 곁길로 빠졌던 게로군."

그라쿠스가 허허 웃었다.

"예수를 따른다는 자들이 스승의 뜻을 제대로 헤아리지 못했다는 뜻일세."

"따른다는 자들? 따르는 자들이 아니고?"

"그래, 따른다는 자들 말일세. 자신들은 예수를 따른다고 생각하지만 실제로는 스승을 배반하고 있네."

"어떻게? 어떻게 배반했다는 말인가? 쉽게 좀 설명해 보게나!"

콘스탄티누스는 그라쿠스의 주장에 점점 빠져들었다. 정치나 군사에 대한 식견은 그라쿠스가 자신을 당해내지 못했지만, 기독교나 종교 얘기를 하다보면 콘스탄티누스는 늘 그라쿠스에게 한 수 배워야 했다.

"아까 자네가 예로 든 얘기 있지?"

"무슨 예 말인가?"

"예수가 부모를 버리라고 했다는 얘기 말일세."

"아, 그 얘기? 예수가 실제로 한 말이 아닌가?"

"예수가 실제로 그런 얘기를 했는지 안 했는지는 나도 잘 모르겠네. 누군가 예수의 말로 착각한 것일 수도 있겠지만, 교회가 자기 조직의 확장을 위해 예수의 말인 것처럼 퍼뜨렸을 가능성도 있네. 만일 정말로 예수가 한 말이라면 오늘날 기독교인들이 이해하는 것과는 매우 다른 차원에서 한 말일 것일세."

그라쿠스가 어떤 심각한 말을 할 때마다 하던 버릇 그대로 입을 꼭 다물고 눈을 가늘게 치뜨며 생각에 잠긴 표정으로 말했다.

"다른 차원이라…."

"그러니까, 쉬운 예를 들면, 강도의 가족이 있다고 해 보세. 강도가 배운 게 그것밖에 없어 강도 짓 하는 기술을 자식에게 전수해 준다고 할 경우, 아무리 부모의 가르침이라 하더라도 자식이 그걸 거부할 수 있어야 한다는 뜻이 되는 거지."

"예수가 나보다 부모를 더 사랑하는 자는 합당하지 않다고 한 말이 그런 뜻이란 말인가?"

그라쿠스에게 질문을 하면서 콘스탄티누스는 어떤 실마리가 풀리고 있음을 느꼈다. 언제나 예수와 교회를 하나로 묶어 생각해왔던 사고의 단순함이 기독교라는 특이한 종교를 이해하는데 장애가 되었을 수 있다는 생각을 하면서.

"나는 그렇게 이해하고 있네. 조금 전의 예에서 생각해 보면, 자식이 부모의 뜻을 따르면 자식 역시 강도가 될 수밖에 없어. 그게 반복되면 그 가정에는 희망이 없는 거지. 그러나 부모의 가르침을 버리고 예수의 가르침을 따르면 반전이 일어나게 되네. 왜곡된 삶에서 벗어나 새로운 삶을 살 수 있게 되는 거야. 어느 게 진정으로 부모와 자신, 또한 가정을 위하는 것이겠나? 그래서 예수는 부모를 버리고 자신을 따르는 자가 이 세상은 물론이요 다음 세상까지 복을 받게 된다고 말씀한 것이네. 실제로 예수가 했다면 말일세."

"살아서도 복을 받고, 죽어서도 복을 받는다?"

"그런 뜻이 아닐세. 예수는 저세상에는 별로 관심이 없었네. 그의 관심은 늘 현세에 있었다구."

"저세상에 대한 관심이 없다면 그걸 종교라고 말할 수 있겠나?"

"그래서 예수의 종교가 독특한 것이네. 지극히 현세적인 종교. 아니, 예수는 종교를 만들 생각 자체가 없었다고 봐야 할걸세. 그가 원한 건 새로운 종교가 아니라 새로운 세상이었지."

새로운 세상이라! 콘스탄티누스는 생각보다 훨씬 더 기독교라는 종교가 제국의 안위에 위험한 종교로 떠오르고 있는 걸 느꼈다.

"예수가 다음 세상에 대해서는 말하지 않았단 말인가?"

"말했지, 분명히 말했어! 그런데 예수가 말하는 다음 세상은 저세상으로의 도피가 아니라구. 사람이 올바로 살면 세상이 밝아지고, 그 혜택을 다음 세대가 누리게 된다는 뜻이지. 예수의 눈은 항상 우리가 발 딛고 사는 이 땅에 있었네. 구름 위로 도망간 적이 없어."

"미안한 얘기지만, 자네 혹시 예수를 만들고 있는 것 아닌가? 자네가 원하는 예수의 이데아를 만들고 있는 게 아니냐고 묻고 있는 걸세. 실제 예수와는 다른!"

"그래, 내가 예수 이데아를 만들고 있는 지도 모르지. 실제 예수와는 다른! 그러나 실제 예수를 누가 완전히 알 수 있겠나? 예수는 삼백 년이나 되는 먼 과거에 살았다고 전해지는 인물일세. 실제로 살았는지 여부도 불확실하네. 그런데 그를 믿는다는 자들이 각자 자기의 예수를 열심히 만들어내고 있네. 실제 예수와는 아무 상관이 없는 자기들의 예수라면 그건 우상일 뿐일세. 물론 나도 거기에 포함될 수 있겠네."

그라쿠스는 비웃음을 가득 담은 얼굴을 좌우로 천천히 흔들어댔다.

"그렇다면 기독교라는 종교는 희대의 사기 집단이 되겠군."

콘스탄티누스가 긴 토론의 결론을 내리듯 소파에 등을 기대며 말했다.

"그게 그렇게 간단한 문제가 아닐세. 예수라는 개인은 없었을지 몰라도 예수 운동은 분명히 있었네. 게다가 예수 정신은 너무나 뚜렷하고."

그라쿠스는 콘스탄티누스가 이해하기 버거운 지경까지 넘어가고 있었다.

"실체가 없는데 운동과 정신은 있다는 말인가? 정말 알 수 없고 골치 아픈 종교로군."

무언가 풀기 어려운 난제에 빠져 있다가 겨우 헤어 나온 사람처럼 콘스탄티누스가 잔뜩 불만 섞인 표정으로 말했다. 강인한 인상의 얼굴에 한줄기 공포의 빛이 묻어나는 걸 그라쿠스는 읽을 수 있었다.

"오늘 너무 많은 얘기를 한 것 같네. 언젠가 다시 만나게 되면 그때 또 얘기하기로 하세."

그라쿠스가 화제를 바꾸었다.

"서방으로 가면 어디에 있게 되나?"

이제까지와는 완전히 다른 친근한 표정이 되어 그라쿠스가 물었다.

맞아, 이 얼굴, 이 표정! 이게 자네 얼굴이야! 콘스탄티누스는 친구의 얼굴을 흐뭇하게 바라보며 입을 열었다.

"당분간은 트리어에 있게 될 것 같네. 거기서 아버지를 도울 생각이야."

콘스탄티누스가 왼손으로 이마를 짚은 채 눈을 치뜨며 말했다. 뭔가 자신의 뜻대로 되지 않을 때 가끔씩 보이는 습관이었다.

"트리어라, 히스파니아에서 그리 가까운 거리는 아니로군."

"왜? 히스파니아에 뭐 좋은 거라도 있나?"

"있지. 나의 숙부이자 위대하신 스승."

그라쿠스가 웃으며 대답했다.

"숙부? 위대하신 스승? 호시우스를 말하는 군. 그런데 자네 표정이 별로인데. 그 위대한 스승을 존경하지 않나 보구만."

"전에는 많이 존경했지. 그분에게서 배운 것도 많고. 오늘의 나를 있게 해 주신 고마운 분인데…."

"그런데?"

"응, 좀 변하신 것 같아서."

그라쿠스가 피식 웃었다. 콘스탄티누스도 따라 웃으며 말했다.

"이 사람아, 사람은 변하게 마련이라구. 봐줄 만한 수준이면 좀 봐줘."

"글쎄, 봐줄 만한 수준인지 모르겠어. 진정한 종교인이며 영성가였는데 언제부턴가 정치적으로 변하시더라구."

"그러면 정치를 하시면 되겠군, 그래."

콘스탄티누스는 자신이 객쩍은 말을 하고 있다고 생각하여 스스로 웃고 말았다.

"앞으로 그럴 가능성이 농후하지."

그라쿠스가 멈칫하더니 다시 말을 이었다.

"그래, 차라리 정치인으로 나서시는 게 나을 것 같아. 순수하게 정치인으로 말이야. 그런데 교회 안에 계시면서 정치를 하시니 문제야."

"저런, 자네가 비판하는 교회 조직을 위해 일하는 분이 되신 모양이로구만."

"왜, 구미가 당기나? 어쩌면 자네를 도와주실 수 있을지도 모르지. 특히 기독교와 관련해서 말이야."

"그분이 아직도 히스파니아에 계신가?"

콘스탄티누스가 정색을 하고 물었다. 그라쿠스가 대답했다.

"왜, 한번 만나보고 싶나? 만나면 내 안부나 전해 주게. 숙부님 덕분에 괴상망측한 이단자가 되었다고 말일세."

그라쿠스가 껄껄 웃으며 말을 이었다.

"그분은 지금 코르도바 관구의 사제로 일하고 계시네."

"코르도바 관구의 사제라…. 코르도바 관구…."

콘스탄티누스가 무언가 중요한 내용을 암기하듯 중얼거렸다.

아우구스투스로 옹립되다

"이번 전투는 콘스탄티누스에게 총지휘를 맡길까 하는데, 귀관들의 의견은 어떻소?"

"좋습니다! 군단장님이라면 믿고 따를 만하지요."

클로루스의 제안에 이의를 제기하는 지휘관은 하나도 없었다. 그들은 하나같이 콘스탄티누스의 능력을 깊이 신뢰했다.

"허, 이 친구들, 나보다 콘스탄티누스를 더 신뢰하는 것 같군. 이거 좀 서운한 걸."

"으아하하하하…."

클로루스의 말에 회의장은 웃음바다가 되었다.

제국 서방의 황제 클로루스가 지혜와 덕을 겸비한 임페라토르라면 콘스탄티누스는 용기와 지략, 통솔력을 겸비한 레가투스였다. 오십대 후반의 황제가 오랫동안 휘하 지휘관들의 존경을 받아온 것만큼이나 삼십대 초반의 아들 또한 젊은 장교들과 병사들로부터 절대적인 신뢰와 사랑을 한몸에 받고 있었다.

"이번 전투는 레가투스 콘스탄티누스가 총지휘한다!"

군사적인 재능뿐 아니라 모든 면에서 자신을 바짝 따라오고 있는 아들을 흐뭇한 표정으로 바라보며 클로루스는 브리타니아 공략을 콘스탄티누스에게 맡겼다.

"아버지 기대에 어긋나지 않도록 기필코 야만족을 궤멸시켜 다시는 중부 이남을 넘보지 못하도록 하겠습니다."

콘스탄티누스가 라인강을 넘어 도발하는 게르만족을 모두 격파하고 아버지가 머물고 있는 브리타니아에 온 지는 불과 한 달도 되지 않았다. 아들의 군사적 재능에 대해서는 의심의 여지가 없었다. 콘스탄티누스가 직접 출정한 전투에서 패배한 적은 한 번도 없었다. 그러나 아들은 아직 브리타니아의 지형에는 익숙하지 않았다. 클로루스는 그 점이 염려되었지만 아들의 능력과 지휘관들의 경험이 조화를 이룬다면 젊은 그들에게 이번 전투를 맡기는 것도 좋겠다고 판단했다.

지휘관들이 물러난 후 아버지는 아들을 따로 불렀다.

"내 자랑스런 아들, 콘스탄티누스!"

아버지는 여느 때보다 아들을 다정하게 불렀다.

"예, 아버지!"

아버지도 이제 많이 늙으셨군! 콘스탄티누스는 속말을 삼켰다. 제국 로마를 위해 아낌없이 바친 충성의 세월이었다.

"나도 이제 나이가 많이 들었다. 지난번 막시미아누스 황제가 은퇴할 때 나도 함께 물러나는 게 좋을 뻔했다는 생각이 드는구나."

막시미아누스와 클로루스는 아우구스투스와 카이사르로 함께 제국의 서방을 맡았지만 나이는 동갑이었다.

"아들아, 나는 디오클레티아누스 황제를 도와 혼란으로 치닫던 제국을 안정시키는데 일조했다. 내 일생일대의 큰 보람이며 자랑으로 생각한다."

클로루스는 마치 집중해서 해 오던 중요한 일을 마무리하듯 아들에게 말했다.

"너에게 두 가지 부탁을 하고 싶구나."

"아버지, 말씀하십시오. 무슨 말씀이든 가슴에 깊이 새기고 따르겠습니다. 그러나 마음을 강하게 가지십시오. 아버지께선 아직 하셔야 할 일이 많습니다."

아들은 오늘따라 아버지가 무척 고독하고 힘들어 보인다고 생각했다. 혹시 건강에 이상이 생기신 건 아닐까!

"네 어머니, 나의 가여운 헬레나를 잘 부탁한다. 내가 주지 못한 걸 네가 채워줄 수 있다면 참 좋겠구나."

콘스탄티누스는 가슴이 저려오는 걸 느꼈다. 아, 아버지! 황제는 자유도 없고, 사랑도 선택할 수 없는 거지요! 아버지를 충분히 이해하고도 남습니다! 아들이 아버지의 손을 꼭 쥐고 말했다.

"아버지, 맹세코 어머니께서 여생을 행복하게 보내실 수 있도록 최선을 다하여 모시겠습니다."

"그래, 고맙다. 그리고 …."

클로루스가 길게 숨을 쉬고 나서 말을 이었다.

"디오클레티아누스 선임 황제의 뜻을 잘 헤아려다오."

"예, 아버지!"

콘스탄티누스는 아버지의 말씀이 무엇을 의미하는지 잘 알고 있었다. 그렇게 클로루스는 아들에게 딴생각을 품지 말고 황제단의 결속이 잘 이어질 수 있도록 협조해달라는 뜻을 전했다.

안개가 짙게 깔린 적진을 행군하기란 쉬운 일이 아니었다. 갈리아의 청명한 하늘 아래에서 말을 달릴 때와는 달리 무겁고 습한 기운이 가득 찼다. 게다가 사방이 섬뜩할 정도로 너무 고요했다.

"적을 섬멸하라, 침략자를 몰아내라!"

왼쪽 고지에서 찢어질 듯 고함치는 소리가 들렸다.

"와아, 죽여라! 로마인을 남김없이 쓸어버려라! 한 놈도 살려보내지 마라!"

고함소리와 함께 콘스탄티누스의 군단을 향해 화살이 비 오듯 쏟아졌다. 안개가 자욱히 낀 고지의 정상에서 금발머리 야만인들이 활을 쏘며 괴성을 질러댔다. 곧 이어 굵은 통나무와 집채만 한 바위덩어리가 굴러 내렸다.

콘스탄티누스는 차분히 지휘관들에게 명령을 내렸다.

"전군, 전열을 갖추고 오른 편으로 이동하라! 지휘관들은 병사들을 통솔하여 당황하지 말고 우측 평지로 이동하여 전열을 갖춰라!"

로마군은 이런 식의 기습 공격에 대처하는 데는 익숙해 있었다. 주변에 평지가 있으면 일단 정면 대결을 피하고 평지로 물러난다. 기습 공격이 성공했다고 판단한 적이 평지로 일제히 쏟아져 들어오면, 전열을 갖추어 회전으로 승부를 건다. 콘스탄티누스는 기본 작전에 충실하여 지휘관들에게 명령을 내렸고 지휘관들 역시 차분하게 명령에 따랐다. 하지만 적은 오른쪽에도 숨어 있었다.

"로마를 몰아내자! 침략자를 섬멸하라!"

평지라고 생각한 오른쪽 분지에서 적이 일제히 고함을 지르며 달려들었다. 상반신을 거의 노출한 반나체의 브리타니아 병사들이 푸른 눈에 불을 켜고 공격해 왔다. 설익은 듯 허여멀건 피부에 금발을 길게 늘어뜨린 반나체의 병사들, 그들은 마치 사람이 아니라 유령 같았다. 좌우에서 협공을 당한 콘스탄티누스의 병사들은 동요하기 시작했고, 처절한 육박전이 시작되었다.

"클로디우스!"

콘스탄티누스는 전령을 불렀다. 작년 봄, 입대가 가능한 나이 열일곱이 되자마자 스스로 콘스탄티누스의 군단을 찾아왔던 소년 병사. 나이는 어리지만 몸이 날래고 강직한 성격의 클로디우스를 콘스탄티누스는 브리타니아까지 데려와 급한 상황이 발생할 때마다 연락병의 임무를 맡겼다. 다람쥐처럼 날래고 두뇌 회전이 빠른 클로디우스는 콘스탄티누스의 기대에 부응하여 제 역할을 잘 해내고 있었다.

"예, 군단장님!"

"제1대대장에게 급히 군단의 현 상황을 알려라. 지체 없이 행동을 개시하라고 일러라!"

"알겠습니다, 군단장님!"

클로디우스의 말이 바람을 가르며 달려나갔다. 곧 이어 서너 마리의 다른 말이 반대편으로 콘스탄티누스의 명령을 받은 전령들을 싣고 내달렸다.

상황은 군단의 좌측이 더욱 심각했다. 쏟아져 내리는 화살과 바위덩어리를 막을 도리가 없었다. 좌측의 공격을 무력화시키지 않으면 많은 사상자를 각오할 수밖에 없었다.

"당황하지 마라! 전열을 갖추고 반격하라! 제3대대는 나를 따르라!"

콘스탄티누스는 좌측의 고지를 향해 말을 달렸다. 제3대대 병력이 그를 호위하며 고지 정복에 나섰다. 그러나 소낙비가 퍼붓듯 수없이 쏟아져 내리는 화살에 병력은 사상자만 날 뿐 거의 전진을 하지 못했다. 화살 비를 뚫고 고지에 거의 다다른 병사들은 바위와 통나무 공격을 받아야 했다.

올 때가 됐는데! 초조해진 콘스탄티누스가 다시 후퇴 명령을 내려야 할지 망설이고 있을 때 갑자기 고지대에서 쏟아지던 화살 비가 뚝 멈췄다. 고지 정상에 새까맣게 늘어서 있던 브리타니아 궁사들이 픽픽 쓰러지기 시작했다. 고개 반대편에서 달려온 제2대대의 공격이 시작된 것이다.

"전진하라! 적은 포위되었다! 총공격하라!"

고개 너머에서 아군의 목소리가 들려왔다. 콘스탄티누스의 군단을 포위 공격하려던 브리타니아 병사들은 반대편에서 협공을 가해오는 콘스탄티누스의 대대와 주력 군단에 의해 오히려 포위를 당하고 말았다. 우측에도 같은 상황이 벌어졌다. 주력 군단이 한가운데서 버티고, 좌우로는 콘스탄티누스의 제1대대와 제2대대가 브리타니아 병사들을 양쪽으로 포위한 채 조금씩조금씩 적군을 섬멸해가고 있었다.

콘스탄티누스는 본격적인 전투가 벌어지기 전, 휘하 군단을 셋으로 나누었었다. 습기와 안개가 많은 브리타니아에서는 매복에 걸리기가 쉬웠기 때문이다. 지휘관들은 젊음과 용기를 지녔고 아버지 클로루스가 지휘하는 전투에 여러번 참여하여 지형에도 어느 정도 익숙해 있었다. 그러나 변덕스러운 날씨와 까탈스런 지형에는 아무래도 원주민들이 훨씬 더 유리했다. 만일의 경우를 생각해야 했다. 콘스탄티누스는 지형에 익숙하고 경험이 많은 대대장 두 명과 그들이 지휘하는 2개 대대 병력을 군단에서 떼어냈던 것이다.

'제1대대장, 그대는 군단의 우측에서 정찰 활동에 전념하시오. 긴급 사태가 발생할 때는 즉시 주력 군단을 도와 측면에서 적을 공격할 만반의 준비를 갖추시오!'

'예, 명령대로 시행하겠습니다!'

제1대대장이 시원한 목소리로 대답했다.

'제2대대장, 그대 역시 군단의 좌측에서 정찰 활동에 전념하시오. 주력 군단에 문제가 생길 경우 언제든 적을 측면에서 기습할 준비를 하시오!'

'알겠습니다, 군단장님!'

제2대대장도 자신감에 찬 눈을 번뜩이며 대답했다.

하늘이 도운 게야! 콘스탄티누스가 지난 전투를 생각하며 아군의 피해와 전과를 확인하고 있을 때였다. 갑자기 달려온 클로루스의 부관이 급히 말에서 뛰어내리고 있었다.

“무슨 일인가? 자네가 갑자기 여긴 왜…?”

“폐하께서 쓰러지셨습니다.”

“뭐야? 아버지께서 쓰러져? 분명하게 말해! 그냥 쓰러지신 거야, 돌아가신 거야?”

콘스탄티누스는 불길한 생각이 들어 애꿎은 부관에게 소리를 질렀다.

“돌아가셨습니다.”

“어떻게, 어떻게 돌아가셨다는 건가?”

“갑작스런 서거였습니다. 어제 아침에 집사가 방을 청소하러 들어갔을 때, 침대에 엎드려 계신 채 이미 숨을 거두신 상태였습니다.”

부관이 콘스탄티누스의 눈을 피하며 침통한 표정으로 말했다.

“유언은? 남기신 말씀은 없었나?”

“유언은 남기지 않으셨습니다.”

아, 아버지! 유언 한마디 남기지 못하고 급작스럽게! 콘스탄티누스는 아버지의 유언이 된 마지막 대화를 떠올렸다.

‘디오클레티아누스 선임 황제의 뜻을 잘 헤아려다오!’

서기 306년 7월 25일, 브리타니아에서 제국 서방의 황제 콘스탄티우스 클로루스가 갑자기 사망했다. 콘스탄티누스의 나이 서른하나였다. 본대로 귀대해 아버지의 주검을 확인한 콘스탄티누스는 지체 없이 서방 황제의 서거 소식을 제국 동방의 황제이며 황제단의 수석인 갈레리우스와 서방의 카이사르 세베루스, 동방의 카이사르 막시미누스 다이아에게 알리기 위해 특사를 파견하고 장례 준비에 들어갔다.

콘스탄티누스 휘하 군단의 대대장들이 긴급 회의에 들어간 것은 클로루스의 부음을 알리는 특사가 군단을 떠난 그 날 밤 거의 자정이 다 된 시각이었다.

"군단의 미래가 달린 일이라 지휘관들의 의견을 모아야 할 것 같아 회의를 급히 소집했소."

선임인 제1대대장이 회의를 주재하며 말을 꺼냈다.

"무슨 의미요? 그 말이!"

제6대대장이 말을 받았다.

"군단의 운명을 남의 손에 맡길 수는 없다고 생각하는데, 귀관들의 의견은 어떻소?"

제1대대장이 회의를 소집한 이유를 단도직입적으로 말했다. 잠시 침묵이 흘렀다. 대대장들은 그 말이 무엇을 의미하는지 금방 알 수 있었다.

"새 황제를 우리 손으로 뽑자는 말이오?"

제6대대장이 다시 물었다.

"그래야 하지 않겠소?"

제1대대장이 되물었다.

"그렇게 되면, 디오클레티아누스 황제께서 제국의 안정을 위해 도입한 사두 정치 체제가 무너지는 것 아니요?"

다른 지휘관이 의견을 내지 않는 것이 이상하다고 생각하며 다시 제6

대대장이 물었다.

"그렇지 않소! 우리 지역의 황제를 우리 손으로 뽑자는 것뿐이오. 다른 지역의 황제를 부인하거나 몰아내자는 것이 아니지 않소?"

제5대대장이 찬성의 뜻을 나타내며 말했다.

이 친구들 봐라, 사전에 무언가 모의가 있었군! 제6대대장이 혼잣말을 삼키며 숨을 들이켰다.

"황제의 임명권은 수석 황제에게 있소! 디오클레티아누스 황제가 은퇴하고 클로루스 황제도 서거한 지금, 황제단의 수석은 갈레리우스 황제이고, 새로운 황제의 임명권도 그의 몫이요. 그런데 우리 군단에서 멋대로 황제를 추대하게 되면, 제국에 또 다시 피바람이 불 것이오!"

제6대대장은 반대 의사를 분명히 했다.

"이보시오, 6대대장! 우리는 전쟁 중에 유능한 총사령관을 잃었소. 지금은 긴급 사태요! 누가 새로운 황제로 임명되느냐에 따라 우리 지휘관들은 물론, 군단 전체의 운명이 달라질 수 있소. 검증된 사람, 우리 군단과 제국 서방의 안정을 보장해 줄 수 있는 확실한 총사령관을 우리 손으로 뽑아야 우리의 생명이 보전될 것이오!"

제8대대장의 말이었다.

"그렇소, 우리의 생명과 안위에 관한 일이오!"

제2대대장이었다. 제6대대장을 뺀 나머지 아홉 명의 대대장들은 모두 의견이 일치했다.

그렇구나! 나만 빼놓고 너희들끼리…! 제6대대장은 입을 다물 수밖에 없었다. 다음날 새벽, 콘스탄티누스는 평소보다 일찍 부관의 보고를 받았다.

“제1대대장님께서 오셨습니다!”

“들어오라고 해!”

콘스탄티누스의 말이 떨어지기가 무섭게 제1대대장이 성큼성큼 콘스탄티누스의 방으로 들어섰다. 기분이 확 상할 정도로 예의를 갖추지 않은 무례한 태도였다.

“웬일이요? 이렇게 이른 아침….”

콘스탄티누스는 말을 마치지도 못한 채 자리에서 벌떡 일어서야 했다. 제1대대장이 글라디우스를 휙 뽑아들고 자신의 목을 겨누었던 것이다.

“무슨 짓이오, 이게!”

“용서하십시오, 군단장님! 저는 지휘관들과 병사들을 대표해서 이 자리에 왔습니다. 지금부터 제 말을 잘 들으시고 가부간의 선택을 해주십시오. 위대하신 황제 콘스탄티우스 클로루스를 잃은 우리 군단 장교들과 병사들은 우리의 위대한 제국의 안녕과 수만 병사들의 안전을 보장해 줄 새로운 황제를 모시기로 했습니다.”

“쿠데타인가?”

“그렇습니다. 쿠데타를 승인해 주십시오!”

“누굴 황제로 모시기로 했는가?”

“여기 제 앞에 계신 레가투스 콘스탄티누스입니다.”

“거절한다면?”

“이 글라디우스로 자결을 하시든지 제 목을 치십시오. 저를 처단하는 쪽을 선택하신다면 군단의 대대장 전원의 목도 치셔야 할 것입니다.

또한 우리 군단뿐 아니라 브리타니아에 주둔해 있는 전 군단의 큰 혼란과 내분을 각오하셔야 할 것입니다."

"내 의사는 무시하고 그대들이 다 결정해 버렸군. 대대장들이 모두 찬성했을 것 같지는 않은데."

"제6대대장을 제외하고 전원이 군단장님을 아우구스투스로 추대하기로 결의했습니다. 오늘 아침 10시, 군단 휘하의 전 병력이 모여 군단장님을 새로운 아우구스투스로 추대하게 될 것입니다."

"브리타니아 주둔 군단 사이에 피바람이 몰아칠 수도 있소."

"우리 군단 내에서만 논의된 사항이 아닙니다. 브리타니아는 물론, 제국 서방에 대해서는 염려하지 않으셔도 됩니다. 브리타니아 지역 군단장님들의 요청으로 시작한 일이니까요. 군단장님께서 거절하신다 해도 사태를 되돌리기에는 이미 늦었습니다."

제1대대장이 두 손으로 글라디우스를 받쳐 든 채 무릎을 꿇었다. 아버지의 마지막 유언이 다시 콘스탄티누스의 귓전을 때렸다.

'콘스탄티누스, 디오클레티아누스 선임 황제의 뜻을 잘 헤아려다오!'

콘스탄티누스는 제1대대장을 일으켜 세웠다. 글라디우스를 받쳐 든 제1대대장의 눈이 맹렬히 불타고 있었다. 콘스탄티누스는 그 뜨거운 불길을 정면으로 받아내며 천천히 입을 열었다.

"알겠소, 내분이 생기지 않도록 힘써 주시오."

"잘 알겠습니다!"

제1대대장이 경례를 붙이고 방을 나갔다.

군단의 전 병력이 광장을 가득 매웠다. 갑자기 총사령관을 잃은 장병들은 눈에 띄게 동요하고 있었다. 기조연설을 맡은 제5대대장이 단상으로 올라갔다.

"자랑스런 군단 장병 여러분! 우리의 임페라토르이신 콘스탄티우스 클로루스 황제께서 갑자기 서거하셨습니다. 비통한 마음 금할 길 없지만, 이렇게 넋 놓고 슬퍼하고만 있을 수는 없습니다. 총사령관의 능력은 군단 전 병력의 운명을 좌우합니다. 나는 지휘관의 한 사람으로서 이 중차대한 문제에 대해서 당사자들인 우리 군단 장병들의 의사가 반드시 반영되어야 한다고 생각합니다!"

장병들이 웅성거리기 시작했다. 누군가 큰소리로 외쳤다.

"레가투스 콘스탄티누스를 아우구스투스로!"

외침은 주변으로 급속히 확산되어갔다.

"콘스탄티누스를 아우구스투스로!"

어느 새 우레와 같은 함성이 전 군단으로 확산되었다.

"와아…! 콘스탄티누스를 아우구스투스로! 콘스탄티누스를 아우구스투스로!"

일사불란하게 외치는 군단 병력 가운데 제6대대 장병들만 서로 눈치를 보다 뒤늦게 분위기에 휩싸여 함께 외쳤다.

"콘스탄티누스를 아우구스투스로!"

황제의 부음을 알리는 특사는 군단에서 일어난 일을 알지 못한 채 도버해협을 건너고 있었다.

제6대대장이 콘스탄티누스를 찾아온 건 다음날 아침이었다.

"군단장님의 뜻입니까, 대대장들의 뜻입니까?"

제6대대장이 벌겋게 충혈된 눈으로 콘스탄티누스에게 따져 물었다.

"군단에서 일어나는 모든 일은 군단장의 책임이오."

"그런 식으로 책임을 회피하려 들지 마십시오. 저는 군단장님께서 직접 꾸민 일인지를 묻고 있는 것입니다."

"이보시오, 6대대장! 그대는 아버지 때부터 황제와 로마에 충성을 다한 강직한 군인이오. 그대와 함께 계속 일할 수 있게 해 주시오."

"협박하시는군요. 저는 진실을 알고 싶은 겁니다, 군단장님의 진실을!"

"이 세상에는 흑과 백만 존재하는 게 아니오. 다양한 색깔이 서로 조화를 이루며 공존하고 있소. 모든 걸 흑과 백으로 나누려 하지 마시오!"

"흐흐흐, 그렇군요! 그 정도면 알 만 합니다. 디오클레티아누스 황제와 클로루스 황제께서 통곡하시겠네요."

제6대대장은 쾅 소리가 나도록 문을 닫고 나갔다.

어둠이 짙게 깔려 가는 그날 늦은 저녁이었다. 열 명의 사내가 소리 없이 움직이고 있었다. 주변에 다른 인기척은 없었다.

"실수 없이 임무를 수행해야 하네!"

사내 하나가 나머지 대원들에게 명령했다.

"걱정 마십시오!"

훈련된 정예 대원들이 제6대대장의 경호 인력을 차례로 제거하는 데는 그리 오랜 시간이 걸리지 않았다.

"제군들은 여기서 경계를 단단히 서도록!"

사내가 부하들에게 명령한 후 곧바로 제6대대장의 숙소로 뛰어들어 막 잠을 청하려던 대대장의 목에 칼을 겨누었다.

"자네는, 1대대 소속 수석 백인대장이 아닌가? 이게 무슨 짓인가?"

"군단이 분열되면 제국의 안정도 평화도 없습니다!"

"콘스탄티누스가 보냈나?"

"그건 아실 것 없습니다!"

"그래, 우리 군단의 안녕과 발전을 위한 거사로군. 군단의 일치와 단결을 위해 이런 식으로 제국 전체에 분열과 갈등을 조장해도 되는 건가?"

"이미, 모든 지휘관과 장병들의 뜻이 하나로 모아졌습니다!"

"그랬겠지! 언제나 이런 식이었네. 제국 전체를 보지 못하고 자기 군단만 생각하는 자들과 그들을 이용하여 자기 이익을 챙기려는 지휘관들에 의해 로마는 지난 수십 년간 피를 흘려야 했네. 디오클레티아누스 황제께서 쿠데타의 악순환을 막기 위해 결단을 내린 지 이제 겨우 이십 년이 지났지. 그런데 자기가 그토록 아끼고 키워준 개에게 물린 셈이 되었군, 허허허…."

"편히 가십시오!"

제6대대장의 목에서 붉은 피가 솟구쳤다.

"당장 콘스탄티누스를 체포해야 합니다!"

지휘관 회의에서 보고를 마친 부관이 흥분을 이기지 못하고 소리쳤다. 서방 황제 콘스탄티우스 클로루스의 서거 소식과 콘스탄티누스의 쿠데타 소식은 거의 동시에 동방의 갈레리우스 황제에게 전달되었고, 황제는 즉시 지휘관 회의를 소집했던 것이다.

“자칫 일이 잘못되면 또 다시 제국은 피바다가 되고 말 것이오!”

황제가 신음을 흘리며 말했다.

“희생이 따르더라도 이런 식의 하극상을 방치하시면 제국은 더 큰 혼란으로 빠져들 것입니다. 용단을 내리십시오, 폐하!”

제2군단장이 목청을 높였다.

“가만, 가만! 콘스탄티누스가 보유한 병력이….”

갈레리우스가 2군단장에게 진정하라는 듯 손을 내저으며 천천히 말했다.

“현재 5만 정도 됩니다.”

부관이 답했다.

“그래, 5만이라…. 내전은 절대로 안 되오! 다른 방법을 찾아봅시다. 예를 들어, 콘스탄티누스 군단 내부에 이번 쿠데타에 불만을 품고 있는 지휘관이 있다면….”

“불만을 가졌던 지휘관들은 모두 제거되었습니다. 사전에 완벽하게 계획된 일임이 분명합니다.”

부관의 얼굴에 경련이 일었다.

“그랬겠지!”

갈레리우스는 디오클레티아누스에게 마음으로 사죄하며 기도하듯 중얼거렸다. 죄송합니다, 폐하! 폐하께서 물러나시자마자 이런 일이 생기다니요! 저에게 지혜를 주십시오! 폐하라면 이럴 때 어떻게 하셨을까요?

"폐하의 말씀대로, 내전은 피해야 한다고 생각합니다. 기왕에 벌어진 일이니 폐하께서 콘스탄티누스를 품어주시면 어떻겠습니까?"

제1군단장의 제안이었다.

"그건 안됩니다! 골치 아픈 일이라고 책임을 묻지 않고 넘어가면 또 다시 군대의 힘을 믿고 황제를 자칭하는 자들이 여기저기서 나타날 것입니다. 그렇게 되면, 디오클레티아누스 황제께서 지난 이십 년 동안 공들여 세운 공동 통치를 통한 협력 체제는 무너지게 됩니다!"

제2군단장이 단호하게 반대 의사를 피력했다.

"그렇지 않을 수도 있습니다. 콘스탄티누스의 경우는 조금 다릅니다. 그는 클로루스 황제의 친아들이며 장남입니다. 어떤 면에서는 황제단에 가입하는 것이 당연한 수순일 수 있습니다. 기다리지 못하고 먼저 일을 저지른 것이 문제이긴 하지만."

제1군단장이 자신의 의견을 정리했다.

"1군단장의 말에 일리가 있소. 나는 그를 잘 아오. 콘스탄티누스는 나를 배신할 수는 있어도 로마를 배신할 수는 없는 사람이오. 콘스탄티누스의 입장에서 생각해 보면, 지난번 인사에 서운한 점이 있었을 것이오. 그를 적으로 돌려세우기보다는 품는 것이 제국의 미래를 위해 좋을 것 같소."

갈레리우스가 방향을 잡았다.

"폐하의 뜻이 그렇다면 그렇게 하시지요. 그러나 무리한 일을 일방적으로 저지른 책임은 반드시 물으셔야 합니다. 황제단 내부에서 위계질서가 무너지면 제국의 화합과 일치도 기대하기 어렵습니다."

듣고만 있던 제3군단장이 입을 열었다.

"또한 제국의 안정과 평화도, 그리고 번영도 기대하기 어렵게 되는 거지."

갈레리우스가 말을 받았다.

"지금 상황에서 책임을 묻거나 견책을 내리는 것은 저쪽을 자극할 우려가 있습니다. 그렇다고 저쪽의 쿠데타적 행동을 무조건 승인하는 것도 문제가 있으니 콘스탄티누스를 카이사르로 임명하시는 것이 어떻겠습니까?"

제1군단장이 다시 제안했다.

"콘스탄티누스의 군단은 그를 아우구스투스로 옹립했습니다. 카이사르로 임명하는 것을 받아들일까요?"

제3군단장이었다.

"더 이상의 양보는 안됩니다, 폐하. 자칫 이번 일로 인해 콘스탄티누스에게 끌려가는 상황이 발생할 수도 있습니다. 그는 교활한 자입니다!"

제2군단장이 단호하게 배수진을 쳤다.

"2군단장의 의견에 일리가 있습니다. 게다가 현재 서방의 카이사르인 세베루스 폐하의 입장도 고려하셔야 할 것입니다. 콘스탄티누스를 아우구스투스로 그대로 인정해 버리면 세베루스 황제께서 서운하시지 않겠습니까?"

제1군단장이 다시 의견을 내놓았다.

"모두들 고맙소. 어느 정도 가닥을 잡을 수 있겠소. 이렇게 합시다."

제국의 수석 황제 갈레리우스가 길게 숨을 내쉬고는 단호하게 말했다.

"서방의 카이사르인 세베루스를 제국 서방의 아우구스투스로, 콘스탄티누스를 제국 서방의 카이사르로 임명하겠소. 이것은 수석 황제로서의 명령이오! 만일 콘스탄티누스가 이 명령에 따르지 않으면, 로마제국의 모든 군단장은 그를 제거하고 그의 휘하 군단을 접수할 만반의 태세를 갖추도록 하시오!"

여섯 황제

콘스탄티누스가 휘하 군단에 의해 황제로 추대되었다는 소식이 제국 전역에 알려지는 데는 그리 오랜 시간이 걸리지 않았다. 수도 로마의 근위대장 카토가 막센티우스를 찾아온 건 그 때문이었다.

"이대로 보고만 계실 겁니까?"

카토는 막센티우스에게 황제로 등극할 것을 종용했다. 막센티우스는 속으로 쾌재를 불렀지만 확답을 피했다. 자신이 원하는 말을 근위대장의 입을 통해 확실히 듣기 전에는.

"이대로 있지 않으면 어쩌겠소? 내가 콘스탄티누스처럼 군단이 있소, 뭐가 있소?"

"수도 로마의 근위군단이 함께할 것입니다. 또한 콘스탄티누스가 클로루스 황제의 친아들이라면 폐하는 막시미아누스 황제의 친아들이십니다."

카토는 막센티우스를 이미 황제로 인정한다는 듯이 말했다.

“갈레리우스 황제가 승인을 해 줄 것 같소?”

막센티우스는 난감하다는 표정을 지으며 결정을 미루었다. 내킨다고 이것저것 가리지 않고 냉큼 삼킬 수 있는 미끼가 아니었던 것이다.

“콘스탄티누스를 카이사르로 승인했으니, 폐하도 승인하셔야 할 것입니다. 폐하께서 콘스탄티누스보다 못할 게 하나도 없습니다. 만일 갈레리우스 황제가 우리의 뜻을 무시한다면 수도 로마와 본국 이탈리아의 모든 주민은 물론, 원로원까지 폐하를 보필하게 될 것입니다.”

“그대 생각이오?”

“이미 논의된 사항입니다.”

“원로원의 동의가 있었단 말이요?”

“원로원이 더 적극적으로 나서고 있습니다. 수도 로마와 이탈리아 시민들은 제국의 심장이고 두뇌였던 로마를 황제들이 박대한다는 불만을 품고 있습니다. 사실 군인들이 정권을 잡으면서 로마 귀족들은 제국 변방의 촌뜨기들이 황제로 난립하여 피를 뿌리고 다니는 한심한 꼴을 두 눈 멀쩡히 뜨고 볼 수밖에 없었습니다.”

“그런 시각으로 본다면 내 아버지 막시미아누스 황제와 나 역시 촌뜨기 출신이요.”

변방 촌뜨기 출신이라는 말에 기분이 확 상한 막센티우스가 말을 받았다. 카토는 아차 싶었지만 이미 뱉어낸 말이었다.

“막시미아누스 황제께서는, 출신이 어떻든 지난 19년 동안 본국 이탈리아와 수도 로마를 통치하시며 이곳에 안정과 평화를 가져오셨습니다. 비록 디오클레티아누스 황제의 강압에 못 이겨 제위를 내려놓으셨지만 로마와 이탈리아 주민들은 선임 황제에 대한 존경심을 여전히 간직하고 있습니다."

"그것이 나를 필요로 하는 이유요?"

"그렇습니다. 부친께서 로마에 안정과 평화를 가져오셨듯이, 폐하께서 수도 로마와 본국 이탈리아가 다시 제국의 두뇌와 심장이 될 수 있도록 이끌어 주십시오."

"다른 황제들이 어떻게 나올 것 같소?"

막센티우스는 마지막 돌다리를 두드렸다.

"조금 전에 말씀드렸듯이, 갈레리우스 황제는 이미 콘스탄티누스를 카이사르로 인정한 전례가 있습니다. 게다가 폐하는 갈레리우스 황제에게도 사위가 되시지 않습니까? 수석 황제께서 고심은 하시겠지만 결국 우리의 선택을 받아들이게 될 것입니다. 콘스탄티누스에 대해서는 걱정을 하시지 않아도 됩니다. 우리의 선택을 부정하게 되면 그 역시 정당성을 인정받기는 어려워집니다."

"결국 세베루스가 문제가 되겠군, 그가 이곳의 통치자이니."

"세베루스가 가진 것은 껍데기뿐입니다. 이탈리아와 로마 주민은 폐하의 결단을 기다리고 있습니다."

카토가 마지막 카드를 꺼내들었다. 막센티우스는 쾌재를 불렀다.

"좋소, 민의가 그렇다는데 어찌 외면하겠소! 그대도 알다시피 나는 군사적인 경험은 별로 없소. 그대와 그대의 군단이 늘 내 곁에서 도와주시오."

"감사합니다, 폐하! 목숨을 바쳐 충성할 것을 맹세합니다!"

서기 306년 가을, 전임 황제 막시미아누스의 아들이며 수석 황제 갈레리우스의 사위인 막센티우스는 수도 로마에서 황제로 취임한다고 발표했다. 콘스탄티누스가 휘하 군단에 의해 아우구스투스로 옹립된 지 석 달이 지났고, 갈레리우스 황제의 조정안을 받아들여 카이사르로 사두 정치 체제에 참여함으로써 일촉즉발의 내전 위기를 겨우 피하고 제국이 안정을 찾아가던 시점이었다. 콘스탄티누스의 나이 서른하나, 막센티우스는 스물여덟이었다.

그러나 콘스탄티누스는 황제단의 공식 승인을 받고 체제 안으로 들어온 반면, 그에 자극받아 황제를 자칭하고 나선 막센티우스는 수도 로마의 주민과 원로원의 승인까지 받았지만, 네 명의 공동 황제는 그에 대한 승인을 거부했을 뿐 아니라 공공의 적으로 선언했다.

도시 로마의 주민과 원로원이 막센티우스를 기꺼이 황제로 승인한 데는 이유가 있었다. 3세기 초엽부터 군인들이 쿠데타를 일으켜 멋대로 황제를 갈아치우는 전횡이 오십 년이 넘게 계속되었다. 군인들로부터 추대되거나 쿠데타로 정권을 잡은 군인 황제들이 제국의 변방을 휘젓는 동안 제국의 수도 로마와, 공화정 시대부터 두뇌 역할을 했던 원로원, 일등 시민이었던 수도 로마의 주민은 철저히 소외되었다. 그런 가운데 로마 주민들은 비록 발칸 지역의 하류 계급 출신이기는 했지만 직전 공동 황제로 이탈리아와 수도 로마의 통치를 맡아 안정과 평화를 가져왔던 선황제 막시미아누스에 대한 애정을 간직하고 있었다.

서기 305년, 공동 황제 디오클레티아누스가 막시미아누스와 함께 은퇴를 선언했을 때, 이탈리아와 로마 주민들은 막시미아누스의 아들인 막센티우스가 카이사르의 자리를 이어받기를 희망했다. 막센티우스에 대한 기대와 애정이라기보다는 본국 이탈리아와 수도 로마가 다시금 제국의 중심에 자리해 주기를 바랐기 때문이었다. 그런데 공동 황제 중에 최고 통치권자였던 선황제 디오클레티아누스는 그 자리에 세베루스를 앉히고 말았다. 막센티우스와 로마 주민이 불만을 삭이고 있을 때 갑자기 네 명의 공동 황제 중 하나였던 콘스탄티우스 클로루스가 죽었다. 그의 아들 콘스탄티누스는 절차를 무시한 채 황제를 자칭하고 나섰고, 때를 기다리던 막센티우스도 황제를 자칭했던 것이다. 원로원과 도시 로마의 주민들이 열광한 것은 당연했다.

"막센티우스가 황제를 자칭했단 말인가?"

부관의 보고를 받은 서방 황제 세베루스는 자기 귀를 의심했다. 문제가 일어난다면 브리타니아와 갈리아에서 일어날 것이라고 판단하여 콘스탄티누스의 행동을 예의주시하고 있었지만, 본국 이탈리아와 수도 로마에는 전혀 신경을 쓰지 않고 있었다. 그 사이 전임 황제 막시미아누스의 아들 막센티우스에게 허를 찔린 꼴이 되었던 것이다.

"그렇습니다, 폐하! 저항하던 수도 장관과 몇 명의 관료들이 피살되었습니다."

내 통치 지역에서 내가 임명한 장관을 살해하고 황제를 자칭하다니, 무서운 놈이로군! 세베루스가 혼잣말을 하다 역정을 내고 물었다.

"사태가 어디까지 진행된 것인가?"

"즉위를 공식 승인해 달라는 막센티우스의 요청에 원로원이 만장일치로 가결했습니다."

"원로원에 미리 손을 써놓았던 게로군, 배후자가 있을 텐데."

"근위대장 카토가 꾸민 일 같습니다. 근위군단은 이미 막센티우스에게 충성을 맹세했습니다."

"막센티우스와 근위대, 원로원의 야합이로구만!"

세베루스가 신음을 흘렸다.

"민심은 어떤가?"

"선임 황제 막시미아누스의 인기가 워낙 높았습니다. 막센티우스의 취임을 반기는 분위기입니다. 포로 로마노에서 환영식을 가졌는데, 시민들이 대환영을 했다는 소식입니다."

"이런, 젠장!"

세베루스가 벌떡 일어서며 탁자를 걷어찼다. 근위군단과 원로원, 게다가 로마 주민들까지 가세했다면 사태를 되돌릴 수는 없을 것이었다. 한판 승부가 불가피한 상황이었다. 세베루스는 즉시 수석 황제 갈레리우스에게 전령을 급파해 사태를 보고했다. 만일 황제단이 막센티우스를 선택한다면 자신은 파멸을 면할 수 없을 것이었다. 막센티우스 진영에는 전임 황제 막시미아누스와 로마 원로원, 근위군단, 로마 주민까지 가세한 상태였다. 자신은 수석 황제로부터 정식으로 임명을 받은 적통자였지만 클로루스 휘하의 장수였을 뿐 다른 배경은 전혀 없었다. 절대적으로 불리한 상황이었다.

본국 이탈리아와 수도 로마에서 막센티우스가 황제를 자칭했다는 소식을 들은 수석 황제 갈레리우스는 뒤늦게 콘스탄티누스를 카이사르로 승인한 일을 후회했지만 사태를 되돌릴 수는 없었다. 게다가 죽은 아버지의 자리를 차지한 콘스탄티누스와는 달리 막센티우스는 멀쩡히 살아있는 세베루스를 무시하고 일을 저질렀다. 당장 휘하 군단을 몰고 가 막센티우스를 치고 싶었지만 수도 로마의 근위군단과 원로원, 로마 주민까지 합세한 현실을 무시하기는 어려웠다.

갈레리우스는 다른 황제들의 의견을 들어보기로 하고 콘스탄티누스와 막시미누스 다이아에게 전령을 급파했다. 콘스탄티누스는 수석 황제의 결정에 따르겠다는 의사 표시를, 막시미누스 다이아는 더 이상의 쿠데타를 허용해서는 안 된다는 뜻을 보내왔다. 고심 끝에 갈레리우스는 막센티우스와 카토의 예측과는 달리 세베루스를 선택했다. 콘스탄티누스를 포함한 황제단은 막센티우스를 찬탈자로 단죄하고 사태 수습 책임자로 서방 황제 세베루스를 지명했다.

찬탈자로 낙인찍혔다는 말을 들은 막센티우스는 이미 은퇴한 자신의 아버지 막시미아누스에게 달려가 간청했다.

"황제로 복귀해 주십시오!"

"디오클레티아누스 황제와의 약속을 깰 수는 없다!"

막시미아누스는 아들의 요청을 일언지하에 거절했다.

"아들의 파멸을 보고만 계실 겁니까? 게다가 수도 로마와 이탈리아가 아버지를 원하고 있습니다. 저를 황제로 옹립한 것도 제가 아버지의 아들이기 때문입니다. 지금은 수도 로마와 이탈리아, 그리고 저와 아버지가 파멸하느냐, 아니면 다함께 일어나 제국의 수도인 로마의 옛 영광을 되찾느냐 하는 중요한 기로에 처해 있습니다. 모두가 아버지를 필요로 하고 있습니다."

정치에는 도무지 자신이 없었지만 허영심에서는 누구에게도 뒤지지 않는 막시미아누스는 수도 로마와 이탈리아가 자신을 필요로 한다는 아들의 말에 마음이 크게 흔들렸다.

"속히 결단을 내려주세요, 아버지! 세베루스의 군단이 이미 밀라노를 떠나 이곳으로 오고 있습니다!"

막센티우스는 아버지의 어깨를 붙들고 애원했다. 임페라토르로 지난 20년 간 수많은 전장을 누비며 로마제국에 군사적 안정을 이룬 불세출의 영웅이었지만 정치적인 안목을 갖추지 못한 막시미아누스는 대의와 명분보다는 감정과 인간관계에 쉽게 흔들리는 타입의 인물이었다.

막시미아누스는 일단 아들을 살려야겠다는 생각이 들었다. 또한 선임황제로서 자신이 직접 나서서 이 혼란 상태를 수습해야 한다는 생각에 쫓기기도 했다.

"일단 세베루스를 막는 것이 급하구나. 이탈리아 전역에 내가 복귀했다고 알려라. 누구든 이탈리아에 피를 뿌리는 자는 막시미아누스를 상대해야 할 것이다!"

이렇게 해서 로마에는 사상 초유로 여섯 명의 황제가 난립하게 되었다. 네 명의 황제단에 막센티우스 부자까지 가세한 것이다.

세베루스는 수만의 직속 정예 군단을 이끌고 밀라노를 떠나 수도 로마로 진격을 시작했다. 겨울철로 접어들고 있었다. 세베루스는 콘스탄티우스 클로루스 밑에서 전투를 지휘하던 장수였다. 브리타니아와 갈리아를 무대로 싸웠고 이탈리아로 온 지 겨우 일년 밖에 되지 않았다.

소수의 측근은 그의 오랜 동지였지만 대다수의 장교와 장병들은 거의 이십 년 동안 막시미아누스 휘하에서 싸웠던 군인들이었다.

그러나 막시미아누스가 막센티우스와 함께 수도 로마와 본국 이탈리아의 공동 황제로 재취임했다는 소식을 들은 북이탈리아의 도시들은 세베루스 군대에 군량과 숙소를 제공하지 않았다. 결국 세베루스는 로마에 당도하기도 전에 라벤나에서 막시미아누스가 지휘하는 이탈리아 방위군에게 사로잡혀 로마로 압송되고 말았다.

"막시미아누스 황제 폐하를 꼭 만나게 해 주게. 그분을 만난 후에는 죽어도 여한이 없겠네."

세베루스는 얼마 전까지 자신의 지휘를 받았던 장교에게 부탁했다. 막시미아누스 역시 세베루스를 한 번은 만나야겠다고 생각했기에 전현직 황제의 회동은 어렵지 않게 성사되었다.

막시미아누스를 독대하자마자 세베루스는 거칠게 쏘아붙였다.

"어찌 이러실 수가 있습니까? 제가 스스로 황제가 되겠다고 했습니까? 클로루스 황제 밑에서 지휘관으로 만족하며 제국을 위해 충성하던 저를 황제단에 끌어들인 분이 누구입니까?"

세베루스는 자신이 황제단에 발탁될 때, 자신의 근무지인 서방의 황제였던 막시미아누스가 당연히 인사 문제에 관여했을 거라고 생각하고 있었다. 막시미아누스는 세베루스를 똑바로 쳐다보지도 못하고 툭 불거진 눈을 연신 끔벅였다.

"세베루스, 미안하네! 사실 황제단의 인사권은 디오클레티아누스 황제께서 전권을 행사하셨네. 나 역시 스스로 원해서 제위를 반납한 것이 아니었네. 상황이 자네와 날 이렇게 만들었구먼."

막시미아누스는 진실로 미안한 마음이 들어 구차한 변명을 늘어놓았다. 천성이 악하지 않은 그로서는 휘하 장수였던 세베루스와 이런 식으로 만나게 된 것이 몹시 괴로웠다. 다음날 아침, 막시미아누스는 눈을 뜨자마자 아들에게 물었다.

"세베루스를 어떻게 할 생각이냐?"

"살려둘 수는 없습니다."

막센티우스는 단호하게 대답했다.

"그렇겠지. 어쩔 수 없다면 가장 명예롭게 죽을 수 있도록 해 주려무나."

"그러지요."

다음날 아침, 세베루스에게 글라디우스가 전해졌다.

"공개 처형을 하지 않은 건 막시미아누스 황제의 배려인가?"

세베루스가 쓴 웃음을 입가에 물으며 물었다.

"폐하와 우리는 아무런 사적 감정이 없습니다. 시대를 잘못 타고나셨다 생각하십시오."

근위대장 카토가 덤덤하게 말하며 글라디우스를 넘겨주었다. 카토를 잠시 노려보던 세베루스는 천천히 검을 받아들었다.

"뭐야? 세베루스가 자결을 해?"

세베루스가 막시미아누스의 군대에 패했을 뿐 아니라 체포되어 처형되었다는 전갈을 받은 갈레리우스는 경악했다.

"예, 그렇게 됐습니다."

갈레리우스의 눈치를 살피며 보고를 마친 부관은 황제가 평소의 침착성을 잃고 있다고 생각했다.

"아니, 그럼 그 애송이 막센티우스에게 세베루스가 당했단 말인가?"

"그건 아닙니다. 막센티우스는 안전한 수도 로마 안에서 손가락 하나 까딱하지 않았습니다."

"그러면?"

"막시미아누스 선임 황제께서 막센티우스의 군단을 직접 지휘하고 있습니다."

"뭐라고? 이런! 늙은이가 드디어 노망이 났구만!"

갈레리우스는 막시미아누스가 늘 불안했다. 사람은 좋지만 나이가 들어도 철이 들지 않는 스타일이었다. 어쩔 수 없이 은퇴는 했지만 얌전히 있을 사람이 아니라는 생각은 했다. 하지만 이런 식으로 문제를 일으키다니! 디오클레티아누스 황제와 콘스탄티우스 클로루스 황제의 얼굴이 떠올랐다. 아, 이럴 때 그분들이 함께 있었다면!

"내가 직접 나설 수밖에 없어!"

갈레리우스는 더 이상 구경만 하고 있을 수는 없다고 생각했다.

"직접 출정하시겠다는 겁니까?"

부관이 놀란 표정으로 물었다.

"이대로 방치했다간 제국이 갈래갈래 찢어지고 말 것일세. 내가 수습해야 돼!"

"콘스탄티누스에게 맡겨 보시는 건 어떻습니까?"

"콘스탄티누스? 고양이에게 생선을 맡기란 말인가?"

갈레리우스는 자신이 직접 막센티우스 토벌에 나서기로 했다. 수석 황제의 자리에 오르기는 했지만 아직도 그는 전장에서 잔뼈가 굵은 건장한 장년이었다. 휘하 장병들은 어릴 때부터 키운 자식 같은 병사들이었다.

세베루스에게 협력하지 않은 도시는 용서하지 않을 것이다! 군단을 직접 지휘하여 이탈리아 원정에 나선 갈레리우스는 스스로에게 다짐했다. 그는 눈에 띄게 침착성을 잃고 있었다. 콘스탄티누스에게 강한 징계를 내리지 못한 것이 또 다른 화를 불렀다는 회한도 들었다. 수석 황제의 권위에 도전하는 자 또한 용서하지 않으리라! 갈레리우스는 자신도 모르게 제국의 안위와 평화를 책임져야 할 수석 황제가 아니라 단지 전투에 참여하는 무관으로 스스로를 격하시키고 있었다. 그의 마음을 사로잡은 것은 오직 막센티우스 타도와 황제단의 결정을 비웃고 막시미아누스 편에 달라붙은 배은망덕한 이탈리아의 도시들을 징계하는 것이었다.

한편 클로디우스의 보고를 받은 콘스탄티누스는 고개를 저었다. 그럴 리 없어, 그럴 리가! 콘스탄티누스는 자신의 심복이 보고한 내용을 믿을 수도 믿지 않을 수도 없었다. 갈레리우스 황제가 제정신이 아니고서는 그런 무모한 작전을 벌일 리가 없었다. 클로디우스는 갈레리우스의 군단이 세베루스에게 협력하지 않은 이탈리아 북부 도시들을 모조리 약탈하고 불태웠다고 보고했다.

예전의 갈레리우스가 아니야! 콘스탄티누스는 디오클레티아누스가 창안한 사두 정치 체제가 굉음을 내며 붕괴하고 있음을 느꼈다. 어쩌면 그 시발점이 자신일 수도 있다는 자책이 들었다. 하지만 이미 엎어진 물이었다. 그는 스스로에게 말했다. 처음부터 불가능한 일이었어. 디오클레티아누스와 막시미아누스였기에 당대에만 가능한 일이었어. 공동 통치는 더 이상 지속될 수 없다! 강력한 통치로 제국을 안정시키지 않으면 제국은 또 다시 파국으로 급격히 치닫게 될 것이다!

"로마와 북부 이탈리아 주민들의 원성은 갈레리우스 황제만이 아니라 황제단 전체에 대한 불신과 저항으로 번지고 있습니다. 갈리아와 브리타니아에서도 심상찮은 움직임이 일고 있습니다."

클로디우스의 보고대로 갈레리우스의 행동은 로마제국 전체의 민심을 돌려놓는 결과를 가져왔다. 갈레리우스는 결국 수도 로마에는 도달하지도 못한 채 북이탈리아 일대를 휩쓸고 발칸 지방으로 돌아가고 말았다.

서기 308년, 갈레리우스는 디오클레티아누스와 막시미아누스를 카르눈툼 군단 기지로 초청해 회담을 열었다.

"도와주십시오, 제 능력으로는 한계가 있습니다."

갈레리우스는 솔직하게 자기 한계를 인정했다.

"아무래도 폐하께서 다시 제위에 복귀하셔야 할 것 같습니다."

58세가 되어 스스로 황제 자리에 복귀한 막시미아누스가 63세의 선임 수석 황제 디오클레티아누스에게 말했다.

"내가 복귀해서 사태를 수습해 달라? 자네, 분명히 말해 보게! 내가 복귀해서 어떻게 사태를 수습하라는 것인가? 자네 아들을 황제단에 가입시켜 주면 되겠나? 그게 자네가 원하는 것인가?"

디오클레티아누스가 막시미아누스를 몰아붙였다.

"아, 아닙니다, 그런 게 아니라…."

막시미아누스는 정색을 하며 부인했다. 제길, 난 왜 이 양반 앞에만 서면 작아지는 거야! 속말을 삼키는 막시미아누스의 얼굴이 일그러졌다.

"이보게, 막스!"

"예, 폐하!"

"우리 다 내려놓기로 하지 않았나. 이제 와서 뭘 어쩌겠다는 건가? 다 내려놓으세, 그냥 다 내려놓자구! 우리가 개입하면 문제가 더 복잡해져!"

디오클레티아누스는 오랫동안 함께 일했던 절친한 친구를 또 다시 설득했다. 친동생처럼 아껴주었던 친구였다. 비록 야인으로 물러나긴 했어도 평생토록 그의 은공을 입은 막시미아누스로서는 외면하기 힘든 요청이었다.

"알겠습니다. 폐하의 뜻이 그렇다면 저도 더 이상 이 문제에 관여하지 않겠습니다."

막시미아누스는 또 다시 자신 없는 말을 하고 말았다.

갈레리우스는 쾌재를 불렀다. 자신이 진정으로 원하는 것은 두 선임 황제의 복귀가 아니라 막시미아누스가 손을 떼는 것이었기 때문이다. 그가 없으면 막센티우스를 제거하는 것은 그리 어려운 문제가 아니라는 생각이 들었다.

"두 분의 뜻이 그러시다면 현재 공석인 서방 황제 자리는 어떻게 하는 게 좋을까요?"

갈레리우스가 속마음을 감춘 채 슬쩍 말을 꺼냈다.

"그 자리엔…."

막센티우스를 앉히면 되지 않겠나 라는 말이 금방 입 밖으로 튀어나오려는 것을 간신히 참으며 막시미아누스가 머뭇거렸다.

"그것 역시 현 수석 황제가 알아서 결정할 일이요. 은퇴한 우리가 가타부타할 문제가 아니요."

디오클레티아누스가 못을 박았다. 물러났으면 그만 모든 일에서 손을 떼라는 명백한 암시를 막시미아누스에게 다시 한 번 주는 말이었다.

"두 분 폐하께 감사드립니다. 그러면 두 분의 뜻을 받들어 제국 서방의 안정과 평화를 실현할 수 있는 사람을 제가 추천해 보겠습니다. 혹 문제가 있으면 말씀해 주십시오."

디오클레티아누스의 말이 끝나기가 무섭게 갈레리우스가 재빨리 하고 싶은 말을 해치웠다.

"말해 보시오, 무엇보다 황제단에 참여한 사람들 간에 호흡이 잘 맞아야 할 것이오."

디오클레티아누스가 갈레리우스를 거들었다. 그러나 순진한 막시미아누스는 그저 은퇴 약속을 철저히 지키는 디오클레티아누스의 인품과 결단력에 감복해 아무 말도 하지 못하고 큰 눈만 끔벅거리고 있었다.

"제가 생각한 서방 황제는…."

막센티우스입니다, 라는 말이 나오기를 막시미아누스는 아직도 기대하고 있었다. 사태 파악을 제대로 못하는 순진한 무인이었다.

"리키니우스 장군입니다."

"어떤 사람이오?"

디오클레티아누스가 별 표정 없이 물었다.

"저의 오랜 전우입니다. 결코 신의를 배신하지 않을 사람이며 인격과 덕망을 갖추어 수하 지휘관과 병사들에게 존경을 받는 인물입니다."

"나이는?"

"저보다 다섯 살 아래입니다."

"수석 황제와 호흡도 잘 맞고 인격과 덕망을 갖춘 사람이라면 반대할 이유가 없소."

디오클레티아누스는 갈레리우스가 추천한 후보를 승인했다. 막시미아누스로서는 선택의 여지가 없었다.

"아, 그래요. 무엇보다 두 분이 호흡을 맞추는 것이 중요하지요. 제국의 안정을 위해 잘 일해 주시오!"

막시미아누스도 어쩔 수 없이 리키니우스의 서방 황제 등극을 승인했다.

수도 로마로 복귀한 아버지로부터 뜻밖의 말을 들은 막센티우스는 발악을 하고 대들었다.

"아버지, 그게 무슨 말씀이세요? 이런 결과를 가져오려고 회의에 참석하셨나요? 도대체 왜 거기까지 가신 겁니까?"

"로마의 안정과 평화를 위해 회담하는 자리였다. 어떻게 내 스스로 평화를 깨뜨리고 내전을 선택할 수 있겠느냐? 갈레리우스는 몰라도 디오클레티아누스 황제는 아무런 사심 없이 제국의 미래만 염려하셨다.

그런 자리에서 내 사욕을 채울 수는 없었어!"
막시미아누스는 자식의 미래가 걱정되었지만 어쩔 수 없는 상황이었다고 생각했다.
"으흐흐흐…. 아버지와 장인이 만나 절 죽음으로 몰아넣는 회담을 하셨군요. 네, 좋습니다. 아버지 없이도 전 해낼 수 있습니다. 얼마든지요!"
막센티우스가 웃는 건지 우는 건지 모를 희한한 소리를 내며 말했다. 자신에게 파멸이 닥쳐오고 있음을 감지하면서.

"카이사르 콘스탄티누스가? 그분이 나를 왜 찾는단 말이오?"
코르도바 관구 사제 호시우스는 마음을 진정시키기 위해 안간힘을 썼다. 긴장을 풀고자 했지만 목소리가 떨리고 가슴이 뛰는 건 어쩔 수 없었다. 콘스탄티누스는 조카인 그라쿠스의 둘도 없는 친구였다. 또한 자신의 형인 크라수스와 절친한 사이였던 콘스탄티우스 클로루스 황제의 아들이기도 했다. 하지만 기독교 대박해 때 앞장서서 기독교인들을 체포하고 심문했던 자다. 그가 왜 사제인 자신을 찾는단 말인가? 어려서 헤어진 후로 만난 적도 없고 만날 이유도 없는데.
"자세한 이유는 저도 잘 모릅니다."
클로디우스가 짧게 대답했다.
"하지만 난 그분을 잘 모르오. 그분이 어렸을 때 헤어진 이후로 다시 만난 적도 없고. 폐하께서 날 만나고 싶어하는 이유가 뭔지 말해줄 수 없겠소?"
말을 하면서도 호시우스는 열심히 머리를 굴려 콘스탄티누스가 자신을 부른 진의를 짚어보려 애를 썼다. 조카인 그라쿠스와 단짝이었지만, 저 사람은 어렸을 때부터 의심이 많아 독실한 신자인 어머니의 영향을 받았으면서도 기독교에 깊이 발을 들여놓지 않았다. 뿐만 아니라 홍수로 친구를 잃은 후부터는 그 의심이 더욱 깊어졌고 서서히 기독교에 반감을 갖게 되지 않았던가!

"제가 분명히 말씀드릴 수 있는 부분은, 사제께서 걱정은 하지 않으셔도 된다는 사실입니다. 나쁜 일로 만나자는 것은 아니니까요. 아마 폐하께서 어떤 조언을 필요로 하시는 게 아닌가 하는 생각이 듭니다."

이런 겁쟁이 같으니라구, 먹물들은 역시 어쩔 수 없다니까! 클로디우스가 얼굴에 비웃음을 머금은 채 속말을 삼켰다.

콘스탄티누스가 그라쿠스의 숙부이자 스승이었던 호시우스를 꼭 만나봐야겠다고 생각한 건 세베루스가 죽은 직후였다. 콘스탄티누스는 이런 일을 시킬 때면 으레 클로디우스를 찾았다. '히스파니아의 코르도바 관구 사제 호시우스.' 콘스탄티누스가 반드시 찾아 데려오라며 건네준 문서에 적힌 내용의 전부였다.

코르도바에서 밀라노로 오는 여정에 호시우스는 클로디우스를 통해 콘스탄티누스에 대한 여러 얘기를 들을 수 있었다. 그를 가장 놀라게 한 것은 그라쿠스가 자신을 기독교 문제에 관한 책사로 천거했다는 점이었다. 호시우스는 여정 내내 그라쿠스와 콘스탄티누스의 진의를 찾으려 애를 썼다.

"오랜 만이오, 내 사랑하는 친구의 존경하는 숙부님!"

콘스탄티누스가 황궁 접견실로 들어오는 호시우스를 껴안을 듯 반갑게 맞이했다. 호시우스가 엉거주춤 목례를 했다. 콘스탄티누스는 호시우스에게 자리를 권한 후 포도주를 따라 주었다.

"아실지 모르겠지만 난 기독교라는 종교를 별로 좋아하지 않소."

콘스탄티누스가 포도주를 살짝 들이키며 말했다.

"좋아하지 않는 정도가 아니라 매우 싫어하신다고 들었습니다."

어느 정도 긴장을 푼 호시우스가 콘스탄티누스의 진의를 떠보고자 말했다.

"으아하하하! 어느 정도 정보를 갖고 계시는군. 클로디우스가 알려주던가요?"

"아, 예…."

호시우스는 혹시 클로디우스라는 젊은이에게 해가 미칠까 싶어 대답을 망설였다.

"아, 괜찮아요! 난 마음이 좀 통한다 싶으면 터놓고 대화하는 스타일이요. 클로디우스에게는 사제께서 원하시면 나에 대해 아는 대로 말해줘도 좋다고 일러두었소."

콘스탄티누스는 자신에게 심취한 클로디우스를 통해 사전에 자신을 충분히 알게 해도 문제될 것은 없다고 생각했다. 아니, 호시우스를 자기 사람으로 만드는데 클로디우스의 평가는 긍정적으로 작용할 것이 분명했다.

"호시우스 사제, 내 친구가 되어 주실 수 있겠소?"

"친구로서 해야 할 역할이 있을 것 같군요."

호시우스는 경계를 풀지 않았다.

"그라쿠스에게서 사제에 대한 얘기는 충분히 들었소. 나는 지난 십여 년 동안 오로지 군인의 길을 걸어왔소. 무기를 다루고 부하들을 통솔하며, 전술을 연구하는 것으로 충분한 삶을 살아왔던 것이오. 그러나 이제는 제국의 통치를 맡은 카이사르가 되었소. 예전처럼 용기와 무력만으로 통치를 할 순 없지 않소?"

콘스탄티누스가 말을 하다 말고 호시우스를 빤히 쳐다보았다.

"그러나 저는 정치에는 문외한인 사제일 뿐입니다."

무언가 말을 해야 한다는 부담감을 느끼며 호시우스가 더듬거렸다.

"나는 개인적으로 기독교를 좋아하지는 않지만, 그 종교가 갖는 잠재력과 끈질긴 생명력을 알고 있소. 힘으로 누른다고 없어질 종교가 아니오. 어떻게 기독교라는 이 골치 아픈 종교가 제국과 상생할 뿐 아니라 제국의 안정에 도움을 줄 수 있을지 그 점에 대해 도움을 주시오. 그것이 내가 사제를 필요로 하는 이유의 전부요."

콘스탄티누스가 호시우스를 부른 이유를 간추려 말했다.

"솔직히 말씀해 주셔서 고맙습니다."

호시우스는 콘스탄티누스가 기독교를 골치 아픈 종교라고 표현하는 것이 부담스러웠지만 박해할 의도는 갖고 있지 않다는 점을 분명히 인지할 수 있었다. 예리한 판단력을 가진 사람이로군. 기독교를 어느 정도 꿰뚫고 있어! 호시우스가 속말을 삼키며 말했다.

"폐하, 저도 솔직하게 말씀드리겠습니다. 사제의 신분이지만 저는 기독교를 맹신하는 사람이 아닙니다. 종교는 사람의 행복을 위해 존재합니다. 사람이 종교에 매일 필요가 없습니다. 폐하께서 진정 로마와 로마인, 그리고 세계의 안녕과 평화를 위해 일하신다면 저 역시 폐하를 기꺼이 도와드리겠습니다."

호시우스는 몇 마디 대화만으로 이미 콘스탄티누스의 의도를 간파하고 있었다.

"바로 그거요! 역시 사제는 내가 생각한 대로군. 진정한 종교인이라면 진정한 애국자가 될 것이요. 지금 로마는 전대미문의 위기에 처해 있소. 일촉즉발의 위기가 몰아치고 있는 것이오. 앞으로 피비린내 나는 내전을 피할 수 없을 것이오. 하지만 그건 내가 알아서 할 일이고, 문제는 그 다음이요."

콘스탄티누스가 침을 꿀꺽 삼키며 호시우스를 노려보다 말을 이었다.

"나는 알고 있소. 무력에 의한 평화는 오래 가지 못하오. 로마인을 하나로 묶어줄 새로운 국가 이념, 그것을 반드시 찾아야만 하오. 나는 기독교에서 그런 가능성을 보고 있소. 또한 제국의 안정과 평화를 크게 해칠 수 있는 무서운 독선도 함께 보고 있소. 내 판단에 대해 어떻게 생각하시오?"

"제대로 보셨습니다. 기독교는 양면성을 가진 종교입니다. 로마를 하나로 묶을 수 있는 세련된 정신도, 지독한 독선과 편협성으로 무장한 원시성과 잔혹성도 함께 갖고 있습니다. 어느 쪽으로 유도하느냐에 따라 제국에 유익한 종교도, 해로운 종교도 될 수 있지요."

호시우스는 대화가 통하는 정치인을 만났다고 생각하며 비로소 속에 품고 있던 말을 꺼냈다.

"호시우스 사제, 나와 함께 제국을 위해 일해 봅시다! 그렇게 해준다면 나는 더 이상 기독교를 박해하지 않을 것을 약속하겠소."

"고맙습니다, 폐하!"

콘스탄티누스가 호시우스의 손을 굳게 잡았다. 호시우스는 손이 으스러질 듯한 아픔에 하마터면 소리를 지를 뻔했다.

폭풍 전야

철옹성이라고 할 수는 없지만 마실리아는 쉽게 공략할 수 있는 만만한 성이 아니었다. 더구나 성안에는 백전노장의 선임 황제 막시미아누스가 버티고 있었다. 가능하면 피를 흘리지 않고 입성하는 것이 무엇보다 중요했다. 콘스탄티누스는 가장 믿을 수 있는 측근을 마실리아로 보내야겠다고 생각했다.

오 년 전, 디오클레티아누스 황제가 은퇴하자마자 동방을 떠난 자신이 서방의 황제가 된 아버지 클로루스의 휘하에 들어갔을 때 소식을 듣고 단신으로 찾아왔던 소년 병사 클로디우스. 당시 겨우 군 입대가 가능한 나이 열일곱이었던 소년 병사는 이제 스물둘의 당당한 청년이 되어 있었다. 콘스탄티누스의 전령으로 브리타니아의 거친 황야를 누비던 소년은 수석 백인대장을 거쳐 콘스탄티누스가 세워놓은 까다로운 인선 기준을 모두 실력으로 돌파하고 당당히 근위군단 기마대의 트리부누스* 자리를 꿰찼다. 그래, 클로디우스! 이번에도 네가 맡아다오!

콘스탄티누스의 친서를 든 클로디우스는 마실리아 성내로 잠입하여 시장을 만났다.

"마실리아가 갈리아에서, 아니 로마제국에서 영원히 사라져도 괜찮겠소?"

클로디우스가 시장을 쏘아보며 싸늘하게 말했다.

"막시미아누스는 마실리아를 게르만족으로부터 구해주었고 지금까지 우리에게 큰 은혜를 베풀어주신 선임 황제요. 그분을 홀대할 수는 없소. 제발…!"

얼굴이 벌겋게 상기된 마실리아 시장이 애원했다.

"이보시오, 시장! 막시미아누스는 선임 황제지만 은퇴 약속을 깨뜨리고 막센티우스와 내통하여 쿠데타를 일으킨 범법자요. 게다가 카이사르 콘스탄티누스를 찾아와 평화 협정을 맺어놓고는 또 다시 약속을 저버렸소. 그를 돕는 것은 제국에 반기를 드는 것이오."

클로디우스가 아이 달래듯 차분히 시장을 설득하며 콘스탄티누스의 친서를 건넸다. 시장이 떨리는 손으로 친서를 받아 펼쳐보았다.

'친애하는 마실리아 시장에게! 도시 마실리아의 희생까지 감수하며 선임 황제를 보필하려는 그대의 충심에 경의를 표하는 바이오. 그대와 그대의 도시는 아무런 죄가 없소. 선임 황제에 대한 존경심과 충성심 역시 나무랄 수는 없소. 그러나 선임 황제는 쿠데타를 기도하여 제국을 혼란에 빠뜨렸소. 그대가 나와 나의 군대에 저항한다면 선임 황제

* 대대장

와 그대는 물론 저항에 참여한 마실리아 주민 전체에게 책임을 물을 수밖에 없소. 하지만 그대가 선임 황제를 내어준다면 내 명예를 걸고 그대와 마실리아 시민들을 보호해 줄 것을 약속하는 바이오. 플라비우스 발레리우스 콘스탄티누스.'

시장은 눈을 감았다. 그의 얼굴에 파르르 경련이 일었다.

막센티우스와 격론을 벌인 막시미아누스가 아들 몰래 이탈리아를 탈출해 콘스탄티누스 앞에 나타난 것은 이 년 전이었다.

'내 딸 파우스타와 결혼해 주게!'

막시미아누스의 급작스런 제안에 콘스탄티누스는 아무 말도 없이 선임 황제의 눈을 뚫어져라 쳐다보았다.

'이보게, 콘스탄티누스! 난 이번 일로 아들과 부자의 연을 끊을 각오로 자네에게 온 것일세!'

'폐하께서 원하시는 것이 무엇인지 자세히 말씀해 주십시오. 그래야 제가 결정을 내릴 수 있지 않겠습니까?'

콘스탄티누스는 선임 황제에 대한 예우를 갖추면서도 속셈을 알기 전에는 대답을 미룰 수밖에 없었다.

'아들의 목숨을 보존해 주게. 그리고….'

막시미아누스는 목이 메는 듯 잠시 말을 끊었다. 이윽고 길게 한숨을 쉬며 말을 이었다.

'그 녀석이 조용히 살아갈 수 있도록 여건을 마련해 주게.'

'그게 전부입니까?'

'그 외에는 바라는 것이 없네.'

막시미아누스는 어떻게든 아들의 목숨만은 살리고 싶었다. 디오클레티아누스를 만나고 나서, 아들이 무모한 선택을 했다는 뒤늦은 회한이 들었다. 이제라도 자신이 나서서 제국 로마와 아들 모두를 살리는 길을 찾아야겠다고 생각하여 콘스탄티누스를 찾아온 것이었다.

'알겠습니다, 폐하의 요청을 받아들이겠습니다.'

콘스탄티누스로서는 그보다 더 좋을 수 없는 파격적인 제안이었다. 선임 황제와 정면 대결을 하지 않고 항복 선언을 받아낸 거나 마찬가지였던 것이다. 게다가 여전히 위세를 떨치는 선임 황제의 딸을 아내로 맞이함으로써 자신의 위치를 공고히 하고 아직 건재한 막센티우스에게는 결정타를 가한 셈이 되었다. 콘스탄티누스는 갈리아의 남부 도시 아렐라테에서 시민을 모두 초대하여 호화판으로 결혼식과 피로연을 열었다. 하지만 막시미아누스는 웬일인지 결혼식장에 나타나지 않았다.

그로부터 얼마 지나지 않아 그동안 숨을 죽이고 있던 게르만족이 다시 라인강을 넘어 갈리아로 쳐들어왔다. 제국 서방 내부의 안전에는 문제가 없다고 판단한 콘스탄티누스는 지체 없이 군단을 이끌고 라인강 전선으로 떠났다. 그런데 그 사이에 막시미아누스가 느닷없이 쿠데타를 일으키고 말았던 것이다.

그러나 콘스탄티누스는 막시미아누스에게 시간을 주지 않았다. 쿠데타 소식을 듣자마자 게르만족의 요구를 모두 들어주고 휴전 협정을 체결한 콘스탄티누스는 병력을 돌려 급히 남하했다. 전선에서 발목이 잡혀있을 줄 알았던 콘스탄티누스가 돌아오자 막시미아누스는 마실리아로 달아나 방어전을 준비했지만 이내 콘스탄티누스의 군대에 포위되고 말았던 것이다.

"이런 무례한 친구 같으니라구! 누가 폐하께 이런 식으로 예우하라고 했나? 당장 포승을 풀어!"

콘스탄티누스가 화를 버럭 내며 잡아먹을 듯이 클로디우스를 쏘아보았다. 포승이 풀리자 묶였던 손이 저린 듯 손목을 감싸 쥐고 주무르는 늙은 장인을 쳐다보며 콘스탄티누스가 안타깝게 물었다.

"왜 이런 선택을 하셨는지 여쭤 봐도 되겠습니까?"

"아들의 파멸을 보고만 있을 수는 없었네."

막시미아누스가 고개를 떨구며 힘없이 말했다.

"사주한 자가 있습니까?"

"없네!"

막시미아누스가 불쾌한 표정을 지으며 짧게 대답했다.

"폐하께선 이미 저와 약속을 하셨습니다. 막센티우스를 죽이지 않기로 합의했고, 그에게 여생을 편히 살 수 있는 모든 여건을 마련해 주기로 했습니다. 왜 제가 폐하와의 약속을 지킬 수 있도록 도와주시지 않은 겁니까?"

"자네가 아무리 임페라토르라도…."

막시미아누스가 콘스탄티누스의 말을 가로채며 말했다.

"모든 일을 자네 마음대로 할 수는 없을 것일세. 막센티우스가 결사항전을 선언한 이상, 둘 중 하나는 파멸할 수밖에 없게 되는 법이야. 그것이 전장의 법칙이 아닌가!"

"그래서 폐하께선 사위보다 아들을 선택할 수밖에 없으셨군요."

콘스탄티누스가 장인을 비웃으며 싸늘하게 말했다. 막시미아누스는 입술을 굳게 다물 뿐 더 이상 말이 없었다.

"혹시 말입니다, 은퇴한 것을 후회하고 계시지는 않는지요."

콘스탄티누스의 말을 들은 막시미아누스가 고개를 천천히 들었다.

"자네, 내 마지막 부탁이라 생각하고 들어주게. 더 이상 나를 모욕하지 말게. 이대로 끝내는 게 자네나 나를 위해 좋은 길일세. 명예롭게 죽게 해 주게!"

"어떤 방법을 선택하시겠습니까?"

"내 글라디우스를 돌려주게!"

"폐하께서 원하시는 대로 해 드려라."

콘스탄티누스가 클로디우스에게 표정 없이 말했다. 다음날, 클로디우스는 콘스탄티누스의 대변인 자격으로 막시미아누스가 자결했다고 발표했다.

"으라라차차차!"

크리스푸스가 글라디우스를 크게 휘둘렀다. 클로디우스가 몸을 살짝 빼자 소년은 중심을 잃고 빙글 돌더니 그대로 나자빠지고 말았다.

"아우, 아퍼!"

소년이 얼굴을 찡그렸다.

"왕자님, 글라디우스는 옆으로 베는 검이 아니라니까요. 앞으로 곧장 찔러야 돼요. 글라디우스가 두 배나 더 긴 장검을 이길 수 있는 비결은 옆으로 돌려서 베는 장검보다 훨씬 빨리 상대를 찌를 수 있기 때문입니다. 자, 다시!"

클로디우스가 크리스푸스의 손에 자신의 손을 겹쳐 잡고 기본 동작을 반복해서 숙지시키고 있을 때였다. 날카로운 여인의 음성을 듣고서야 클로디우스는 자신이 옆에 누가 와도 모를 정도로 왕자에게 심취해 있었다는 사실을 알았다.

"이봐요, 클로디우스! 콘스탄티누스가 이렇게 하라고 시키던가요? 크리스푸스는 이제 겨우 열세 살의 소년이에요. 군사 훈련은 좀 더 있다 시켜도 늦지 않아요! 난 내 아들을 전사로만 키우고 싶지 않으니까 이제 그만 돌아가세요!"

파우스타가 클로디우스를 잡아먹을 듯이 노려보며 그의 손에서 소년을 낚아챘다.

"엄마, 형은 잘못한 거 없어요."

아버지를 닮아 키가 큰 소년이 울상이 되었다. 파우스타는 크리스푸스의 머리를 쓰다듬으며 소년의 손에서 칼을 살며시 빼앗았다.

"내 사랑하는 아들, 크리스푸스! 칼 쓰는 법을 배우는 것도 중요하지만 지금은 더 중요한 게 있단다. 엄마가 주는 이 책을 꼭 읽어봐야 한다."

함박웃음을 얼굴 가득 담은 파우스타가 크리스푸스의 손에 책을 꼬옥 쥐어주고는 자신보다 키가 훨씬 큰 아들을 안았다. 한 손에 베르길리우스의 에클로가에*를 쥔 소년이 다른 한 손으로 엄마를 마주 안았다.

"파우스타가? 검을 뺏고 책을 쥐어주었다고?"

콘스탄티누스가 기가 막힌다는 표정으로 물었다. 클로디우스는 난처한 표정을 지으며 겸연쩍은 웃음으로 대답을 대신했다.

"알았네, 수고했어! 파우스타 말도 일리가 있지. 그래, 엄마의 역할이니까. 허허허…."

크리스푸스를 애지중지하는 파우스타의 진심을 콘스탄티누스는 알고 있었다. 그날 저녁, 콘스탄티누스는 오랜만에 아내와 아들을 데리고 저녁 식사를 함께 했다.

"고맙소, 파우스타!"

콘스탄티누스는 진정으로 아내에게 감사한 마음을 전하고 싶었다.

"고맙다니요, 엄마로서 아들에게 애정을 주는 일에 고맙다는 말을 들어야 하다니 이상하군요."

"아, 그렇군! 내가 말을 잘못했소."

콘스탄티누스가 서둘러 수습했다. 가시가 돋아있기는 했지만 아내 말이 옳았다.

"강한 아이를 원하시나요, 당신처럼?"

파우스타가 남편에게 물었다. 목소리에 진한 원망이 배어 있었다.

"황제의 아들은 문무를 겸비해야 하오. 크리스푸스에 대한 당신의 모정이 나약한 아이를 만들까 걱정이 되오."

언제까지 피할 문제가 아니라고 생각하여 콘스탄티누스는 아내에게 모진 소리를 하고 말았다.

* 전원시

"차라리 나약한 아이가 되었으면 좋겠어요, 잔인한 사람이 되는 것보다는…."

파우스타는 아차 싶었다. 아버지 막시미아누스가 돌아가신 후 늘 마음에 눌러두었던 생각이 갑자기 튀어나온 것이다. 크리스푸스는 아무 말 없이 고개를 숙이고 듣고 있었다. 파우스타가 아들의 손을 살며시 잡았다.

"그게 무슨 소리요? 아직도 그 일을 마음에 담아 두고 있는 것이오? 이제 그 일은 그만 잊으시오! 당신 자신을 위해서도 그 일은 반드시 잊어야 하오!"

콘스탄티누스가 짜증을 참지 못하고 소리를 질렀다. 파우스타의 참았던 눈물이 쏟아졌다. 어깨를 들썩이며 우는 아내를 바라보던 콘스탄티누스가 냉정한 얼굴로 말을 이었다.

"도대체 어쩌자는 거요? 지난 일을 곱씹어 어쩌겠다는 거냐구! 앞으로 크리스푸스의 무술 연습에는 일체 관여하지 마시오!"

콘스탄티누스가 자리를 박차고 일어나 그대로 밖으로 나왔다. 달빛이 밝았다. 크리스푸스가 아버지를 따라나왔다.

"아빠!"

"왜 나왔느냐?"

"엄마를 힘들게 하지 말아주세요. 아빠가 이해해 주셔야지요."

콘스탄티누스가 아들을 안았다. 그의 에서 아들이 울고 있었다.

"엄마를 사랑하느냐?"

"네, 엄마를 사랑해요. 그리고 엄마가 불쌍해요. 아빠가 엄마에게 좀 더 따뜻하게 대해 주셨으면 좋겠어요. 전 또 다시 엄마를 잃게 되면 살아갈 수 없을 것 같아요."

크리스푸스가 애원했다.

"크리스푸스!"

아들과 아버지는 함께 아련한 옛 추억으로 빠져들었다.

라인강을 넘어 갈리아 깊숙이 쳐들어온 게르만족을 거의 섬멸하고 숙영지를 걷어내고 있을 때였다.

'군단장님, 황후마마와 왕자님이 사라졌습니다.'

백인대장의 보고를 받은 콘스탄티누스는 눈이 뒤집혔다.

'자세히 말해! 어떻게 된 거야?'

'도주하는 게르만족에게 사로잡혀 가는 걸 병사들이 보았답니다!'

콘스탄티누스는 백인대장의 보고가 끝나기도 전에 말에 올랐다. 호위 기병 오십 여 기가 뒤를 따랐다. 게르만족의 도주로를 따라 곧장 내달린 콘스탄티누스의 시야에 십여 척의 뗏목이 들어왔다. 라인강 한가운데를 건너고 있는 게르만족의 뗏목이었다. 콘스탄티누스는 말을 탄 채 그대로 강으로 질주했다. 크리스푸스의 모습이 보인 건 그때였다.

'가까이 오지 마라, 이 아이를 살리고 싶으면!'

상반신이 온통 누런 털로 뒤덮인 알몸을 그대로 들어낸 야만인이 이제 겨우 일곱 살이 된 어린 크리스푸스를 치켜들고 있었다. 크리스푸스가 발버둥치며 우는 모습이 보였다. 폼페이아가 두 손을 비비며 살려달라고 애걸하는 모습도 보였다. 콘스탄티누스는 말을 멈출 수밖에 없었다.

'아이와 여자에게 손을 대면 너희 종족을 모두 쓸어버릴 것이다. 강을 건너 너희 본거지를 끝까지 추적해 너희 부족을 모두 몰살할 것이다. 콘스탄티누스의 분노를 사고 싶지 않으면 내 아내와 아이를 돌려보내라!'

콘스탄티누스가 고함을 질렀다. 강을 건넌 게르만 병사들은 강 건너편에서 발이 묶인 콘스탄티누스에게 뭐라고 조롱 섞인 욕을 던지더니 폼페이아와 크리스푸스를 강으로 밀어 넣었다.

'폼페이아! 크리스푸스!'

콘스탄티누스는 미친 듯이 말을 달렸다. 기병들이 뒤를 따랐다. 그러나 콘스탄티누스를 따라 강을 건넌 기병은 열 기가 채 되지 못했다. 말이 쉽게 건널 수 있는 강이 아니었다. 그나마 강을 잘 아는 노련한 기병 몇몇이 얕은 쪽으로 말을 몰아 겨우 강을 건널 수 있었다. 아들을 살리려고 필사적으로 몸부림치던 폼페이아가 게르만족이 버리고 간 뗏목에 크리스푸스를 올려놓는 모습이 보였다. 폼페이아는 이내 힘없이 물속으로 사라지고 말았다.

'엄마, 엄마아, 엄마아아!'

크리스푸스가 발악을 하고 울어댔다. 기병 한 명이 크리스푸스를 안아 올렸다. 콘스탄티누스는 갑옷을 벗어 던지고 물속으로 뛰어들었다. 강을 건넌 기병들도 모두 물속으로 뛰어들었다. 콘스탄티누스가 폼페이아를 건져 올린 건 한참 후였다. 폼페이아는 코로 거품을 뿜어대고 있었다. 인공호흡을 시키며 콘스탄티누스는 신들에게 맹세했다.

'신이여, 만일 내 아내가 죽는다면 저들을 결코 용서하지 않을 것입

니다!'

콘스탄티누스의 품에 안긴 폼페이아는 크리스푸스의 손을 꼭 쥔 채 고개를 떨구었다.

콘스탄티누스가 파우스타와 결혼했을 때, 내성적인 성격의 파우스타와 크리스푸스는 서먹서먹한 감정을 떨쳐내지 못하고 한동안 서로 말없이 지냈다. 파우스타가 크리스푸스에게 친엄마 이상의 애정을 보이기 시작한 것은 막시미아누스가 처형된 직후부터였다. 아버지가 처형되었다는 소식을 들은 파우스타는 침대에 엎어져 하루 종일 통곡했다.

'무서워요, 남자들이 무서워요! 아버지도 오빠도 당신도 모두 무서워요! 어떻게, 어떻게 그럴 수가 있어요!'

'파우스타!'

콘스탄티누스는 아내의 이름만 부를 뿐 할 말이 없었다. 말로 설명하여 납득시킬 수 있는 문제가 아니었다. 아내는 입버릇처럼 말했다.

'자식은 낳지 않을 거예요. 아들이 태어나면 안 되니까!'

이후 파우스타는 콘스탄티누스와의 잠자리를 한사코 거부했고 크리스푸스에게 지극 정성을 쏟았다. 크리스푸스를 제 자식처럼 아꼈고 머리를 쓰다듬으면서 자주 눈물지어 말하곤 했다.

'사랑하는 내 아들, 크리스푸스! 너는 착한 왕자가 되어야 한다. 사람을 함부로 해쳐선 안 돼.'

하지만 콘스탄티누스는 파우스타와는 다른 말을 해야 했다. 어쩔 수 없는 아비의 역할이 있었던 것이다.

"크리스푸스, 울지 마라! 너는 황제의 아들이다. 운명은 네가 곱게 자라도록 내버려두지 않을 것이다. 엄마는 그걸 모른다. 강하게 자라거라. 강해야 한다. 쉽게 눈물을 보여선 안 된다."

콘스탄티누스는 크리스푸스를 파우스타에게서 떼어놓을 때가 되었다고 생각했다.

"반갑소, 카이사르!"

리키니우스가 얼굴 가득 함박웃음을 지으며 말했다.

"반갑습니다, 폐하!"

콘스탄티누스도 수석 황제가 된 리키니우스에게 예를 갖추어 답했다.

"막센티우스 문제가 오 년이 지나도록 아직 해결되지 않고 있소. 속히 매듭을 짓는 것이 좋겠다는 생각인데, 카이사르의 의견을 듣고 싶소."

리키니우스는 상견례를 마치자마자 바로 본론으로 들어갔다.

"어떤 복안을 갖고 계시는지 먼저 여쭈어 봐도 되겠습니까?"

수석 황제의 의도를 먼저 파악할 필요가 있다고 생각한 콘스탄티누스가 리키니우스에게 공을 넘겼다.

"두 가지 생각을 함께 갖고 있소. 막센티우스를 황제단에 받아들이는 문제도 고려해 볼 수 있겠고, 또 하나는…."

"제거하는 쪽이겠군요."

"그를 어떻게 보시오?"

리키니우스는 자기 생각을 드러내지 않은 채 콘스탄티누스의 속마음을 떠보았다. 이런 여우같으니! 콘스탄티누스는 속말을 삼키며 리키니우스와 자신이 원하는 말을 해주었다.

"막센티우스를 받아들인다 해도 그가 황제단의 일에 얌전히 협조할 것 같지는 않습니다."

"그렇게 판단하는 이유는?"

"그는 수도 로마의 주민들과 원로원의 지원을 받아 황제로 옹립되었습니다. 로마 주민들의 요구를 무시할 수 없을 것입니다."

"그렇겠지요."

"로마 주민들이 원하는 것은 지금과 같은 공동 통치 체재가 아니라 수도 로마와 본국 이탈리아가 다시 제국의 주도권을 쥐는 것입니다."

"결국 막센티우스를 제거하는 것 이외에 다른 방도가 없다는 뜻이겠구려."

"저는 그렇게 판단하고 있습니다."

리키니우스는 회심의 미소를 지었다. 제국 서방의 황제였던 그는 서기 311년, 로마제국의 수석 황제 갈렐리우스가 불치병으로 사망하자 수석 황제 자리를 승계했다. 갈레리우스의 통치 지역이었던 제국 동방 역시 그가 맡게 되어 서방 황제 자리는 공석이 된 상태였다.

찬탈자로 규정된 지 오 년이 지나도록 아직 처리되지 못하고 있는 막센티우스 문제를 리키니우스는 어떻게든 매듭짓고 싶었다. 이 사태를 매듭짓지 않고는 제국이 안정을 찾기 어렵다고 판단한 리키니우스가 최고 지휘관 회의를 열어 사태 수습책을 논의한 것은 콘스탄티누스를 만나기 직전이었다.

'서방의 카이사르 콘스탄티누스를 아우구스투스로 임명하고 막센티

우스를 카이사르로 임명하는 문제에 대해 어떻게 생각하는지 의견을 듣고 싶소.'

'막센티우스를 황제단으로 받아주신다면 더 이상의 내전을 막고 제국을 안정시킬 수 있을 것입니다.'

온건파 지휘관들의 의견이었다.

'막센티우스는 이미 찬탈자로 규정되었습니다. 자주 말을 바꾸게 되면 수석 황제로서의 권위를 잃고 제국이 표류하게 될 가능성이 있습니다.'

'그렇습니다. 막센티우스를 찬탈자로 규정한 것은 황제단의 공동 성명으로 발표된 것입니다. 일방적으로 그 결정을 취소하게 되면 다른 황제들이 반발할 수 있습니다.'

'다른 황제들, 특히 콘스탄티누스와 만나 의논해 보시는 게 어떻겠습니까?'

'만일 막센티우스를 제거하기로 해도, 폐하께서 직접 토벌하러 나설 필요는 없을 것입니다. 제국 서방의 문제이니 콘스탄티누스에게 맡기는 것이 무리 없는 수순이 될 것입니다.'

지휘관들의 의견은 대체로 막센티우스 제거 쪽으로 모아졌다. 리키니우스 역시 막센티우스를 받아들일 경우 황제단이 안정을 찾기 보다는 또 다른 갈등으로 휘말릴 가능성이 있다는 쪽에 무게를 두고 있었다.

이렇게 하여 수석 황제이며 동방을 책임지고 있는 리키니우스와, 비록 카이사르지만 황제단의 승인을 받은 유일한 서방의 통치자 콘스탄티누스는 막센티우스를 제거하기로 합의했다. 두 사람의 결속을 다짐하기 위한 징표로 리키니우스는 콘스탄티누스의 이복누이 콘스탄티아와 결혼하기로 했다. 막센티우스 토벌은 콘스탄티누스가 맡고, 결혼식은 막센티우스와의 전쟁이 끝난 후에 치르기로 했다.

"디오클레티아누스 황제께서 사욕을 버리고 황제단을 구성해서 4명의 공동 황제에 의한 분담 통치를 실행하신 것은 분명 존경할만한 일이며 탁월한 효과를 발휘했습니다, 당대에서는!"

호시우스의 의견이었다.

"그렇소! 분명 탁월하고 존경할만한 선택이었고 제국을 안정시키는데 크게 이바지했소, 당대에서는!"

콘스탄티누스가 말을 받았다. 당대에서는! 이 점이 중요했다. 공동 통치 체제가 절친한 인맥과 의리, 국가에 대한 숭고한 희생정신으로 뜻을 같이한 첫 결속에서는 효과를 발휘했지만 다음 대에서도 그 뜻이 이어지리라고 기대하는 것은 순진한 생각이었다.

"언제가 공동 통치 체제는 무너질 수밖에 없소."

콘스탄티누스는 그렇게 확신했다. 그것은 거의 인간의 본성에 관한 문제였다.

"제국의 혼란을 최소화할 수 있는 방안을 찾아야 하겠지요."

호시우스 역시 콘스탄티누스와 생각이 일치했다. 문제는 그 다음이었다.

"얼마간의 피 흘림은 어쩔 수 없을 것이요, 문제는…."

"그 다음에 어떻게 제국을 안정시키느냐에 있는 것이겠지요."

호시우스는 콘스탄티누스가 하고 싶은 다음 말을 자신이 해치웠다. 제국을 일인 독재 체제로 환원시키겠다는 콘스탄티누스의 확고한 의지를 호시우스가 간파한 것은 이미 그를 처음 만난 자리에서였다.

"기독교와 손을 잡으십시오. 기독교는 통치자의 권위를 인정하는 종교입니다. 제국의 구심점을 회복하는데 있어서 기독교보다 더 효율적인 신념 체제는 없습니다. 적어도 지금의 로마제국 내에서는!"

호시우스의 확신은 이미 신의 계시로 자리 잡은 사도 바울의 논리에 근거를 두고 있었다.

"바울은 로마시에 사는 기독교인들에게 보낸 편지에서 이렇게 말했습니다. '사람은 누구나 위에 있는 권세에 복종해야 합니다. 모든 권세는 하느님께로부터 온 것이며, 이미 있는 권세들도 하느님께서 세워주신 것입니다. 그러므로 권세를 거역하는 사람은 하느님의 명을 거역하는 것이요, 거역하는 사람은 심판을 받게 될 것입니다.'"

호시우스가 생각을 정리하듯 잠시 눈을 끔벅이다 말을 이었다.

"제국이 기독교 신앙으로 하나가 된다면 황제의 권위에 도전하는 것은 불가능해집니다. 황제에게 도전하는 것은 곧 신에게 도전하는 것이 되니까요."

"그렇다면 기독교인들이 국가 시책을 따르지 않는 것은 어떻게 이해해야 하는 것이요? 그들이 국가 시책에 성실히 따르는 모범 시민이었다면 지난 시절의 박해는 없었을 것이요."

콘스탄티누스가 이의를 제기했다.

"폐하, 한 가지 중요한 전제가 있습니다. 사도 바울의 논리는 황제가 신에게 복종한다는 전제 하에서 가능합니다. 기독교인들은 황제에게 권위를 주신 분도 자신들의 신이라고 생각하기에….”

“그러니까, 결론은 내가 기독교인이 되어야 한다는 거로군.”

콘스탄티누스가 씁쓸하게 웃으며 말했다.

“그것이 최소한의 조건이며 전부입니다.”

“흠, 나보고 위선자가 되라는 말이오?”

“폐하의 최종 목표는 로마제국의 안정과 번영이 아닙니까? 그 큰 목표를 이루기 위해서라면 폐하의 자존심과 개인적인 신념은 유보해 둘 필요가 있을 것입니다.”

콘스탄티누스를 쳐다보는 호시우스의 눈에 어떤 확신이 담겨 있었다.

“그리고 확실히 말씀드리건대, 기독교에는 지금 폐하께서 느끼고 계신 그 이상의 아름다운 가치가 분명히 있습니다. 비록 지금은 어쩔 수 없는 선택이라 하더라도 나중에 폐하께서도 그 점을 보시게 되리라 생각합니다.”

“그래요? 그 점은 차차 두고 봅시다. 지금 집중해서 풀어야 할 문제는 희생을 최소화하면서 막센티우스를 제거하는 것이오.”

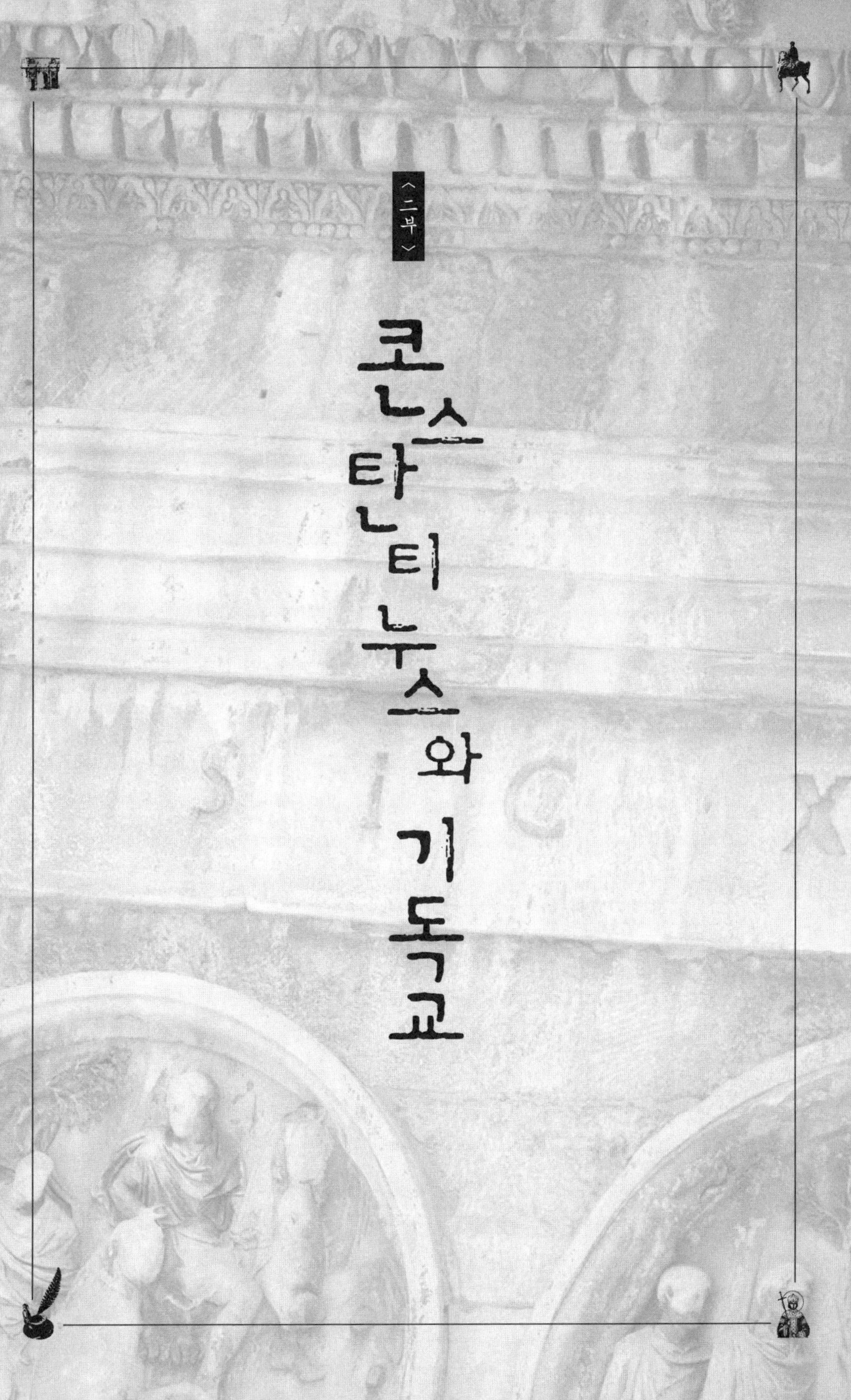

〈二부〉

콘스탄티누스와 기독교

막센티우스를 제거하다

서기 312년 봄, 콘스탄티누스는 4만8천 병력을 이끌고 이탈리아로 진격했다. 7년 동안 그와 함께한 정예병들이었다. 콘스탄티누스군은 알프스산맥을 넘어 수사 골짜기를 지나 이탈리아 북부를 가로지르는 포강 주변의 평지를 따라 진군했다.

막센티우스의 병력은 수사성에서 콘스탄티누스를 기다리고 있었다. 수사성은 알프스를 넘어 북쪽에서 쳐들어오는 적을 방어하기 위해 좁은 골짜기를 가로막아 지은 크고 견고한 성채였다. 콘스탄티누스와 막센티우스의 첫 전투가 막 시작되려 하고 있었다.

"이탈리아는 제국의 다른 어떤 지역보다 경제력이 강한 지역이요. 막센티우스는 그 경제력으로 우리보다 훨씬 많은 대군을 편성하였소. 첫 전투에서 적의 사기를 완전히 끊어놓는 것이 대단히 중요한 이유가 되겠소. 이 성을 점령하지 않고는 진군이 불가능하다는 건 모두들 잘 알고 있을 것이오."

수사성 공략을 하루 앞두고, 콘스탄티누스는 지휘관 회의를 열어 전투의 중요성을 설명했다.

"잘 알고 있습니다! 단시간 내에 성을 점령하겠습니다!"

군단장들과 대대장들이 다진 결의였다.

막센티우스군의 총병력은 보병이 17만, 기병이 1만8천 기에 이르고 있었다. 수적으로 콘스탄티누스군의 4배가 넘는 대군이었다.

"준비는 다 됐나?"

"예, 명령만 내리시면 즉시 총공격을 감행할 것입니다!"

수천의 불화살이 수사성을 향해 날아갔다. 성은 순식간에 불길에 휩싸였다.

견고한 성문이 열리고 성채에 틀어박혀 있던 병사들이 밖으로 쏟아져 나와 콘스탄티누스 진영을 향해 진격해왔다. 성안에 숨어 저항하는 것이 아니라 성밖에서 벌이는 회전이라면 전투 경험이 압도적으로 많은 콘스탄티누스군에게 절대적으로 유리했다.

콘스탄티누스군은 쉽게 승리했다. 하지만 도망치는 군사를 쫓지는 않았다.

"걱정하지 마시오, 내가 원하는 것은 황제 자리를 찬탈한 막센티우스의 목뿐이오. 지금부터 수사성의 모든 주민은 콘스탄티누스의 안전한 보호 아래 있소!"

수사성에 입성한 콘스탄티누스가 성채에서 죽음을 기다리던 주민 대표에게 한 말이었다.

콘스탄티누스의 전후 처리 방식에 대한 소식은 이탈리아 북부 도시들에게 빠르게 퍼져나갔다. 서전을 간단히 승리로 장식한 콘스탄티누스의 병력이 토리노에 도착했을 때, 막센티우스쪽 지휘관은 성문 밖으로 미리 병력을 내보냈다. 수사성처럼 성 전체가 불바다가 되기를 원치 않았기 때문이었다. 콘스탄티누스로선 더없이 좋은 기회였다. 성안에 틀어박혀 저항하는 것보다 이런 식의 정면 대결에 능한 콘스탄티누스군은 이번에도 대승을 거두었다. 토리노에 입성한 콘스탄티누스는 수사성의 주민 대표에게 했던 것과 똑같은 말을 다시 했다.

"걱정하지 마시오, 내가 원하는 것은 황제 자리를 찬탈한 막센티우스의 목뿐이오. 지금부터 토리노 성의 모든 주민들은 콘스탄티누스의 안전한 보호 아래 있소!"

콘스탄티누스의 약속대로, 병사들은 약탈도 하지 않았고 방화도 살육도 저지르지 않았다. 4만이 넘는 병력에 대한 콘스탄티누스의 통솔은 완벽했다. 밀라노와 피아첸차, 크레모나, 해군 기지가 있는 라벤나가 모두 콘스탄티누스에게 항복했다.

연전연승을 거둔 콘스탄티누스군이 처음으로 강한 저항을 받은 곳은 베로나였다.

"농성을 벌이고 있단 말인가?"

부관의 보고를 받은 콘스탄티누스가 물었다.

"예, 성문을 굳게 걸어 잠근 채 일체 대응을 하지 않고 있습니다!"

베로나 성 지휘관 폼페이아누스는 병사들과 시민들에게 인망을 얻는 인물로 성문을 굳게 잠그고 방어전에 돌입했다. 지금까지의 경험으로 보아 콘스탄티누스에게 정면 대결을 하는 것은 자살 행위나 다름이 없었다. 또한 민심을 얻어 손쉽게 여러 도시를 점령한 콘스탄티누스가 수사성 전투 때처럼 불화살로 베로나 성을 초토화시킬 가능성은 거의 없다고 판단했다. 지금까지 쌓아왔던 명성에 흠집을 내서 유리할 것이 없었기 때문이다. 이런 판단으로 폼페이아누스는 장기간의 농성전에 돌입하기로 결정한 것이다.

"베로나를 그냥 두고 내려가면 어떨까요?"

지휘관 회의에서 나온 의견이었다.

"우리의 병력은 4만8천이고 앞으로 싸울 적의 병력은 십만이 넘는 대군이요. 베로나를 그냥 두고 내려갔다가는 뒤늦게 협공을 당할 수 있소. 급하다고 하여 배후의 위험을 차단하지 않고 진격하는 건 무리요."

콘스탄티누스는 베로나 성을 정복하기로 결정했다.

"베로나는 견고한 성입니다. 농성에 돌입한 적을 섬멸하려면 우리 쪽은 훨씬 많은 희생을 각오해야 할 것입니다."

"폼페이아누스를 성 밖으로 끌어내는 게 좋겠습니다."

지휘관들은 다양한 의견을 내놓았다.

"폼페이아누스를 끌어낼 수만 있다면 그게 가장 좋은 방법이 되지 않겠소."

"특사를 보내시지요. 폼페이아누스는 시민들에게 존경을 받는 덕장이라고 들었습니다. 끝까지 농성을 계속하면 성을 파괴하고 주민들을 몰살시키겠다고 하면 성밖으로 나올 가능성이 있습니다."

"시도해볼 만한 방법이오."

콘스탄티누스는 즉시 친서를 작성했다.

'친애하는 폼페이아누스 장군에게! 그대를 도와줄 수 있는 주변 도시들은 모두 나에게 항복했소. 무리한 전투로 애꿎은 시민들을 희생시키는 우를 범하지 않기를 바라오. 끝까지 저항을 하면 성을 정복한 후에 농성에 참여한 사람은 물론, 이런 사태가 오도록 방관한 모든 주민들에게 책임을 물을 수밖에 없소. 플라비우스 발레리우스 콘스탄티누스.'

콘스탄티누스의 친서를 받은 폼페이아누스는 선택의 여지가 없다고 생각했다. 주민들의 안위를 염려한 그는 휘하 장병들을 이끌고 성밖으로 나왔다. 우수한 지휘관 밑에서 죽음을 각오한 방위군이 결사항전으로 버티는 전투는 호락호락하지 않았다. 하지만 콘스탄티누스의 정예병력과 맞서 싸우기에는 힘이 부쳤다. 첫 날 전투에서는 선전했지만, 둘째 날 전투에서 폼페이아누스군은 전멸을 면치 못했다. 폼페이아누스도 온몸이 창에 찔린 채 전사했다.

마침내 성문이 열렸다. 베로나에 입성한 콘스탄티누스는 이번에도 주민 대표들은 물론 시민들에게도 손가락 하나 대지 말라고 엄명을 내렸다. 격전으로 끝난 전투 뒤에 일어나기 쉬운 잔혹하고 야만적인 폭행은 전혀 일어나지 않았다. 이 사실은 당장 북이탈리아 뿐 아니라 중부 이탈리아까지 퍼졌고, 콘스탄티누스는 이제 아무 걱정 없이 로마로 진격할 수 있는 상태가 되었다.

세계 역사를 바꾼 대전투가 서서히 다가오고 있었다. 4만8천의 정예병력을 거느린 37세의 콘스탄티누스가 거의 10만이 넘는 대군으로 무장한 34세의 막센티우스와 벌인 이 전투는 기독교가 제국의 종교가 되어 오랜 세월 인류 역사에 엄청난 영향을 끼치는데 결정적인 역할을 했다.

플라미니아 가도를 따라 남하한 콘스탄티누스는 수도 로마 근처로 바짝 다가와 주변 지역에 대한 철저한 탐사에 들어갔다. 손바닥 보듯 지형을 완전히 파악한 상태에서 콘스탄티누스는 비로소 지휘관 회의를 열었다.

"어떻게 해서라도 막센티우스를 로마 성밖으로 끌어내야만 하오. 좋은 방안이 없겠소?"

남의 집 안방에서 싸우는 형국이 된 콘스탄티누스로서는 속전속결로 끝내는 것이 가장 좋은 길이라고 판단했다. 장기전으로 갈수록 그에게 불리해질 수밖에 없었다.

"서두를 필요는 없다고 봅니다. 북이탈리아가 우리 수중에 들어왔고 폐하의 인품에 대한 칭송이 이어지고 있습니다. 로마성을 포위하고 서서히 압박해가면서 결정적인 승기를 잡았을 때 공격을 감행해야 한다고 생각합니다."

"그렇지만 안심해서는 안 됩니다. 우리는 분명 적지 한가운데 있습니다. 만약 우리 군대가 언제든지 수세에 몰리게 될 경우에는 함락된 도시들이 돌아설 가능성이 있습니다. 그렇게 되면 병참이 문제가 됩니다. 식량의 안정적인 확보가 보장되지 않으면 전투의 승부는 결정적으로 우리에게 불리해질 수 있습니다."

지휘관들이 제각기 의견을 내고 있을 때 부관이 급히 뛰어들었다.

"폐하, 막센티우스가 대군을 이끌고 로마를 막 떠났다고 합니다."

"정보의 출처는?"

콘스탄티누스는 돌다리를 두드리듯 신중을 기했다. 잘못된 정보에 의한 성급한 판단이 화를 자초할 우려가 있었다.

"우리가 보낸 두 팀의 정보부 요원들 가운데 한 팀이 돌아와서 보고한 내용입니다."

"나머지 한 팀은? 그들은 어떻게 되었나?"

"정탐을 계속하던 중 적에게 발각되어 모두 몰살당하고 말았습니다."

"음, 애석하게 되었군. 수고했네, 나가 보게."

부관이 경례를 붙이고 회의장 밖으로 나가는 모습을 보고 있던 콘스탄티누스가 다시 지휘관들에게 말했다.

"됐소! 막센티우스의 병력을 유인할 장소는 잘 봐두었소?"

"예, 폐하! 모든 준비는 완벽하게 갖추어졌습니다."

지휘관들이 이구동성으로 답했다.

로마 성벽 북쪽에 위치한 플라미니아 성문을 빠져나온 막센티우스군은 이어지는 플라미니아 가도를 따라 북진을 계속했다. 테베레 강을 가로지르는 밀비우스 다리를 건넌 십만 대군이 콘스탄티누스군의 4만 8천 병력이 진을 치고 있는 평원을 향해 진격했다. 로마제국의 두 정예 병력이 로마시 북쪽에 위치한 테베레강변의 평원 지대에서 정면으로 맞붙게 된 것이다.

"우리 계획대로만 되어 준다면 이번 전투의 승리는 우리의 것이오!"

콘스탄티누스가 작전 명령을 하달했다. 지휘관들은 콘스탄티누스의 설명을 들으며 뚫어져라 지도를 쳐다보았다.

"카토가 지휘하는 막센티우스군의 앞쪽은 중무장 보병이 포진해 있고, 뒤쪽은 경무장 보병이 받치고 있소. 오른쪽은 보다시피 테베레강이오. 기병은 왼쪽 날개에 포진해 있소. 강을 끼고 벌어지는 회전에서 일반적으로 구사되는 전형적인 삼분할 전법이오. 수적으로 우위에 있는 적으로서는 당연한 정공법이라 할 수 있겠소."

지휘관들이 일제히 고개를 끄덕였다. 누구나 인정할 수 있는 교과서적인 전법이었다.

"우리 역시 적과 대등한 전법으로 시작하게 될 것이오. 중무장 보병이 앞쪽을 맡고 그 뒤를 경무장 보병이 받치게 될 것이오. 왼쪽이 테베레강이니까 우리 쪽 기병은 오른쪽 날개에 포진하여 적의 기병과 맞설 것이오. 여기까지 적의 포진과 우리의 포진이 완전히 같소."

이런 식의 평범한 정면 대결이라면 숫자가 적은 우리가 불리해지는 게 아닌가 하는 생각을 지휘관들이 하기 시작했을 때, 콘스탄티누스가 목소리를 높였다.

"지금부터가 중요하오. 잘들 들으시오!"

콘스탄티누스가 지휘관들을 노려보았다. 잠시 정적이 흘렀다. 누군가 침을 꿀꺽 삼키는 소리가 들렸다.

"보병의 오른쪽에 자리하는 기병은 전체 기병의 절반이오. 나머지 절반은 보병의 후위에 잠복하여 결정적인 기회를 기다리게 될 것이오!"

콘스탄티누스의 작전 명령을 받은 지휘관들은 크게 술렁였다.

"폐하, 우리 기병은 적의 절반도 안 됩니다. 그 중에 반을 또 떼어내면 적의 사분의 일도 안 되는 병력으로 정면 대결을 막아내야 한다는 결론에…."

잔뜩 구겨진 표정으로 기병군단장 클로디우스가 말했다.

"잘 알고 있소. 기병은 적과 정면 대결을 벌일 필요가 없소. 아니, 정면 대결을 해서는 안 되오. 기병의 의무는 적을 물리치는 것이 아니라 유인해 내는 것이오."

"후퇴하라는 말씀입니까?"

여전히 의혹에 가득 찬 눈을 굴리며 클로디우스가 물었다.

"그렇소. 우리 기병의 절반으로 적의 기병 전체를 멀리 유인해 보병으로부터 분리시키는 것이오. 명심하시오. 멀리 유인할수록 좋소."

"그러면 후방에 잠복한 기병의 역할은 무엇입니까?"

클로디우스가 다시 물었다.

"이번 전투의 승패는 기병에게 달려 있소. 보병의 오른쪽에 포진한 기병이 적의 기병을 멀리 유인해내면, 후방에 잠복해 있던 기병이 오른쪽 빈 공간으로 돌아 나와 막센티우스의 전 병력을 포위하여 테베레 강으로 몰아넣어야 하오."

대등한 전력의 대군이 평원에서 격돌하는 회전에서는 수적 우위가 절대적으로 중요하다는 점은 누구보다 콘스탄티누스 자신이 잘 알고 있었다. 이런 상황에서 정면 대결은 자칫 자멸을 불러올 수 있었다. 그러나 전장에서 태어나고 자라 전투라면 생리적으로 몸에 밴 콘스탄티누스의 머리에는 자신의 병력보다 배나 더 많은 막센티우스의 십만 대군이 차례로 궤멸되어 가는 모습이 파노라마처럼 펼쳐지고 있었다.

작전 회의에 참석한 지휘관들도 그제야 콘스탄티누스의 의도를 훤히 꿰뚫게 되었다. 클로디우스는 온몸에서 소름이 돋는 걸 느꼈다. 작전이 성공한다면 막센티우스의 십만 보병을 단번에 섬멸할 수도 있을 것이었다. 하지만 그 대가로 자신의 기병 4천 또한 몰살을 각오해야 했다.

전투는 콘스탄티누스의 작전대로 진행되었다. 콘스탄티누스군은 막센티우스군을 포위하여 갈대가 무성한 테베레강변으로 몰아넣는데 성공했다. 발이 푹푹 빠지는 습지로 쫓긴 막센티우스군은 침착성을 잃었고, 혼전을 거듭하면서 많은 사상자를 냈다. 콘스탄티누스는 혼전 중에도 항상 선두에 서서 전세를 파악하고 전선의 변화에 발 빠르게 대처했지만 지휘권을 근위대장 카토에게 맡기고 후방에 진을 친 막센티우스는 뒤늦게 훈령을 보내느라 위기에 적절하게 대처하지 못했을 뿐 아니라 최전선의 지휘를 맡은 카토와 지휘 체계의 혼선까지 빚어 파멸을 더욱 자초하고 말았다.

콘스탄티누스군의 대승으로 전투는 끝났다. 막센티우스의 시체는 이튿날 강바닥에서 인양되어 참수되었고, 잘린 머리는 창 끝에 꽂혀 콘스탄티누스가 수도 로마에 입성할 때 모든 시민들에게 공개되었다. 서기 312년 10월이었다.

바깥이 소란스러웠다. 오랜만에 편안한 잠을 잔 콘스탄티누스가 눈을 떴을 때는 해가 이미 중천에 떠 있었다. 이런, 긴장이 풀린 건가. 곯아떨어졌던 게로군! 콘스탄티누스는 자리에서 일어나며 누군가 자신의 이름을 부른다고 생각했다.

"나는 로마의 수도 장관이요! 황제 폐하를 꼭 만나야겠소!"

“아직 주무시고 계시니 잠시 기다리시오.”

정원에서 들려오는 말이었다.

“부관!”

콘스탄티누스의 부름을 받은 장교가 다가왔다.

“무슨 일인가?”

“로마의 수도 장관이 폐하를 뵙겠다고 합니다.”

“그래? 원로원 의원들이 아니고?”

콘스탄티누스는 기분이 확 상했다. 이런 쓰레기 같은 인간들! 정치를 한다는 놈들이 위기를 맞으면 제일 먼저 내뺀다더니, 지 놈들은 코빼기도 안보이고 수도 장관을 보내? 원로원 의원들을 몽땅 소환하고 싶다는 생각을 하며 콘스탄티누스는 천천히 몸을 일으켰다.

“수도 장관이라! 들여보내!”

키가 작고 깡마른 사내가 급히 정원을 가로질러 들어오다 콘스탄티누스와 마주쳤다. 사내가 흠칫 놀랐다. 엎드려 절을 하려다 말았는지 사내가 엉거주춤 허리를 숙였다.

“폐하, 단도직입적으로 말씀드리겠습니다!”

결연한 표정을 지으며 단호하게 말했지만 장관의 목소리는 떨리고 있었다. 콘스탄티누스는 웃음을 지었다. 이런 사내라면 크게 경계할 필요는 없을 것이다.

“하고 싶은 말이 있으면 다 해보시오. 밤을 새워서라도 들어주겠소.”

키 작은 사내의 허둥대는 모습을 보며 큰 눈에 서글서글한 웃음을 담은 콘스탄티누스가 시원스레 말했다. 사내는 뜻밖의 모습에 놀랐다. 어제의 로마 입성 때 가졌던 승리자에 대한 두려움이 조금씩 사라졌다.

"로마 주민은 이제 폐하의 백성입니다."

오늘이 마지막 날이 되어도 좋다고 생각한 장관이 잔뜩 굳은 얼굴로 침을 꿀꺽 삼키며 말했다.

"그렇게 생각해 주니 고맙소."

콘스탄티누스는 여전히 함박웃음을 지었다.

"백성들이 편안하게 생업에 종사할 수 있게 해 주십시오."

장관은 임페라토르의 반응을 조심스럽게 살폈다. 큰 희생을 치른 전투의 승리자는 전리품을 챙기게 마련이었다. 그 욕구가 잔인한 학살로 나타나는 일만은 어떻게든 막고 싶었다.

"으아하하하…. 편안하게 생업에 종사하게 해 달라?"

콘스탄티누스가 큰 소리로 웃으며 말했다.

"나는 그대들이 지난 날 어떤 일을 했는지 잘 알고 있소. 그런데 편안하게 생업에 종사하게 해 달라…."

황제의 얼굴이 조금 전과는 달리 경직되었다.

"만약에 폐하께서 지난날의 과오를 물으신다면…."

"그런다면?"

콘스탄티누스가 흥미롭다는 듯 수도 장관의 말끝을 자르며 되물었다.

"폐하, 저희들이 어떤 짓을 했는지, 그것이 지금 이 시점에서 얼마나 큰 죄가 되는지 잘 알고 있습니다. 우리는 막센티우스를 원했고 그와 함께 본국 이탈리아와 수도 로마가 누렸던 옛 영광을 되찾고 싶어했습니다."

장관은 빠르게 말을 이었다. 로마 주민의 생명을 건질 수만 있다면 내 생명 하나쯤은 기꺼이 내놓으리라!

"계속해 보시오."

냉소를 머금은 콘스탄티누스가 싸늘하게 말했다. 잠시 숨을 가다듬은 장관은 생각을 정리했다. 이 사람은 잔꾀에 넘어갈 사람이 아니다! 정면 돌파만이 살 길이 될 것이다. 그래, 협상을 하자. 우리가 원하는 것을 주면 우리도 당신이 원하는 것을 모두 주겠다!

"폐하, 과거를 덮어 주십시오. 그리고 우리에게 선물을 주십시오. 본국 이탈리아와 도시 로마의 소원을 들어주십시오. 이곳은 제국의 수도입니다. 본국과 수도 로마를 홀대하는 통치자는 결코 오래갈 수 없습니다. 폐하는 로마 주민들의 오랜 숙원을 능히 이루어줄 수 있는 능력과 자질을 갖고 계시다는 것을 보여주셨습니다. 그렇게 해 주실 수만 있다면 로마 주민과 원로원은 황제 폐하를 위해 충성을 다할 것입니다."

콘스탄티누스는 천천히 고개를 끄덕였다. 그럴 것이다. 충분히 이해할 수 있는 일이다. 내게 충분한 시간이 주어진다면, 또한 신의 은총이 함께 한다면 그대들의 소원을 들어주리라! 그것은 순리이기도 하니까….

"어제 일 때문에 염려하는 모양이구려. 아무 걱정 마시오. 나는 로마의 안정과 평화를 위한 조치를 내렸을 뿐이오. 지금부터 원로원 의원은 물론 수도 로마의 주민들은 콘스탄티누스의 안전한 보호 아래 있소."

장관은 먹구름이 걷히는 걸 느꼈다. 실제로 콘스탄티누스는 이미 북이탈리아의 도시들을 점령하면서 관용을 베풀었다. 항복한 도시의 주민은 철저하게 그 생명과 재산을 보존해 주었다. 그렇다면…. 장관은 막센티우스의 두 아들을 죽이고 그의 목을 로마로 가져온 승리자의 잔인성은 어떤 의미가 있는지를 자신에게 물었다. 콘스탄티누스는 여전히 사람 좋게 웃고 있었다. 그가 이렇게 말하는 것 같았다.

'그러니까 다시는 나에게 대들지 마라. 대들면 그 꼴이 된다.'

밀라노 칙령

'이제 다 끝났소. 제국의 갈등과 위기는 모두 사라졌소. 제국의 백성들이 이제야 비로소 진정한 평화를 누리게 된 것이오.'

콘스탄티누스가 파우스타를 번쩍 안으며 한 말이었다.

'내 몸에 손대지 말아요!'

파우스타는 찢어질듯 비명을 질렀다. 징그러운 뱀이 자신의 몸을 칭칭 감고 있는 것 같았다. 화가 난 콘스탄티누스가 파우스타를 무섭게 내려다보았다. 콘스탄티누스의 큰 눈이 점점 커지더니 동굴이 되었다. 동굴에서 누군가 파우스타를 불렀다.

'파우스타야, 내 딸 파우스타야!'

아버지 막시미아누스였다.

'파우스타, 내 사랑스런 동생 파우스타!'

오라버니 막센티우스였다.

'아버지, 오라버니!'

파우스타는 한걸음에 내달려 아버지와 오라버니 품에 안겼다. 하지만 아무것도 잡히는 것이 없었다. 아악! 파우스타의 몸이 끝없이 아래로 떨어졌다. 쿵! 깊은 바닥으로 떨어졌으나 아프지는 않았다. 사방에 해골이 널려있었다. 해골들이 히죽대고 웃었다.

'결국 당신도 이곳으로 오고야 말았군!'

'누구야? 당신들은?'

파우스타가 두 팔로 제 몸을 감싸며 말했다.

'우리? 콘스탄티누스와 싸우다 죽은 사람들이지.'

'나도!'

'나도!'

'나도 콘스탄티누스와 싸웠어!'

해골들이 끝없이 몰려들었다. 해골들은 하나 둘 다가와서는 파우스타 앞에서 맥없이 픽픽 쓰러졌다. 쓰러져 쌓인 해골들이 거대한 산이 되었다.

'아니야, 이건 아니야, 안 돼!'

파우스타가 그 자리에 주저앉아 목놓아 울었다.

'아직은 부족하다.'

뒤에서 들리는 낯익은 음성이었다.

'뭐가 부족하다는 건가요?'

파우스타가 고개를 돌렸다. 막센티우스였다.

'아직 충분한 수가 차지 않았거든.'

막센티우스가 느물느물 웃고 있었다.

'오라버니, 무슨 말이에요, 그게?'

파우스타는 두려움에 부들부들 떨었다.

'너의 자식들이 아직 살아 있잖아. 네가 애지중지하는 크리스푸스를 먼저 데려와야겠다. 그 다음엔 아직 태어나지 않은 너의 아이들도 데려와야 해. 그래야 수가 다 찰 거야.'

'안 돼요, 오라버니! 그건 안 돼요! 제 아이들을 죽이지 마세요!'

파우스타가 무릎을 꿇고 빌었다.

'그건 네 오라비나 내가 할 수 있는 일이 아니다.'

아버지 막시미아누스였다.

'우린 그 교활한 놈을 당해낼 수가 없어. 네 아이들을 살리고 싶으냐?'

'네, 아버지! 아이들을 살릴 수만 있다면 무슨 일이든 하겠어요. 제발, 제발 아이들을 살려주세요.'

'그렇다면 콘스탄티누스를 죽여라. 그놈의 육체뿐 아니라 그놈의 영혼까지 죽여야 한다. 또한 그놈이 쌓아올린 모든 것을 다 없애야 한다. 불에 태워라. 남김없이 태워버려라. 콘스탄티누스와 관계된 모든 것을 태워 없애라. 그래야 네 자식들이 살 수 있다.'

'아버지, 그렇게 하겠어요! 반드시 그렇게 하겠어요! 이 몸을 바쳐 콘스탄티누스를, 그 악마를, 그의 영혼까지 태워버리겠어요!'

파우스타가 말을 마치자마자 가슴 깊숙한 곳에서 불길이 솟아올랐다.

'으아아아!'

불은 주체할 수 없이 타올라왔다. 몸 안에서 타오른 불길이 입으로 콧구멍으로 솟구치기 시작했다.

'아아, 뜨거워! 뜨거워서 견딜 수가 없어!'

파우스타는 발버둥을 쳤다. 이대로 죽어서는 안 된다고 생각했다. 콘스탄티누스를, 그와 관계된 모든 것을 태워 없앨 때까지는 죽을 수 없다고 생각했다. 두 발을 딛고 일어섰다. 산과 강들이 발 밑에 있었다. 자신의 머리가 하늘에 닿았다. 제국 로마의 도시들이 한눈에 들어왔다. 파우스타는 입에서 불을 내뿜었다. 수도 로마가 불탔다. 코로 불을 내뿜었다. 니코메디아 황궁이 불탔다. 누군가 황급히 황궁에서 뛰쳐나왔다. 콘스탄티누스였다.

'너로구나, 못된 년!'

콘스탄티누스가 글라디우스를 휙 빼들었다. 글라디우스가 땅에서 하늘로 한없이 뻗어오고 있었다. 파우스타는 손으로 글라디우스를 막았다. 글라디우스가 파우스타의 손등을 뚫고 가슴으로 파고들었다.

'아악!'

파우스타는 그 자리에 고꾸라졌다. 주변이 불바다가 되었다. 로마 제국 전체가 불길에 휩싸여 타오르고 있었다. 콘스탄티누스도 불기둥이 되었다. 불붙은 콘스탄티누스는 여전히 글라디우스를 휘두르고 있었다.

'하하하!'

콘스탄티누스가 웃었다. 웃음소리를 타고 하얀 덩어리가 콘스탄티누스의 머리를 뚫고 뛰쳐나왔다.

'호호호, 나는 영원히 죽지 않아!'

'넌 뭐야?'

불덩어리가 된 파우스타가 물었다.

'나? 콘스탄티누스의 영혼이지. 너의 분노의 불길은 콘스탄티누스가 가진 모든 걸 태울 수 있지. 하지만 나까지 태울 수는 없어. 나는 물질이 아니거든. 게다가 콘스탄티누스의 영혼은 이미 불멸의 존재가 되었기 때문이야. 으흐흐흐….'

'아니야, 너도 태워버리고 말 거야. 그래야 내 아들들이 살 수 있단 말이야. 죽어라, 죽어!

파우스타는 소리를 지르며 불길을 내뿜었다. 하지만 콘스탄티누스의 영혼은 여전히 웃기만 했다.

'소용없어, 나는 이미 불멸의 존재가 되었다니까!'

'안 돼, 너는 영혼까지 죽어야 돼. 제발 없어지란 말이야!'

'죽는 건 너야! 봐, 불길이 꺼지고 있다구!

"안 돼, 안 돼, 안 돼!"

파우스타는 상반신을 벌떡 일으켰다. 식은땀이 흘렀다. 아직 어두운 밤이었다.

"크리스푸스, 내 아들 크리스푸스!"

파우스타는 터져 나오는 울음을 삼키며 아들을 불렀다. 아들이 견딜 수 없이 보고 싶었다.

"내 아들이 왔다구? 내 아들이?"

파우스타는 자리에서 일어나려다 악 소리를 지르며 다시 눕고 말았다. 사랑하는 내 아들 크리스푸스! 파우스타는 일어나야 한다고 생각했지만 그건 마음뿐이었다. 열병으로 석 달을 꼬박 앓았다. 죽을 지도 모른다는 생각이 들었을 때 한 번만이라도 좋으니 아들을 만나게 해달라고 남편에게 간청했다. 콘스탄티누스는 이번 한 번 뿐이라는 다짐을 받은 후에야 아들을 만날 수 있도록 허락해 주었다.

"어머니, 저 왔어요!"

크리스푸스가 방으로 뛰어들었다. 큰 눈에 눈물을 가득 담은 아들은 3년 전 어린 소년의 모습이 아니었다.

"오, 내 아들 크리스푸스!"

일어나지도 못한 채 누워서 두 팔을 벌리는 어머니를 아들이 와락 껴안았다. 가엾은 분! 크리스푸스는 흐르는 눈물을 주체하지 못했다.

"병은 좀 어떠세요?"

"괜찮다, 괜찮아. 너를 보니 이제 다 나은 것 같구나. 어디 내 아들 얼굴 좀 보자!"

파우스타는 아들의 얼굴을 찬찬히 뜯어보고 만져보았다. 아버지를 닮아 이목구비가 크고 또렷했다. 소년의 티를 완전히 벗지는 못했지만 떡 벌어진 어깨와 건장한 몸을 지닌 아들의 모습이 더없이 대견하고 자랑스러웠다.

아버지 막시미아누스가 남편의 손에 처형되고 나자 파우스타는 자식을 낳지 않기로 결심했고 아직 생모를 잃은 슬픔에서 벗어나지 못한 크리스푸스에게 애정을 쏟았다. 크리스푸스도 새엄마의 아낌없는 애정과 돌봄으로 생기와 웃음을 점점 되찾아갔다. 삼 년 전 막센티우스와의 결전을 앞두고 콘스탄티누스는 아들을 파우스타와 떼어놓았다. 이후 두 사람은 다시 만날 수 없었다. 오빠인 막센티우스마저 콘스탄티누스의 손에 죽자 파우스타는 자결을 시도했다. 파우스타가 기르던 개가 미친 듯이 짖어대지 않았다면 자정이 넘어 목욕탕에서 혼자 동맥을 끊은 파우스타는 살아나지 못했을 것이었다.

"군장을 갖추고 있구나."

"네, 어머니! 정식 입대는 내년이지만 작년부터 아버지 군단에서 군사 훈련을 받고 있어요."

크리스푸스는 할 수 없이 그간의 사정 얘기를 해야 했다. 옷을 바꿔 입지 못한 것을 뒤늦게 후회했다. 어머니가 아프다는 소식과 아버지에게서 만나러 가도 좋다는 허락을 동시에 받았을 때 한길에 내달음 쳐 오느라 옷에 대한 생각은 미처 하지 못했던 것이다.

"그래, 당연히 그렇겠지. 당연히…."

파우스타는 이제 크리스푸스를 놓아주어야 한다고 자신을 타일렀다.

"어머니, 마음을 강하게 가지셔야 해요. 꼭 일어나셔야 해요. 어머닌 나중에 제가 모실 거예요."

아들이 하염없이 흐르는 어머니의 눈물을 닦아주었다.

"그래, 엄마가 꼭 일어날 테니까, 엄마 걱정말고 건강해야 한다! 몸조심 잘 해야 해. 그리고…. 착한 왕자가 되어야…."

파우스타는 말끝을 흐렸다. 이 무슨 주책이람! 놓아주어야 한다니까, 놓아주어야….

"네, 어머니…."

크리스푸스가 울음 섞인 목소리로 겨우 대답하고 일어섰다. 파우스타는 방을 나서는 크리스푸스를 잡으려는 듯 허공을 마구 휘저었다. 아들아, 가지 마라. 네가 가면 엄마는 어떻게 살아가니, 아들아…. 크리스푸스의 모습이 보이지 않게 되자 그제야 파우스타는 꺼이꺼이 소리 내어 울기 시작했다.

제국은 오랜만에 안정과 평화를 되찾은 듯 보였다. 서방의 황제 콘스탄티누스의 이복 누이 콘스탄티아와 동방의 황제 리키니우스가 결혼한다는 소식이 퍼지자 제국은 온통 축제 분위기에 휩싸였다.

막센티우스를 제거하고 수도 로마에서 필요한 조치를 끝낸 콘스탄티누스는 불과 두 달 만인 서기 313년 초에 로마를 떠나 밀라노에 도착했다. 리키니우스도 2월에 밀라노에 도착하여 두 황제의 회동이 이루어졌다. 세기의 결혼식이 막 시작되려 하고 있었다.

"승전을 축하하오, 아우구스투스 콘스탄티누스!"

리키니우스는 콘스탄티누스를 아우구스투스라고 부르며 승전을 축하해주었다.

"고맙소, 아우구스투스 리키니우스! 이로써 제국은 다시 안정을 되찾게 되었소."

콘스탄티누스도 이전과는 다르게 리키니우스를 거리낌 없이 대했다. 이제는 아우구스투스와 카이사르가 아니라 동등한 아우구스투스로 대하겠다는 태도였다.

리키니우스로서는 수석 황제인 자신의 동의도 없이 원로원이 콘스탄티누스를 아우구스투스로 추대해 버린 것이 기분 나빴지만, 현실을 받아들일 수밖에 없었다. 콘스탄티누스는 이미 서방 전체를 통일한 황제였다. 반면에 허울만 좋은 수석 황제였을 뿐 동방의 절반, 즉 제국의 사분의 일만을 통치하게 된 자신은 서방의 황제 콘스탄티누스에 비해 여러 면에서 열세에 놓여있었다.

"이로써 두 분 황제 폐하는 한가족이 되셨습니다. 로마의 오랜 내전이 끝나고 신의 축복으로 제국의 모든 백성들의 축하를 받으며 가장 귀하고 아름다운 가정이 탄생하게 된 것을 경하드립니다."

주례를 맡은 원로원 의원은 신랑과 신부 두 사람보다, 신랑과 신부의 오라버니와의 관계에 더욱 신경을 쓰지 않을 수 없었다. 어차피 정략결혼이었다. 제발 사이좋게 지내서 다시는 제국이 내전에 휘말리지 않게 해달라는 간절한 염원이 담긴 축사였다.

리키니우스는 결혼식을 끝내자마자 서둘러 동방으로 돌아가야 했다. 두 황제의 접근에 초조해진 동방의 카이사르 막시미누스 다이아가 병력을 이끌고 리키니우스의 세력권인 소아시아로 쳐들어왔기 때문이다. 디오클레티아누스 황제가 쌓아올린 사두 정치 체재는 이렇게 굉음을 내며 붕괴해 가고 있었다.

리키니우스는 313년 3월 말에 소아시아에 도착하여 막시미누스 다이아와 결전을 벌였다. 막시미누스가 이끄는 병력은 7만이었지만, 리키니우스의 3만 병력을 당해내지 못하고 소아시아 남쪽에 있는 타르수스로 도망쳐 그 해 8월, 그곳에서 죽었다.

몇 년 전부터 실권을 완전히 상실한 채 깊이 파묻혀 살던 디오클레티아누스 선임 황제도 그 해에 죽었다. 한때 여섯 명이나 되었던 황제 중에 남은 사람은 이제 제국 서방의 패권자 콘스탄티누스와 동방의 황제 리키니우스뿐이었다. 처남과 매부 두 황제는 초기에 호흡을 잘 맞추어 드디어 제국 전체가 안정과 평화를 구가하는 듯했다.

"새로운 칙령을 발표하잔 말이요?"
호시우스의 건의를 받은 콘스탄티누스가 마땅찮다는 듯이 물었다.
"제국의 일치와 단결을 위해 필요합니다, 폐하!"
"기독교인들의 입지를 제한하는 디오클레티아누스 황제의 칙령은 이미 사문화되었소. 지금 그 문제를 굳이 다시 꺼낼 필요가 있겠소?"
"동방의 갈레리우스 황제는 이미 이 년 전에 칙령을 발표하여 기독교 신앙의 자유를 부분적으로 허용했습니다. 그 조치로 제국 동방의 기독교인들로부터 아직도 많은 지지와 찬사를 받고 있습니다."
"어딜 가나 기독교인들이 문제로군. 이젠 정치를 해도 기독교인들의 눈치를 봐야 할 만큼 그들의 세력이 커진 건가?"
콘스탄티누스가 씁쓸하게 웃으며 말을 받았다.
"정치 역학일 뿐입니다. 통 큰 통치 철학으로 그들을 끌어안아 주십시오, 폐하!"
"그래, 그대의 복안은 무엇이오?"
"갈레리우스 황제의 칙령을 뛰어넘는 파격적인 내용으로 기독교인들을 크게 품어주십시오. 그들은 폐하께 몸을 바쳐 충성할 것입니다."
"갈레리우스의 칙령은 어떤 내용을 담고 있소?"
"칙령의 전문이 별로 길지는 않으니 전체 내용을 제가 한번 읽어보는 것이 좋겠습니다."

"그렇게 하시오."

호시우스의 건의에 콘스탄티누스가 고개를 건성으로 서너 번 끄덕이며 말했다. 어떤 일을 마지못해 허락할 때마다 드러나는 콘스탄티누스의 버릇이었다.

"나는 항상 제국과 그 안에 사는 사람들의 이익을 생각하고 정책을 결정해왔다. 그러나 그 정책을 실행에 옮길 때는 언제나 로마의 오랜 전통과 규율을 존중하였다. 이 기본적인 원칙에 따라, 조상의 신앙을 버린 기독교인들에 대해서도 그들이 다시 우리에게 돌아오기를 바라고 모든 수단을 동원해왔다. 그러나 기독교인들은 고집스럽게도 어리석은 행동을 그만두지 않았고, 로마를 위대하게 만든 조상들의 생활 방식을 본받기는커녕 자신들이 바라는 생활 방식을 정해놓고 그것을 제국 각지에 전파하여 많은 사람을 끌어 모았다."

칙령을 읽던 호시우스가 잠시 뜸을 들이고는 콘스탄티누스를 쳐다보았다.

"계속 읽어보시오."

콘스탄티누스가 생각에 잠긴 표정으로 칙령의 내용을 음미하며 말했다. 호시우스가 칙령의 다음 부분을 읽어 내려갔다.

"그래서 우리는 이들을 조상의 규율로 돌아오게 하기 위해 단호한 조치를 취하기로 했다. 그에 따라 많은 기독교인들이 믿음을 버렸다."

"잠깐, 정리 좀 하고 넘어갑시다."

콘스탄티누스가 호시우스의 말을 끊었다.

"거기서 우리란 디오클레티아누스 황제와 갈레리우스 황제 자신을 말하는 것이겠지요?"

"네, 그렇습니다."

"단호한 조치를 취했다는 것은, 지난 303년에 디오클레티아누스 황제께서 공포한 기독교인의 징계에 관한 칙령이겠고."

"그렇습니다."

"됐소, 계속하시오."

호시우스가 황제의 말을 받아 다음 부분을 읽어 내려갔다.

"그럼에도 불구하고 완강하게 배교를 거부한 자가 많았다. 또한 배교자가 된 자들도 스스로 옳다고 생각하여 기독교를 버린 것이 아니라, 어쩔 수 없이 버린 자들이 많았다. 그래서 기독교의 신을 섬기는 것은 그만두었지만, 그렇다고 로마의 전통 신들에 대한 믿음으로 돌아온 것도 아니었다. 그리고 이 현상은 우리 로마인의 전통, 즉 모든 사람에게 나름대로의 생활 방식을 인정하는 관용의 정신과는 어울리지 않는다. 그래서 내가 바라는 것이 로마인의 전통과 규율의 회복인 이상, 기독교인에게도 로마인의 관용 정신이 미쳐야 한다는 결론에 도달했다. 따라서 오늘부터는 기독교인들이 자신의 공동체를 재건하는 것을 인정하는 바이다. 다만 제국의 법률에 위배되지 않는 한도 안에서 허용한다는 점을 분명히 밝힌다. 이상입니다."

호시우스가 읽은 것은 선임 수석 황제인 갈레리우스가 세상을 떠나기 전인 311년 4월에 발표한 칙령의 전문이었다.

"그게 전부요?"

"예, 제가 읽은 것이 칙령의 전문입니다."

"그대는 갈레리우스 황제의 칙령에 만족하지 못하는 것 같은데, 그 이유가 무엇이요? 내가 보기엔 그 정도면 신앙의 자유가 충분히 주어졌다고 생각되는데."

콘스탄티누스가 눈살을 찌푸리며 말했다.

"그렇지 않습니다, 폐하! 갈레리우스 황제는 칙령을 발표하면서 기독교가 로마의 전통 종교에 비해 열등한 것이라는 일종의 평가를 내렸습니다. 뭔가 잘못이 있는 아이에게 한 번 용서해줄 테니 다시는 문제를 일으키지 말라고 선심을 쓰는 교사처럼 말입니다."

"그래요? 그거 아주 적절한 표현이군. 내가 보기엔 기독교를 보는 갈레리우스 황제의 평가에 아무 문제가 없소. 오히려 기독교의 문제점을 정확히 꿰뚫어 보면서도 제국의 화합과 안녕을 위해 아량을 베풀고 있지 않소?"

"폐하! 폐하께선 기독교를 그냥 종교 문제 자체로만 보시는 겁니까? 그렇다면 굳이 저를 부르실 이유도 없었을 텐데요. 폐하께서 갈레리우스 황제와 다를 바가 없다면 제가 여기 남아있을 이유가 없습니다."

"무슨 말이요? 그 말이…."

"저는 폐하께서 어떤 문제를 보실 때마다 늘 전체적인 구도 속에서 보시는 분이라고 믿어왔습니다. 기독교 역시 단지 종교 문제로만 보시는 것이 아니라 정치적인 역학 관계에서 보시는 줄 알았습니다. 제국 로마와 전체 시민의 안정과 평화를 위한 동반자로 말입니다."

콘스탄티누스는 슬며시 웃음을 지었다. 무엇에 몰입되어 말할 때마다 안면 근육을 씰룩이는 호시우스의 얼굴에서, 당신에게 실망했다는 불만이 읽혀졌다. 학자들에게서 종종 느껴지는 솔직 단순함이 오히려 신선한 느낌으로 다가왔다.

"그대 말이 옳소! 미안하오, 내가 잠시 기독교에 대한 개인감정에 몰입되어 한 말이니 이해하시오. 또 할 말이 남아 있소?"

"예, 폐하! 한 말씀만 더 드리지요. 갈레리우스 황제는 신앙의 자유를 허락하기는 했지만 '제국의 법률에 위배되지 않는 한도 안에서' 라는 단서를 붙여 놓았습니다. 그러니까 기독교를 선택할 신앙의 자유는 허락하겠지만, 제국의 수호신인 로마의 전통 신들에 대해서는, 그리고 국가의 공식 행사로 의식이 집행될 때는, 경의를 표해야 하는 의무가 부과되어 있습니다. 기독교인으로서는 받아들이기 힘든 부분입니다. 완전하고 평등한 신앙의 자유가 아닌 것이지요. 넘어서야 할 부분이라고 생각됩니다."

호시우스는 조금도 물러서지 않고 자기 소신을 드러냈다.

"개인의 신앙의 자유도 중요하지만, 공동체의 신념 역시 중요한 것 아니요? 제국의 시민이면서 제국의 종교를 존중하지 않는다면, 국가가 그런 무례한 자들에게 어떻게 권리를 보장해 줄 수 있겠소?"

콘스탄티누스도 자신의 생각을 여과 없이 드러냈다.

"폐하, 기왕에 문을 열기로 결정하셨으니 속시원하게 활짝 열어주십시오. 제가 단순히 종교 문제를 말씀드리는 것이 아니지 않습니까? 저는 폐하의 요청에 따라 어떻게 하면 제국의 모든 백성이 하나의 이념, 하나의 철학으로 뭉칠 수 있을지 그 방도에 대해 폐하와 함께 고민하고 있는 것입니다."

호시우스가 난처하다는 듯이 고개를 주억거렸다.

"내 요청에 따라 제국을 위해 고민을 한다? 절반의 진실만 말하고 있군, 그래! 나머지 절반의 진실에 대해서도 잊지 마시오. 그대는 나와 제국을 돕는 대신 그대 자신과 기독교를 위해 일하고 있소. 그렇지 않소? 그런 점에서 우리는 거래를 하고 있는 것이오."

"폐하!"

"나쁘게 생각하지는 마시오. 기독교를 사랑하고 지키고자 하는 그대의 열의와 신념은 존중하오. 그러나 그대의 열정과 신념이 만에 하나 제국의 안녕과 번영을 침해하는 결과로 나타난다면 그건 용납할 수 없소. 그대와 그대의 종교도 위하고, 나와 제국의 번영도 위하는 상생의 길을 반드시 찾으시오. 그것이 그대가 내 곁에 있는 이유요."

콘스탄티누스는 분명한 선을 그었다.

"폐하, 잘 알고 있습니다. 당연히 그래야 하며, 한시도 그 사실을 잊은 적이 없습니다."

"그래요, 그래! 아무튼 기독교인들의 독선, 아니 독특성은 알아주어야겠군. 그 독특한 신념이 바로 제국을 통일하고 유지하는 힘이 된다 그 말인데, 아주 정복적이고 고약한 신념이요. 그래, 그러면 어떻게 해주면 좋겠소?"

콘스탄티누스가 잔뜩 비웃음을 담은 얼굴로 말했다.

"아무런 조건도 달지 말고 완벽하게 신앙의 자유를 인정해 주셨으면 합니다. 그렇지 않으면 제국을 하나의 정신, 하나의 이념으로 통일하기가 어려워집니다."

호시우스가 여전히 물러나지 않고 대답했다.

"리키니우스 황제, 로마가 더 이상 종교 문제로 혼란을 겪어서는 안 된다고 생각하오. 제국의 갈등을 최소화하기 위해서는 모든 종교에 대해 아무 차별 없이 문호를 개방해야 한다고 생각하는 것이오."

리키니우스에게 칙령의 유효성을 충분히 설명했다고 생각한 콘스탄티누스는 칙령을 공동 선언문 형식으로 채택할 것을 정식으로 건의했다.

"기독교인들에게 완전한 신앙의 자유를 준다면 제국의 종교는 기독교에 잠식될 우려가 있소."

리키니우스가 마땅찮다는 듯 의견을 내놓았다.

"만약에 우리의 전통 종교가 스스로를 지킬 힘이 없다면, 그렇게 되도록 내버려둡시다. 그것이 순리가 아니겠소?"

"종교는 종교 자체에 맡기고, 우리는 정치에 전념하자 그 말이요?"

기독교에 대해 별 관심이 없는, 아니 종교 문제에 대해서는 별로 신경 쓰고 싶지 않은 리키니우스는 도대체 콘스탄티누스가 왜 이렇게 종교 문제에 집착하는지 이해할 수 없었다. 아무튼 이 문제는 가능하면 빨리 매듭을 짓고 싶었다.

"초안은 여기 있는 내 친구 호시우스가 잡아 놓았으니 문장을 검토해 보시고, 마음에 들지 않는 부분이 있으면 조율하도록 합시다. 어떻소?"

"그렇게 합시다."

리키니우스가 귀찮다는 듯이 대답했다.

"좋소! 그러면 호시우스, 초안을 한번 읽어보도록 하시오."

"네, 그렇게 하겠습니다."

호시우스가 정중하게 두 황제에게 고개 숙여 인사한 다음, 사전에 마련된 초안을 또박또박 읽기 시작했다.

"전부터 우리 두 사람은 신앙의 자유를 방해해서는 안 된다고 생각해왔다. 여기서 우리란 물론 두 분 황제 폐하를 말하는 것입니다."

호시우스가 설명을 붙였다. 리키니우스는 말없이 고개를 끄덕였다.

"뿐만 아니라 신앙은 개인의 양심에 따라 결정해야 할 일이라고 생각해왔다. 따라서 우리 두 사람이 통치하는 제국 서방에서는, 이미 기독교인들에 대해서도 신앙의 자유를 인정했고, 신앙을 돈독히 하는데 필요한 의식을 집행하는 자유도 인정했다. 하지만 이 묵인 상태가 실제로 법률을 집행하는 자들 사이에 혼란을 불러일으켰고, 따라서 우리의 이런 생각도 실제로는 사문화되었다는 것을 인정하지 않을 수 없다. 여기까지 이의 없으신지요?"

호시우스가 리키니우스의 눈치를 살피며 물었다.

"제국 서방에 대한 언급만 있고 동방에 대한 언급이 없구려."

리키니우스가 지적했다.

"아, 예! 리키니우스 황제께서는 갈레리우스 황제가 살아있을 때까지 제국 서방의 황제였고, 그 때는 콘스탄티누스 황제도 서방의 카이사르 자리에 있었기에 동방의 상황에 대한 언급이 없는 것입니다. 지난 일에 대한 상황 설명이니까요."

"알겠소, 계속하시오."

"그래서 황제 콘스탄티누스와 황제 리키니우스는, 제국이 맞닥뜨린 수많은 문제를 의논하기 위해 밀라노에서 만난 이 기회에, 모든 백성에게 매우 중요한 신앙 문제에 대해서도 명확한 방향을 정해야 한다는 데 의견을 모았다. 여기까지도 괜찮으신지요?"

호시우스가 다시 리키니우스의 눈치를 살폈다. 순서가 틀렸잖아, 내가 수석 황제인데 콘스탄티누스를 먼저 넣다니! 리키니우스는 불쾌한 생각이 들었지만 사소한 문제에 집착하는 소인배라는 인상을 받고 싶지는 않았다. 게다가 별 관심이 없는 종교 문제는 빨리 매듭을 짓고 싶었다.

"문제가 있으면 내가 알아서 지적할 테니까, 그때까지는 그냥 쭉 읽으시오."

"알겠습니다, 폐하!"

호시우스가 칙령의 초안을 다시 들고는 험험 헛기침을 했다.

"그것은 기독교인들만이 아니라 어떤 종교를 신봉하는 자에게도 각자가 원하는 신을 믿을 권리를 완전히 인정하는 것이다. 그 신이 무엇이든, 통치자인 황제와 그 신하인 백성에게 평화와 번영을 가져다준다면 인정해야 마땅하다. 우리 두 사람은 모든 백성에게 신앙의 자유를 인정하는 것이 가장 합리적이며 최선의 정책이라는 합의에 이르렀다. 오늘부터 기독교든 다른 어떤 종교든 상관없이, 각자 원하는 종교를 믿고 그에 따르는 의식에 참가할 자유를 완전히 인정받는다. 그것이 어떤 신이든, 그 지고의 존재가 은혜와 자애로 제국에 사는 모든 백성을 화해와 융화로 이끌어주기를 바라면서!"

읽기를 잠시 그치고 리키니우스의 눈치를 살피던 호시우스가 다시 칙령의 초안을 읽어 내려갔다.

"우리 두 사람이 이렇게 결단을 내린 이상, 지금까지 발령된 기독교 관계 법령은 오늘부터 모두 무효가 된다. 앞으로 기독교 신앙을 갖고자 하는 자는 아무 조건도 없이 신앙을 완전히 인정받는다는 뜻이다. 우리가 완전한 신앙의 자유를 인정하기로 결정한 것은…."

"잠깐!"

눈을 감고 듣고 있던 리키니우스가 호시우스를 제지했다.

"너무 일방적이 아니요? 이건 기독교를 평등하게 대우해 주자는 것이 아니라 우대해 주자는 정책이 아니요?"

리키니우스의 말에 콘스탄티누스가 나섰다.

"기독교인들은 지금까지 많은 어려움을 겪어왔소. 물론 그것이 그들의 독선으로부터 야기되었다는 것은 나도 잘 알고 있소. 그러나 우리는 지금 그들을 채찍 대신 당근으로 다스리려는 것이지 않소? 그들에게 너그럽게 대해주면 그들도 달라지지 않겠소?"

"기독교인들에게 주는 자유가 다른 종교인들에게 불리하게 작용되어서는 안 된다는 뜻이오."

리키니우스도 이 부분에서는 양보하지 않았다.

"그러면 좋소, 황제의 그 뜻을 칙령에 넣기로 합시다. 기독교인에게 인정된 이 완전한 신앙의 자유는 다른 신을 믿는 자들에게도 동등하게 적용되는 것은 말할 나위도 없다 라고 넣으면 어떻겠소?"

"그러면 되겠소."

리키니우스가 일으켜 세웠던 상반신을 소파에 던지며 퉁명스럽게 대답했다.

"호시우스, 그 문구를 넣어서 다시 읽어보게."

"예, 그러면 이렇게 되겠군요. 조금 전에 읽은 부분부터 하면, 앞으로 기독교 신앙을 갖고자 하는 자는 아무 조건도 없이 신앙을 완전히 인정받는다는 뜻이다. 기독교인에게 인정된 이 완전한 신앙의 자유는 다른 신을 믿는 자들에게도 동등하게 적용되는 것은 말할 나위도 없다. 이렇게 하면 되겠습니까?"

호시우스가 리키니우스와 콘스탄티누스를 번갈아 쳐다보며 물었다.

"좋소, 다음을 읽어보시오."

리키니우스가 재촉했다. 콘스탄티누스도 고개를 끄덕였다.

"네, 다음 문장입니다. 우리가 완전한 신앙의 자유를 인정하기로 결정한 것은 그것이 제국의 평화를 유지하는 데 효과적이라고 판단했기 때문이고, 어떤 신이나 어떤 종교도 명예와 존엄성이 훼손당해서는 안 된다고 생각하기 때문이다. 그리고 지금까지 그것을 훼손당하는 일이 많았던 기독교인에 대해서는 몰수된 기도처를 즉각 반환하는 것으로 보상하고자 한다. 또한 몰수된 기도처를 경매에서 사들여 소유하고 있는 자에게는, 그것을 반환할 때 국가로부터 정당한 값으로 보상이 이루어진다는 것도 여기에 명기한다. 이상입니다."

"어떻소? 별 이의가 없으면 그대로 시행해도 좋겠다는 생각이오."

콘스탄티누스가 승인을 요청했다.

"명백한 기독교 우대 정책이군. 몰수된 재산을 국가가 보상한다…. 그렇게 되면 과거에 디오클레티아누스 황제 때 시행되었던 칙령이 잘못

되었다는 것을 우리 스스로 인정하는 셈이 되지 않겠소?"

리키니우스는 노골적으로 불쾌한 표정을 지었다.

"리키니우스 황제, 과거에 매이지 말고 미래로 가자는 뜻이오. 그들을 넉넉히 품어주면 그들 또한 느끼는 점이 있지 않겠소?"

"말을 들어보니, 내가 반대하면 황제께서는 단독으로라도 이 칙령을 공포할 것 같소. 그렇게 되면 제국의 기독교인들로부터 큰 인기와 지지를 얻게 되겠구려."

리키니우스가 독설을 내뱉었다.

"허허허, 아마도 그렇게 되겠지요. 솔직히 말하자면 그건 나에게 하나의 보상이 될 거요. 어차피 민심을 거스르면서 독단으로 정치를 할 수는 없는 것 아니요? 난 가능하면 제국의 시민들로부터 지지를 받는 정치인이 되고 싶소. 그러나 그것은 부수적인 것이고, 나는 제국의 일치와 단결, 그리고 안정과 번영을 무엇보다 원하고 있소. 그러니 큰 무리가 없다고 생각되면 동의해 주기를 바랄 뿐이오."

콘스탄티누스는 솔직하게 자신의 견해를 밝혔다. 리키니우스도 그의 의도가 불순한 것만은 아니라는 생각이 들었다. 무엇보다 콘스탄티누스가 선수를 치게 내버려 둘 수는 없었다.

"좋소, 그렇게 합시다. 어차피 종교는 개인의 영역이요. 가능하면 국가가 간섭하지 않는 게 좋지요."

리키니우스는 콘스탄티누스가 작성한 초안을 대부분 받아들였다. 처남과 매부이자 로마제국을 동서로 양분하여 통치하게 된 두 황제는 서기 313년 6월, 밀라노에서 종교의 자유를 보장하는 칙령을 발표했다.

황제의 아들

"죄인을 당장 소환하라고 했단 말이요? 정말 건방지기 짝이 없는 친구로군!"

리키니우스가 버럭 소리를 질렀다. 험하게 일그러진 얼굴에 불쾌감이 그대로 묻어났다.

"콘스탄티누스 황제께서 원하시는 것은 그저 범인을 돌려달라는 것뿐입니다. 그는 황실의 재산을 훔쳐 달아난 자입니다."

클로디우스가 살얼음을 걷는 기분으로 말했다.

"그가 죄인인지 아닌지는 조사해 보면 드러날 것이요! 조사도 하기 전에 무조건 소환부터 하라니 이런 무례한 짓이 어디 있소?"

콘스탄티누스에게 늘 끌려 다닌다고 생각했던 리키니우스는 안하무인으로 행동하는 그를 이번 기회에 견제 좀 해야겠다고 생각하며 단호하게 말했다.

"가서 콘스탄티누스에게 전하시오. 동방에는 동방의 원칙이 있소. 서방에서 무슨 짓을 저지르고 왔건 간에, 일단 동방으로 찾아온 자를 아무 조사도 하지 않고 무조건 돌려보낼 수는 없소. 충분한 조사를 마칠 때까지 기다리라고 하시오. 그리고…."

리키니우스는 다음 말을 해야 할지 말아야 할지 잠시 망설였다. 그러나 내친걸음이었다. 좀 더 강경한 의지를 보일 필요가 있다고 생각되어 속에 담아두었던 말을 뱉어냈다.

"제국 동방의 일에 간섭하지 말고 서방이나 잘 다스리라고 전하시오!"

"알겠습니다, 그렇게 전하겠습니다."

클로디우스가 잠시 고개를 숙이고는 홱 뒤돌아 니코메디아의 황실 접견실을 빠져나왔다. 화가 잔뜩 난 얼굴이 벌겋게 달아오르고 있었다.

"건방진 녀석 같으니라구! 꼭 자기 상전을 닮아가지고는!"

들으라는 듯이 리키니우스가 클로디우스의 등에 대고 소리를 질렀다.

그래, 차라리 잘 된 거야. 이번 기회에 제국을 다시 통합해야 해. 하늘에 태양이 둘이 될 수는 없는 것 아닌가! 콘스탄티누스 황제께서 다스리는 통합된 제국, 아우구스투스 시대의 위대한 로마를 회복할 절호의 기회가 온 셈이야! 클로디우스의 얼굴에 경련이 일었다.

"수고했네, 리키니우스로서는 그렇게 생각할 만한 일이로군."

클로디우스의 보고를 받은 콘스탄티누스가 별일이 아니라는 듯이 말했다.

"어떻게 하실 생각이신지요?"

콘스탄티누스의 눈치를 살피며 클로디우스가 조심스럽게 물었다.

"뭘 말인가?"

"이대로 물러날 수는 없지 않습니까?"

"물론 그렇지. 리키니우스가 원하는 대로 해주는 게 좋지 않겠나?"

"예?"

"그가 원하는 게 무엇이겠나? 나와 제국을 나누어 통치하는 걸 불편해하고 있지 않나? 그건 나 역시 마찬가지일세. 제멋대로 범죄를 저지르고 동쪽으로 달아나는 놈들을 언제까지 구경만 하고 있어야 하겠는가? 이제는 누가 책임을 맡든 제국의 통치를 일원화시켜야 할 때가 왔다고 생각하네."

"폐하!"

"앞으로 자네가 해야 할 일이 점점 많아질 것 같네. 마음의 준비를 단단히 해두게나."

"언제든 명령만 내려 주십시오!"

절도 있게 경례를 붙이고 뒤돌아 나가는 클로디우스의 듬직한 모습을 콘스탄티누스는 흐뭇한 얼굴로 바라보았다.

서기 284년, 로마제국의 황제가 된 디오클레티아누스는 50여 년이 넘게 계속되었던 군사 쿠데타의 악순환에 종지부를 찍고 드넓은 제국을 안정되게 통치하기 위해 사두 정치 체제를 창안했다. 두 명의 황제가 로마제국을 동서로 나누어 맡고, 그 아래에 부황제를 둬 황제를 보필하며 다음 황제 자리를 승계하는 우선권을 갖게 한 것이다. 하지만 카이사르는 단순히 제위 계승자만이 아니라 실제로 제국의 한 부분을 통치했다는 점에서 황태자와는 다른 위치에 있었다. 그러니까 로마제국은 크게 4개의 자치권으로 나누어진 연방 국가의 형태를 띠게 되었다.

물론 제국의 수석 황제는 디오클레티아누스가 맡았다.

사두 정치 체제는 디오클레티아누스 당대에 크게 빛을 발했다. 동방의 황제 디오클레티아누스와 서방의 황제 막시미아누스, 동방의 카이사르 갈레리우스와 서방의 카이사르 콘스탄티우스 클로루스는 서로에 대해 깊이 신뢰했고, 드넓은 제국을 효율적으로 분담 통치하여 제국에 안정을 가져왔다. 네 명의 황제가 버티고 있는 제국에서 감히 쿠데타를 모의할 군인 세력은 나타나지 않았다. 한 명의 황제를 제거한다 해도 나머지 세 명을 상대해야 했기 때문이다.

그러나 서기 305년에 디오클레티아누스 황제와 막시미아누스 황제가 은퇴하고, 306년에는 서방 황제 자리를 승계했던 콘스탄티우스 클로루스가 갑자기 죽으면서 사두 정치 체제는 급격히 무너지게 되었다. 클로루스의 휘하 장병들은 통치권 공백으로 인한 두려움에 사로잡혀 그의 아들 콘스탄티누스를 황제로 옹립했고, 이에 자극을 받은 선임 황제 막시미아누스의 아들 막센티우스는 제국의 중심이면서도 그동안 소외되었던 수도 로마와 이탈리아 주민들의 호응을 등에 업고 황제를 자칭했다. 이런 와중에 갈등을 수습한다는 명목으로 선임 황제 막시미아누스까지 다시 황제로 나서면서 제국은 동시에 여섯 명의 황제가 난립하는 대혼란에 빠져들게 들었다.

제국의 황제들은 세베루스를 필두로 막시미아누스, 막센티우스, 막시미누스 다이아가 차례로 사라짐으로써 동서를 양분한 두 황제만 남게 되었다. 서방의 황제 콘스탄티누스와, 병으로 사망한 갈레리우스의 자리를 승계한 동방의 황제 리키니우스였다. 두 사람은 한때 연대를 약속하며 정략 결혼까지 했지만 서기 315년 초가을, 결국 최종 패권을 가리는 전투를 벌였다.

도나우강과 가까운 판노니아 지방의 키발라에서 2만의 병력을 이끌고 선제 공격을 가한 콘스탄티누스는 3만5천의 리키니우스군과 격전을 벌였다. 수에서는 열세였지만 백전노장으로 전장에서 자라 전장에서 모든 것을 이룬 콘스탄티누스의 군사적 재능은 리키니우스를 압도했다. 리키니우스군은 병력의 거의 절반을 잃고 트라키아까지 후퇴했다. 그곳에서 또 다시 격전을 벌였지만 리키니우스는 이번에도 콘스탄티누스의 전술과 그의 정예 병력을 당해내지 못하고 패퇴하고 말았다.

"콘스탄티아, 그대가 나서주어야 하겠소!"

다급해진 리키니우스가 콘스탄티누스의 이복누이이며 자신의 아내인 콘스탄티아에게 애원했다.

"참, 남자들은 정말, 경멸감을 갖게 만드는군요! 자신의 영달을 위해 수만 군사를 희생시키고는 이제 와서 어쩌라구요? 제가 오빠한테 가서 남편을 살려달라고 빌어달란 말인가요?"

"제국을 생각…."

리키니우스가 말을 마치기도 전에 콘스탄티아가 잡아먹을 듯한 얼굴로 소리를 내질렀다.

"제국이라구요? 무슨 제국이요? 그놈의 실체도 없는 제국을 위해 수많은 젊은이들이 그렇게 허무하게 죽어가도 되는 건가요? 그들도 당신처럼 처자식이 있고 부모형제가 있는 사람들인데, 허깨비 같은 제국을 위해 또 다시 다음 전투를 준비해야 되겠네요! 도대체 얼마나 많은 백성들이 죽어가야 전쟁을 그칠 건가요?"

"콘스탄티아!"

"황제라는 사람들, 말로는 제국제국 찾지만, 사실은 자신을 위해 싸우는 거예요! 그렇지 않나요? 자기 야욕을 채우기 위해 백성의 목숨을 담보로 위험천만한 전쟁놀이를 즐기는 무자비한 사람들이 바로 황제라고 나서서 백성들을 전쟁터로 끌어낸 남자들이죠!"

콘스탄티아가 악을 쓰고 대들었다. 제 오라비를 닮아 저리 독한 것인가! 리키니우스는 아내를 통해 또 다른 콘스탄티누스를 보고 있었다. 그러나 동생이 오라버니를 닮은 것이라곤 대담하고 괄괄한 성격뿐, 속마음은 따뜻한 인정으로 채워져 있다는 걸 리키니우스는 잘 알고 있었다.

"콘스탄티아!"

"이건 당신에게만 하는 말이 아니에요! 오빠도 마찬가지예요. 남자들 모두 마찬가지라구요. 남자들이 말하는 용기란 생명을 하찮게 여기는 만용일 뿐이에요. 남자란 동물은 아이를 낳고 젖을 먹여 키워보지 않아서 그래요. 생명에 대한 경외감이라고는 찾아볼 수 없는 아주 열등하고 미련하고 잔인한 동물들 같으니라구!"

한 손을 허리에 받치고 한 손으로는 마구 허공을 휘저으며 콘스탄티아가 거침없이 쏟아낸 말이었다. 벌겋게 상기된 얼굴로 남편을 쏘아보는 콘스탄티아의 얼굴에 경멸의 빛이 가득 담겨 있었다.

"콘스탄티아!"

리키니우스는 여전히 아내의 이름만 불러댈 뿐이었다. 기세등등하게 호통을 치는 콘스탄티아의 눈에 한 가련한 남자가 힘없이 고개를 떨구는 모습이 들어왔다. 불쌍한 사람! 콘스탄티아는 언제 그랬냐는 듯이 아이를 달래는 어머니처럼 차분한 음성으로 한 마디 한 마디 힘을 주어 또박또박 말했다.

"좋아요, 제가 오빠를 만나보지요. 그 대신 약속해주세요. 앞으로는 어떤 일이 있어도 오빠와 싸우지 않겠다구요. 갈등이 없으면 좋겠지만 문제가 생기더라도 대화로 풀겠다고 약속해주세요. 더 이상 이 땅에 전쟁은 없게 하겠다고 약속해 달라구요."

리키니우스는 무언가 못된 짓을 하다 들켜 꾸중을 듣는 아이처럼 고개를 푹 숙인 채 두 손을 모으고 대답했다.

"약속하겠소. 그렇게 하겠소!"

콘스탄티아가 오라비 앞에 모습을 드러낸 건 그 일이 있은 지 채 한 달도 지나지 않아서였다.

"리키니우스가 휴전을 원한다고?"

콘스탄티누스의 표정에서 여유가 묻어났다.

"휴전이 아니고 종전이에요. 다시는 전쟁을 하지 않겠다는 약속을 했어요!"

콘스탄티아는 '종전' 이라는 말에 힘을 주어 말했다. 입술을 앙다문 누이의 모습이 대견하기도 하고 사랑스럽기도 했다.

"다시는 전쟁을 하지 않겠다? 그 말을 나더러 믿으라는 말이냐?"

콘스탄티누스가 눈을 살짝 치뜬 채 누이동생에게 물었다. 비웃는 듯한 말투와는 달리 오라비는 정이 넘치는 웃음을 얼굴 가득 담고 있었다.

"믿을 거예요, 누가 뭐래도 저는 오라버니와 남편을 믿을 거예요. 두 사람이 싸울 이유가 없어요. 두 분은 적이 아니잖아요. 같은 제국의 존경받는 황제들인데. 제 오라버니고 제 남편인데!"

콘스탄티아가 더 이상 말을 잇지 못하고 그 자리에 주저앉아 눈물을 와락 쏟았다. 천진한 녀석 같으니라구! 가여운 눈초리로 콘스탄티아를 한동안 내려다보던 콘스탄티누스가 누이의 손을 잡아 일으켰다. 눈물로 범벅이 된 누이의 얼굴을 콘스탄티누스가 엄지손가락으로 천천히 닦아주었다. 콘스탄티아가 그대로 오라버니 품에 무너졌다. 콘스탄티누스가 누이의 조그만 등을 토닥이며 말했다.

"네 믿음이 꼭 이루어질 수 있으면 좋겠구나. 나 역시 전쟁은 최후의 수단일 뿐, 할 수만 있다면 모든 일을 평화롭게 해결하고 싶다."

그해 12월, 강화가 성립되었다. 리키니우스는 소아시아를 콘스탄티누스에게 내주고 동쪽으로 물러나기로 합의했다. 내전으로 또 다시 홍역을 치른 로마의 서기 315년은 그렇게 저물어가고 있었다.

리키니우스와 콘스탄티누스가 강화조약을 맺은 후, 제국은 칠 년 동안 내전을 겪지 않고 평화롭게 지냈다. 그러나 제국 전체가 전쟁 없는 평화를 누린 것은 아니었다. 콘스탄티누스는 그 기간을 북방 야만족을 평정하는 데 보냈다. 라인강 동쪽에서는 프랑크족과 알레마니족, 도나우강 북쪽에서는 고트족이 로마 방위선을 돌파하여 끊임없이 노제국 로마의 백성들을 괴롭혔다.

콘스탄티누스는 그들에게 다시는 일어설 수 없도록 결정적인 타격을 가하기로 했다. 그에게는 두 명의 믿을 수 있는 무장이 좌우를 보필하고 있었다. 자신을 위해서라면 목숨을 아끼지 않을 클로디우스와 맏아들 크리스푸스였다. 서기 322년, 그 해를 게르만족 척결의 해로 잡은 콘스탄티누스 황제는 라인 방어선을 아들 크리스푸스에게, 도나우 방어선은 자신의 오른팔 클로디우스에게 맡겼다.

크리스푸스에게 라인강은 그냥 강이 아니었다. 친어머니 폼페이아의 목숨을 거두어간 사무친 추억이 간직된 곳이었다. 콘스탄티누스는 폼페이아를 라인강변 가까운 언덕에 묻었다. 크리스푸스는 게르만족을 쫓아 라인강을 넘나들 때마다, 가슴을 울리는 기도 소리를 들었다. 십팔 년 전 어머니를 묻은 후에 자신을 안고 하늘을 바라보며 신에게 기도하던 아버지의 음성이었다.

'신이여, 제 아내가 이곳 라인강변에서 편히 쉴 수 있도록 게르만족을 이 땅에서 영원히 몰아낼 것을 맹세합니다! 내 대에 다 이루지 못하면 여기 내 아들이 대를 이어 이룰 것입니다!'

크리스푸스의 지휘를 받는 병사들은 크리스푸스가 라인강에 당도하면 무서운 안광을 뿜는다고 말하곤 했다. 칠흑같이 어두운 밤에 맹수가 뿜어대는 두 줄기 강한 섬광을 크리스푸스에게서 보았다는 말은 이제 그의 병사들 뿐 아니라 제국 서방의 로마 병사라면 누구나 듣게 되는 전설이 되었다.

"크리스푸스가 라인 방위선을 거의 회복했단 말이지?"

참모의 보고를 받은 클로디우스는 마치 자신이 직접 나선 전투에서 승자가 된 듯 신명이 났다. 황제의 맏아들 크리스푸스. 그는 클로디우스에게 눈에 넣어도 아프지 않을 소중한 제자이며 전장을 함께 누빈 동료였다.

황제는 크리스푸스가 어린 시절부터 클로디우스에게 무술 지도를 맡겼다. 파우스타의 반대가 심해지자 콘스탄티누스는 아예 크리스푸스를 군단 숙영지로 불러들여 병사들과 함께 훈련을 받게 했다. 콘스탄티누스 자신이 그랬듯이 크리스푸스도 전장에서 소년기와 청년기를 보냈다.

크리스푸스가 천재적인 기질을 발휘하기 시작한 것은 열다섯이 넘으면서부터였다. 정식으로 입대하려면 아직도 이 년이나 더 기다려야 했지만 크리스푸스는 막 입대한 초년병들에게 기초적인 병법을 가르쳐 줄 정도로 뛰어난 기량을 발휘했다. 연습 대련에서 힘으로 병사들을 당해내지 못할 때면 자기만의 독특한 전술을 구사하여 수십 혹은 수백 명의 병사들을 꼼짝없이 곤경으로 몰아넣기도 했다. 더욱 놀라운 것은 크리스푸스의 지도를 받은 병사들은 그의 인품과 능력에 매혹되어 그에게 충성을 다하는 정예병으로 변모해간다는 점이었다.

“라인 방어선에 대한 전체 상황은 어떻게 돌아가고 있나?”

클로디우스가 부관에게 물었다.

“라인 방어선에서의 전투는 소탕전의 성격을 띠고 있습니다. 이미 패잔병을 정리하는 단계로 들어섰습니다. 프랑크족과 알레마니족은 크리스푸스군의 공격을 받고 강 동쪽으로 깊숙이 쫓겨 들어갔습니다. 갈리아 전역에 빠르게 평화가 정착되고 있습니다.”

“그래, 그래! 정말 훌륭하군, 훌륭해!”

클로디우스는 신이 나 주먹을 불끈 쥐고 허공에 내질렀다. 뛰어난 지략과 용맹으로 라인 방어선을 평정하고 있는 크리스푸스에 비해 클로디우스는 이렇다 할 전과를 올리지 못하고 있었다. 그럼에도 클로디우스는 크리스푸스를 경쟁자라기보다는 친동생처럼 여기고 아꼈다.

대단해, 황제 폐하를 그대로 빼닮았어! 클로디우스는 제국의 미래를 위해 황제의 맏아들이자 카이사르인 크리스푸스가 반드시 다음 황제 자리를 승계해야 된다고 확신했다. 크리스푸스를 이용해 권력을 탐하려는 마음은 추호도 없었다. 단지 클로디우스는 콘스탄티누스의 오른팔로 전장을 누비면서 전쟁이 가져오는 참혹한 결과를 지겹도록 보았다. 아직도 끝나지 않은 이 지긋지긋한 전쟁을 마무리하고 제국의 앞날을 평탄대로로 이끌 후계자로 크리스푸스만한 인물이 없다고 생각했기에 크리스푸스에게 모든 기대를 걸고 있는 것이다.

하지만 몇 년 전부터 클로디우스를 불안하게 하는 일이 벌어졌다. 황제와의 잠자리를 극구 거부하고 자식을 낳지 않았던 황후 파우스타가 아들 셋을 줄줄이 낳은 것이다. 크리스푸스가 스물다섯이 된 올해 그들은 각각 여섯 살, 다섯 살, 세 살이 되었다. 크리스푸스를 친자식 이상으로 대했던 파우스타지만 자식이 셋이나 생긴 지금 과연 옛날과 같은 애정을 아직도 갖고 있는 지는 미지수였다. 하지만 클로디우스를 더욱 불안하게 만든 것은 크리스푸스 자신의 신념이었다.

두 해 전 봄, 클로디우스는 라인강변에 묻혀있는 폼페이아의 무덤을 크리스푸스와 함께 방문한 적이 있었다. 평장에 아무런 표식도 없는 폼페이아의 묘지를 무덤이라고 생각하는 사람은 거의 없었다. 매사에 빈틈이 없는 콘스탄티누스는 폼페이아의 묘지가 소수의 측근 외에는 누구에게도 알려지기를 원하지 않았다. 강변 가까이 있는 묘지가 적에게 노출되면 어떤 꼴을 당할지 모를 일이었기 때문이다.

'왕자님, 이제 그만 일어나시죠.'

클로디우스는 생모의 무덤 앞에 앉아 일어날 줄 모르는 크리스푸스의 오른팔을 살며시 들어 올렸다. 크리스푸스에게 지금은 왕자님이라고 부르지만 황제 폐하라고 부를 날이 반드시 올 것을 믿어 의심치 않았다.

'형, 형은 모를 거야! 내가 아주 어렸을 때, 이곳에서 무슨 일이 있었는지를.'

크리스푸스는 사석에서는 클로디우스를 형이라고 불렀다. 클로디우스는 그때 크리스푸스가 들려준 이야기를 듣고서야 비로소 크리스푸스가 어려서 겪었던 처절한 비극과 낳아준 엄마에 대한 그리움과 애정 이상으로 파우스타에 대해서도 각별한 애정과 절대적인 신뢰를 보이는 이유를 알게 되었다.

'앗, 징그러! 이얏, 죽어라, 죽어!'

크리스푸스가 무언가 마구 밟으며 소리를 질렀다.

'아가야, 무슨 일이냐?'

폼페이아가 아이를 제지했다.

'여기 징그러운 벌레가 있어요, 엄마.'

크리스푸스가 얼굴을 잔뜩 찡그린 채 대답했다. 아이가 여린 손가락으로 가리키는 곳에 애벌레 한 마리가 노란 체액을 내뿜으며 격하게 꿈틀거리고 있었다.

'아들아, 벌레라도 함부로 죽여선 안 된다. 살아 있는 건 모두 소중한 거야.'

'그렇지만 징그럽잖아, 엄마.'

아이가 울먹이며 손등을 눈으로 가져갔다.

'징그럽다고? 오, 내 아들 크리스푸스. 사랑스럽고 귀여운 내 아들!'

폼페이아는 아들을 품안 가득 안았다. 여전히 훌쩍이는 아들의 눈물을 닦아주며 폼페이아는 자장가를 부르듯 아이의 등을 토닥이며 말을 이었다.

'네가 징그럽게 생겼다고 한 이 애벌레가 자라면 아름다운 나비도 되고 한여름에 노래를 불러주는 매미도 된단다. 그러니까 어린 나비, 어린 매미라고 생각하고 보면 징그럽지 않을 수 있을 거야. 이렇게 우리가 징그럽다거나 싫다거나 나쁘다고 생각하는 것들도 알고 보면 다 아름답고 소중한 것일 수 있는 거야.'

아이의 조그만 두 손이 엄마의 가슴을 밀어냈다. 알듯말듯한 얼굴로 엄마 얼굴을 빠끔히 쳐다보는 아이의 눈이 맑고 투명했다. 가슴 깊은 곳에서 말로 표현할 수 없는 행복감이 밀고 올라왔다. 폼페이아는 눈을 질끈 감으며 한 손으로 아들의 머리를, 다른 한 손으로는 아들의 등을 감싸 안았다.

'너에게 엄마 아빠가 있듯이 애벌레에게도 엄마 아빠가 있단다. 살아 움직이는 모든 것들에게는 그렇게 낳아준 엄마 아빠가 있는 거야. 크리스푸스, 네가 엄마에게 이렇게 소중하듯이 이 애벌레도 엄마 아빠에게는 소중한 자식이란다. 그러니까 살아 있는 건 다 소중한 거지. 함부로 죽이면 안 되는 거야. 엄마 말 알아듣겠니?'

응, 엄마! 아이는 엄마 가슴에 얼굴을 묻고 잠에 빠져들고 있었다. 엄마가 아들의 말을 들을 수는 없었다.

'엄마, 추워요!'

라인강변의 혹한은 매서웠다. 크리스푸스는 얼음장같이 차가운 얼굴을 양손으로 연신 비벼댔다.

'조금만 참아라, 아가야. 조금만 더 가면 엄마가 잠들어 있는 곳이야.'

파우스타가 수건을 꺼내 삐져 나오는 아들의 콧물을 닦아주었다. 크리스푸스가 깜짝 놀라며 겸연쩍게 웃었다.

'아들아, 홍 해!'

파우스타가 수건을 접어 아들의 코에 갖다 댔다. 열세 살의 크리스푸스는 또래들보다 훨씬 키가 컸지만 파우스타에게는 아들이 어리고 앳되게 보였다.

'이리 줘요, 엄마! 제가 풀게요.'

얼굴이 발갛게 달아오른 크리스푸스는 부끄러운 듯 수건을 낚아챘다.

생모가 보고 싶다는 크리스푸스를 데리고 라인강변으로 여행을 떠난 지 열하루가 지났다. 내일이면 폼페이아가 묻혀 있는 곳에 당도할 수 있을 것이었다. 매서운 바람이 휘몰아치는 강변에서 크리스푸스는 새엄마에 대한 고마움과 부끄러움을 함께 느끼며 시원스럽게 홍 소리를 내고 코를 풀었다. 파우스타는 누렇게 코가 묻은 수건을 접어 호주머니에 넣었다.

'엄마, 더러워요, 버려요.'

더없이 고마우면서도 미안한 마음이 든 소년 크리스푸스가 얼굴을 찡그리며 말했다. 어쩌면 새엄마가 싫어할 지도 모른다고 생각하면서도 엄마가 보고 싶다고 어리광을 부렸었다. 그런데 새엄마는 싫은 표정 하나 없이 함박웃음을 지으며 크리스푸스를 데리고 기꺼이 먼 여행을 떠나온 것이다. 파우스타가 살며시 웃으며 아들을 안고 말했다.

'아들아, 코는 더러운 게 아니야. 우리 몸 안에 있는 어떤 것도 더럽지 않단다. 다 필요해서 우리 몸이 만들어낸 거지. 하지만 몸밖으로 내보내는 건 이젠 필요 없다는 뜻이니까 코가 나오면 삼키지 말고 이렇게 풀어야 한다.'

'엄마, 그럼, 똥도 더러운 게 아니에요?'

'그럼, 더러운 게 아니고말고. 네가 어렸을 때 엄마는 네 기저귀를 갈아주면서 똥을 손으로 만지기도 했을 거야. 네 몸에 묻은 똥도 씻어주고 옷도 빨아주면서 말이야. 그러니까 사람들이 똥을 더럽다고 생각하지만 사실은 더러운 게 아니야. 사람들은 세상에 더러운 게 많다고 하지만 사실 더러운 건 없단다. 더럽다고 생각하니까 더러운 거야.'

크리스푸스의 얼굴에서 한줄기 굵은 눈물이 흘러내렸다.

'엄마의 그 말을 들었을 때, 난 생모의 말을 듣는 것 같았어. 어떻게 두 분이 그렇게 똑같은 생각을 할 수 있는 걸까. 두 분은 서로 만난 적도 없었는데.'

크리스푸스가 주먹을 쥔 채로 얼른 눈물을 훔쳤다.

'형, 난 그때까진 낳아준 엄마와 새엄마를 구분하고 있었어. 새엄마도 좋긴 했지만 생모에 대한 그리움에서 벗어나지 못했지. 하지만 그때부터였던 것 같아. 낳아준 엄마와 새엄마가 내 마음에서 하나가 되었어. 나에겐 두 분 모두 그냥 엄마야. 내 사랑스런 엄마, 가엾은 두 분 내 어머니!'

'왕자님은 반드시 다음 황제 자리에 오르셔야 합니다.'

초조해진 클로디우스가 성급히 속마음을 드러냈다.

'그건 역사가 알아서 하겠지. 하지만 난 황제 자리엔 관심이 없어. 어머니도 원하시지 않을 거고.'

'어머니의 마음을 여전히 믿으십니까?'

'그게 무슨 소리야, 형! 내 앞에서 어머니를 그렇게 말하지 마!'

'죄송한 말씀이지만, 왕자님은 전쟁터만 벗어나면 순진한 소년으로 돌아가는 것 같습니다. 이제는 세상을 좀 아셔야 합니다.'

'무슨 얘긴지 알아. 하지만 어머니에 대해선 누구보다 내가 잘 알아.'

'그때와 지금은 다릅니다. 그땐 왕자님 혼자였지만 지금은 황후께서 직접 낳은 아들이 셋이나 됩니다.'

'솔직히 말해 볼까? 난 동생들이 생겨서 부담을 덜 수 있어 좋은 걸! 나보다 잘나고 똑똑한 동생들이라면 난 기꺼이 모든 걸 양보할 거야. 아니, 그 옛날 현제들처럼 혈연에 관계없이 진정 제국과 백성을 생각하는 사람이 황제 자리를 승계하게 되었으면 좋겠어.'

크리스푸스는 군단을 통솔하는 임페라토르답지 않게 천진한 웃음을 얼굴 가득 담고 말했다. 클로디우스는 가슴이 턱 막히는 걸 느꼈다.

'황제 폐하께선 제국을 위해 개인의 자유를 다 희생하고 계신데, 왕자님은 오직 자기 자신만 생각하시는군요. 혈연에 관계없는 황제 자리의 승계라구요? 그건 이미 지난 시대의 유물이죠. 지금은 5현제 시대가 아닙니다. 왕자님의 순수한 생각이 제국에 끊임없는 쿠데타를 불러올 수도 있습니다. 제국의 현실을 냉정하게 보세요. 전쟁과 참사가 끊이지 않는 이 현실을요. 이런 악순환을 막으려면 강력한 통치 체제가 확립되어야 합니다. 혼란한 세상에선 백성들만 죽어나니까요.'

'형은 아버지의 뜻을 아주 잘 간파하고 있군! 하지만 아버지는 아버지고 나는 나야! 내가 아버지처럼 강력한 군주가 될 수 있다고 생각해?'

'왕자님, 한 가지만 묻겠습니다. 황후께선 황제 폐하에 대한 유감을 아직까지도 내려놓지 못하고 계십니다. 아버지와 오라버니를 죽였기 때문이죠. 왕자님도 그 일을 이해하지 못하십니까?'

'불가피한 선택이었다고 말하고 싶은 거겠지. 아버지의 선택은 이해해. 제국을 위한 선택이었다고 믿고 싶어. 하지만 어머니의 아픔 또한 어쩔 수 없는 거지. 어쨌든 하루 빨리 제국이 안정되어 다시는 그런 잔인한 선택을 하지 않아도 되는 세상이 왔으면 좋겠어.'

잔인한 선택이라구요? 아, 왕자님은 황제 폐하를 전혀 이해하지 못하고 계시는군요! 그럼 저는 어찌하란 말입니까? 폐하와 왕자님에게 모든 희망을 걸고 있는 저는! 클로디우스는 신음을 흘렸다.

'황제 폐하의 개혁이 당대에 그친다면 왕자님께서 원하시는 세상은 오지 않습니다. 그 뜻을 헤아리는 유능한 후계자가 폐하의 뜻을 이어

새롭고 안정된 세상을 든든히 다져놓지 않으면 제국은 다시 원상태로 돌아가 혼란에 휩싸이게 될 것입니다.'

'형은 아버지가 하시는 일을 개혁이라고 생각하는 거지? 개혁이라…. 글쎄, 하하하….'

크리스푸스가 너털웃음을 웃었다. 아, 왕자님! 클로디우스는 꼭 하고 싶은 말을 속으로 삼켜버리고 말았다.

"아니, 이 사람! 자네가 갑자기 왠일인가?"

두 팔을 활짝 벌리고 그라쿠스에게 다가오며 콘스탄티누스가 한 말이었다.

페르시아 전쟁이 끝난 후 그라쿠스는 군에서 은퇴하여 시골에서 농사를 지으며 살고 싶다고 입버릇처럼 말했다. 콘스탄티누스가 레가투스로 승진하기 직전에 트리부누스로 은퇴한 그라쿠스는 자신의 소망대로 한동안 시골에 파묻혀 농사를 지으며 살았다. 어릴 적 함께 백인대장이 되자고 다짐했던 두 소년이 이제 40대 후반의 황제와 농부가 되어 다시 만난 것이다.

"자네가 보고 싶어 왔지! 그런데 이거, 황제 폐하에게 이렇게 말해도 되는 건가?"

콘스탄티누스의 포옹을 맞받으며 그라쿠스가 어색한 웃음을 지었다.

"이 친구, 무슨 서운한 말을 하는 거야! 황제는 친구와 허심탄회하게 웃고 떠들 자유도 없단 말인가?"

콘스탄티누스가 그라쿠스의 어깨에 손을 얹고 한바탕 호쾌하게 웃었다. 그래, 이게 나한테는 휴가지! 둘도 없는 친구가 이렇게 찾아왔으니 오늘은 머리를 좀 식혀야겠는걸! 정무에 바빠 개인 휴가라곤 내본 적이 없는 콘스탄티누스였다.

"그리 생각해 주니 고맙네, 자네 그 호탕한 성격은 옛날 그대로군."

그라쿠스도 긴장을 풀며 함박웃음을 지었다.

"그래, 내가 생각해도 옛날의 내 성격은 괜찮았지. 순수하고 정의롭고 유쾌하고, 하하하."

옛일을 회상하듯 눈을 게슴츠레 감고 말하던 콘스탄티누스가 다시 크게 소리를 내어 껄껄 웃었다.

"이 친구, 왜 이래! 내가 황제가 아니라 실성한 사람을 잘못 찾아온 건가?"

"맞아, 맞아. 자네 앞에 있는 사람은 황제가 아니라 그라쿠스의 친구일 뿐이라네. 기분이 좋아 잠시 정신이 나간, 아니 정신을 좀 내보내기로 한 사람일 뿐이라구. 하하하! 아, 거기 좀 앉게나, 포도주 어떤가?"

갑자기 웃음을 그친 콘스탄티누스가 그라쿠스에게 술을 권했다.

"응, 그래, 포도주 좋지."

그라쿠스는 건성으로 대답했다. 황제가 많이 지친 모양이군, 휴가가 필요한 게야! 콘스탄티누스의 유난스런 모습을 본 그라쿠스는 마음이 아팠다. 접견실을 둘러보던 그라쿠스가 소파에 주저앉으며 말을 이었다.

"자네는 예나 지금이나 오로지 포도주로군."

그라쿠스가 양팔을 소파 위로 걸치고 다리를 꼬아 앉았다. 오랜만에 만나는 친구가 크게 달라지지는 않았다는 사실이 더 없이 유쾌하고 즐

거웠다. 황제가 된 친구와 은퇴 후 평범한 농부가 된 내가 이렇게 어울릴 수 있다니, 이 친구 황제가 될 자격이 있어! 그라쿠스는 혼자 생각에 잠겨 피식 웃었다.

"이게 다 자네 때문이라구. 포도주 외엔 술을 삼가라고 말한 친구가 바로 자네 아니었나. 자, 받게!"

콘스탄티누스가 그라쿠스에게 잔을 건넸다.

그라쿠스가 상체를 일으켜 세우며 잔을 받았다.

"이거 황송한 걸. 집에 가면 황제 폐하께서 직접 포도주를 따라 주셨다고 동네방네 자랑해야지."

"예끼, 이 친구!"

둘은 다시 호탕하게 웃었다.

"이보게, 그라쿠스!"

"응."

"옛날 생각나나? 기독교 신앙 문제로 고민할 때 자네가 많은 도움을 주었지."

"생각나네, 이제 자네도 독실한 기독교인이 된 건가?"

그라쿠스가 웃음을 그치고 심각한 표정으로 물었다.

"그렇게 보이나? 내가 독실한 기독교인으로 보여?"

"그렇게 생각하는 사람들이 많네."

"아니, 자네 생각을 듣고 싶네."

"내 생각? 글쎄, 옛날 내 친구 콘스탄티누스는 그렇게 쉽게 기독교 교리에 항복할 사람이 아니지."

"기독교 문제는 여전히 나한테는 풀기 어려운 숙제야."

콘스탄티누스가 오른쪽 벽면을 쳐다보며 말했다. 콘스탄티누스의 시선이 머문 곳에 글라디우스를 치켜든 소년 형상의 등불이 걸려 있었다. 소년이 두 사람을 내려다보고 웃고 있었다. 천진하면서도 자신감에 찬 표정이었다.

"그렇겠지. 아주 복잡하고 난해한 종교일세. 그러나 본질을 뚫고 보면 쉽게 속이 들여다보이는 단순한 종교이기도 하네. 뭐랄까, 한 마디로 정통이라는 놈들은 거의 사기꾼에 가깝고, 소수 이단으로 몰린 사람들이 예수의 진정한 정신을 따르고 있다고 봐야 할거야. 자, 한 잔 받게!"

황제의 눈에 담긴 외로움과 슬픔을 가슴 아리도록 느끼며 그라쿠스는 잔 가득히 포도주를 따라 주었다. 그라쿠스가 주전자를 내려놓기도 전에 단숨에 술을 비운 콘스탄티누스가 곤혹스런 표정으로 말했다.

"문제는 기독교를 외면하고는 정치를 할 수 없다는 데 있네. 제국의 동쪽에는 기독교인들이 아주 많지. 그들은 여기저기서 제국의 주류 문화를 형성하고 있어. 그라쿠스, 어떻게 하면 기독교의 진실을, 아니 본질을 제대로 볼 수 있을지 말해 줄 수 있겠나?"

"그걸 내가 어찌 다 알 수 있겠나? 그건 오직 신의 영역이 아닐까?"

그라쿠스가 난처하다는 표정을 지었다.

"그러지 말고 얘기 좀 해 주게. 자넨 조금 전에 정통이라는 놈들은 거의 사기꾼에 가깝고, 소수 이단으로 몰린 사람들이 예수의 진정한 정신을 따르고 있다고 말했네. 그게 무슨 말인가?"

콘스탄티누스가 그라쿠스의 눈을 뚫어져라 쳐다보았다. 그라쿠스는 한동안 말없이 친구의 눈을 정면으로 받아냈다. 천하를 호령하는 무인 황제가 아니라 세월의 무게에 짓눌리고 피곤에 지친 한 장년이 거기 있었다. 가여운 친구! 그라쿠스는 천천히 입을 열었다.

"기독교의 진실을 보고 싶다고 했나? 기독교라는 종교는 말일세, 스스로 장막을 치는 종교일세. 그동안 여러 겹의 장막을 쳐 왔고, 지금도 계속 치고 있는 중이지."

"그 장막이란 게 무언가?"

"경전과 전통, 교리, 그런 것들이지. 기독교인들은 자신들의 경전에 신의 계시가 오류 없이 담겨있다고 믿고 있네. 그래서 경전에 기록된 내용을 합리적으로 분석하거나 비판하는 일은 엄두도 내지 못한다네. 신의 권위에 도전하는 중죄로 간주되거든. 하지만 지금 우리가 손으로 접할 수 있는 경전이란 것들은 대부분 교회 입맛에 맞게 걸러진 것들일세."

"경전이 수정되었단 말인가?"

"상당 부분 수정되기도 했지만, 처음부터 교회의 입김이 작용되었다고 보는 게 더 정확할 걸세. 기독교와 관련된 책들 중에서 교회의 입맛에 맞지 않는 책들은 위서로 간주되어 계속 폐기되어왔네. 경전으로 인정받는 책에서도 교회 조직에 이롭지 않은 내용들은 끊임없이 수정되거나 교회에 이득이 되는 내용이 첨가되었지. 그러니까 우리가 지금 갖고 있는 복음서라는 책에는 예수가 한 말로 기록되어 있지만, 사실은 교회가 예수의 입을 빌어 자기가 하고 싶은 말을 집어넣은 것들이 훨씬 더 많다고 보아야 할걸세."

"그렇다면 사기라고 할 수 있지 않겠나?"

"그렇게 뭉뚱그려 단정짓기는 좀 곤란하네. 불순한 의도도 없지는 않지. 그러나 그런 과정에 참여한 사람들 중에는 의도하지 않은 채 자신도 속아 넘어간 순진한 사람들도 많았으니까."

"누군가? 누가 그런 거대한 음모를 꾸민 것인가?"

"이 사람아, 어느 개인이, 혹은 눈에 보이는 특정 조직이 이런 일을 꾸밀 수 있다고 보는가? 이 거대하고 흉측한 결과물은 누구 책임이라고 딱히 끄집어 낼 수 없는 보이지 않는 손의 작품일세. 굳이 범인을 찾아낸다면 인간의 이기심과 탐욕, 본능과 두려움, 스스로 생존하고자 하는 조직의 생리, 그런 것들이 모두 합쳐져서 거대한 음모를 이루었다고 해야 할거야."

"그렇다면 범인을 체포할 수는 없는 게로구만!"

"하하하. 차라리 바람을 잡는 게 쉬울 걸세. 불어오는 바람은 보이지는 않아도 느끼기라도 할 수 있지. 이 흉측한 괴물은 눈에 보이지도, 체감으로 느낄 수도 없네. 하지만 뚜렷한 실체로 살아 사람을 사로잡고는 자기 조직의 노예로 부리고 있네. 그 괴물의 강력한 무기가 바로 경전인 셈이지. 신의 절대 계시가 되었으니까. 그러니 그 안에 아무리 무자비하고 사나운 내용이 담겨있어도 이성에 의해 걸러내기는 이미 틀린 것일세."

"이해할 수 있을 것 같네. 경전에 기록되어 있다는 이유만으로 엉뚱하기 짝이 없는 교리들을 금이야 옥이야 붙드는 사람들을 나도 수없이 보아왔네."

"신의 절대 계시인 경전을 근거로 만들었으니 교리 역시 오류가 없다고 믿는 걸세. 그 교리라는 물건은 구성원들을 하나로 묶는 데는 아주 효과적이지."

"그렇다면 기독교인들은 모두 정신적 노예 상태에 있다는 말인가?"

"교리에 매인 사람은 그렇다고 볼 수 있지. 그러나 교리나 전통에 매이지 않고 신이 인간에게 주신 최고의 선물은 이성이라고 믿는 합리적인 사람들도 있네. 그들은 아무것에도 매이지 않고 상식과 합리에 근거하여 자유롭게 생각하고 영적 여행을 즐기면서 신의 뜻을 헤아리는 현명한 종교인들이라고 할 수 있지."

"그들이 자네가 말한 소수의 이단자들이란 말이로군."

"흐흐흐. 그렇지. 그들은 모두 발칙한 이단자들이 되었네. 감히 거룩한 조직에 도전하고 조직의 뜻을 거스른 죄로 말일세."

너털웃음을 짓는 그라쿠스의 슬픈 얼굴을 뚫어져라 쳐다보며 콘스탄티누스는 그라쿠스의 어깨에 천천히 손을 얹었다.

"그라쿠스, 자네가 기독교에 분노하는 이유를 이제야 확실히 알 것 같네."

"그런가? 이해해 주니 고맙네. 자네 말대로, 나는 기독교 조직에 분노하네. 그들은 자기가 살기 위해 예수를 죽였네. 그리곤 허깨비 예수를 만들었어. 사도 바울이 규정한 예수, 예수의 제자라는 자들이 규정한 예수, 기독교 교리가 규정한 예수, 교회가 규정하고 덧입힌 예수에 대한 교리를 모두 벗겨내야만 우리는 기독교의 진실에도 눈을 뜨고 참 예수도 만날 수 있을 것일세. 아니, 우리가 집착하는 예수 자체를 죽이지 않고는 참 예수를 만날 수 없을 것이네."

"신 자체가 아니라 예수가 문제가 되는 건가?"

"그렇다네. 현재 정통이라는 사람들이 만들어 가는 기독교에서는 예수가 신이니까! 예수를 어떻게 이해하느냐에 따라 신에 대한 이해도 달라질 수밖에 없지. 예수를 놓아주면, 예수도 신도 자유롭게 만날 수 있네. 하지만 정통이라는 사람들이 만든 허깨비 예수에게 매이면, 신에 대해서도 매일 수밖에 없어."

그라쿠스가 머리를 설레설레 흔들며 쓴웃음을 지었다. 콘스탄티누스는 친구의 표정에서 짙은 허무와 절망감이 스치고 지나가는 걸 느꼈다.

"이제 좀 알 것 같네. 지금 기독교인들이 믿는 예수와 신은 자기들이 믿고 싶은 대로 만들어낸 예수, 만들어낸 신이라는 얘기군."

"나는 그렇게 생각하네. 기독교를 포함해서 모든 종교의 교리는 틀이고 그릇일 뿐일세. 예수는 그 틀이라는 수단에 매이지 말고 본질을 보라고 가르쳤네. 그릇을 씹지 말고 그 안에 담겨 있는 생명과 사랑, 자유와 환희, 진리와 정의, 그리고 무엇보다 그런 본질적 가치를 통해 완성되어 가는 참사람을 보라고 말일세. 우리가 진정으로 붙들어야 할 것은 바로 그런 것들이지. 그런데…."

"그런 본질적 가치는 내다 버리고 그릇을 씹고 있다 그 말이군. 기독교 성직자라는 자들이."

"그렇다네, 예수가 진정으로 원한 것은 종교 조직체가 아니었는데 말이야."

"그럼 무언가? 그가 진정으로 원한 것은?"

"사람이고 삶이었지. 세상이었고! 그는 사람을 행복하게 하지 못하고 끝없는 갈등을 심는 종교라는 괴물을 역사의 무대에서 사라지게 하고 싶어했네."

"호, 그건 놀라운 얘긴 걸! 그래서 예수가 죽게 된 것인가?"

"그렇지. 그러니까 예수에게 사형 선고를 내린 사람은 폰티우스 필라투스지만 그를 실제로 죽인 자는 당시 유대 종교의 지도자들인 셈이네. 자기들의 조직을 가차없이 파헤치는 예수를 살려두었다가는 자기 종교 자체가 해체될 지도 모른다는 위기의식을 느낀 거지."

"그렇다면 억울한 죽음 아닌가?"

"그렇게 볼 수 있네. 다른 시각에서 볼 수도 있고."

"다른 시각이라면?"

콘스탄티누스가 잔이 빈 친구의 술잔에 포도주를 따라주며 대답을 재촉했다.

"고맙네."

그라쿠스가 애써 웃음을 지으며 말을 이었다.

"그가 십자가를 기꺼이 지지 않고 당시 종교 지도자들과 타협했다면, 예수의 위대한 가르침과 삶은 역사 속에 파묻히고 말았을 것일세. 그러나 그는, 타협 대신 죽음을 택했네. 진정한 삶이 무엇인지, 사람이 어떻게 살고 죽어야 하는 지를 삶 전체로 보여주고 죽은 거지."

"그게 기독교의 중심이라는 십자가 사건의 의미인가? 그렇다면 그의 십자가 사건 자체가 구원의 중심이요 완성이라는 기독교인들의 주장은 모두 헛소리에 불과한 것인가?"

"예수의 십자가 사건이 구원의 중심이요 완성이라! 그래, 그렇게 말할 만하지! 아무렴, 그게 교리가 아니라 예수의 삶과 가르침에 대한 진정한 깨달음과 존경심에서 우러나오는 고백이라면 말이야. 그는 사람이 이루어야 할 구원이라는 것이 무엇인지를 자신의 말과 삶 전체로 십자가에서 뚜렷이 보여주었으니까. 그를 따라 살고자 하는 사람에게 완성된 하나의 모범으로써 말일세."

"자네에겐 미안한 말이지만 좀 싱겁구만. 그런 구원자는 예수말고도 많지 않은가?"

"그렇지, 그렇고말고! 그 싱거운 진실을 받아들이려는 사람이 많지 않은 게 문제야. 사람들은 진실보다는 극적인 감동을 원하거든. 게다가 그 감동이 자기 삶에 커다란 선물까지 안겨준다면 진실 따윈 기꺼이 내다 버리게 된단 말일세. 그 황당무계한 교리를 믿기만 하면 천국도 갈 수 있고 영원한 생명도 얻을 수 있다면 전 재산을 팔아서라도 매달릴 만한 가치가 있는 것 아니겠나?"

"그럼, 예수가 인류의 죄를 대신 지고 죽었다는 말은 결국 종교적 사기가 되는 셈이 아닌가?"

"사기라! 그래, 사기라고 할 만한 부분도 있지. 암, 있고말고! 바보 같은 놈들이, 아니 교활한 놈들이, 순진한 백성들과 죽은 예수를 이용해서 영구적으로 팔릴 종교 상품을 만들어냈으니 사기라고 할 만 해. 하지만…."

울음을 참아내느라 그라쿠스의 얼굴이 심하게 일그러졌다.

"하지만 무언가? 자넨 지금 몹시 흔들리고 있구만. 기독교에 대한 깊은 분노와 애정 사이에서 갈등하고 있어. 내 말이 틀렸나?"

"흐흐흐, 이 못된 친구가 내 심장을 찌르려고 하는군. 그래, 인정하지, 인정해! 뭐랄까, 자기 아버지가 그 어느 누구와도 비교할 수 없이 훌륭하고 좋은 분인 줄 알았는데, 알고 보니 해적단 두목이었다면 그 자식 심정이 어떻겠나? 그렇다고 아버지와 의절할 수 있겠나? 난 어려서부터 기독교 세계에서 살아왔네. 따뜻하고 행복했지. 그런데 그토록 자상하고 따뜻했던 아버지가 어느 날 해적이었다는 사실을 알게 된 자식 심정이 어떻겠냐 말일세. 그런데 웃기는 것은, 아버지와 의절하겠다고 발악을 할수록 아버지에 대한 그리움이 더 커지더란 말일세. 자네, 이 심정을 이해할 수 있겠나?"

그라쿠스는 흑흑 소리를 내며 울고 있었다. 콘스탄티누스는 가슴으로 친구를 안았다. 품에 안긴 사나이는 체구는 작아도 강인했던 옛 친구의 모습이 아니었다. 초라하고 왜소한 장년이 절망으로 몸부림치고 있었다.

"그러나 자네, 분명히 알아야 하네. 그게 기독교의 전부는 아니란 걸 말이야! 예수가 인류의 죄를 대신 지고 죽었다는 말을 함부로 종교적 사기라고 말해서는 안 된단 말일세. 거기에는 고난에 찌든 유대인들의 척박한 삶과 간절하고도 오랜 신앙을 지탱해온 가슴 아린 역사가 송두리째 담겨 있네. 그들의 아프고 처절한 역사를 다 품어 안고 맺힌 한을 씻어주는 산 소망이란 말일세. 그게 없었다면 그 가련한 백성들은 벌써 말라비틀어져 죽고 말았을 거야. 그 고백, 그 소망은 그래서 함부로 죽이거나 단죄해서는 안 된단 말일세. 내 말 알아들겠나?"

"알 것 같네, 알 것 같아!"

콘스탄티누스가 친구의 등을 토닥였다.

"그러나 다시 말하지만, 내가 생각하는 십자가 사건의 진정한 의미는, 그의 타협하지 않은 위대한 정신이 후세에 교훈이 되어 그를 따르는 제자들도 예수와 같은 삶을 살도록 표본이 된다는 점에 있네. 그런데 지금 정통이라는 자들은 예수를 따르는 것이 아니라 그저 믿기만 하면 구원을 받는다고 말하고 있지. 예수를 이상한 마술사로 만들고 있어."

"그러면 예수가 사흘 만에 살아났다는 것도 거짓말, 아니 사실이라고 말하긴 힘들겠군."

"거짓말일 수도 진실일 수도 있지. 십자가 사건을 어떻게 바라보느냐에 따라 달라지듯이."

그라쿠스가 포도주를 벌컥 들이켰다. 아직 잔에 조금 술이 남아있는데도 콘스탄티누스는 잔에 가득 포도주를 채워주었다.

"고맙네. 자네, 시체가 살아난 걸 본 적이 있나?"

그라쿠스가 자기보다 키가 훨씬 큰 콘스탄티누스를 올려다보느라 고개를 한껏 쳐들며 말했다.

"다 죽었다가 살아난 사람을 본 적은 있지."

콘스탄티누스가 어깨를 으쓱하며 살짝 웃음을 지었다.

"신화의 세계에서는 죽었다 살아나는 일이 비일비재하지. 자네가 믿는, 지금도 자네 수호신으로 삼고 있는지는 모르겠지만, 아무튼 태양신 미트라도 죽었다가 삼일 만에 부활했다고 하지 않나! 그러나 그건 어디까지나 신화의 영역에 속한 것일세. 예수 역시 부활했다고 말할 수 있네. 그의 정신, 그의 아름다운 삶은 결코 죽을 수 없었으니까. 그런데 정통이라는 놈들은 그걸 시체가 벌떡 일어난 걸로 만들어 놓았네."

"자넨 옛날과 하나도 달라진 게 없군. 자네가 부럽네."

콘스탄티누스는 나이가 들어 머리가 희끗희끗해진 친구에게서 여전히 어릴 적 소년의 모습을 보고 있었다. 이 친구가 내가 변한 걸 알면 얼마나 실망할까!

신이 된 사나이

서기 324년, 콘스탄티누스와 리키니우스는 최후의 격전을 벌였다. 콘스탄티누스는 지상 병력을 직접 지휘했고, 해상 병력은 맏아들 크리스푸스에게 맡겼다. 이번에도 콘스탄티누스에게 밀린 리키니우스의 주력 부대는 항구 도시 비잔티움으로 쫓겨 배수진을 쳤다.

두 면을 바다에 접한 세모꼴의 도시에 틀어박혀 저항하는 리키니우스의 주력 부대를 섬멸하려면 해상에서 공급되는 보급로를 차단해야 했다. 그러나 리키니우스 해군이 군선 350척의 막강한 전력을 보유한 반면 크리스푸스가 콘스탄티누스로부터 넘겨받은 군선은 2백 척에 불과했다. 게다가 리키니우스군은 현지의 해상 기후와 지형에 익숙했지만, 긴 항해 끝에 지중해의 동쪽 끝에 도착한 크리스푸스군은 모든 게 낯설기만 했다.

크리스푸스는 근처 어민들을 급히 소집해 주변의 날씨와 지형, 물의 흐름 등 주요 정보를 빠르게 파악했지만 전투는 지휘관과 병사들이 현지 상황에 채 적응을 하기도 전에 시작됐다. 해전이 벌어진 첫 날, 크리스푸스군은 고전을 면치 못했다. 선단을 철수시킨 크리스푸스는 함장들을 불러 엄명을 내렸다.

"비잔티움 근처의 해역은 바람이 양분되는 곳이오. 유럽과 가까운 해역은 남동풍이 불지만, 아시아 쪽 해역에서는 보스포루스 해협을 지나오는 북서풍이 불 때가 많소. 내일은 이 바람이 부는 곳까지 적을 유인할 것이오. 내 명령이 떨어지기 전에는 절대로 도중에 배를 돌리지 마시오. 그러면 적은 역풍을, 우리는 순풍을 받고 싸우게 될 것이오!"

다음날 아침, 크리스푸스는 전날보다 일찍 함대를 출항시켰다. 전날 전적에 고무된 리키니우스군은 끝장을 보겠다는 듯이 저돌적으로 공격해왔다. 크리스푸스군은 이번에도 고전을 면치 못했다.

"둥둥둥, 둥둥둥, 둥둥둥!"

장중한 북 소리가 길게 울려 퍼졌다. 크리스푸스의 지휘선이 방향을 돌려 달아나기 시작했다. 지휘선 깃대에는 흰색 깃발이 높이 꽂혀져 있었다. 크리스푸스군의 전 함선이 일제히 뱃머리를 돌려 후퇴하기 시작했다. 선단 후미에 위치한 함선 서너 척이 불길에 휩싸였다. 리키니우스 해군은 더욱 기세등등하게 추격을 가해왔다. 함선 두 척이 또 불길에 휩싸였다.

제군들, 미안하오! 그대들의 희생이 승리를 가져올 것이오! 크리스푸스는 흐르는 눈물을 부하들에게 보이지 않으려고 고개를 돌렸다.

리키니우스군의 주력 선단이 목표 지점을 넘어서고 있었다. 또 한 척의 크리스푸스군 함선에 불이 붙었다.

“조금만 더, 조금만 더 따라와다오!”

크리스푸스가 기도하듯 중얼거렸다.

추격하던 리키니우스 해군이 주춤하기 시작했다. 역풍이 불고 있음을 확연히 느낄 수 있었던 것이다.

“멈추어라. 전 함대는 추격을 멈추어라!”

리키니우스의 지휘선에서 짙노란 연기가 피어올랐다. 리키니우스군이 추격을 멈춘 것과 크리스푸스의 함대가 일제히 돌아선 것은 거의 동시였다.

순풍을 받게 된 크리스푸스의 함대가 돛을 올리고 빠른 속도로 리키니우스 함대를 향해 돌진하며 공성포를 퍼부었다. 역풍을 안고 싸우게 된 리키니우스의 함선은 제대로 움직이지도 못한 채 종횡으로 누비며 공성포를 쏘아대는 크리스푸스 함대의 포격을 그대로 받아낼 수밖에 없었다. 사람 머리보다 큰 불덩이가 포물선을 그리며 리키니우스의 함선을 향해 비 오듯 쏟아졌다. 기름으로 범벅이 되어 맹렬히 타는 돌덩이는 함선을 박살내는데 그치지 않고 배 전체를 순식간에 불길로 휘감았다.

“돛을 내려라. 전 함선 후퇴하라!”

리키니우스의 지휘선이 다급하게 함선간의 연락을 취했다. 그러나 지휘선에서 전해지는 명령이 미처 전달되기도 전에 크리스푸스군의 함선이 빠르게 다가와 방향을 트는 리키니우스군 함선의 측면을 들이받았다. 단단한 쇠로 장식된 뱃머리에 들이 받힌 함선은 그대로 산산조각이 나고 말았다. 리키니우스의 함선이 차례로 바다 속으로 침몰했다. 크리스푸스의 압승이었다.

해군의 패전으로 보급로가 차단되자 전의를 상실한 리키니우스군은 콘스탄티누스의 지상군에게도 대패했다. 리키니우스는 포위된 비잔티움을 겨우 탈출하여 소아시아로 도망쳤다. 그러나 추격에 나선 콘스탄티누스에게 또 다시 2만5천 명의 병사를 잃었다. 회복할 수 없는 타격을 입은 리키니우스는 결국 황제의 상징인 보라색 망토를 벗고 콘스탄티누스 앞에 무릎을 꿇었다. 승자가 패자의 손을 잡아 일으켜주었다.

콘스탄티누스는 리키니우스를 퇴위시키고 테살로니키에서의 은퇴 생활을 허락했다. 그러나 그 다음 해, 60세가 된 리키니우스는 고트족과 몰래 연락하여 반란 음모를 꾸몄다는 죄목으로 재판 없이 사형을 당했다. 아직 소년이었던 아들과 함께.

콘스탄티누스는 여기까지 오는 동안, 서기 310년에 장인인 선임 황제 막시미아누스를 죽였고, 312년에는 아내의 오빠인 막센티우스를 죽였다. 그리고 마침내 325년, 이복누이의 남편인 리키니우스마저 사형에 처했다.

마침내 콘스탄티누스는 제국의 유일한 황제가 되었다. 이제 콘스탄티누스의 주위에 그의 제위를 위협할 경쟁자는 아무도 남아 있지 않게 되었다. 그러나 사람들의 입에 콘스탄티누스와 비교되는 장수가 없었던 것은 아니다. 그의 맏아들인 카이사르 크리스푸스가 인격이나 덕망, 군사적 재능 등 모든 면에서 아버지를 능가한다는 말이 나돌기 시작했다. 크리스푸스는 지략으로 싸우고 콘스탄티누스는 전투력으로 싸운다든가, 카이사르의 군사적 재능이 아우구스투스를 넘어서고 있다는 얘기들이 공공연히 돌고 있었던 것이다.

"신이 된 사나이라!"

콘스탄티누스가 껄껄 소리내어 웃었다. 기분이 나쁘지는 않았다.

"사실을 정확히 반영한 소문이라고 생각합니다. 제국을 통치하시는 유일한 절대 권력자가 되셨으니까요. 제국의 유일신이 되신 거나 마찬가지죠."

호시우스가 의미 있는 웃음을 지으며 말했다.

"유일신이라…. 그대가 믿는 신의 이름을 황제에게 적용하다니, 그대는 그대의 신을 모독하고 있군, 신성 모독이요."

콘스탄티누스가 다시 껄껄 웃었다.

"교리적으로 보면 그렇게 되겠지요. 그러나 교리란 건 어차피 그릇일 뿐입니다."

"교리가 그릇이라? 교리란 종교의 핵심 내용을 정리한 것이 아니요? 내용물의 핵심이 되어야 할 교리가 그릇이라니…. 그라쿠스도 교리를 그릇에 불과하다고 비하한 적이 있소. 기독교 교리에 무슨 감추어진 심각한 비밀이라도 있는 것이요?"

"그보다 먼저 생각하셔야 할 일이 있습니다."

얘기가 곁길로 빠진다고 생각하며 호시우스가 방향을 돌렸다.

"말해 보시오."

"조금 전에 말씀드린 신이 된 남자 이야기 말입니다. 폐하께서 꼭 생각하셔야 할 문제입니다."

"그건 그대가 제국을 통일한 황제에게 아부하려고 갖다 붙인 말이 아니오?"

"폐하!"

"하하, 내 농이 지나쳤나? 미안하오."

"폐하, 백성들 중에는 폐하께서도 신이 되셨다고 진정으로 믿는 사람들이 있습니다."

"나도? 나도 신이 되었다? 그럼 신이 된 다른 사람이 또 있다는 말이요?"

"그렇습니다. 삼백 년 전부터 신이 된, 아니 신이 되기 시작한 사람, 그 사람이 완전한 신이 되느냐 마느냐의 기로에 서 있지요. 폐하! 예수를 어떻게 생각하시는지요?"

"훌륭한 스승이요."

콘스탄티누스는 자신이 평소 생각한대로 망설이지 않고 답했다.

"예수는 이미 훌륭한 스승이 될 자격을 상실했습니다."

"무슨 말이요?"

"예수는 이미 그를 따르는 자들에 의해 체포되었습니다."

웃는지 우는지 모를 미묘한 표정으로 호시우스가 말했다.

"그건 또 무슨 의미요?"

"저 역시 폐하처럼 예수는 훌륭한 스승이라고 생각합니다. 인류를 위해 오신 참으로 훌륭한 스승이지요. 그러나…."

잠시 고개를 숙였던 호시우스가 슬픈 표정으로 말을 이었다.

"그의 제자들은 그것만으로는 만족하지 못하고 있습니다."

"그래서 그를 신으로 만들어야 직성이 풀린다는 말이로군."

"네, 그렇습니다."

"존경하는 분을 높이려는 마음이 모아져서 스승을 신격화하고 신의 아들이라고 고백하는 것은 종교적으로 충분히 이해할 수 있는 일이요. 그건 문제될 게 없소."

콘스탄티누스가 별일 아니라는 듯이 손사래를 치며 말했다.

"그러나 기독교인들의 신념은 그게 아닙니다. 원래부터 신이었다고 말하고 있지요. 신이 사람으로 내려와서 사람으로 살았다가 다시 신으로 돌아갔다고 믿고 말합니다."

"그것 또한 신화의 세계에서는 얼마든지 있는 일이요. 기독교인들이 그렇게 생각한다고 해서 특별히 문제될 게 있겠소?"

"네, 문제가 됩니다. 아주 심각하게 문제가 되죠. 그들은 신화의 세계가 아니라 실제 역사에서 일어난 일이라고 철석같이 믿고 있거든요."

"그건 일부 얼빠진 작자들의 개념 없는 생각일 뿐이오."

콘스탄티누스가 노골적으로 짜증을 냈다. 기독교와 관련된 이런 식의 추상적인 말장난에는 신물이 난 그였다.

"폐하, 일부가 아닙니다. 이미 기독교의 주류가 그쪽으로 넘어가고 있습니다. 그리고 그들의 신념은, 이제 무엇으로도 무너뜨릴 수 없는 구체적이고 현실적인 조직과 세력이 되었습니다."

"그래요, 그래! 그 얘긴 그라쿠스를 통해서도 자세히 들었소. 그러나 세상엔 여전히 합리적인 이성과 상식을 가진 사람들이 훨씬 더 많소. 또한 상식을 가진 사람이라면 그런 어처구니없는 얘기에 귀를 기울이려 하지는 않을 것이오."

"그렇지 않습니다, 폐하! 종교의 세계에서는, 비상식적인 신념이 오히려 실질적인 힘을 행사하는 경우가 너무도 많습니다. 말도 안 되는 얘기를 듣고 처음에는 조소하고 무시하던 사람들도 일단 그 논리에 빠지기 시작하면 헤어나지 못합니다. 폐하께서 말씀하셨듯이, 일단 그 신념을 받아들이면 얼이 빠지고 개념이 없어지기 때문입니다, 적어도 그 문제에 관해서는!"

콘스탄티누스는 잠시 할 말을 잃었다. 신화가 역사가 되고 비상식적인 신념이 실질적인 힘이 된다니! 콘스탄티누스의 큰 눈이 점점 더 커졌다.

"그렇다면!"

"예, 제국의 일치와 단결을 이룰 수 있는 유일한 신념 체계입니다."

"그 무슨 날벼락 같은 소리를 하는 거요, 지금! 제국의 시민들을 속이고 모두 바보로 만들자는 것이요?"

콘스탄티누스가 버럭 소리를 질렀다.

"생각을 바꾸어 보시지요, 폐하! 바보들은 행복합니다. 가진 것이 아무것도 없어도 행복하게 웃음 짓는 사람들이 바보들말고 누가 있던가요?"

"궤변이요."

"아닙니다, 폐하! 제국의 살 길이 거기에 있다고 저는 확신합니다. 게다가 모두가 한 신을 섬기고 그분을 아버지라고 부르게 되면, 인류는 한가족이 됩니다. 모든 인종, 모든 민족이 유일절대신의 가족이 되어 형제자매가 되는 것이지요. 민족 간 문화 간 갈등을 극복하고 세계가 하나가 될 수 있는 원대한 꿈을 현실화할 수 있는 가능성이 담겨 있습니다."

"그 대가로 신의 자식들은 머리를 비워야 하겠군. 아니, 신의 자식이 된다기보다는 노예가 된다고 해야겠지."

콘스탄티누스가 경멸에 찬 눈으로 이죽거렸다.

"저는 폐하께서 원하시는 제국 대통합의 현실적인 대안을 내놓았는데 폐하께서는 저를 조롱하고 계시는군요."

두 사람 사이에 잠시 침묵이 흘렀다.

"그대의 논지에는 일면 일리가 있소. 그러나 무리한 방법이오. 잘만 하면 그대와 내가 인류 역사상 가장 큰 사기를 치게 되겠군, 그래!"

콘스탄티누스는 기가 차다는 듯 허허 웃었다.

"그렇다면 폐하께서 대안을 내놓아 보시지요, 제국의 안녕과 번영을 위한 대안 말입니다."

"대안…."

그게 문제였다. 끝없는 내전과 질곡으로 빠져드는 제국을 구하고 평화와 안정을 가져올 수 있는 영속적이고도 실질적인 대안, 그걸 찾고자 이렇게 고뇌하고 있는 것이 아닌가! 콘스탄티누스는 가슴이 저려오는 걸 느꼈다.

"기독교 이외에 대안은 없습니다!"

호시우스가 잘라 말했다. 콘스탄티누스도 할 말이 없었다. 지금까지 계속 찾고 찾아왔던 숙제였다. 그 가능성을 기독교라는 종교에서 찾고자 호시우스를 불렀던 것이 아닌가!

"기독교에서 가능성을 찾고자 한 건 사실이오. 그러나 이건 아니지 않소!"

"그렇다면, 폐하! 제가 말씀드려 보지요. 디오클레티아누스 황제께서 끝없는 피의 쿠데타를 막기 위해 사두 정치 체제를 도입하셨고 나름대로 성공도 하셨지만 당대에 그쳤습니다."

그건 사실이었다. 사두 정치 체제의 허점을 누구보다 먼저 꿰뚫어본 사람도, 그리고 그 체제를 깨뜨린 장본인도 바로 콘스탄티누스 자신이었던 것이다. 호시우스가 말을 이었다.

"클로루스 황제께서 갑작스런 죽음을 맞이하셨을 때, 가장 큰 두려움에 휩싸인 사람들은 휘하 지휘관들과 병사들이었지요. 지휘 계통이 흔들리는 군대의 군인들은 자칫 개죽음을 당할 수 있으니까요. 그래서 자신들을 지켜줄 유능한 장군, 가까이 있는 믿을 수 있는 장수에게 의탁할 수밖에 없었습니다. 그 분이 바로 폐하셨지요. 만일 그때, 폐하께서 휘하 군인들의 뜻을 거절하셨다면 죽음을 면치 못하셨을 것입니다. 신적 권위를 가진 절대 권력자의 통치가 없이는 끊임없이 쿠데타가 발생할 수밖에 없는 이유가 되겠습니다."

호시우스가 숨도 쉬지 않고 뱉어내는 말이 자신의 가슴에 그대로 꽂히는 걸 콘스탄티누스는 느꼈다.

"어떻게 황제가 절대적인 신적 권위를 가질 수 있겠소?"

멍한 표정으로 신음을 흘리듯 콘스탄티누스가 물었다.

"로마의 전통 종교로는 안되지만, 기독교로는 가능합니다."

"로마인들은 빼어난 황제를 신의 아들로 인정하는 전통이 있지만, 내가 기독교인들의 신이 될 수는 없지 않소? 기독교인들에게는 신과 그 아들의 위치가 너무나 확고한데."

"폐하께서 기독교의 신이 되실 수는 없지만, 아무도 넘볼 수 없는 절대적인 신적 권위는 가지실 수 있습니다. 그래서 예수가 신으로 공인되어야 한다는 겁니다. 기독교인들의 경전에 의하면, 황제의 권위는 절대신이 주신 것으로 되어 있습니다. 예수는 역사 속에 뚜렷한 족적을 남긴 실제 인물로 경전에 기록되어 있습니다. 그가 신으로 공인되면 신의 뜻과 명령이 분명하고 명쾌해집니다. 게다가 그는 로마 황제의 권위를 인정하는 발언도 했습니다. 사도 바울도 황제의 권위를 신이 부여한 것으로 명백하게 인정했구요."

"그대의 논지가 제국 전역에 통하려면 제국의 모든 시민이 기독교인이 되어야 할 텐데, 그게 가능하겠소?"

"가능하게 만들어야지요. 제국이 살 수 있는 유일한 길은 기독교와 손을 잡고 예수를 신으로 공인하는 것뿐입니다."

호시우스가 확신에 차서 말했다.

"그대가 지적했듯이, 그대의 논지는 예수가 역사적 실존 인물이라는 가설에 의지해 있소. 그러나 예수가 실제로 존재했던 사람이라 하더라도 무려 삼백 년 전의 인물이요. 그가 실존했다고 주장하는 자료는 무수히 많지만, 그 어느 것 하나도 그의 존재를 완벽하게 증명하지는 못하고 있지 않소. 기독교인들 중에는 예수가 실제 세상에서 활약했던 것이 아니라, 단지 사람들이 그의 환영을 보았을 뿐이라고 주장하는 사람들도 있던데…."

"영지주의*를 신봉하는 자들 말이로군요. 그러나 그들의 주장은 틀렸습니다."

호시우스가 단정적으로 말했다. 콘스탄티누스가 자신을 흘끗 쳐다보는 호시우스에게 고개를 끄덕여 계속하라는 표시를 주었다.

"영지주의자들의 신학은, 정신은 선하고 물질을 악하게 보는 그리스 이원론 철학에 근거해 있습니다. 그래서 역사 안에서 가난하고 억눌린 백성들과 함께 먹고 마시며 살다 가신 예수, 육체를 가진 그리스도를 인정하지 못하는 겁니다. 그들은 엄밀한 의미에서 예수의 가르침을 왜곡한 사람들입니다. 좋게 해석해도, 예수와 기독교를 그리스적으로 해석한 것에 불과합니다. 그러나 예수의 가르침은 영지주의자들이 말하는 영성이나 초월성과는 거리가 멉니다."

"영성이나 초월성을 부정하면 종교로 성립될 수가 있겠소?"

"현실과 분리된 영성과 초월성은 예수와는 별 관계가 없다는 뜻입니다, 폐하! 예수의 가르침은 매우 현실적이고 개혁적이었습니다. 갈릴리의 종교는 기독교의 뿌리가 되는 유대인의 종교로 시작될 때부터 사회적이고 현실 체제적인 종교였습니다. 현실과 분리되지 않는 영성, 초월성이 땅과 분리되지 않고 사회와 만나는 영성, 그것이 바로 갈릴리의 종교가 갖는 특이하고도 탁월한 점입니다. 영지주의자들은 그 점을 간과하고 철학적인 전제에서 출발하여 예수를 비현실적인 존재로 만들었습니다. 종교적으로는 보편적이고 훌륭한 선택이라고 할 수 있지요. 적어도 현재 기독교의 실권을 쥐고 있는 자들이 만들어가고 있는 교리 기독교보다는 훨씬 숭고하고 아름답습니다. 그러나 예수에 대

* 영적 지식이 구원의 길이라고 주장하는 철학 또는 종교 사조

한 그들의 해석은 틀렸습니다."

"그대의 얘기를 듣다 보면 헷갈리는 점이 한두 가지가 아니오. 그라쿠스도 그렇고. 어떨 때는 기독교를 너무나도 깊이 사랑하는 것 같고, 또 어떨 때는 기독교에 대한 분노를 참지 못하고 있으니 말이오."

콘스탄티누스가 고개를 절레절레 흔들며 말했다.

"그러시겠지요. 마땅히 되었어야 할 기독교와 현실 기독교의 차이입니다."

호시우스가 콘스탄티누스를 빤히 쳐다보며 말했다.

"알겠소, 본질은 탁월한데 그릇에 문제가 있다는 얘기로군."

콘스탄티누스는 격정에 불타는 호시우스의 얼굴에서 친구인 그라쿠스의 얼굴을 함께 보고 있었다.

"소위 정통이라는 주류 기독교와, 이단이라고는 하지만 폭넓은 지지를 받고 있는 영지주의 기독교를 모두 부정하면, 그대가 설자리가 별로 없을 것 같은데…."

"영지주의자들은, 예수가 가진 혁명성을 빼앗아 갔다는 점에서, 소위 정통이라는 자들과 다를 것이 없습니다. 게다가 예수 정신의 역사성을 부정하고 그를 비현실적인 존재로 만들었다는 점에서는, 소위 정통이라고 주장하는 밥통들보다 더욱 허무맹랑한 사람들이라고 할 수 있습니다."

"그러면 그대가 이해하는 예수는 어떤 존재요?"

"폐하와 저와 똑같은 사람일 뿐이지요, 너무나 인간적인 사람!"

"그 정도라면 굳이 종교적인 대상이 될 필요도 없지 않겠소?"

"그렇지요. 그래서 예수는 자신을 신격화하는 걸 경계했습니다. 허무맹랑한 짓이니까요. 예수를 가까이서 만났다는 사람들이 예수는 그리스도이며 전능하신 하느님의 아들이라고 고백한 것으로 전해지지만 그 기록은 후대 사람들의 해석일 뿐입니다. 예수는 그냥 사람일 뿐이었습니다. 매우 아름다운 인격을 가진 사람, 사람과 삶과 자연과 세계를 있는 그대로, 너무나도 사랑한 어린아이 같이 순수하고 깨끗하며 열정적인 사람!"

"그라쿠스와 비슷한 견해인 것 같소."

"그렇지요, 그라쿠스와 제가 이해하는 예수는 비슷한 점이 아주 많습니다. 예수는 어떤 이념이나 교리도 인간을 억누르고 통제할 권리가 없다며 자유와 해방의 권리를 선언한, 또한 자신은 물론이며 자연을 비롯하여 존재하는 모든 이웃을 하늘 아버지의 자녀로 인식하고 무한한 자유를 구가했던, 멋지고 호방한 청년이었습니다. 깊고 사색적이며 따뜻하고 섬세한 성품과, 불의를 보면 참지 못하고 독하게 분노를 쏟아내며 거친 욕설을 난사하는 불같은 성격을 함께 가진 혁명가였지요. 그러나 청년은 안타깝고 불행하게도 사회 질서를 뒤흔들었다는 죄목으로 잔혹한 처형을 당했습니다!"

호시우스가 속이 타는지 컵에 반쯤 남은 물을 벌컥벌컥 들이켰다.

"계속해 보시오."

호시우스가 컵을 내려놓고 숨을 돌이키기도 전에 콘스탄티누스가 재촉했다.

"청년은 죽었지만, 그의 빼어나고 아름다운 삶은 죽을 수 없었습니다.

그를 사랑하고 따르던 그의 제자들의 마음과 삶 속에 부활한 청년의 아름다운 삶의 이야기는 입에서 입으로 전승되는 과정에서 조금씩조금씩 전하는 사람의 생각과 해석이 첨가되었죠."

"영웅이 전승을 타고 되살아난 셈이군."

"그렇습니다. 청년은 어느새 영웅이 되었고, 그를 흠모하고 따르던 사람들의 모임은 조직을 갖추게 되었습니다. 청년처럼 살고 싶어하는 사람들의 마음속에는, 청년이 그랬던 것처럼 현실의 어떤 벽에도 굴하지 않는 용기가 스며들었습니다. 신분에 대한 차별, 사람을 억누르는 모든 전통과 압제를 돌파하는 역동적이고 신나는 삶이 그들에게 보상으로 주어졌지요."

호시우스는 또 다시 컵을 들었지만 컵은 비어 있었다. 콘스탄티누스가 주전자를 들어 호시우스의 컵에 물을 가득 부어주었다. 호시우시는 황송하다는 듯이 고개를 잠시 숙이고는 순식간에 들이켰다. 손등으로 가볍게 입을 닦은 호시우스가 말을 이었다.

"청년이 죽은 뒤 이삼십 년이 지난 후에, 사람들은 청년의 아름답고 신비로운 삶의 이야기를 영원히 간직하기 위해 기록으로 남기고 싶어 했습니다. 청년의 이야기가 전승 과정을 거쳐 기록의 단계로 들어선 것입니다. 그러나 기록자들은 수많은 전승들 가운데 어느 것이 참이고 어느 것이 거짓인지 그 진위를 가려내기가 어려웠지요."

"그래서 예수에 대한 서로 다른 증언들이 존재하는 것이로군."

"그렇습니다. 어떤 자료는 그의 영웅담에 치중한 나머지 도덕적으로 상당히 문제가 되는 부분이 있었습니다. 어떤 자료는 영웅이라기보다는 너무나도 인간적인 연약한 모습으로 묘사된 것도 있었구요. 그러나 기록자들은 이미 신의 아들로, 한 종교의 숭고한 창시자로 고백되기 시작한 위대한 인물에 대한 자료를 자기의 주관적인 판단에 의해 무시하기는 어려웠습니다. 그래서 서로 모순되는 자료들이라도 대중의 공감을 얻는 내용은 기록에 담을 수밖에 없었지요. 계속 말씀드려도 되겠습니까?"

"마저 듣고 싶소."

"청년이 죽은 뒤 이십 년이 채 지나지 않아서 매우 영리하고 독특한 학자가 청년에 대한 새로운 해석을 내리게 되었지요. 유대인의 피와 로마인의 시민권을 함께 가진 학자였습니다."

"사도 바울을 말하는 것이요?"

"그렇습니다. 그는 유대 전통과 그리스 철학에 근거해서 청년을 새롭게 해석하기 시작했습니다. 사람과 세상을 사랑한 순수 인간이며 불의한 세계를 개혁하고 모두가 함께 잘 사는 아름다운 세상을 꿈꾸는 혁명가였던 청년의 모습은, 바울에 의해 매우 다른 모습으로 재해석되었습니다. 청년의 죽음은 억울하고 안타까운 비극이 아니라 인간의 죄를 대신 씻어주기 위해 하느님께서 미리 정해놓으신 장엄한 인류 구원 역사의 정점이며 죄와 악에 대한 영원하고 궁극적인 승리였다고 말입니다."

"그대 말이 맞다면, 지금의 기독교는 예수의 종교가 아니라 바울의 종교라고 해야겠구만."

"예, 지금 기독교인 중에는 예수가 전한 하느님을 믿는 것이 아니라 바울이 전한 예수를 믿는 사람들이 많습니다. 그런 점에서 지금의 기독교는 바울의 종교라고 말해도 틀리지 않습니다."

"그게 사실이라면 그라쿠스와 그대가 안타까워할 만하군. 계속해 보시오."

"바울의 해석은 일반 대중이 받아들이기에 더없이 쉽고 만족한 것이었지요. 굳이 예수처럼 처절하게 살지 않아도 되었고, 다만 그를 바라보며 그에게 기대는 것으로 충분했기 때문입니다. 예수는 이제 사람들이 따라야 할 모범이 아니라 믿어야 할 대상이 되었습니다. 그를 믿기만 하면 모든 죄가 용서되고 구원을 받으며 죽음에서 부활하여 영원히 살게 된다고 생각했으니까요."

"어떤 점에서는 이해할 수 있는 일이요. 아니, 대중들의 고단한 삶을 위로하고 힘을 주기 위해서는 바람직한 일이라고 할 수도 있을 것이오."

콘스탄티누스가 눈을 가늘게 뜨고 말했다. 그라쿠스의 말이 그의 가슴을 울리고 있었다.

'예수가 인류의 죄를 대신 지고 죽었다는 말을 함부로 종교적 사기라고 말해서는 안 된단 말일세. 거기에는 고난에 찌든 유대인들의 척박한 삶과 간절하고도 오랜 신앙을 지탱해온 가슴 아린 역사가 송두리째 담겨 있네. 그들의 아프고 처절한 역사를 다 품어 안고 맺힌 한을 씻어주는 산 소망이란 말일세. 그게 없었다면 그 가련한 백성들은 벌써 말라비틀어져 죽고 말았을 거야.'

"폐하! 무슨 생각을 그리 하십니까?"

"아, 아니오. 내가 잠시 다른 생각을 하고 있었소. 계속해 보시오."

"폐하께서 말씀하신 것처럼, 대중들의 입장에서 볼 때는 신나는 일이죠. 힘들고 어려운 일은 예수가 모두 대신해 주었다고 믿기만 하면 되니까요. 그래서 바울의 가르침이 사람들의 마음을 점차로 사로잡게 되었던 것입니다. 그를 믿기만 하면 사람이 죽지 않고 영원히 살 수 있게 되었습니다. 현실은 어둡지만 저 하늘나라에서 주님 품에 안기면 그 모든 고통과 애곡과 눈물이 다시는 없는 세계로 누구나 들어갈 수 있게 되었습니다. 그저 예수를 믿기만 하면 말입니다. 그의 가르침은 가난하고 힘없고 체제에 눌리고 착취당하며 살아가던 연약하고 가난한 대중들에게는, 현실의 질곡을 넘어 삶에 소망을 불어넣어 주는 최상의 기쁜 소식이었던 셈입니다."

"종교적으로는 매력적인 전환이라고 할 수 있소. 진실이 어디에 있든 간에."

"폐하께서도 그렇게 생각하십니까? 저 역시 그 전환을 나쁘게만 생각하지는 않습니다. 그러나 진실에 접근하기 위해 좀 더 말씀을 올리도록 하겠습니다."

"그렇게 하시오."

"바울의 가르침이 보편적인 호응을 얻게 될 즈음, 전승의 과정을 넘어 그동안 여기저기 전해져 오던 단편적인 기록들이 모아지기 시작했습니다. 전승 자료들이 모아져서 오늘날 우리들이 갖고 있는 복음서로 탄생되게 되었죠. 수없이 많은 복음서들이 있지만 요즘 사람들에게 보편적인 호응을 얻고 있는 4개의 복음서를 살펴보면, 제일 먼저 기록된 마가복음에서는 비교적 가장 인간적인 예수를 만날 수 있습니다. 그러나 그 후에, 마가복음과 또 다른 자료를 토대로 쓰여진 마태복음과 누가복음에 그려진 예수는 인간적인 면보다는 신적인 예수의 모습이 조금 더 많이 그려지고, 가장 늦게 쓰여진 요한 복음에는 태초부터 있었던 로고스*로서의 하느님으로 그려지게 됩니다."

"한 아름다운 인간이 신이 되어 가는 여정을 밟고 있군, 그래서요."

콘스탄티누스가 호시우스의 논리 전개에 흥미를 느끼며 얘기를 재촉했다.

"이후의 교회 역사에서, 예수는 그때까지 형성된 이미지로, 혹은 사람들의 비의도적인 무지로, 혹은 교회의 필요에 의해, 신의 아들을 넘어 신 자체까지 오르게 되었습니다. 그러나 제가 이해하는 예수는 진정 삼백 년 전에 살았던 참 자유인이며, 진정한 인본주의자이고, 압제에 저항했던 혁명가였습니다."

"그라쿠스 얘기로는, 예수가 실제로는 존재하지 않았을 가능성도 있다고 하던데."

"제가 생각하기에는, 예수가 존재하지 않았을 가능성은 거의 없습니다. 오히려 예수가 너무 많았을 가능성은 있지만요."

"한 사람이 아니란 말이요? 그 얘기도 그라쿠스가 했던 것 같소."

"단정지을 수는 없지만, 예수는 한 사람이 아니라 한 흐름일 가능성이 있습니다. 여러 명의 예수들이 있을 수 있지요. 지금 우리에게 알려진 한 인격체로서의 예수는 그 여러 예수들이 한 모델로 정착되었을 가능성이 있습니다."

* 절대이성. 만물을 생성하게 하는 근원적인 이치. 기독교권에서는 '말씀'으로 번역됨.

"재미있는 분석이군."

"경전에 기록되어 있는 예수의 성격은 매우 다양합니다. 인자하고 어진 면도 나타나지만, 매우 거칠고 사나운 모습도 있지요. 놀라운 신적 능력을 보이기도 하지만, 또한 매우 연약하고 인간적인 모습으로 나타나기도 하구요. 이런 특성들은 예수가 한 사람이 아닐 수 있다는 가능성을 보여줍니다."

"그렇다면 결국 우리가 알고 있는 예수라는 한 개인은 없었다고 말할 수 있지 않겠소?"

"예, 그런 예수는 없었다고 말할 수도 있겠지요. 다른 예수들이 있었다고 말할 수 있겠구요. 무엇보다 중요한 것은…."

호시우스가 침을 꿀꺽 삼키는 소리가 크게 들렸다.

"천천히 하시오. 그대의 친절한 설명이 나에게 감동을 주고 있소."

콘스탄티누스가 웃음을 머금고 목소리를 낮추어 말했다.

"예수라는 인격이 중요한 것이 아니라, 예수가, 혹은 다수의 예수들이 함께 했던 그 운동과 정신이 중요하다는 것입니다."

"달을 가리키는 손가락을 보지말고 달을 보라는 얘기로군."

"그렇습니다. 예수라는 뚜렷한 한 개인, 구체적인 한 인격체는 없었을지도 모릅니다. 그러나 유대인들의 오랜 역사로부터 시작된 예수 운동은 결코 부정할 수 없는 명백한 흐름으로 이어지고 있습니다. 그 운동의 기원은 바로 유대인들의 두 번째 경전인 예언서에 집중적으로 담겨 있는 예언자 운동이지요. 그들은 힘없고 가난한 백성을 붙들어주고 일으켜 세워주며 그들에게 희망을 부어주던 수많은 예수들이었습니다.

저는 그 예언자 정신, 예언자 운동을 예수 운동의 기원으로 봅니다. 오늘날 우리에게 알려진 예수는 그 예수 운동의 정점이고 완성이지요."

"혼란스럽구려! 그게 예수 운동의 원형이라면, 매우 매력적이고 감동적이기도 하지만, 또한 좌시할 수 없이 위험한 반체제 운동일 수도 있겠소. 그대가 말한 예수, 아니 예수 운동은 제국의 미래에 도움이 되지 않을 것 같소."

"그러나 그 예수는 이미 죽었습니다. 부활한 예수는 그 예수가 아니니 걱정하실 필요가 없습니다. 지금 부활한 예수는 기독교 조직을 위해서 봉사하는 허깨비일 뿐이니까요."

"그대가 말한 바가 그런 의미였군."

"예?"

"예수가 훌륭한 스승이 될 자격을 상실했다든가, 이미 그를 따르는 자들에 의해 체포되었다고 한 말 말이요."

"그렇습니다. 예수는 체포되었습니다. 교회와 그 조직의 수장들에 의해서. 그가 다시 풀려날 가능성은 거의 없습니다."

"그렇다면 그대와 그라쿠스가 흠모하는 예수가 아니라, 기독교 조직을 위해 부활했다는 그 허깨비 예수와 손을 잡을 수밖에 없다는 얘기요?"

"그렇습니다. 애석하지만, 예수는 이미, 완전히 죽었습니다. 그는 종교를 원하지 않았지만, 그의 못난 제자들은 그를 경배하는 새로운 종교를 만들었습니다. 예수의 가르침과는 아무 상관이 없는, 아니 정반대되는 괴물을 말입니다. 지금까지 말씀드린 것이 제가 파악하고 있는 소위 정통이라는 현실 기독교의 실체입니다. 오늘 제가 흥분을 많이

했습니다. 물을 조금 더 마셔야 되겠군요."

호시우스가 마음을 추스르며 멋쩍게 웃었다. 그의 손은 주전자와 컵에 가 있었다. 콘스탄티누스는 말없이 미소지으며 고개만 끄덕였다. 급하게 물을 마신 호시우스가 말을 이었다.

"어쨌든 이제 기독교는 부정할 수 없는 현실이 되었습니다. 폐하께서 선택하실 일은, 제국의 앞날을 위해 공헌할 수 있는 기회를 기독교에 주느냐 마느냐 하는 것입니다. 진실이냐 허위냐 따위의 추상적인 질문에 사로잡히지 마시고, 제국의 안정과 번영을 원하신다면 기독교와 손을 잡으십시오. 제국과 기독교, 서로의 상생과 번영을 위하여! 또한 백성들의 마음을 위로하고 인류를 한가족으로 만들어 혼란과 갈등을 최소화하기 위하여!"

"그대의 진정한 신앙에 존경을 표하고 싶소! 또한 현실을 인정하고 그 가운데서 제국과 백성의 안녕과 평화를 찾으려는 노력에도 경의를 표하고 싶소! 그대의 제안에 함께 하겠소! 진정 그 뜻이 이루어질 수 있다면 얼마나 좋겠소!"

콘스탄티누스가 큰 눈을 더욱 부릅뜨며 두 손으로 호시우스의 양손을 모아 잡았다. 감격에 젖은 표정으로 한동안 콘스탄티누스를 마주 보던 호시우스가 천천히 고개를 숙였다.

니케아 회의

두 마리 백마가 이끄는 황금빛 마차가 알렉산드리아의 주교 관구로 막 들어서고 있었다.

이집트의 알렉산드리아는 시리아의 니코메디아, 안티오코스와 함께 로마제국 내에서 기독교가 가장 번창한 곳이었다. 또한 이집트의 부와 명성을 제국의 여러 지역으로 공급하는 지중해의 아름다운 항구 도시로 이름을 떨치고 있었다.

황제의 특사로 이 아름다운 도시를 방문한 호시우스가 마중 나온 성직자들의 환대를 받으며 천천히 마차에서 내렸다.

"안녕하십니까? 호시우스 주교!"

알렉산드리아 주교 알렉산더가 얼굴에 함박웃음을 지으며 호시우스를 껴안을 듯 다가왔다.

"반갑습니다, 알렉산더 주교!"

마차에서 내린 호시우스도 자연스럽게 알렉산더의 포옹을 받아들였다. 그의 곁에서 한 젊은이가 꾸벅 인사를 했다.

"아, 내 비서인 아타나시우스 부제입니다!"

"아, 그래요? 그대가 바로 부제 아타나시우스로구먼!"

호시우스는 젊은이를 머리에서 발끝까지 주욱 훑어보았다.

혈기왕성한 젊은 부제 아타나시우스. 그는 제국 내 기독교의 3대 수장 중 하나인 알렉산더 주교의 오른팔이었다. 20대의 젊은 나이였지만 알렉산드리아에서 실력 있는 신학자로 알려진 그를 알렉산더 주교는 자신의 후계자로 일찌감치 점지해놓았다. 작은 키에 붉은 머리, 볼품없는 외모를 지닌 사내였지만 형형하게 빛나는 눈에서 무서운 야망이 꿈틀거리고 있음을 호시우스는 감지할 수 있었다.

준비된 만찬을 마치고 회의실로 안내된 호시우스가 입을 열었다.

"혹 오해는 없으시기 바랍니다. 저는 주교를 심문하러 온 것은 아니니까요."

"아, 그럼요. 편히 말씀하시지요."

말은 그렇게 하면서도 알렉산더는 기분이 좋지 않았다. 황제의 특사만 아니라면 제국 서방의 촌구석인 코르도바의 주교 호시우스가 감히 알렉산드리아 주교인 자신 앞에서 저리 거만할 수는 없을 것이었다.

"황제 폐하께선 아리우스 장로를 파문한 이유를 알고 싶어하십니다."

호시우스가 공무 수행 중임을 은근히 내비치며 사무적인 태도로 물었다.

"자네가 좀 설명해 주겠나?"

알렉산더는 자신의 수석 참모이자 비서인 아타나시우스에게 넌지시

고개를 들어 답을 대신하도록 유도했다. 심문하러 온 것이 아니라고 했지만 자존심이 상한 알렉산더는 호시우스 앞에서 조사를 받는다는 느낌을 지울 수가 없었다.

"예수님은 완전한 인간이면서…."

아타나시우스가 허리를 꼿꼿이 펴고 무뚝뚝하게 설명을 시작했다.

"동시에 완전한 하느님이십니다. 만약 예수께서 인간이기만 하다면 그의 죽음은 그 자신의 비극으로 끝나게 됩니다. 우리를 위한 죽음이 될 수도 없고, 우리의 죄를 용서하실 수도 없지요. 또한 우리에게 약속된 부활도, 영원한 생명도 보증하실 수 없는 것이 되고 맙니다."

아타나시우스는 망설이지 않고 알렉산더 주교를 대신하여 자신의 신념을 펼쳤다. 맹랑한 친구로군! 호시우스가 속말을 삼켰다.

"자네의 신학에 대해서는 설명하지 않아도 되겠네. 아리우스 장로를 파문한 이유를 알고 싶은 것일세."

당돌한 젊은이를 경멸하는 웃음을 얼굴에 그대로 드러낸 호시우스가 말했다.

"아리우스 장로는, 인간의 불완전한 이성의 한계에 사로잡혀 있습니다. 우리의 머리와 인식 능력으로는, 신이 인간이 되는 성육신 사건을 이해할 수 없습니다. 그래서 대부분의 사변가들은 그저 신화의 세계에서나 가능한 일로 치부해 버리고 말지요. 그러나 하느님은 인간의 이성을 초월하십니다. 그가 진정 전능자라면 완전한 인간으로 오시지 못할 이유가 없습니다."

"그게 아리우스를 파면한 이유가 되나? 이보게, 젊은이! 신이 정말로 인간이 될 수 있다는 생각은 초이성적이라기 보다는 비이성적이라고 해야 하는 것 아닌가? 이성의 한계를 넘어서는 것은 초이성적이라고 할 수 있지만, 이성에 반대되는 것은 비이성적인 것이라는 것을 모르지는 않을 텐데!"

젊은이의 당돌한 태도에 기분이 상한 호시우스는 자신이 이곳에 온 이유를 잠시 잊었다. 수없이 보아온 전형적인 교리주의자의 모습, 그것을 나이가 든 직업 종교인도 아닌 한창 나이의 젊은이를 통해 다시 보게 되다니!

"주교님의 논리에는 심각한 오류가 있습니다!"

아타나시우스는 눈썹 하나 까딱 하지 않고 호시우스의 주장을 정면으로 받아냈다.

"인간의 이성은 유한합니다. 결코 완전할 수 없는 유한자의 이성일 뿐이니까요. 반면에 하나님의 이성과 능력은 완전합니다. 그러므로 그분이 하시고자 의도하는 일은 우리의 인식 능력과 상관없이 역사 속에 일어날 수 있습니다. 우린 그것을 기적이라고 부르지요!"

"알겠네, 그 정도면 됐어. 여기 있는 사람 중에 우리 주님께서 신의 아들임을 부정하는 사람은 아무도 없을 테니까. 그런데, 아리우스 장로는 그렇게 생각하지 않는단 말이지?"

호시우스는 유연성이라고는 찾아보기 힘든 젊은이와 쓸데없는 논쟁을 계속할 필요가 없다는 생각이 들어 화제를 바꾸었다.

"아리우스는, 신은 궁극적이고 영원한 요소이므로 알 수 없는 존재라고 주장합니다. 반면에 지상에서 태어나서 살고 십자가에서 죽은 예수는 그런 의미에서 신일 수 없다고 주장합니다. 그의 주장은 지금까지 우리가 교회에서 믿고 고백한 내용을 거부하는 이단사설에 해당합니다."

"그래서 아리우스를 파문한 것입니까?"

호시우스가 알렉산더를 쳐다보며 물었다. 그의 얼굴에는 알렉산더와 아타나시우스를 비웃는지 시험하는지 모를 묘한 웃음이 담겨 있었다.

"지금까지 교회는 여러 이단들에 의해 끊임없이 공격을 받아왔습니다. 아리우스의 주장을 용인하면 교회는 또 다시 중심을 잃고 분열되고 말 것입니다. 우리의 신앙을 해치는 가장 위험한 적은, 신의 전적 은총과 계시의 완전성을 믿지 않는 인본주의라고 생각…."

"황제 폐하께선!"

호시우스가 알렉산더의 말을 도중에 끊었다.

"이제야 비로소 제국의 정신이 하나로 집중되어 안정된 국가를 이루는 전기가 마련되었는데, 왜 쓸데없이 추상적인 문제로 제국의 분열을 가져오려 하는지 그걸 안타까워하고 계십니다."

"이건 추상적인 문제가 아니라 매우 현실적인 문제입니다!"

아타나시우스의 목소리가 다시 튀어나왔다. 그의 눈이 시뻘건 석탄처럼 이글이글 불타고 있었다. 호시우스는 젊은이의 불타는 눈을 웃음으로 받아내며 말했다.

"그리스도가 하나님으로부터 태어났다, 혹은 하나님에 의해 창조되었다는 주장이, 어느 한쪽의 입장만 절대적으로 옳고 다른 쪽은 틀리다고 단정지을 수 있는 문제인가? 그것은 어느 누구도 확신을 갖고 단정할 수 없는 문제라고 생각하는데."

"그렇지 않습니다, 이 문제는."

"이보시오, 부제!"

호시우스는 젊은이의 성급한 성격이 무슨 일을 저지르지나 않을까 하는 불안감에 그를 제지하며 말했다.

"신의 자녀들이라면, 그리고 모든 인류를 형제자매로 생각한다면, 무엇보다 서로의 차이를 관용으로 받아들일 수 있어야 하지 않겠소? 황제 폐하께서 안타까워하시는 문제도 바로 그 점이오!"

호시우스가 알렉산더와 아타나시우스를 번갈아 쳐다보았다.

"호시우스 주교님, 폐하의 뜻을 충분히 이해합니다. 그러나 아리우스의 교리는 장차 기독교를 와해시킬 만큼 위험한 주장이라는 점을 잘 이해시켜 드렸으면 좋겠습니다. 그의 주장은 그리스도와 교회를 심각하게 모독하는 것입니다."

당황한 표정이 역력한 알렉산더 주교가 분위기를 수습하려 애를 썼다.

"어쨌든 좋습니다. 그런 이유로 아리우스를 파문했다는 얘기인데, 아리우스가 주교님의 징계를 순순히 받아들이던가요?"

호시우스도 감정을 추스르며 한 발 물러섰다.

"아, 먼저 분명히 해야 할 사실이 하나 있습니다. 아리우스에 대한 파면은, 알렉산더 주교님께서 직권으로 내린 결정이 아닙니다. 사안이 중대한 만큼 충분한 회의를 거쳐 다수 성직자들의 의견을 종합하여 내린 결정 사항임을 분명히 밝혀두는 바입니다."

아타나시우스가 또 참지 못하고 쏟아낸 말이었다. 호시우스는 슬며시 미소를 지었다.

"알겠네, 자네에게 물은 게 아닐세. 알렉산더 주교, 아리우스는 그 결정을 어떻게 받아들이고 있습니까?"

"그는 교회의 권위를 우습게 아는 위험한 사람입니다. 쫓겨난 아리우스는 가는 곳마다 선동을 일삼았지요. 그래서 자신의 주장에 동조하는 사람들을 끌어들이기 위해 로비를 벌이고 있습니다."

"흠, 그래요? 예를 들면…?"

"예를 들면, 팔레스티나의 도시 카이사레아의 주교 유세비우스도 아리우스의 주장에 동조하고 있습니다. 그러나 아리우스의 가장 중요한 지지자는 니코메디아의 주교 유세비우스입니다. 공교롭게도 같은 이름을 가진 두 유력자가 아리우스 편으로 돌아섰지요. 그들은 신자들에게 가장 강한 영향력을 지닌 사람들입니다."

알렉산더가 말을 다 마치기도 전에 아타나시우스가 다시 나섰다.

"아리우스 장로의 신학은 교회의 역할을 축소시킬 가능성이 있습니다."

참으로 맹랑한 친구로군! 아타나시우스를 쳐다보며 호시우스는 속말을 삼켰다.

"그의 주장에 의하면, 예수는 그냥 뛰어난 인간이 되고, 우리에게는 그저 따라야 할 모범에 그치고 맙니다. 그렇게 되면 기독교의 독특성은 사라지고 그냥 평범한 윤리적인 종교에 머물고 말게 될 것입니다."

궁사가 화살을 연이어 날리듯 아타나시우스는 자기 생각을 여과 없이 쏘아댔다. 호시우스는 당돌한 젊은이를 한동안 빤히 쳐다보았다. 그래, 어쩌면 이 친구의 저돌성이 필요한 순간이 올 지도 몰라! 호시우스는 자기가 가장 경멸하는 신앙을 가진 이 꽉 막힌 젊은이를 품어야 한다고 생각했다.

"그대의 분별력은 참으로 탁월하오! 인본주의야말로 우리 기독교 신앙의 가장 큰 적이오."

단단한 석상처럼 굳은 얼굴을 하고 있는 키 작은 붉은 머리의 젊은이를 바라보며 호시우스는 회심의 미소를 지었다. 예수가 완전한 신이 되지 못한다면 기독교는 단순히 윤리적인 종교에 머물게 되고, 예수는 그저 따라야 할 성인의 한 사람이 된다. 그렇게 되면, 성직자의 역할도 사람들이 스스로 구원의 단계에 이르도록 돕는 역할에 그치게 되고, 제국 전체의 종교적, 정치적 통일을 구축하기는 어려워질 수밖에 없다. 그러나 예수가 신이 되면, 그는 절대적으로 복종해야 할 대상이 되고, 그의 대리자인 교회 조직과 성직자는 종교 문제뿐 아니라 인간의 삶 전체를 좌우하는 신의 대리자가 된다. 결국 교회 조직을 통제하고, 밀월을 즐길 수만 있다면, 드넓은 제국을 통치하기는 훨씬 수월해지는 것이다. 젊은이의 신학은 바로 그 점에서, 제국과 황제를 위해 필요한 부분이었다.

호시우스는 비로소 공무에 충실한 자신의 모습으로 돌아와 있었다. 개인적으로는 한없이 역겨운 신앙을 가진 자였지만, 자신이 황제와 함께 구상하고 있는 원대한 목표 지점을 향해 거침없이 다가오는 다부진 젊은이를 바라보며 호시우스는 만족한 웃음을 지었다.

"말썽을 일으킨 당사자가 아리우스란 말이오?"

콘스탄티누스의 목소리에는 짜증이 배어 있었다.

"아, 예. 결론을 말씀드리자면, 표면적으로는 그렇게 되어 있습니다."

호시우스가 엉겁결에 대답했다.

"표면적으로는? 그럼 진짜 말썽꾼은 따로 있다는 말이군. 대체 그가 누구요?"

호시우스는 아차 싶었지만, 터놓고 대화할 필요가 있다고 생각했다. 황제와는 언제나 격의 없이 터놓고 의논해 오지 않았던가! 서로를 믿지 않으면 언젠가 마찰을 일으킬지도 모르는 일이었다.

"아직 단정짓기는 이릅니다. 아마도 알렉산드리아 교구의 실권을 쥐고 있는 자들이 자신들의 해석에 이의를 제기하는 사람을 몰아내려고 하는 것 같습니다."

"그 사람들에 대한 조사는 다 돼 있소?"

"어느 정도 기본적인 정보는 확보하고 있습니다만 좀 더 조사를 해보아야 할 것 같습니다."

"그래, 갈등이 어디까지 진행된 것이오?"

"알렉산드리아의 장로 아리우스가 관할 주교인 알렉산더의 신학을 공개적으로 비판했고, 감독인 알렉산더는 주교 회의를 소집해서 아리우스를 교회에서 추방했습니다. 그러자 아리우스 장로가 판결에 불복하여 팔레스타인과 시리아, 소아시아 등에 있는 지지자들에게 지원을 호소하고 있습니다. 파문이 확산되어 제국 동방 전역이 두 패로 갈라져 서로 상대방을 파문하는 사태가 벌어지고 있습니다."

"논쟁이 되는 문제의 핵심 사항이 무엇이오?"

"아리우스가 예수는 신과 동격이 아니라고 주장해서 알렉산드리아 교구의 주류 신학자들을 자극한 것입니다."

"또 골치 아프고 추상적인 논리 싸움이로군. 그것이 그렇게도 중요한 문제인가?"

"자기 목숨보다 더 중요하다고 생각하는 사람들이 있지요."

"어떻게 해결하면 좋겠소?"

"어느 쪽 주장이 옳은가 보다는, 교회에 분열이 일어나는 것을 어떻게든 막아야 합니다. 이 문제를 의논하기 위해 제국의 교회 전체 주교들이 참석하는 대회의를 여는 게 좋겠습니다. 이 문제를 조속히 매듭짓지 않으면 교회가 큰 분란에 휩싸일 가능성이 있습니다. 어쩌면 폐하께서 구상하시는 일이 좀 더 일찍 가시화될지도 모르겠습니다."

"예수를 신으로 공인하는 것 말이요?"

"그렇습니다."

"잘 준비해 보시오. 필요하면 황실의 재산과 기물을 사용해도 좋소."

"차질이 없도록 준비하겠습니다."

서기 325년, 콘스탄티누스 황제는 니케아 회의를 개최하고 주재했다. 칠팔 년 전부터 불을 뿜고 있던 아리우스와 알렉산더 사이의 논쟁을 수습하지 못하면 그가 부흥시키려고 애썼던 기독교회가 분열될 위기에 처해 있었던 것이다. 교회의 분열은 곧 그가 구상하는 새로운 제국의 위기로 다가올 수 있었다.

회의는 니케아 호수의 황제 전용 여름 별장에서 열렸다. 황제가 거주하고 있는 니코메디아에서 가까운 작은 휴양지였다. 사백여 명의 성직자에게 초청장이 발부되었다. 기독교 세력이 강한 제국 동방에서 온 주교가 대부분이었지만 서방 교회의 성직자들도 더러 참석했다. 아름다운 호수가 내려다보이는 황실 별장에는 대규모 회의를 열 수 있는 공간과 훌륭한 숙박 시설이 갖추어져 있었다. 콘스탄티누스는 참석자들의 일체 여비와 주교들이 교구를 비운 기간 동안의 생활비까지 지급했다.

콘스탄티누스의 재판정이라고 불리는 대회의실에 황제가 측근들과 함께 자줏빛 옷에 다이아몬드가 박힌 금관을 쓰고 나타나자 참석자들은 일제히 기립 박수를 보냈다.

"교회의 통일은 무엇보다 중요하오!"

개회식에서 콘스탄티누스는 첫 연설을 이렇게 시작했다. 눈이 크고 윤곽이 뚜렷한 근엄한 얼굴의 황제, 그를 보며 250여 명의 참석자들은 세상이 크게 뒤바뀐 것을 실감했다. 그들 중에는 박해 때 팔과 다리가 잘린 사람들도 있었다. 콘스탄티누스는 그들에게 구세주나 다름없었다.

"나 콘스탄티누스는, 화해와 일치를 원하오. 내가 제국 로마의 통치를 하느님께로부터 위임받기 전까지는, 제국은 끊임없는 내전에 시달렸소. 여러분도 잘 아시다시피, 그 내전의 최대 피해자는, 그리스도께서 자신을 내어주시도록 사랑하신 힘없는 백성들이오. 이제 제국에 내란은 없소. 그런데 유감스럽게도, 교회 안에서 분쟁이 시작되려 하고 있소. 교회의 분쟁은 내란과 다를 바가 없소. 이곳에 참석하신 주교들 중에는 엄청난 박해와 고문으로 말할 수 없는 고초를 겪은 분들이 있을 것이오. 여러분을 박해한 자들이 무력으로도 얻지 못했던 자유와 승리를 악마에게 내주는 일이 없도록 해 주시오."

우레와 같은 박수가 터져 나왔다. 눈물을 흘리는 사람도 있었다. 왼쪽에서 오른쪽으로 주교들을 주욱 훑어보는 콘스탄티누스의 훤칠한 키와 전장에서 단련된 당당한 체구, 뚜렷한 이목구비가 황제의 권위를 더욱 빛내주고 있었다.

"여러분은 격의 없는 활발한 토론을 통해서, 교회의 평화와 일치를 이룰 수 있도록 노력해 주시오."

참석한 주교들은 또 다시 뜨거운 갈채를 보냈다. 부제 아타나시우스와 장로 아리우스는 주교가 아니었기에 연설이나 공개 토론에는 참석하지 못했다. 양쪽의 수장은 알렉산드리아의 알렉산더 주교와 니코메디아의 유세비우스 주교가 맡았다.

코르도바 주교 자격으로 회의에 참석한 호시우스는 가슴 깊이 솟구치는 벅찬 감동을 느꼈다. 회의 직전, 콘스탄티누스가 자신을 불러 개인적으로 당부했던 말이 가슴과 귓전을 때렸다.

'강한 제국은 강한 하나님, 강한 교회를 필요로 하오. 그렇다면 교리 역시 절대 순종을 이끌어낼 수 있는, 의심의 여지없이 강하고 명쾌한 교리여야 할 것이오.'

카이사리아의 유세비우스가 연설을 시작했다.

"예수 그리스도, 우리들의 유일한 구세주이신 그분은, 하느님의 말씀(logos)이며, 빛으로부터의 빛이요, 생명으로부터의 생명이고, 만물의 으뜸이셨습니다."

여기저기 고개를 끄덕이는 사람, 아멘으로 화답하는 사람, 감격으로 눈물을 흘리는 사람 등 참석자들은 각양각색의 반응을 나타냈다.

"그분은 우리를 구원하시려고 인간으로 오셨습니다. 가장 비천한 모습으로 말이죠. 우리 주님께서는, 말구유에 태어나시고 말할 수 없는 고통을 받으셨으며 십자가를 견디셨습니다. 바로 여기 계신, 위대하신 황제 폐하와, 비천하기 짝이 없는 저 자신과, 저의 사랑하는 벗들, 우리 모든 주교들의 허물과 죄를 씻어주시기 위해 아낌없이 피 흘려 돌아가신 것입니다."

울먹이는 소리는 조금씩 흐느낌으로 바뀌기 시작했다. 참석자들은 한마음이 되어 있었다. 어느 누구도 연설에 이의를 제기하는 사람은 없었다.

"그러나 우리들의 주님은, 사흘 만에 다시 살아나셨고…."

유세비우스의 목소리에 힘이 실렸다.

"아버지께서 계신 저 높은 곳에 이르셨지요. 거기에서 영광 중에 다시 오실 것이며, 그때는, 살아있는 자와 이미 죽었던 모든 자들에게 최후의 심판을 내리실 것입니다!"

"아멘! 아메-엔!"

깊고 장중한 울림이 회의장을 가득 채웠다. 유세비우스의 연설이 끝나자, 고개를 조금 숙이고 심각한 표정으로 듣고 있던 콘스탄티누스가 일어섰다.

"주교의 연설은 나의 믿음과 같소."

좌중을 둘러본 황제가 천천히 입을 열었다.

"그러나 그분의 존엄함과 무한한 영광, 무엇보다도 완전한 신성을 드러내기 위해서는 부족한 점이 있는 것 같소. 그래서 한 가지 제안을 하고 싶소. 아들과 아버지는 동일본질homo-ousia이라는 표현을 넣고 싶소. 주교도 내 제안을 기꺼이 받아들이리라 믿소."
아리우스를 지지하는 사람들은 이 말을 듣고 비로소, 황제가 알렉산더를 지지하고 있다는 사실을 확실히 알게 되었다. 동일본질, 그것은 알렉산더와 아리우스를 구분 짓는 결정적인 단어였다. 우시아ousia는 본질 또는 본성을, 호모homo는 똑같다는 의미의 그리스어였다. 아들은 아버지와 본성이 똑같다, 즉 예수는 신의 아들일 뿐 아니라 아버지와 같은 본질인 완전한 신이라는 뜻이었다.
회의장이 크게 술렁이자 의장이 정회를 선언했다.

"뭔가 계략이 있는 것 아닙니까? 폐하께서 저런 발언을 하시면 격의 없는 토론은 불가능해 집니다!"
아리우스 장로를 수행하고 온 젊은 부제가 분을 참지 못하고 쏟아낸 말이었다. 잠시 정회된 시간을 이용하여 회의장에서 조금 떨어진 한가한 교외로 니코메디아의 주교 유세비우스를 끌듯이 데리고 나온 젊은 부제는 분을 참지 못해 부들부들 떨고 있었다. 아리우스는 눈을 꼭 감은 채 말없이 듣고만 있었다.
"이 사람아, 좀 참게! 말을 함부로 할 상황이 아니야."
유세비우스는 흥분한 부제를 설득하느라 진땀을 흘렸다.
"자네도 알다시피, '호모 우시아'가 동일 본질essence을 뜻할 수도 있지만, 동일 본성substance, 동일 실체reality, 동일 존재being, 동일 양태type를 의

미할 수도 있는 단어일세. 인간과 동물의 영혼도 호모 우시아가 될 수 있네. 이보게들! 단어의 뜻보다 그 의도가 중요한 것 아닌가?"

유세비우스가 아리우스를 쳐다보며 동의를 구했다. 아리우스는 여전히 말없이 팔짱을 낀 채 두 눈을 꼭 감고 있었다.

"저는 지금, 이 회의가 이미 결론을 내려놓고 있다는 생각을 지울 수 없습니다. 예수님을 이미 신으로 만들어놓고 동의를 강요하는 회의죠. 그것은 기독교의 참된 가치를 왜곡하는 것입니다. 그렇지 않습니까?"

부제가 목청을 높였다.

"이 사람아, 말을 조심하라니까!"

왜소한 체격의 사내가 다가오는 걸 느끼며 유세비우스가 부제의 입을 틀어막았다.

"유세비우스 주교님과 아리우스 장로님이시군요."

고개를 깊이 숙여 깍듯이 예를 표한 사내가 부제를 쳐다보며 말을 이었다.

"주교님과 장로님 앞에서 이 무슨 무례한 짓이오? 자신의 이성과 판단력으로 하느님을 마음껏 재단하다니…. 그게 신성 모독이 될 수 있다는 걸 모르시오?"

차림새로 보아 알렉산더 관구에 속한 수행 비서 중 한 사람 같았다.

"당신들은 기필코 예수를 신으로 만들어야 직성이 풀리겠소? 그게 예수를 위하는 길이 아니라 그 분의 숨통을 조이고 교회의 노예로 만든다는 걸 정말 모른단 말이오?"

우람한 체격의 젊은 부제가 키 작은 사내를 내려다보며 한마디 한마디에 힘을 주어 또박또박 말했다.

"이렇게 신 앞에 겸손할 줄 모르다니…. 아둔한 사람이로군!"

사내가 팔짱을 끼고 피식 웃었다.

"이보게들, 왜들 이러나! 여긴 논쟁 장소로는 적합하지 않네. 자, 들어가세!"

유세비우스가 아리우스의 팔을 붙들었다. 아리우스가 유세비우스의 팔을 뿌리치며 사내를 향해 쏘아댔다.

"이봐, 젊은 친구! 개가 낳은 개의 새끼가 사람이 될 수 있다고 생각하나? 개가 새끼를 낳으면 그건 개일 뿐이야. 말이 새끼를 낳으면 말일 뿐이구 말이야. 사람의 아들이라고 스스로 주장한 예수를 신으로 만드는 건 개가 사람을 낳았다고 하는 것과 다를 바 없는 허무맹랑한 짓이라구!"

"알겠습니다. 대단히 중요한 말씀이군요. 그 말씀 안에 장로님의 신학이 그대로 담겨있다고 생각됩니다. 회의석상에서 반드시 검토되어야 할 문제라 여겨지기에 제가 들은 걸 알렉산더 주교님께 보고 드리겠습니다."

사내가 음흉한 웃음을 지으며 눈을 치뜬 채 아리우스 장로를 향해 고개를 숙였다.

"이런 개자식 같으니라구!"

사내가 미처 고개를 들지도 못한 채 뒤로 벌렁 나자빠졌다. 사내를 걷어찬 젊은 부제가 분을 이기지 못해 씩씩거리고 있었다.

"그냥 넘어갈 수 있는 문제가 아니로군요. 회의에 참석한 알렉산더 주교님의 수행 비서를 폭행하고 예수를 개에 비유하는 발언을 하셨다구요?"

클로디우스는 골치 아픈 교리 논쟁에는 끼여들고 싶지 않았지만 젊은 부제 뿐 아니라 유세비우스 주교와 아리우스 장로까지 얽혀든 사건을 그냥 넘길 수는 없었다.

예수를 개에 비유했다고? 그 말을 그렇게 연결시키다니! 아리우스는 아무 변명도 하고 싶지 않았다. 그저 만사가 귀찮다는 생각뿐이었다. 교회에 대한 절망감으로 아리우스는 치를 떨었다.

"변명해 봤자 무슨 소용이 있겠습니까? 제가 한 말에 대해서는 끝까지 책임을 지겠습니다. 하지만 유세비우스 주교님은 이번 사건과 아무 상관이 없으니 회의에 참석할 수 있게 해 주십시오. 그리고…."

아리우스는 여전히 꼭 감은 눈을 뜨지 않은 채 침울한 표정으로 말을 이었다.

"부제 역시 젊은 혈기에 순간의 감정을 참지 못해 실수한 것뿐이니 아량을 베풀어주기 바랍니다."

아리우스의 말이 끝나기가 무섭게 클로디우스가 말을 받았다.

"장로님의 뜻을 받아들이고 싶습니다. 제가 그렇게 할 수 있도록 협조해 주십시오. 사태가 더 이상 확대되지만 않는다면 이 거룩한 회의가 무사히 끝날 수 있도록 최선을 다해 도와드리겠습니다."

"고맙습니다."

아리우스의 꼭 감은 눈에서 진한 눈물이 배어 나왔다. 소리를 내지 않으려고 이를 악물고 있었지만 클로디우스는 아리우스가 미어지는 가슴을 부여안고 속으로 통곡하고 있음을 느낄 수 있었다.

클로디우스는 머리를 천천히 좌우로 흔들었다. 종교가 무엇이기에! 도대체 예수란 인물이 누구이기에!

아리우스파 사람들은 황제의 제안을 따를 수밖에 없었다. 유세비우스가 한 연설이 기초가 된 신조에 '아들과 아버지는 동일 본질' 이라는 표현이 들어가게 되었다. 이로써 예수 탄생 삼백여 년 만에, 사람의 아들임을 선언했던 예수는 신이 되었고, 가난한 자, 눌린 자, 민중들의 희망이었던 예수의 종교는 제국의 종교로 자리매김 하게 되었다. 신조는 다음 내용도 담았다.

'그가 존재하지 않은 때가 있고, 태어나기 전에는 존재하지 않았으며, 무로부터 존재하게 되었다고 말하는 사람들, 혹은 하나님의 아들은 다른 본성을 갖고 있거나, 변경 내지는 변화할 수 있다고 주장하는 사람들, 이러한 사람들을 보편적이고 사도적인 교회는 저주한다.'

신조가 완성되자, 호시우스는 참석자 회의를 열어 완성된 신조를 크게 읽고 말했다.

"이것은, 우리 모두가 함께 고백해야 할 거룩한 신조이며, 교회의 공식 입장입니다. 우리가 회의를 통해 합의한 신조인 만큼, 회의에 참석하신 모든 분들은 신조에 직접 서명해 주시기 바랍니다."

황실 관리들이 문서 사본을 직접 들고 다니며 참석한 주교들의 서명을 받았다. 아리우스파의 수장이었던 니코메디아의 유세비우스와 이론

가였던 카이사리아의 유세비우스를 포함하여 대다수의 아리우스파 주교들도 서명할 수밖에 없었다. 정회원 자격이 있는 주교들 가운데 서명을 거부한 사람은 리비아의 주교 두 명뿐이었다. 서명하지 않은 두 주교가 회의장에서 나오다 니코메디아의 유세비우스를 만나자 격렬히 비난을 퍼부었다.

"당신은 주님을 배반한 것입니다! 주님에 대한 경배를 버리고 황제를 경배한 셈이죠!"

서명하기를 거부하는 자가 있다는 소식은 곧바로 콘스탄티누스에게 보고되었다.

"그래, 결의문에 서명하기를 끝까지 거부한 자들이 있단 말인지?"

콘스탄티누스가 표정 없는 얼굴로 클로디우스에게 물었다.

"예, 대부분의 주교들이 서명했으나 두 명의 주교와 장로 한 사람이 끝내 서명을 거부하고 있습니다."

"그 장로란 사람이 아리우스인가?"

"그렇습니다."

"교회의 일치와 제국의 안녕을 위태롭게 하는 자들이로군. 그 자들을 멀리 라인강변으로 추방하게!"

"예, 명령대로 시행하겠습니다!"

클로디우스가 경례를 올리고는 황제의 집무실 밖으로 나갔다.

"이번 회의의 결과를 어떻게 생각하시오?"

클로디우스가 사라지기를 기다리던 콘스탄티누스가 호시우스에게 물었다.

"매우 흡족한 결정입니다. 이로써 우리 로마는 세 번째로 세계를 지배하는 길을 열게 되었습니다. 처음에는 군단으로 세계를 지배했고, 다음에는 법률로 지배했습니다. 그러나 이제는 기독교로 지배하는 것입니다. 폐하께 경하 드립니다!"

호시우스가 만면에 웃음을 지으며 고개를 숙였다.

"고맙소, 그대의 노고가 컸소. 아무쪼록 이번 결정이 제국의 안정과 평화를 위해 공헌할 수 있어야 할 텐데."

만감이 교차하듯 복잡한 표정을 지으며 황제가 말했다.

"반드시 그렇게 되어야 하고, 또 그렇게 되도록 만들어야 합니다."

호시우스가 입술을 지그시 물며 답했다. 황제가 하늘을 쳐다보고 기도하듯 눈을 감았다. 파란 하늘 저편으로 길게 늘어진 먹구름이 지나가고 있었다.

"그래, 예수를 신으로 선포했단 말이지? 흐흐흐…."

그라쿠스는 마치 실성한 사람처럼 웃었다. 그의 눈은 자신의 눈높이로 들어 올린 술잔을 향해 있었다. 핏빛 포도주가 가득 담긴 술잔을 희롱하듯 그라쿠스가 미묘한 웃음을 지으며 술을 홀짝 들이켰다.

"그래, 삼백 명의 주교들이 열띤 토론 끝에 내린 결론이라네."

"열띤 토론 끝에 내린 결론이라구. 나더러 그 말을 믿으란 말인가?"

그라쿠스가 버럭 소리를 질렀다.

"이보게, 그라쿠스!"

콘스탄티누스가 흐트러지지 않은 냉정한 얼굴을 한 채 친구의 이름을 불렀다.

"그래, 진정으로 그렇게 생각해서 서명한 주교들도 있을 거야. 아니, 있는 정도가 아니라 꽤 많겠지. 자네를 존경한다는 주교들이 꽤나 많았다니까. 그런데 난 그 회의가 끝난 후에 사색이 되어 돌아가는 주교들을 만났네. 그들이 그러더군. 황제가 두 눈을 시퍼렇게 뜨고 감시하는데 차마 반대 의견을 내놓을 수 없었다고 말이야. 기독교는 이제 죽었다고 말하는 그 주교들의 절망적인 표정이 지금도 눈에 선하네. 그래, 기독교는 또 한 번 예수를 죽인 걸세. 예수를 죽이고 황제와 손을 잡은 기독교! 자, 그 앞날이 어떻게 펼쳐질 지 기대하시라, 으하하하."

그라쿠스가 소파에서 일어나더니 콘스탄티누스를 향해 홱 돌아섰다. 그의 잔을 반쯤 채우고 있던 포도주가 쏟아졌다. 자신의 토가 끝자락을 적신 붉은 포도주를 멍하니 바라보던 콘스탄티누스가 말했다.

"진정해, 그라쿠스!"

"아, 이거 내가 황제 폐하 앞에서 큰 결례를 했군. 죄송하옵니다, 폐하! 위대하신 로마제국의 황제 폐하!"

그라쿠스가 넓죽 엎드려 절을 했다.

"자네 기분을 잘 아네, 자네의 진정성을 잘 안다구! 그래, 자네 스승을 신으로 만든 것이 그렇게 못마땅한가? 자네 말대로 어차피 예수는 이런 교리 논쟁엔 관심이 없을 걸세. 약한 자, 눌린 자, 고통 받는 자에게 자유와 평화와 생명을 주시기를 원하실 거야. 내가 원하는 것도 바로 그것일세. 끊임없는 피의 쿠데타와 전쟁을 이제는 그만 막고 싶네. 전쟁이 일어나면 제일 먼저 개죽음 당하는 사람이 누군지 아나? 바로 자네 스승이 말한 약한 자, 눌린 자, 아무것도 없이 버림받고 내쳐진 자들이야. 안정된 제국에서 법과 종교의 보호를 받고 평화롭게 살 수 있는 세상을 만드는 것이 바로 예수의 이상을 실현하는 길이 될 수 있네. 뿐만 아니라, 제국의 모든 시민, 아니 모든 인류가 전능하신 한 분 하늘 아버지의 위대한 한가족이 되면 세계 평화는 그만큼 가까워지는 것일세."

"호오, 콘스탄티누스 황제 폐하께서 독실한 기독교 신자가 되셨군! 내 숙부께서 그렇게 가르치던가? 아니, 자네 말하는 걸 보니 호시우스 주교보다 한 수 위로구만! 그래, 예수님이 아주 기뻐하시겠네, 기뻐하시겠어! 이로써 로마는 기독교를 완전히 정복했도다. 아니, 기독교가 로마를 정복한 건가? 헷갈리네, 제기랄!"

"마음껏 조롱하게. 솔직히 말하면, 난 예수가 신이건 인간이건 상관없네. 아무려면 어떤가. 다만 그 분이 안정과 평화라는 선물을 제국에 내려주시기를 바랄 뿐이네. 이 마음만은 자네 못지 않게 나도 순수하다고 자신 있게 말할 수 있네. 내 꿈이 이루어질 수만 있다면 지금 당장이라도 그분께 무릎 꿇고 간절히 기도하고 싶은 심정일세."

"누굴 위해서? 누굴 위해서 그런 선택을 한 것인가? 솔직히 말해 주게!"

"그래, 나를 위한 선택이라는 점을 먼저 말해야겠지. 그러나 정확히 말하면, 모두를 위해서일세. 나와 로마, 사랑하는 제국의 백성들, 물론 선량한 기독교인들을 포함해서 말일세."

그라쿠스는 더 이상 아무 말도 할 수 없었다. 그가 할 수 있는 일이라고는 그저 제국의 황제인 친구의 눈을 말없이 바라보며 하염없이 눈물을 흘리는 것뿐이었다.

"그라쿠스가요? 술에 잔뜩 취해서?"

"그렇소, 너무나도 진실 되고 사랑스런 친구요."

콘스탄티누스가 전에 없이 진지한 표정으로 말했다. 호시우스는 황제가 이토록 진지하게 말하는 모습을 정말 오랜만에 본다고 생각했다.

"그러나 폐하 앞에서 그렇게 무례한 행동을 하다니…."

"그는 내게 하나밖에 없는 친구요, 그 누구와도 바꿀 수 없는! 나 역시 그에게는 친구일 뿐이고! 그 친구 생각만 하면 늘 기분이 유쾌해 진다오. 간혹 곤혹스럽기도 하지만. 아, 그건 그렇고…."

황제가 정색을 하고 화제를 바꾸었다.

"이번 회의를 위해 수고한 주교들을 좀 위로하고 싶소. 특히, 이번 결정에 대해 서운해하는 사람들도 있는 것 같던데, 엉킨 마음을 풀고 다 같이 제국과 기독교의 발전을 위해 일할 수 있는 방도를 찾아보는 게 어떻겠소?"

"폐하께서 기독교 발전을 위한 실질적이고 가시적인 정책들을 내놓으신다면 교회를 위로하고 화합하는데 도움이 될 수 있을 것입니다. 예를 들면, 꼭 필요한 곳에 교회를 세워 주신다거나…."

"그래요, 교회를 세우고 싶어하는 주교들을 우선적으로 지원하시오. 내 사재를 내놓을 용의가 있소. 성직자들의 공무와 납세를 면제해 주는 방안도 연구해보시오. 교구 안에서 일어나는 일에 대해서는 주교에게 사법권을 인정해 주는 것도 생각해보시오. 그렇게 되면 성직자들이 마음의 안정을 얻고 제국의 일치와 평화를 이루는 일에 적극 참여하지 않겠소?"

자신이 생각한 것보다 한참 앞서나가는 황제의 파격적인 제안에 호시우스는 잠시 혼란을 느꼈다. 이런 식의 기독교 우대책이라면 제국의 미래에 공헌하게 하기보다는 교회 조직만 키우는 게 아닐까! 하지만 어차피 모험이었다. 지금 이 시점에서 그가 할 수 있는 일이라고는, 제국과 기독교의 밀월로 그저 힘없는 백성이 웃을 수 있는 세상이 오기를 바라는 것뿐이었다.

"폐하의 지시대로 시행하겠습니다."

호시우스는 기독교에 대해 남아있던 애정과 미련을 깨끗이 정리했다.

음모

자정이 막 넘은 소아시아의 황도 니코메디아. 제국의 황제가 머물고 있는 황궁의 불빛이 적막한 도시의 칠흑 같은 어둠을 겨우 몰아내고 있었다. 황후 파우스타와 콘스탄티누스 사이에 태어난 세 아들은 황궁에서 2킬로미터 남짓 떨어진 사가에 머물고 있었다.

코르불로는 근위대 병력을 이끌고 잠복 중이었다. 예상대로라면 암살자들은 틀림없이 오늘 밤에 잠입을 시도할 것이었다. 인기척이 들렸다. 어둠에 묻혀 형체를 자세히 알아보기는 어려웠지만, 밤눈이 유달리 밝은 코르불로는 그들의 숫자를 정확히 세고 있었다.

하나 둘 셋 넷 다섯 여섯! 검은 복장과 복면으로 얼굴을 감춘 사내들이 빠르게 사가로 다가오고 있었다. 재빠른 몸놀림으로 담벼락에 몸을 붙인 사내들이 좌우를 살피고는 몸을 날려 담을 타넘었다. 코르불로는 잠복시킨 부하들을 셋으로 나누었다.

"후위 오십 명은 사가를 포위한다. 조금이라도 수상한 놈은 모조리 잡아들여라. 백인대장은 전위 좌열 이십 명을 이끌고 저 놈들을 추격해라. 한 놈도 놓쳐서는 안 된다. 나머지 전위 우열 삼십은 나를 따르라!"

코르불로는 뒤도 돌아보지 않고 왕자들의 침실을 향해 재빨리 이동했다. 잠시 후, 사가의 창고에서 불길이 솟았다. 불은 맹렬한 속도로 타올랐다. 경비병들의 고함치는 소리가 들렸다. 병사들이 불길을 따라 우왕좌왕하는 사이 사내들은 왕자들이 잠들어 있는 침실을 향해 소리 없이 내달렸다.

글라디우스를 막 빼들고 왕자들의 사가를 향해 돌진하던 사내들이 일제히 억 소리를 지르며 고꾸라졌다. 어둠에 덮여 보이지는 않았지만 일차로 그들을 제압한 것은 사가 입구에 쳐진 굵은 밧줄이었다. 미처 일어서기도 전에 사내들은 코르불로의 병사들에게 포위되었다.

저항은 오래가지 않았다. 글라디우스에 가슴을 깊이 찔린 한 명의 자객을 빼놓고는 세 명 모두 생포되었다. 잠시 후, 창고에 불을 지른 자객 두 명도 사로잡혀 끌려왔다.

왕자들을 시해하려는 음모가 곧 실행에 옮겨질 것이라는 보고를 코르불로가 처음 접한 건 보름 전이었다. 지체 없이 콘스탄티누스에게 달려가 황실 경비대의 정예 켄투리아*를 접수받은 지 불과 열흘밖에 지나지 않았다. 왕자들의 목숨을 노리는 자객들을 깨끗이 소탕하는 데는 그들로 충분했다.

좀처럼 입을 열지 않던 자객들이 사건의 전말을 실토한 것은 이틀이

* 백인대

지난 후였다. 고문으로 초죽음인 된 자객들이 황후 앞에서 토해낸 자백은 파우스타를 격노케 했다.

"우리는 클로디우스 장군이 보낸 병사들입니다."

"클로디우스가 왜 이런 짓을 꾸민 거죠?"

파우스타의 얼굴이 얼음장같이 차갑게 굳어졌다. 황후의 사촌 오라버니 코르불로가 포로들을 달랬다.

"황후마마 앞에서 한 치의 거짓도 없이 모든 일을 사실대로 고해라! 그러면 너희들의 목숨만은 살려주겠다!"

"왕자들을 살려두면 카이사르의 앞날에 장애가 된다고 하셨습니다!"

"뭐, 뭐라고? 카이사르라면 크리스푸스를 말하는 것이냐?"

파우스타가 찢어지는 소리를 냈다. 공포와 분노로 일그러진 얼굴에 경련이 일었다.

"카이사르가 이 일에 개입되어 있는가?"

코르불로가 표정 없는 얼굴로 물었다. 자객들이 대답도 하기 전에 파우스타가 파랗게 질린 얼굴로 악을 썼다.

"그럴 리가 없다. 크리스푸스가 그럴 리가 없어! 너희들은 내 아들을 모함하고 있는 거야! 도대체 누가 이런 짓을 꾸몄는지 사실대로 말해라, 사실대로!"

극한 공포와 절망감에 휩싸인 파우스타의 눈에서 피눈물이 쏟아지고 있었다.

"그건 모르겠습니다."

자객들은 한결 같이 고개를 내저었다. 아니야, 절대로 그럴 리가 없어!

그리스푸스가, 내 아들 크리스푸스가 그럴 리가 없어! 이건 클로디우스가 혼자 꾸민 일일 거야! 파우스타는 비 오듯 쏟아지는 눈물을 주체하지 못하고 마침내 그 자리에 주저앉아 엉엉 소리를 내며 통곡하고 말았다.

'어머니!'

크리스푸스가 밝게 웃고 있었다. 카이사르의 군장을 갖추고 있었지만 어린 소년 시절의 티 없이 맑은 웃음 그대로였다.

'내 사랑하는 아들 크리스푸스! 엄마는 가슴이 아프다, 가슴이! 사랑하는 아들을 의심해야 하는 내 처지가 너무도 가슴이 아프구나!'

'어머니, 절 모르세요? 저에게는 황제 자리보다 어머니가 더 중요하다는 걸!'

크리스푸스가 여전히 어린 시절의 천진한 얼굴 그대로 함박웃음을 지으며 말했다.

'아무렴, 그렇지! 내 아들의 마음을 누구보다 엄마인 내가 잘 알지, 그럼! 이건 클로디우스가 꾸민 일이로구나!'

파우스타는 이제야 비로소 마음을 놓을 수 있었다. 자칫하면 아들 넷을 모두 잃을 수도 있었던 파멸의 구렁텅이에서 벗어나는 느낌이었다.

'어머니, 클로디우스 장군을 의심하지 마세요. 클로디우스는 이런 비열한 모략을 꾸밀 사람이 아닙니다.'

여전히 천진한 웃음을 얼굴 가득 담은 채 크리스푸스가 말했다.

'그, 그럼 도대체 누가 꾸민 일이란 말이냐?'

'그건, 그건….'

'아들아, 왜 말을 못하느냐? 도대체 누구냐? 네 아우들을 죽이려는 자가 누구야?'

'아, 어머니! 황제의 가족으로 살아간다는 것이 이렇게 힘든 일이군요. 저에게도 어머니에게도. 또한 아우들에게도….'

'아들아, 그게 무슨 말이냐? 네가 알고 있는 진실을 말해 다오.'

'제가 진실을 말해도 어머니는 믿지 못하실 거예요.'

'아니다, 아들아! 엄마는 아들의 말을 믿는다.'

'어머니가 저를 믿지 못하시면 저는 죽게 될 거예요.'

'아들아, 그런 말을 하지 마라. 엄마가 목숨을 걸고 널 지켜줄 거야!'

파우스타는 이를 악물었다. 내 아들을 하나도 다치게 할 수 없어! 크리스푸스, 사랑하는 내 아들! 파우스타는 잠시나마 아들을 의심했던 자신을 증오했다. 견딜 수 없는 부끄러움이 전신을 덮었다. 크리스푸스가 슬픈 웃음을 지었다.

'역시 그랬군요. 어머니는 저를 의심하고 계셨어요. 어머니가 나를!'

갑자기 크리스푸스의 얼굴이 험악하게 변했다. 속내를 들킨 파우스타는 깜짝 놀라 두 손을 가슴에 모았다.

'아들아, 못난 엄마를 용서해 다오. 이렇게 착하고 바르게 자란 내 아들을 잠시나마 의심하다니! 엄마가 잘못했다, 엄마가 잘못했어!'

크리스푸스의 얼굴이 벌겋게 상기되었다. 슬픔으로 가득 찬 눈에서 눈물이 뚝뚝 떨어졌다.

'아니야, 크리스푸스! 널 의심했던 게 아니야! 그냥 엄마가 잠시 정신

을 놓았던 거야, 제정신이 아니었단다! 오, 크리스푸스, 엄마를 용서해 다오!'

파우스타가 당황하여 횡설수설했다.

'어머니는 변했어요, 아우들을 낳고 나서 변했어요! 주변에서 모두들 그렇게 말해도 저는 어머니를 믿었는데, 그 말이 맞았군요! 아, 어머니! 저는 이제 어떻게 해야 하나요?'

크리스푸스가 절망으로 목놓아 울었다. 아, 아들아! 어쩌면 좋으냐! 엄마가 미쳤었구나, 엄마가 정말 미쳤었어! 한참을 엎어져 울던 크리스푸스가 갑자기 몸을 일으켰다. 눈에서 살기가 번뜩였다. 크리스푸스가 다시 엉엉 소리내어 울기 시작했다. 눈에서 흘러내린 눈물이 피로 변했다. 크리스푸스의 얼굴 전체가 피로 뒤덮였다.

'으아아아아!'

울음을 뚝 그친 크리스푸스가 미친 듯이 고함을 지르더니 글라디우스를 쑥 뽑았다.

'이젠 다 끝났어요! 어머니도 저도 파멸할 수밖에 없어요!'

크리스푸스가 글라디우스를 휙 휘둘렀다.

'안 돼, 크리스푸스!'

파우스타는 자신의 몸이 둘로 갈라져 나동그라지는 것을 보았다. 쓰러지는 자신의 몸뚱이에서 무언가 툭툭 튀어나왔다. 하나, 둘, 셋!

'못된 놈, 키워준 어머니를 죽이다니! 용서할 수 없다, 죽어!'

셋은 곧장 크리스푸스에게 달려들었다. 악귀처럼 크리스푸스를 물고 할퀴었다.

'안 돼, 너희들이 이러면 안 돼! 이러면 엄마가 죽어서도 눈을 감지 못할 거야! 제발, 제발 이러지들 마!'

파우스타는 애절하게 호소했지만 자신의 말이 아들들에게 전달될 수 없다는 걸 알고 있었다. 세 아들이 크리스푸스의 시체를 뜯어먹고 있었다.

"아악, 안 돼, 안 돼!"

파우스타가 벌떡 일어나 앉았다. 칠흑 같은 밤이었다. 온 몸이 땀으로 흥건히 젖어있었다. 가슴 깊은 곳에서 무언가 아프게 목을 타고 넘어왔다. 파우스타는 그 자리에 엎어져 어깨를 들썩이며 꺼이꺼이 울어댔다.

웅성거리는 소리가 점점 가깝게 들려왔다. 아직 어둠이 채 물러가지도 않은 새벽이었다. 코르불로는 누군가 자기 이름을 부르고 있다고 느꼈다.

"장군님께 급해 보고해야 합니다!"

"아직 주무시고 계시오!"

부관과 경비병 사이에 오고가는 대화였다.

"밖에 무슨 일인가?"

무언가 일이 생겼음을 직감한 코르불로는 바깥에 대고 소리를 질렀다.

"자객들이 사라졌습니다!"

"뭐야?"

코르불로가 튕기듯이 일어났다. 투니카* 차림으로 나타난 코르불로와 마주친 경비병들이 고개를 푹 숙였다.

"어떻게 된 일인지 자세히 보고해!"

"아침에 근무 교대를 하려고 가보았더니 보초를 섰던 병사들이 모두 살해되었습니다. 자객들은 사라지고 없었습니다!"

코르불로는 즉시 왕자들의 침실로 달려갔다. 경계는 철저했고 아무 이상도 없었다. 아무것도 모르는 어린 왕자들은 아직 잠들어 있었다. 잠시 후 파우스타가 소식을 듣고 달려왔다.

"오라버니, 어떻게 된 거예요? 자객들이 사라지다니…."

"예삿일이 아닙니다. 무언가 거대한 음모와 세력이 배후에 있습니다, 틀림없이…."

"크리스푸스는 아니에요!"

파우스타가 흑 울음을 물고는 묻지도 않은 말을 했다. 어떻게든 크리스푸스 만은 이 사건에서 떼어놓고 싶었다. 만에 하나 그가 이 일에 관련이 있다 하더라도.

"황후마마, 정신 차리십시오! 이럴 때일수록 냉철해야 합니다!"

코르불로가 두 눈을 부릅뜨고 황후를 쳐다보았다. 눈길이 매서웠다.

"오라버니, 크리스푸스는 제가 잘 알아요. 절대로 이런 일을 저지를 아이가 아니에요. 오라버니도 아시잖아요, 그애가 얼마나 심성이 고운지!"

파우스타가 닭똥 같은 눈물을 뚝뚝 흘리며 말끝을 흐렸다.

"모든 건 조사를 해보면 알 수 있습니다. 클로디우스가 직접 일을 꾸몄

* 군복이나 겉옷 안에 받쳐 입는 짧은 치마 형태의 속옷

다는 건 이미 드러난 사실입니다. 그 외에는 아직 이렇다 저렇다 단정 지을 수 있는 게 아무것도 없습니다. 마음을 굳게 가지세요!"

파우스타가 눈을 떨구었다. 코르불로가 성큼성큼 뒤돌아 걸어가고 있었다. 파우스타가 소리쳤다.

"오라버니, 어쩌시려구요?"

코르불로가 우뚝 서더니 뒤도 돌아보지 않고 말했다.

"저 혼자 해결할 수 있는 일이 아닙니다. 폐하께 즉시 이 일을 보고해야 합니다."

"안 돼요, 아직은!"

"시간을 끌면 돌이킬 수 없는 사태가 일어날 수도 있습니다. 황후마마는 이 일에 나서지 마십시오!"

코르불로가 휙 돌아서서 싸늘하게 말했다. 파우스타는 그 자리에 털썩 주저앉고 말았다.

한심한 녀석! 코르불로가 가던 길을 멈추고 누이동생을 힐끔 쳐다보았다. 이렇게 일을 끌다간 낭패를 볼 수도 있는데! 코르불로가 한숨을 푹 쉬었다. 어제 만나 나누었던 콘스탄티누스의 음성이 가슴을 때리고 있었다.

'클로디우스가 직접 꾸민 일이란 말이오?'

코르불로의 보고를 받은 콘스탄티누스가 표정 하나 흔들리지 않고 물은 말이었다.

'자객들이 실토했습니다.'

'자객들이 자백을 했다…. 그 외에 확보된 물증이 있소?'

'아직 다른 물증을 확보하지는 못했습니다. 고위급 관료가 연계된 음모가 틀림없습니다.'

'그렇겠군. 귀관은 클로디우스에 대해 잘 알고 있소?'

'잘 알고 있습니다. 폐하의 오른팔이며 카이사르 크리스푸스에 대해 깊은 애정과 신뢰를 갖고 있는 충직한 무장이지요.'

'클로디우스가 카이사르에 대한 애정과 충성심으로 이런 일을 꾸몄다는 말이오?'

'클로디우스가 카이사르에 대한 충성심으로 혼자 일을 꾸몄는지 지시를 받은 것인지는 아직 밝혀지지 않았습니다.'

'카이사르도 이 사건과 연계되어 있다는 것이요?'

'가능성을 말씀드리는 것뿐입니다. 갑작스런 화재사건과 자객의 침입, 세 왕자에 대한 살해 기도와 무산, 자객의 체포와 실토, 이 모든 것은 여러 명이 직접 목격한 사실입니다.'

'그대가 말한 어느 것도 카이사르 뿐 아니라 클로디우스가 사건에 개입되었다는 확실한 증거가 될 수는 없소. 명확한 증거가 발견되면 다시 오시오. 하지만 증거를 발견하지 못하면 다시 올 필요가 없소. 이 문제는 나도 직접 조사해 보겠소. 사건의 전모가 드러날 때까지 황후와 왕자들이 묶고 있는 사가의 경계를 게을리 하지 마시오!'

콘스탄티누스가 석상처럼 굳은 얼굴로 코르불로에게 하달한 지침이었다.

코르불로가 힘없이 쓰러져 있는 누이에게 발길을 돌려 양손을 잡고 일으켜 세워주었다. 가여운 누이의 얼굴과 손이 온통 새파랗게 질려 있었다.

"오라버니!"

파우스타가 그대로 코르불로의 품에 안기며 흑 울음을 물었다.

"반란은 늘 가장 가까운데서 일어나는 법이지요. 율리우스 카이사르가 자신의 오른팔이었던 브루투스에게 암살 당했듯이! 폐하께서 측근들을 너무 믿으셔서는 안 되는데!"

코르불로가 파우스타의 등을 토닥이며 말했다.

"폐하께선 클로디우스를 믿고 있어요. 하지만 그 사람은 믿을만한 사람이 못 돼요."

파우스타가 여전히 울음 섞인 목소리로 오라비의 말을 거들었다.

클로디우스, 잔인하고 교활한 사람! 파우스타는 클로디우스가 콘스탄티누스 황제의 오른팔로 혁혁한 공을 세운 것도, 황제를 위해서라면 자기 목숨도 아끼지 않을 사람이라는 것도 잘 알고 있었다. 하지만 바로 그 점이 무섭고 불쾌했다. 언제든 황제를 위한 일이라고 생각하면 황후인 자신의 목에도 칼을 들이댈 사람이었다. 황제에 대한 클로디우스의 충성심은 크리스푸스가 카이사르로 임명된 후 크리스푸스에게로 이어졌다. 이번 일도 그가 꾸민 일이 틀림없다고 파우스타는 확신했다. 순진하고 착한 크리스푸스에게 달라붙어 권력을 쥐고 흔들려는 야욕으로 왕자들을 해치려 했을 것이다. 틀림없이 그럴 것이다! 파우스타는 자신의 확신을 사실로 단정했다.

"오라버니, 그 사람을 그대로 두어선 안 돼요. 내 아들 넷을 모두 해치고 말 거예요."

"황후마마, 아들 넷이라고요? 그 중에 하나가 나머지 셋을 죽이려고 꾸민 일일 수도 있습니다."

코르불로가 파우스타를 밀쳐내며 말했다. 얼굴 전체에 안타깝다는 표정을 가득 담은 채.

아, 오라버니! 파우스타는 저 멀리 사라져 가는 코르불로를 멍하니 쳐다볼 뿐 더 이상 아무 말도 할 수 없었다.

"어머니, 여기 계셨군요."

갑작스런 인기척에 소스라치게 놀라 파우스타는 자기도 모르게 홱 돌아섰다. 크리스푸스였다.

"아, 아니, 네가 어떻게 여길…. 오, 내 아들!"

파우스타는 그대로 아들 품에 무너지고 말았다. 흐르는 눈물을 주체할 수가 없었다. 아들이 어머니의 등을 토닥여주었다. 세월이 많이 흘렀구나! 이제는 이렇게 네가 엄마를 안아주고 있구나!

크리스푸스는 도무지 이해할 수가 없었다. 클로디우스가 자신과 상의 한마디 없이 이런 일을 꾸몄을 리가 없었다. 누군가 우리를 모함하고 있다! 철저히 가려내지 않으면 피바람이 불 것이다! 크리스푸스는 소식을 듣자마자 클로디우스를 부를까 생각했지만 이내 마음을 돌리고 먼저 어머니를 만나러 온 것이었다.

파우스타는 고개를 들어 찬찬히 아들의 얼굴을 살펴보았다. 스물여덟의 품위 있고 당당한 카이사르가 잔잔한 웃음을 얼굴 가득 머금은 채 자신을 내려다보고 있었다. 파우스타가 떨리는 손으로 아들의 뺨을 어루만졌다. 크리스푸스도 어머니의 이마에 살며시 입을 맞추었다. 가엾은 분!

“크리스푸스, 사랑하는 내 아들!”

흑 울음을 물며 파우스타가 다시 아들 품에 안겼다.

“어머니!”

둘은 한동안 말없이 서로를 꼭 마주 안았다. 아들도 어머니도 다음 말은 꺼낼 수 없었다.

코르불로가 열한 살 차이의 계모와 아들을 줄곧 의심에 찬 눈초리로 쳐다보고 있었다. 황제와의 잠자리를 한사코 거부하는 서른아홉의 외로운 황후가 스물여덟의 의붓아들을 대하는 태도는 어머니 이상이었다.

“폐하께서 오셨군요!”

코르불로가 다시 나타나자 파우스타가 깜짝 놀라 아들 품에서 떨어져 나왔다. 눈물이 범벅이 되어 있었다. 크리스푸스도 멋쩍은 모습으로 어색하게 몸을 돌렸다.

“오랜만이요, 코르불로 장군!”

“예, 폐하! 모자의 정이 심금을 울리는군요!”

코르불로가 정중히 고개를 숙였지만 말에는 가시가 돋아있었다.

“장군은 나와 클로디우스 장군을 의심하는 모양이구려!”

크리스푸스는 사건의 중심에 코르불로가 있을지도 모른다고 생각했다.

“황후마마는 폐하의 결백을 주장하고 계십니다. 그러나 클로디우스 장군이 단독으로 일을 꾸몄다고 보기에는 여러 가지 의심 가는 점이 많습니다."

"클로디우스를 의심하지 마시오. 그는 이런 일을 꾸밀 사람이 아니오!"

"그렇다고 폐하를 의심할 수도 없지 않습니까? 클로디우스도 폐하도 아니라면 도대체 누가 이런 일을 꾸몄을까요? 귀신이 곡할 노릇이군요!"

코르불로는 노골적으로 카이사르를 심문하고 있었다. 크리스푸스는 자신과 클로디우스가 단단히 올무에 걸려들었음을 느꼈다.

"어머니도 저를 의심하십니까?"

크리스푸스가 얼굴을 감싸고 울고 있는 파우스타에게 물었다.

"아니다, 아들아! 엄마는 너를 잘 알아! 너는 결코 그런 일을 할 아이가 아니야!"

파우스타가 고개를 절레절레 흔들며 단호하게 말했다.

"어머니가 저를 믿듯이 저 역시 클로디우스 장군을 믿습니다. 이 일에는 어떤 음모가 숨어 있습니다. 제가 그 일을 밝혀낼 때까지 저와 클로디우스 장군을 믿어주세요!"

크리스푸스가 코르불로를 노려보았다. 코르불로도 크리스푸스의 눈길을 피하지 않고 맞받았다.

빠져나갈 구멍이라곤 없었다. 사건의 목격자는 여럿이었고, 발 없는 말들이 여기저기 돌아다니고 있었다. 클로디우스가 일을 꾸몄다는 자객들의 자백은 어느새 사실로 굳어졌고 카이사르가 연루되었을 가능성에 대해서도 이런저런 말들이 많았다. 사건의 열쇠는 처음부터 끝까지 사건 현장에 있었던 코르불로가 쥐고 있다고 믿을 수밖에 없었다.

일단 코르불로부터 만나보자! 클로디우스는 군장을 갖추었다. 글라디우스를 조심스럽게 들어 찬찬히 살펴보았다. 만일의 경우 카이사르를 보호하기 위해서는 죽음도 각오하리라!

클로디우스가 코르불로의 거처에 나타나자 경비병들은 범법자 취급을 했다.

"이놈들아, 내가 범인이라면 혼자 이곳에 나타났겠느냐? 당장 코르불로에게 보고해!"

클로디우스의 호통에 병사들이 주춤주춤 물러났다. 클로디우스가 성큼성큼 코르불로의 집무실로 들어섰다.

"어서 오시오, 클로디우스 장군!"

병사들의 보고를 받은 코르불로가 막 집무실에서 나오다 클로디우스와 마주쳤다.

"장군의 병사들은 기본적인 예의부터 배워야 할 것 같소!"

클로디우스가 가시 돋친 말을 쏘아댔다.

"불쾌했다면 미안하오, 사건이 사건인지라."

느물느물 웃으며 클로디우스의 말을 받아낸 코르불로가 주변을 모두 물리쳤다. 단둘이 마주 앉자마자 클로디우스가 먼저 말을 꺼냈다.

"장군은 카이사르와 내가 이 일에 무관하다는 걸 알고 있으리라 믿소."

"그랬으면 얼마나 좋겠소, 하지만 정황이…."

코르불로가 말을 마치기도 전에 클로디우스가 너털웃음을 웃으며 말을 받았다.

"여러 가지 정황으로 보아 꼼짝없이 내가 꾸민 일이 되고 말았군. 지금

결백을 주장해 봐야 아무 소용이 없겠고 해결점을 찾고 싶소. 어떻게 하면 좋겠소?"

"사건의 진실을 밝힐 수 없다면 위험 요소라도 없애고 싶소."

코르불로가 잠시 뜸을 들이다 말을 이었다.

"황후마마와 어린 왕자들을 더 이상 위험한 상황에 방치할 수는 없소. 그대가 결백하다면 범인은 카이사르요. 그러니 지금부터 황후마마와 세 왕자님들을 도와주시오. 그리고 카이사르에 대한 조사에 협조해 주시오."

이런 쓰레기 같은 놈, 네 놈이 꾸민 자작극이로군! 클로디우스가 쓴웃음을 지었다.

"좋소, 그렇게 하겠소. 카이사르가 꾸민 일이라면 그에게 더 이상 충성을 바칠 이유가 없소. 제국의 앞날을 위해서도 바른 길을 선택해야 하오."

"그리 말해주니 고맙소."

코르불로는 회심의 미소를 지었다. 그래, 너도 살 길을 찾고 싶겠지!

"카이사르를 어떻게 할 생각이요?"

클로디우스가 물었다. 카이사르를 해칠 생각이라면 네 놈은 벌써 실수한 거야! 네 음흉한 계략을 성공시키려면 나를 끝까지 속였어야지! 클로디우스의 얼굴에 묘한 웃음이 감돌았다.

"내가 직접 조사단을 대동하고 방문할 계획이요."

클로디우스의 웃음을 타협의 의미로 생각한 코르불로가 함박웃음을 물고 말을 이었다.

"나는 클로디우스 장군이 이런 일을 꾸밀 사람이 아니란 걸 잘 알고 있소. 아마도 카이사르가 차기 황제 자리를 노리고 세 분 왕자님을 죽이려고 벌인 일일 것이요."

"그렇게 단정지을 만한 확실한 증거는 있소?"

클로디우스 역시 얼굴 가득 함박웃음을 물었다.

"정황이 그렇지 않소! 장군이 벌인 일이 아니라니 카이사르의 짓일 수밖에 없지 않소? 폐하께서는 사건의 진상을 낱낱이 보고하라고 하셨소. 클로디우스 장군이 이 일에 아무 연관이 없다는 걸 곧 보고 드리겠소."

"이런 쓰레기 같은 놈!"

클로디우스가 벌떡 일어나는 것과 글라디우스를 확 뽑아든 것은 거의 동시였다.

"폐하께 분명히 보고해라! 이 일은 전적으로 나 혼자 꾸민 일이다! 카이사르는 이 일과는 무관하다! 네놈이 진정 로마의 장군이라면 양심을 속이는 짓은 하지 말아다오!"

말을 마침과 동시에 클로디우스의 글라디우스가 코르불로의 배에 꽂혔다. 코르불로가 억 소리를 내고 옆으로 고꾸라졌다. 클로디우스는 커튼으로 천천히 글라디우스를 닦아 여유 있게 칼집에 꽂았다. 아무 일도 없었다는 듯이 천천히 접견실을 걸어 나온 클로디우스는 곧장 말을 내달렸다. 무슨 일이 생겼는지 모르는 병사들은 화가 잔뜩 난 채 말을 달리는 클로디우스를 멍하니 쳐다볼 뿐이었다.

크리스푸스에게 인편으로 클로디우스의 편지가 도착한 것은 코르불로가 중상을 입은 지 닷새가 지난 후였다.

'경애하는 카이사르 크리스푸스에게! 저는 코르불로가 일을 꾸몄다는 확고한 심증을 갖고 있습니다. 하지만 불행하게도 지금 우리의 말을 들어줄 사람은 아무도 없는 듯합니다. 그는 어린 왕자들의 인척이며 권력에 대한 야욕에 불타는 자입니다. 코르불로를 조심하십시오!'

"클로디우스는 절대로 이런 일을 꾸밀 사람이 아닙니다! 그를 의심하시는 건 아버지를 위해 죽을 고비를 수없이 넘긴 오랜 친구에 대한 예의가 아닙니다!"

크리스푸스는 아버지 앞에서 이렇게까지 흥분한 적이 없었다.

"그러면 너를 의심해야 하겠느냐?"

콘스탄티누스는 석상처럼 굳은 얼굴로 카이사르인 아들에게 물었다. 크리스푸스는 더 이상 할 말이 없었다. 그저 멍하니 아버지, 아니 황제의 얼굴을 쳐다볼 뿐이었다.

클로디우스에게 시해를 당했다는 말을 듣고 콘스탄티누스는 즉시 코르불로에게 달려갔었다. 가슴 전체를 붕대로 칭칭 감은 코르불로는 겨우 반쯤 몸을 일으켜 황제를 맞았다.

'그대로 계시오, 일어날 필요 없소.'

'폐하께선 확실한 물증을 발견하면 다시 오라고 하셨지요. 제가 찾아뵈어야 하는데 이 꼴이 되어 폐하를 여기까지 오시게 했군요. 어쨌든 클로디우스의 자백은 받아냈습니다. 물증은 비참한 제 몰골이 말해주고 있군요.'

'클로디우스가 뭐라고 하던가?

'자신이 단독으로 꾸민 일이라고 말했습니다. 하지만 그의 말을 액면 그대로 믿을 수는 없습니다. 그래서 카이사르를 보호하기 위해 혼자 죄를 뒤집어쓰려는 거냐고 묻자 갑자기 격분해서 저를 찔렀습니다.'

황제가 사건의 보고를 받았을 때 코르불로는 피를 많이 흘려 사경을 헤매고 있었다. 주변을 물리치고 독대를 한 탓에 클로디우스가 현장을 빠져나간 한참 후에야 코르불로의 부관이 배를 움켜지고 신음을 흘리는 상관을 발견할 수 있었다.

"너도 무죄, 클로디우스도 무죄! 그러면 누군가 이 일을 꾸며냈구나! 누구냐? 내가 납득할 수 있게 설명해 다오!"

"확증은 없지만…."

크리스푸스가 말을 하다 입을 앙다물었다.

"그래, 말해라! 누구라고 생각하느냐?"

"아닙니다, 추측만으로 말씀드릴 수는 없습니다."

"너는 나에게 감추는 것이 많구나. 네 어머니 일도 그렇고…."

"예? 어머니 일이라니요? 무슨 말씀이십니까? 그게…."

"요즘 너와 네 어미의 관계에 대한 보고를 계속 받고 있다."

"아버지, 그 무슨 말도 안 되는 말씀을!"

크리스푸스는 자신도 모르게 소리를 질렀다. 보이지 않는 곳에서 거대한 음모가 싹터 자신과 클로디우스를 파멸로 몰아가더니 이제는 어머니까지 옭아매려 하고 있었다.

그로부터 사흘이 지나, 크리스푸스는 한 사내의 갑작스런 방문을 받았다. 그의 손에는 공무 수행 중임을 알리는 황제의 친서가 들려 있었다.

"사람들은 카이사르께서 장래의 후환을 없애시려고 어린 왕자님들을 제거하려 했다는 의혹을 품고 있습니다. 클로디우스 장군은 단지 카이사르의 뜻을 실행에 옮긴 하수인일 뿐이구요."

크리스푸스를 방문한 사내가 한 말이었다. 근위대 대대장 키빌리스. 바늘로 찔러도 피 한 방울 나올 것 같지 않은 무표정한 사내가 비밀리에 황제의 호출을 받아 조사 활동을 벌이는 중이었다.

'크리스푸스와 클로디우스, 코르불로, 그리고 황후의 배후를 철저히 조사해라. 이 네 사람 중에 일을 꾸민 자가 있을 것이다. 일을 하는데 필요하다면 체포와 구금, 심문 등 모든 권한을 위임한다. 근위대에서 네가 믿을 수 있는 자 중에 장교와 병사를 가리지 말고 열 명을 뽑아 명단을 제출해라. 그들 이외에는 아무와도 이 일을 의논하거나 정보를 흘려서는 안 된다. 상황보고는 열흘에 한 번 반드시 해야 한다.'

'예, 폐하! 차질 없이 조사하여 모든 의혹을 낱낱이 밝혀내겠습니다.'

평상시라면 대대장 신분으로서는 마주 보기도 어려운 카이사르였지만 지금은 제국의 근간을 흔드는 중대 범죄의 피의자 중 한 사람이었다.

"폐하께서 직접 꾸미신 일이 아니라면 적극적으로 해명하여 의혹에서 벗어나셔야 합니다."

키빌리스는 정중하지만 단호한 어조로 크리스푸스를 심문했다. 사무적으로 말하는 것 같았지만 키빌리스의 표정에서 안타까움이 묻어 나왔다.

"명백하게, 나는 이 일과 무관하네! 코르불로에 대해서도 조사를 하고 있나?"

"예, 그렇습니다. 폐하와 클로디우스 장군, 코르불로 장군, 황후마마까지 모두 조사를 마쳐야 어떤 단서를 잡을 수 있을 것 같습니다. 대단히 결례되는 질문입니다만, 한 가지 더 묻겠습니다. 황후마마와는 어떤 관계이십니까?"

코르불로! 크리스푸스는 신음을 흘렸다. 어머니를 만났을 때였다. 자신의 품에 안겨 아들의 얼굴을 살피고 어루만지며 한없이 우시던 어머니, 그 가엾은 어머니를 한동안 품에 안고 이마에 입을 맞춘 일을 목격한 코르불로의 이상한 눈빛이 떠올랐다. 어머니까지 위험에 빠질 수 있다! 좀처럼 빠져나가기 힘든 음모의 족쇄가 점점 세게 조여오고 있었다.

"폐하, 카이사르는 이 일과 무관합니다!"

온 몸이 포박된 채 콘스탄티누스 앞에 끌려온 클로디우스가 황제 앞에서 내놓은 첫마디였다. 클로디우스를 압송한 키빌리스가 표정 없는 얼굴로 내려다보고 있었다.

"자네는 나가 있게."

"예, 폐하!"

가벼운 목례를 하고 뒤돌아나가는 키빌리스를 말없이 쳐다보고 있던 콘스탄티누스가 클로디우스의 포박을 풀어주며 말했다.

"크리스푸스를 깊이 사랑하는구나, 클로디우스!"

클로디우스는 아차 싶었다. 쓸 데 없는 말로 오해를 더 키운 꼴이 되었다.

"크리스푸스가 이런 일을 꾸밀 위인이 못 된다는 건 누구보다 내가 잘 안다. 오히려 그 아이는 너무 욕심이 없어서 탈이지. 그래서 그 아이를 보위에 올리고 싶어 어린 왕자들을 해치려 한 것이냐?"

콘스탄티누스가 어린아이 달래듯 온정이 가득 담긴 표정으로 물었다. 클로디우스는 황제가 말은 그렇게 하지만 자신을 여전히 신뢰하고 있음을 알고 있었다. 황제 앞에서 잔꾀는 통하지 않을 것이다! 카이사르의 혐의를 벗기려면 가슴을 터놓아야 한다! 클로디우스는 입술을 질끈 물었다.

"폐하, 불행하게도 폐하의 측근엔 좋은 사람이 많지 않군요!"

"원래 최고 권력자의 측근에는 좋은 사람이 많지 않은 법이다. 그저 한두 사람 정도 있으면 다행이지. 나에게도 호시우스와 클로디우스, 단지 두 사람이 있을 뿐이야."

콘스탄티누스는 진심으로 말하고 있었다. 클로디우스, 너는 나에게 크리스푸스 못지 않다! 나의 또 다른 아들이지! 콘스탄티누스가 잔잔히 미소짓고 있었다.

"폐하께선 카이사르도, 저도, 이 일과 아무 관련이 없다는 걸 이미 알고 계시는군요!"

"그럼, 알고 있고말고! 이 일은 코르불로가 꾸민 자작극이다. 너와 카이사르를 제거하는 것이 코르불로의 일차 목적이었다. 그는 교활한 자다. 오로지 자기 영달에만 관심이 있는 자야. 그런데 너는 어리석게도 그가 쳐놓은 올무에 제대로 걸려들었더구나."

"카이사르의 혐의가 벗겨졌다니 다행입니다."

클로디우스는 긴 한숨을 내쉬었다. 자신은 순간적으로 흥분을 참지 못해 공무를 수행하는 공직자를 사적으로 시해한 살인 미수범이 되었다. 만일의 경우 모든 죄를 뒤집어쓰려고 했던 마음 속 동기까지 황제는 정확히 꿰뚫어보고 있었다.

콘스탄티누스가 애지중지 아껴오던 심복을 보고 천천히 입을 열었다.

"클로디우스, 이 사건에서 누가 범인인지는 중요하지 않다. 이런 일은 앞으로도 언제든 벌어질 수 있어. 그 싹을 잘라 없애는 것이 중요해."

"폐하, 그게 무슨 말씀이십니까? 싹을 잘라내다니요!"

클로디우스는 문제가 풀린 것이 아니라 비로소 시작되고 있음을 느꼈다.

"너에게 한 가지 물어보마. 로마와 나, 둘 중 하나를 택하라면 너는 누굴 택하겠느냐?"

"폐하, 저는 로마와 폐하를 위해 일해 왔습니다. 폐하께서 로마에 해를 끼칠 분이라면 지금까지 함께 하지 않았을 것입니다!"

"그래, 고맙구나. 그러나 만일 내가 하는 일이 로마의 평화와 안녕에 도움이 되지 않는다면, 나를 버리고 로마를 택할 수 있어야 한다."

콘스탄티누스가 할 말을 잃고 멍하니 쳐다보는 클로디우스의 손을 잡았다.

"크리스푸스는 뛰어난 군사적 재능과 사람을 사로잡는 인품을 함께 갖고 있다. 그래서 그의 군단은 천하무적의 강군이 되어 있지."

아, 폐하! 클로디우스는 비로소 문제의 핵심을 꿰뚫어 볼 수 있었다. 가장 염려하던 문제가 현실로 다가온 것이다.

"문제는 크리스푸스가 정치적인 안목이 없다는 점이다. 인품과 덕망만으로는 난세에 처한 제국을 이끌 수가 없어. 그 아이가 제국의 미래를 진정으로 염려한다면 냉철하고 강력한 통치력을 보여주어야 해. 그렇게만 해준다면 나는 미련 없이 크리스푸스에게 자리를 물려주겠다. 지금은 이백 년 전의 로마가 아니다. 크리스푸스는 태평성대의 성군이 될 자질은 있지만 난세에 제국을 지킬 힘은 없어 보이는구나."

"카이사르를 어떻게 하실 생각이십니까?"

클로디우스는 가슴 한가운데가 미어지는 아픔에 신음을 흘렸다.

"크리스푸스는 황제로 적합하지 않다. 그렇다고 조용히 야인으로 물러날 수도 없게 되었다. 그의 군단에는 그를 존경하고 그를 위해서라면 기꺼이 목숨을 내놓을 지휘관들로 가득 차 있어. 크리스푸스가 더 자라게 내버려 둘 수는 없다."

클로디우스가 황제 앞에 무릎을 꿇었다.

"그렇다고 아들을 버리시겠습니까? 다른 방법을 강구해 주십시오, 폐하!"

잔뜩 울음이 밴 목소리로 클로디우스가 애걸했다.

"보아라, 클로디우스! 너 마저 이렇게 흔들리고 있지 않느냐? 이래 가지고 제국의 앞날이 평탄하겠느냐? 클로디우스, 둘 중 하나를 선택해라. 크리스푸스냐, 로마냐?"

콘스탄티누스가 불길이 이는 눈으로 클로디우스를 쏘아보며 차갑게 말했다.

폐하, 저는 잘 모르겠습니다! 그러나 오직 한 길만을 택해야 한다면 폐하께서 가시는 길을 따르겠습니다! 클로디우스가 힘없이 고개를 떨구었다. 굵은 눈물이 뚝뚝 떨어져 바닥을 적셨다.

그날 이후

“폐하의 명령으로 장군을 모시러 왔습니다. 여기 폐하의 친서가 있습니다.”

소수의 근위대 병력만을 대동한 키빌리스가 표정 없는 얼굴로 문서를 내밀었다. 두루마리 문서를 받아 읽고 한참 망설이던 코르불로가 작심한 듯 쓴웃음을 지으며 말했다.

“알았네. 폐하께선 아직도 나에 대해 혐의를 거두지 않으신 모양이군, 섭섭한 걸!”

카이사르 크리스푸스를 부담스러워 하는 황제의 의중을 헤아린 다음에 벌인 일이었다. 계획은 치밀하게 세워졌고 거사를 눈치 챈 자도 없었다. 완벽한 성공이라고 판단했다. 그런데 느닷없이 소환이라니!

“이봐, 이봐! 지금 어디로 가는 건가?”

코르불로는 자신이 황궁으로 향하고 있지 않다는 걸 알았다. 야산으로 끌려가는 중이었다.

"장군은 카이사르와 클로디우스 장군을 모함했습니다. 폐하께선 이런 식으로 음모를 꾸미는 자를 무척 싫어하시지요."

"그게 무슨 말인가? 음모를 꾸민 자는 바로 클로…."

코르불로는 말을 하다 흠칫 놀라 입을 다물 수밖에 없었다. 클로디우스가 웬 사내와 함께 서 있었다. 사내가 코르불로를 쏘아보았다.

"오랜만입니다, 장군! 제가 죽지 않고 살아 있어 유감이겠군요!"

거사에 참여했던 부하였다.

"장군을 믿고 명령에 따랐을 뿐인데 이렇게 내치실 줄은 몰랐습니다. 어리석게도 이놈은 장군의 심복이 제 배를 찌를 때에야 비로소 제국을 위한 거사가 아니라 장군 개인의 야욕을 위한 일이었다는 걸 눈치 챘답니다. 천운으로 죽지 않고 이렇게 살게 되어 다시 만나게 되었군요."

"허허허, 그렇게 되었군. 그렇다면 이제 다 끝난 일이로구먼."

코르불로가 너털웃음을 웃었다. 더 이상 변명을 한다고 피해갈 수 있는 일이 아니었다.

"미안하오, 클로디우스 장군! 그대에게 사과하겠소. 그러나 나를 오로지 야심만을 채우려는 소인배로 본다면 좀 섭섭하오. 조카 중에 똑똑한 아이를 골라 황통을 잇게 하고 권세 좀 누리려는 마음도 솔직히 있었소이다. 하지만 크리스푸스와 그대에게도 책임은 있…."

코르불로가 말을 마치기도 전에 클로디우스가 글라디우스를 확 뽑아 코르불로의 목을 겨누었다.

"더러운 놈이로군. 끝까지 변명에 모함을 늘어놓다니!"

"내 말 똑똑히 들으시오, 클로디우스 장군! 아우구스투스 콘스탄티누스와 카이사르 크리스푸스는 능력은 대등하지만 성향이 너무 다르오. 황제는 결코 카이사르에게 제국을 물려주지 않을 것이요. 그렇다고 카이사르의 수하 장군들이 얌전히 물러나지도 않을 거요. 이대로 가면 제국에 또 다시 피바람이 불 것은 너무도 자명하오. 크리스푸스는 막센티우스나 리키니우스와는 다르오. 두 천재가 군사력으로 맞붙으면 제국은 파멸에 이를 거요. 둘 중 하나가 조용히 사라지는 것이 제국과 백성을 위해 바람직, 억!"

코르불로가 그 자리에 고꾸라졌다. 클로디우스의 검이 코르불로의 목덜미를 꿰뚫었던 것이다.

사방이 온통 시커먼 돌로 둘러싸여 햇빛이라곤 전혀 들어올 공간이 없었다. 땅 속으로 깊이 파인 눅눅하고 축축한 지하 공간엔 역한 피비린내가 진동했다. 돌돌돌 소리를 내며 도르래가 감기고 있었다. 도르래에 양 손목이 묶인 사내가 천장을 향해 천천히 끌어올려졌다. 사내의 지친 몸이 고깃덩이처럼 공중에 대롱대롱 매달렸다.

"살고 싶으시면 사실대로 말씀하십시오!"

시뻘겋게 달아오른 단검을 불쏘시개에서 뽑아든 장교가 사내에게 달래듯 물었다. 사내는 체념한 듯 꾹 다문 입을 열지 않았다. 치지직…. 등에 단검이 닿자 사내의 몸이 꿈틀거렸다. 살을 태우는 연기가 피어올랐다. 역한 냄새에 장교는 고개를 돌렸다.

"정말 대단하시군요. 끝내 입을 열지 않으면 개죽음을 당할 뿐입니다. 역사가 말하겠군요. 아버지를 능가하는 빼어난 전략을 구사했던 장군,

인격과 덕망을 갖춘 듯이 보였던 위대한 왕자, 그러나 백성들의 찬사에 기고만장해진 카이사르는, 아버지의 사랑하는 아내를 겁탈하려다 발각되어 비참한 최후를 맞이하다. 그렇게 되기를 원하십니까?"

축 처졌던 크리스푸스의 머리가 천천히 들려졌다. 비웃음인지 동정인지 모를 미묘한 웃음을 흘리는 장교를 향해 크리스푸스가 힘겹게 입을 열려 하고 있었다.

"그렇지! 말을 하세요, 말을! 황후마마께서 먼저 유혹을 하셨습니까?"

크리스푸스가 게슴츠레 눈을 떴다. 웃고 있는 것 같기도 했다.

"이 일을, 아버지께서도 알고 계신가? 아니면, 자네들이 꾸민, 으흐윽!"

말을 마치기도 전에 크리스푸스의 등에서 다시 연기가 피어올랐다. 치지지직…. 조금 전보다 더욱 길고 고통스런 시간이 흘렀다. 크리스푸스의 몸은 더 이상 움직이지 않았다.

니케아 회의가 끝난 다음해인 서기 326년, 콘스탄티누스 황제의 맏아들이자 카이사르인 크리스푸스가 체포되었다. 체포된 크리스푸스는 철통같은 보안 속에 아드리아 해안 깊숙이 자리 잡은 풀라의 감옥으로 이송되어 극심한 고문과 심문을 받았다. 그의 죄목은 계모인 황후 파우스타와 불륜을 맺었다는 것이었다. 한바탕 고문이 끝난 후 크리스푸스는 다시 장교와 마주앉게 되었다.

"이보십시오, 크리스푸스 장군! 제 말 잘 들으세요! 당신은 이제 황제의 아들도, 카이사르도 아닙니다. 그냥 파렴치한 범죄를 저지른 죄인일 뿐이지요. 저는 황제 폐하로부터 직접 이 문제에 대해 한 점 의혹도 없이 조사하라는 명령을 받았습니다. 장군을 죽이고 살리는 것은 제

손에 달려있지요. 모든 걸 솔직히 말하고 잘못을 빌면 혼자 조용히 살 수 있는 곳으로 보내주겠습니다. 여생을 편히 보낼 수 있도록 해 주겠단 말입니다."

"이보게, 난 자네에게 감정을 가질 하등의 이유가 없네. 내 자네에게 약속하겠네. 여기서 자네와 나눈 얘기는 무덤까지 가져가겠어. 내가 한 입으로 두말하는 사람이 아니란 건 자네가 잘 알 거야. 이 일이 아버지께서 시키신 일인가? 아니면 자네들이 꾸민 일인가?"

크리스푸스를 못 견디게 괴롭히는 문제는 육체적 고문도, 벼랑으로 떨어진 자신의 위상도 아니었다. 아버지와 이렇게까지 처절하게 무너진 관계를 회복하지 못하고 세상을 떠나는 일만은 어떻게든 피하고 싶었다. 혐의는 벗어야 한다. 내 목숨이 여기서 끝나더라도 혐의는 반드시 벗어야 한다. 아, 아버지, 도대체 왜!

혼미해 지려는 정신을 겨우 수습한 크리스푸스는 자신이 거꾸로 매달려 있는 것을 알았다. 이번에는 두 손이 뒤로 묶여 있었다. 매달린 자신의 몸이 아래로 조금씩 떨어지고 있었다. 물이었다. 참을 수 없는 지경까지 갔을 때 그는 숨을 쉬고 싶었다. 가슴 가득 시원한 공기를 들이마셨다. 그러나 그건 신선한 공기가 아니었다. 정신이 아뜩해졌다. 크리스푸스는 소리쳤다.

'아버지, 아닙니다! 저는 결코 아닙니다! 왜, 도대체 왜!'

거꾸로 처박혀 가슴까지 물에 잠긴 크리스푸스의 몸이 요동쳤다. 장교는 말없이 그 모습을 지켜보았다. 다시 통일된 거대 제국 로마의 카이사르, 그러나 지금은 아버지의 아내를 겁탈했다는 혐의로 피의자 신분이 되어 고문을 받는 가련한 한 사내의 몸뚱이가 몇 차례 더 요동을 치다 이윽고 잠잠해졌다.

키빌리스로부터 크리스푸스의 시신을 가져가도 좋다는 소식을 들은 클로디우스는 한걸음에 풀라로 달려가 그토록 사랑하고 존경하던 애제자의 주검을 끌어안고 몸부림쳤다.

"폐하! 함께 가지 못해 죄송합니다. 이놈을 용서하세요, 으흐흐흐…."

제국의 후계자로서 아버지를 능가한다는 평판을 받았던 카이사르 크리스푸스의 종말은 너무나 어이없고 허무했다. 그의 나이 스물아홉이었다.

"장군, 이제 그만 일어나시지요. 아마도 카이사르께서는 죄가 없으신 듯합니다. 하지만 이곳에서의 일을 발설하시는 날에는 장군도 저도 무사하지 못할 것입니다. 제국의 안위를 위해 어쩔 수 없는 일입니다."

키빌리스가 클로디우스의 양 어깨를 잡고 말했다. 그의 눈에도 이슬이 맺혀 있었다.

"폐하! 전쟁도 음모도 없는 저 세상에서 편히 쉬십시오, 폐하!"

크리스푸스를 부둥켜안은 클로디우스의 등이 활처럼 굽어졌다. 머리를 땅에 박은 클로디우스의 어깨가 심하게 들썩였다. 키빌리스도 뜨거운 눈물을 흘리고 있었다.

니코메디아의 황실 전용 욕실에서는 방금 데운 뜨거운 물이 모락모락 김을 피워 올리고 있었다. 따뜻한 물에 목까지 깊이 몸을 담근 황후 파우스타는 정신이 나간 사람처럼 멍하니 천장만 쳐다보았다. 제국을 통일한 위대한 황제의 아내로 세 왕자를 낳았다. 사람들은 황후 파우스타야말로 여신 베누스보다도, 다이아나보다도 더 행복할 거라는 말들을 했다.

그러나 사람들의 입방아와는 달리 파우스타는 극도의 혼란과 절망감으로 살 의욕을 모두 잃고 있었다. 남편 손에 아버지와 오라버니를 잃었다. 하지만 파우스타를 견딜 수 없는 고통으로 몰아간 것은, 그토록 애지중지하며 친아들 이상으로 돌보고 키운 크리스푸스가 제 동생들을 죽이려 했다는 세간의 소문이었다. 아니, 그 소문을 완전히 무시해 버릴 수 없는 자신의 흔들리는 마음이었다. 무엇보다도 파우스타를 절망의 심연으로 빠지게 한 것은 크리스푸스에게 쏟은 자신의 애정을 모정이 아니라 연정으로 바라보는 세상의 비뚤어진 시선이었다. 게다가 남편마저 자신과 아들의 관계를 의심하는 지경에 이르러서는 더 이상 살 의욕도 이유도 남아있지 않았다.

욕조를 가득 채운 온탕이 서서히 열탕으로 바뀌었다. 수증기가 욕실 안을 가득 채웠다. 너무 뜨겁다고 생각했다. 황후는 하녀를 불렀다. 조금 전까지도 곁에 있던 하녀가 사라지고 없었다. 밖으로 나가야겠다고 생각했다. 그러나 문은 밖에서 굳게 잠겨 있었다. 황후는 세차게 문고리를 흔들어댔다. 그러나 습기를 가득 머금은 육중한 문은 끄떡도 하지 않았다. 수증기는 더욱 뜨거워졌고 온 몸에 땀이 비 오듯 쏟아졌다. 몸 속에서 불길이 타오르는 것 같았다. 뜨거운 숨이 가슴을 태우며 목 위로 솟구쳐 올라왔다. 정신이 점점 흐려졌다.

그래, 차라리 잘 됐어! 이렇게 가는 게 나을 지도 몰라! 크리스푸스, 내 사랑하는 아들 크리스푸스! 너는 잘 있느냐, 꼭 살아야 한다. 꼭 살아서 엄마의 한을 풀어다오! 그리고 네 아우들을 잘 돌보아다오. 너라면 그렇게 할 수 있을 거야, 엄마는 믿는다, 내 아들을…. 파우스타의 몸이 처지면서 그녀의 손도 문고리에서 서서히 풀리고 있었다.

다음날, 황후가 목욕을 하다 사망했다고 발표되었다. 황후의 나이 사십이었다. 크리스푸스와 파우스타가 죽은 직후, 콘스탄티누스의 남은 세 아들 중에서 당시 열 살이던 콘스탄티누스 2세와 아홉 살인 콘스탄티우스가 카이사르로 임명되었다. 셋 중 맏아들인 콘스탄티누스 2세는 갈리아 전역을 다스리는 총사령관으로 발령받았다.

"어서 오너라, 그라쿠스!"

호시우스가 오랜만에 만나는 조카의 어깨를 힘껏 끌어안았다.

"오랜만입니다, 숙부! 그간 별고 없으셨는지요."

그라쿠스도 함박웃음으로 옛 스승이었던 숙부의 포옹을 받아들였다.

"별고는 무슨! 네가 보다시피 난 이렇게 잘 있다."

"그러시겠지요, 콘스탄티누스로부터 소식은 들었습니다. 그런데, 숙부께서 저를 찾으실 줄은 몰랐습니다."

"자, 우선 앉거라! 네가 술을 좋아하지 않는다는 말은 들었다. 하지만 포도주 한두 잔 정도는 한다더구나."

"황제와 제 얘기를 많이 나누신 모양이군요."

"그렇다! 폐하께선 너를 무척 흠모하고 계시지, 하하하."

호시우스는 조카의 잔에 포도주를 가득 따라주고 자기 잔에도 술을 채웠다.

"내가 너를 보자고 한 건, 고향으로 돌아가기 전에 꼭 부탁하고 싶은 말이 있어서다."

"고향으로 돌아가시다니요? 숙부께선 언제까지나 황제를 보필하실 줄 알았는데…."

"이 사람아, 사람이 나설 때가 있고 물러날 때가 있는 법이야."

"벌써 하고자 하신 일을 다 이루신 겁니까?"

"다 이루다니, 그런 말은 아무나 할 수 있는 게 아니지. 난 단지 내 역할은 끝났다고 생각할 뿐이다. 하지만 폐하께선 아직 할 일이 많이 남아 있어. 강철같은 체력을 타고나신 분이지만 외로움과 적적함은 어쩔 수 없는 모양이야."

"그것이 오늘 저를 보자고 하신 이유입니까?"

"그렇다. 황제는 너를 무척 사랑하셔. 황제의 변함 없는 친구로 남아다오. 그분이 속내를 털어놓고 대화할 수 있는 사람은 지금 너 밖에 없다."

"숙부께서 하셔야 할 일을 저에게 맡겨놓고 도망을 가려 하시는군요."

그라쿠스가 옛 스승을 향해 눈을 흘기며 포도주를 한 모금 들이켰다.

"솔직히 그렇다고 할 수 있지, 도와다오!"

"제가 황제를 도와줄 수 있는 일은 별로 없을 것 같습니다. 황제에게 기독교는 종교의 문제가 아니라 정치 문제니까요."

"너는 예나 지금이나 면도날같이 날카롭구나, 하하하."

호시우스가 너털웃음을 웃었다.

"그라쿠스! 난 네 마음을 잘 안다. 종교의 순수성을 정치에 이용하려는 황제와 내가 못마땅하겠지. 하지만 기독교는 제국의 곳곳에 포진되어 있고, 디오클레티아누스 황제의 엄청난 박해 속에서도 살아남았다."

"그래서 기독교와 손을 잡을 수밖에 없었다는 말씀이시군요."

"나는 말이다, 황제는 제국의 모든 것을 융합하고 조화시켜 백성들의 행복과 평화를 이끌어내야 하는 사람이라고 생각한다."

"숙부, 그렇다면 황제가 나서서 노골적으로 특정 종교를 지지하는 일은 자제해야 할 것입니다. 황제가 자신의 재산을 교회에 기증하는 것도 공인으로서 바람직한 일이 아닙니다. 그런데 콘스탄티누스는 성직자들에게 국가에 대한 공무까지 면제해 주었습니다. 그 후로 어떤 일들이 벌어지고 있는지 아십니까?"

"잘 알고 있다."

"신앙적인 동기가 아니라 단지 이익을 얻기 위해 성직으로 들어서는 사람들이 크게 늘고 있습니다."

그라쿠스의 항변은 모두 사실이었다. 호시우스는 곤혹스런 표정으로 조카의 말을 들을 수밖에 없었다.

"성직자의 세금이 전액 면제되고, 생활비도 교회가 대주면서, 사회의 중간층, 특히 지적 수준이 높은 사람들이 교회로 몰려드는 걸 기뻐해야 하는 걸까요? 하층민이 태반이었던 성직자 계급의 수준이 높아지고, 교회가 로마제국의 중심부로 부상하고 있으니, 곧 제국은 기독교 천하가 될 수 있겠군요."

그라쿠스는 노골적으로 숙부와 친구를 비웃어댔다.

"나도 그 문제로 고심하고 있다. 신앙심이 없는 사람이 성직자로 전업

하는 현상은 어떻게든 막아야지. 그래서 규제책을 곧 실시하려고 해. 앞으로는 주교든 사제든 결원이 생길 경우에만 충원을 허락하게 될 거다."

"숙부, 제가 장교가 되어 찾아뵈었을 때, 이런 말씀을 해주신 적이 있습니다. 내적 성찰이 없는 상태에서의 외적 팽창은 축복이 아니라 저주다!"

"기억하지, 기억하고말고. 그라쿠스! 내가 오늘 조카, 아니 옛 제자에게 혼이 나는 날이구먼, 허허허."

호시우스는 한편 곤혹스러우면서도 애제자였던 조카의 여전한 순수함을 즐겁게 받아들였다.

"이러니 황제가 너에게 반하지 않을 수 없었겠구나. 사랑스런 그라쿠스, 내 얘기 좀 차분히 들어다오! 지난 세기에 로마는 끝없는 쿠데타에 시달렸다. 너는, 황제 자리를 찬탈한 군인들이 반란을 일으킨 이유가 무엇이라고 생각하느냐?"

"야심 때문이 아닐까요? 정치적인 인간들에게서 늘 발견할 수 있는!"

"나는, 야심보다는 공포심 때문인 경우가 더 많다고 생각한다. 쿠데타를 일으켜 집권한 황제는 자신도 똑같은 일을 당할까 두려워 유능한 지휘관들을 의심하게 되고, 그 밑에 있는 지휘관들 역시 황제의 의심을 사게 될까 두려워하게 되지."

"악순환이군요."

"그렇다! 그래서 황제의 의심을 받거나, 부하들의 존경을 한몸에 받는 지휘관일수록 쿠데타에 휘말릴 수밖에 없게 되는 거야. 군인들에 의해 황제로 추대 받는 경우는 물론이고, 그런 움직임만 있어도 어차피 죽을 운명이 되는 거니까. 부하들의 간청에 의해서 어쩔 수 없이 황제의 자리에 오르게 된 사투르니누스 황제는 이런 말을 했지. '너희들은 유능한 지휘관을 잃었다. 그리고 매우 비참한 황제를 만들었다.'"

"제국의 안정을 위해 기독교와 손을 잡은 건 충분히 이해합니다."

"그렇지, 그래! 그라쿠스, 좀 더 얘기할 수 있게 해 다오. 쿠데타로 권력을 얻은 황제들은 자신을 제위에 오르게 해준 부하들에게 무언가 혜택을 주지 않을 수 없게 된다. 그래서 자신을 황제로 옹립한 군대에 거액의 하사금을 내리는 것이 관례가 되었지."

"그 돈은 가난한 시민들부터 거둔 것이겠지요."

"그렇다! 아무리 덕망이 높은 인격자라 하더라도, 또한 아무리 순수한 의도를 가진 황제라 하더라도, 결국 자신이 찬탈한 지위를 보전하기 위해서는 빈번하게 약탈과 잔혹 행위를 하지 않을 수 없게 되는 것이야."

"결국 황제와 신하, 지지자들에게 똑같이 파멸을 가져오게 되는 거지요. 그런 구조로부터 벗어나기 위해서, 왕권신수설이 절대로 필요하다는 말씀이 아닙니까?"

그라쿠스는 숙부와 콘스탄티누스가 그들과 다른 점이 무어냐고 묻고 싶은 걸 간신히 참았다.

"변명하지 않겠다. 쿠데타의 악순환을 막기 위해서는 아무도 넘볼 수 없는 절대 권력이 필요해. 사람이 아니라 하늘로부터, 신으로부터 공인을 받는 절대 권력 말이다. 물론 로마에도 신은 많다. 하지만, 로마의 신은 황제에게 절대 권력을 줄 수 있는 존재는 아니지. 그러니 결국 유일신 신앙의 도움을 받을 수밖에 없었다. 그러나 그 혜택은 황제 혼자 누리는 것이 아니라 만백성이 함께 누리게 될 거다."

그라쿠스는 더 이상 얘기해 봐야 소용이 없다고 생각했다. 빨리 얘기를 끝내고 그의 시골집으로 돌아가고 싶었다.

"잘 알겠습니다, 숙부! 심려를 끼쳐드려 죄송합니다."

"내 얘기에 동의한다는 의미가 아니라 마치 포기한다는 말처럼 들리는구나!"

"꼭 그런 것만은 아닙니다. 저 역시 기독교와 손을 잡지 않고는 로마제국이 더 이상 생존하기 어렵다는 생각을 갖고 있었습니다. 그 점에서는 숙부의 처방이 옳을 수도 있겠다는 생각이 듭니다, 로마를 위해서는!"

"백성들과 기독교를 위해서는 아니고?"

"어쩌면 콘스탄티누스가 기독교에 날개를 달아주고 있는지도 모르겠군요. 하지만, 그게 그리스도의 뜻일까요? 그게 진정 예수께서 원하시는 길일까요? 아니, 제국의 백성들을 위해, 인류를 위해, 진정 바람직한 길일까요? 물론 그건, 역사가 판단하겠지만, 어쩌면 우리가 다 함께 절망의 깊은 심연으로 빠져드는 게 아닌가 하는 생각을 떨치지 못하겠습니다."

그라쿠스는 더 이상 할 말이 없었다. 숙부이자 옛 스승이었던 호시우스의 손을 굳게 잡고 잔잔히 웃음을 머금던 그라쿠스가 호시우스에게 가볍게 목례를 하고는 뒤돌아 나왔다.

"그라쿠스!"

호시우스도 더 이상은 할 말이 없었다. 그저 조카, 아니 옛 제자의 이름을 안타깝게 부를 뿐이었다.

"코르도바로 돌아가겠다는 것이오?"

콘스탄티누스가 호시우스에게 물었다.

"허락해 주십시오, 폐하!"

"이유를 물어도 되겠소?"

"정치에서 이만 손을 떼고 싶습니다."

"그 이유, 정치에서 손을 떼고 싶은 이유가 뭐냐고 묻고 있는 것이오."

"이제는 제가 폐하를 도울 일이 남아있지 않기 때문입니다."

"그대는 여전히 핵심을 감추고 빙빙 돌리는 말버릇을 고치지 못하고 있군."

말로는 호시우스를 책망하는 듯 했지만, 콘스탄티누스는 서운한 마음을 감추지 못한 채 그의 오랜 벗이며 책사였던 호시우스를 애정 어린 눈으로 쳐다보았다. 호시우스의 눈가에 눈물이 고였다.

"제가 폐하께, 기독교와 손을 잡으시라고 말씀드렸을 때, 저에게는 한 가지 확신이 있었습니다."

다시 목이 메는 지 호시우스는 잠시 말을 중단했다. 콘스탄티누스는 말없이 충직한 신하를 내려다보았다.

"폐하께서 예수님이 신이든 인간이든 아무 상관이 없다고 하셨듯이, 저에게도 그 문제는 아무 상관이 없습니다. 저는 폐하와 함께 제국의 모든 백성이 한 근원, 한 궁극자를 함께 바라보고 한가족이 되는 꿈을 꾸었습니다. 민족의 경계, 문화의 경계를 뛰어넘어 예수께서 가르쳐주고 몸소 보여주신 참사랑을 실천하며 사는 세상이 실현될 수만 있다면, 저는 예수를 신으로 만들 가치가 있다고 생각했지요."

"우리는 지금 그 세상을 이루어가고 있소."

"폐하, 교회가 진정 예수의 정신으로 모든 인류를 형제자매로 받아들이고, 정의롭고 평화로운 세상을 만들기에는, 너무 조직화되었고 부와 권력까지 너무 많이 소유해가고 있다는 생각이 듭니다. 하지만 돌이키기에는 이미 늦은 것 같습니다."

"너무 걱정하지 마시오. 황제는 교회의 만용까지 허용하지는 않을 것이오."

"폐하께서는 능히 그렇게 하실 것을 믿어 의심치 않습니다. 하지만 그 다음이 문제가 될 지도 모르겠습니다. 종교란 것이, 한번 궤도에 오르면 그 생명력이 꽤나 기니까요."

"먼 훗날까지 걱정하기에는 우리 인생이 너무 짧소."

"예, 폐하. 이제 제가 할 수 있는 일은 다 한 것 같습니다. 여생을 편히 보낼 수 있도록 은퇴를 허락해 주십시오."

"내 사랑하는 친구 호시우스, 꼭 가야만 하겠소?"

"예, 폐하, 허락해 주십시오. 때가 되면 떠나는 것이 순리입니다."

"알겠소! 그대가 거처할 집을 포함하여 노후 연금은 황실에서 책임지겠소. 그대의 여생이 평안하기를 바라오."

"폐하, 이 은혜를 어찌 갚아야 할지…."

"팔레스티나로 여행을 떠나시다니요! 지금 어머니 연세에 무리입니다."

콘스탄티누스는 막무가내로 고집을 피우는 늙은 어머니를 더 이상은 말리기 어렵다는 사실을 알면서도 어머니 소매를 잡고 간청했다.

"내 아들, 내 사랑스런 콘스탄티누스!"

헬레나는 아들에게 중요한 말을 할 때면 언제나 그랬듯이, 그렇게 아들을 불렀다.

"죽기 전에 주님의 발자취를 꼭 한번 돌아볼 수 있게 해 다오!"

깊게 패인 이마의 주름이 어머니의 슬픈 삶을 말해주고 있었다. 어머니의 늙은 얼굴을 한동안 바라보던 콘스탄티누스가 웃음 띤 얼굴로 말했다.

"어머니 고집은 여전하시네요. 정 그러시면 다녀오세요. 경비는 필요한대로 지출하셔도 좋습니다. 대신 경호원을 딸려 보내는 것은 마다하지 마세요. 그것마저 거절하시면 어머니를 보내드릴 수 없습니다."

제국의 유일한 황제가 늙은 어머니를 꼭 안았다.

주님, 아들을 용서하소서! 너무 많은 피를 흘렸습니다! 헬레나는 눈물을 훔쳤다. 하늘을 쳐다보았다. 억수같이 쏟아지던 비가 그치고 선명한 일곱 빛깔 무지개가 하늘 저편에 걸려있었다. 헬레나는 주님의 음성을 듣고 있었다.

'딸아, 네 기도를 내가 들었다. 가난하고 소외된 이웃을 돌보아라.'

주님, 제가 주님의 말씀에 순종하겠나이다! 과부와 고아를 돌보라는 주님의 말씀을 힘닿는 데까지 따르겠나이다!

예수의 발자취가 배어 있는 팔레스티나로 순례를 떠난 헬레나는 예수께서 나셨다는 베들레헴과 예루살렘을 방문하여 교회를 세웠다. 감옥과 광산의 죄수들을 풀어주고, 유배된 사람들을 고향으로 돌려보내기도 했다. 병든 사람을 만나면 정성껏 치료해 주었다.
무사히 순례를 마치고 니코메디아의 황실로 돌아온 헬레나는 아들이 임석한 자리에서 평화롭게 죽음을 맞이했다.

서기 337년 봄, 군사 행동을 재개한 페르시아를 막기 위해 62세가 된 콘스탄티누스는 대군을 이끌고 소아시아로 원정을 떠났다. 그러나 황제는 니코메디아까지 왔을 때 갑자기 병석에 눕게 되었다.
"다시 일어날 수 없을 것 같구나."
콘스탄티누스가 클로디우스의 손을 살며시 잡으며 한 말이었다. 열일곱 살에 입대해 평생을 자신과 함께했던 가장 믿을 수 있는 친구이자 오른팔이었던 클로디우스. 날랜 몸에 상황 판단이 빠르고 눈빛만으로도 의사소통이 가능했으며 자신을 위해서라면 제 목숨을 아끼지 않았던 충직한 무관이었다.
내 사랑하는 아들 클로디우스! 일당백의 출중한 무예로 너는 나를 얼마나 많은 위험에서 구해주었던가! 죽음을 눈앞에 둔 황제의 속말을 알아듣기라도 하듯 마지막 가는 길까지 황제를 보필하고 있는 평생의 동반자 클로디우스가 눈물을 글썽이며 애원했다.
"폐하, 꼭 일어나셔야 합니다. 하셔야 할 일이 아직 많이 남아 있습니다. 제발 일어나십시오, 제발!"
클로디우스가 말을 마치지 못하고 흑 울음을 물었다. 그와 함께한 지난 세월이 주마등처럼 스쳐 지나갔다. 폐하를 살릴 수만 있다면 기꺼이 대신 죽어도 좋으련만!

"그래, 할 일이 남아 있지. 마지막으로 꼭 해야 할 일이 하나 남아 있어."

황제가 희미하게 웃었다.

"유세비우스 주교를 불러오너라. 이제 때가 온 것이야…."

"알겠습니다, 폐하! 그를 데려오는 동안 기력을 꼭 회복하셔야 합니다. 반드시, 반드시 다시 일어나셔야 합니다!"

눈물로 범벅이 된 클로디우스가 애원했다.

고맙구나, 클로디우스! 황제는 자신이 세상을 떠날 때가 가까이 다가온 것을 느끼며 깊은 잠에 빠져들었다. 눈을 떴을 때는 클로디우스로부터 소식을 듣고 달려온 니코메디아의 주교 유세비우스가 황제의 손을 잡고 있었다.

"유세비우스 주교, 오랜만이오. 죽기 전에, 세례를 받고 싶소."

"폐하께선 이미 밀비우스 다리 전투 전날 밤, 성령의 세례를 받으셨습니다. 물로 주는 세례는 형식적인 것일 뿐입니다."

"그게 무슨 말이요?"

떠지지 않는 눈을 겨우 치뜨며 콘스탄티누스가 물었다.

"폐하께서 그 날 밤에 꾸신 꿈 말입니다. 주님께서 나타나셔서 폐하께 친히 말씀하셨지요. 군대의 군장을 십자가로 장식하라! 이것으로 그대는 승리하리라! 폐하께서는 말씀대로 순종하셨고, 막센티우스의 대군을 무찌르셨습니다. 이미 폐하께서는 그때, 성령의 세례를 받으셨습니다. 그렇지 않습니까?"

그래, 백성들에게는 아름답고 신나는 신화가 필요한 법이지! 제국과 교회의 일치와 번영을 위해서는 필요한 일이야! 콘스탄티누스는 잔잔히 웃음을 머금었다.

"그래요, 그래. 그러나 교회의 질서도 필요하니 물세례도 받아야 하지 않겠소. 우리 주님께서 그러셨던 것처럼."

"예, 그러셔야지요. 우리 주님께서 그러셨던 것처럼."

콘스탄티누스 황제는 서기 337년 5월 22일에 향년 62세를 일기로 죽음을 맞이했다. 죽기 직전에 세례를 받은 황제의 주검은 그가 세운 도시 콘스탄티노폴리스에 있는 성12사도 교회에 안장되었다.

저자 후기

하나

기독교는 세계 3대 종교이지만, 독선적 교리와 타종교에 대한 배타적 태도 때문에 인류 역사에 수많은 갈등과 상처를 안겼습니다. 하지만 예수께서 전하신 복음의 원형은 매우 따뜻하고 포용적인 인류애에 기초해 있습니다. 저는 기독교가 언제, 왜, 어떤 과정을 거쳐서 오늘날과 같은 배타적인 종교가 되었는지를 혼신의 힘을 다해 세상에 증언하고 싶었고, 누구나 쉽게 이해할 수 있도록 효과적으로 전달하기 위해 '팩션[fact+fiction]'이라는 장르를 선택했습니다.

이 책은 기독교의 정통 교리가 예수님의 가르침과는 매우 다르며, 로마 황제의 정치적 의도에 의해 크게 왜곡되었다는 점을 세상에 널리 알리기 위해 쓰인 기독교 역사 소설로, 사실[fact]에 기초해서 이야기를 꾸미고[fiction] 해석[interpretation]한 실화 소설[faction]입니다.

소설에서 사실을 의도적으로 왜곡한 부분은 전혀 없습니다. 저는 소설을 준비하고 집필하는 전 과정에서 기독교의 감추어진 비밀을 파헤치고 진실을 규명하기 위해 노력했으며 이론적 기반을 충실히 다졌다고 자신하기에, 소설을 읽는 분이나 소설의 논지에 반대하는 분들이 의혹을 품고 역사 자료를 찾아 대조해 볼수록 소설이 제시하는 논지는 더욱 호소력을 갖게 되리라 생각합니다. 그럼에도 불구하고 실제 역사와 배치되는 오류unfact가 발견된다면, 그것은 저의 역사 자료 탐구가 미진했기에 발생한 것이므로 그에 대한 비난을 감수하겠습니다.

둘

이 소설을 쓰는 동안, 저는 이른바 '강의석 사건'이 발생했던 2004년까지 제가 근무했던 대광고등학교와 관련된 꿈을 자주 꾸었습니다. 학교에서 학생들과 어울리는 꿈, 선생님들과 함께 지냈던 다정다감한 추억들로 빠져드는 꿈, 그런 꿈들이 자주 제 잠자리를 방해했습니다.

잠자리에서의 꿈은 어느덧 저에게 현실의 꿈이 되었습니다. 저는 언젠가 대광고등학교로 돌아가고 싶습니다. 제 나이 만으로 쉰하나, 학교 교직원의 정년퇴임은 62세, 아직 11년이란 세월이 남았습니다.

앞으로 개신교는 급격히 허물을 벗게 될 가능성이 크다고 생각합니다. 대광고등학교에서, 강의석 사건은 객관적 범죄가 아니라 서로 다른 견해로 인해서 발생한 것이기에 학교로 돌아와도 좋다는 편지를 저에게 보내오는 꿈을 꾸고 있습니다.

만일 그렇게 된다면, 정년을 일 년 앞둔 시점이든, 한 달 앞둔 시점이든, 기꺼이 대광고로 돌아가 대광학원의 교목으로, 또는 종교 교사로 은퇴하고 싶습니다.

저는 또 하나의 꿈을 꾸고 있습니다. 23년 전인 1985년에, 저를 목사로 안수해 준 대한예수교장로회 통합 * 교단에서, 종교다원주의도 하나의 사상으로 존중하며 목사자격증을 반납한 것도 객관적 범죄가 아닌 종교사상 문제로 발생한 것이기에 반려하기로 했다는 편지를 저에게 보내오는 꿈을 꾸고 있습니다.

만일 그렇게 된다면, 정년을 일 년 앞둔 시점이든, 한 달 앞둔 시점이든, 기꺼이 교단으로 돌아가 예장통합 목사로 은퇴하고 싶습니다. 예장통합 교단에서 정한 목사의 정년은 만 70세, 19년이나 남았습니다.

이 글을 읽는 분들 중에는, 제가 계속 황당한 꿈을 꾸다가 정신이 좀 이상해졌다고 생각하는 분들도 있을 수 있겠습니다. 하지만 저는 결코 불가능한 꿈이 아니라고 생각하며 제 꿈의 실현을 위해 다각도로 노력

* 이하 예장통합

하겠습니다. 이 작품은 이러한 노력과 시도의 하나이기도 합니다.

이제는 모두 졸업했겠지만 제가 가르쳤던 대광고 학생들이 보고 싶습니다. 함께 어울려 한솥밥을 나누며 서로 격려하고 의지했던 동료 교사들도 보고 싶습니다. 젊은 시절, 세상을 아름답게 만들겠다며 꿈과 사명을 함께 다졌던 저의 사랑스런 동기 목사들과 동료 교목들도 보고 싶습니다.

한국 교회라는, 제가 살던 고향으로, 저의 집으로 돌아가고 싶습니다. 아니, 제 마음은 이미 고향으로, 집으로 돌아왔습니다.

셋

이 소설을 쓰는데 많은 참조가 된 〈로마인 이야기〉의 저자 시오노 나나미 여사에게 간접적으로나마 감사의 인사를 드리고 싶습니다. 〈로마인 이야기〉는 이 소설을 쓰는데 많은 영감과 실제적인 자료를 제공해 주었습니다.

리차드 루벤슈타인의 〈예수는 어떻게 하나님이 되셨는가〉와 에드워드 기번의 〈로마제국 쇠망사〉, 제임스 칼라스의 〈요한계시록〉도 매우 많은 도움을 주었습니다. 지면으로 세 분에게 감사의 인사를 드립니다.

그 외에 J. B. 노스의 〈세계종교사〉와 윌리스턴 워커의 〈기독교회사〉

도 적지 않은 도움이 되었고, 제가 갖고 있는 각종 신학 자료와 종교 분야 자료가 폭넓은 도움을 주었습니다.

소설의 감각을 습득하기 위해 여러 차례 반복해서 읽은 조정래 선생님의 대하소설 〈태백산맥〉 〈아리랑〉 〈한강〉 시리즈와 황석영 선생님의 〈바리데기〉, 김훈 선생님의 〈남한산성〉, 덴 브라운의 〈다빈치 코드〉 등을 통해 좋은 영감을 받았습니다. 이분들께도 감사드립니다.

소설을 처음 써보는 사람의 글을 기꺼이 출판해 준 인물과사상사 관계자 분들에게 감사드립니다. 특히 실제적인 조언과 도움을 많이 주신 홍석봉 편집장님에게 감사드립니다. 콘스탄티누스 이후에 기독교 역사가 어떻게 흘러갔는지 간단히 소개하는 게 좋지 않겠느냐는 편집장님의 의견에 대해서는, 여건이 허락한다면 기독교 역사 소설을 이어서 쓰겠다는 약속으로 대신하겠습니다. 콘스탄티누스 이전과 이후를 이어주는 기독교역사 전체를 실화소설로 엮어내는 작업은 기독교와 관련된 진실을 밝혀내고 인류 역사에 깊게 패인 한과 매듭을 푸는 숭고한 작업이 될 수 있다고 생각하기 때문입니다.

넷

만일 이 소설이 괜찮은 반응을 얻게 된다면, 그 공은 제 아내 정순훈과 친구 서인명이 받아야 합니다. 두 분은 제가 힘들어할 때마다 격려와 위로를 주었습니다.

특히 아내 정순훈은 제가 학교내 종교자유 문제로 대광고를 떠난 2004년 이후 말할 수 없는 어려움을 견뎌내며 저의 든든한 버팀목이 되어 주었습니다. 아내가 저에게 베풀어준 그 사랑과, 시련 속에서도 흔들리지 않고 지켜준 믿음은 그 무엇으로도 갚을 길이 없습니다.

이 책의 가치를 인정해 주시고 세상에 펴낼 수 있도록 마음으로 응원할 뿐 아니라 실제적인 도움을 베풀어주신 전 적십자사 총재 한완상 선생님과 역사학자이신 전 서울대 대학원장 김용덕 선생님께 감사드립니다.

언제나 위로와 격려로 용기를 주시고 글을 쓸 수 있도록 배려해주신 〈작은 안나의 집〉 방상복 대건 안드레아 신부님과 김영주 안나 원장님께 마음 깊이 감사드립니다.

2008년 8월 5일, 경기도 광주의 노인요양원 〈작은 안나의 집〉 에서

류상태 두손 모음

● 3~4세기 로마제국의 연대별 주요 사건

250. 데키우스 황제, 로마제국의 전 시민에게 비그리스도교도임을 증명하는 서류 휴대를 의무화함.
251. 로마제국 전역에 전염병 유행. 데키우스 황제의 둘째 아들 오스틸리아누스, 전염병에 감염되어 병사.
253. 발레리아누스 황제, 비그리스도교도 증명서 발행을 재개함.
257. 발레리아누스 황제, 잠정 조치법을 공포하여 그리스도교도의 제의와 집회를 금지함.
258. 발레리아누스 황제, 그리스도교를 탄압하는 두 번째 잠정 조치법을 공포하고, 위반자의 재산을 몰수하기로 결정함.
259. 페르시아의 샤푸르 1세, 로마제국 침공. 안티오키아, 페르시아군에 점령됨.
발레리아누스 황제, 페르시아를 저지하기 위해 동방으로 출정.
260. 발레리아누스 황제, 페르시아 왕 샤푸르 1세에게 생포됨.
261. 전염병과 지진이 로마제국을 덮침.
275. 콘스탄티누스, 나이수스(오늘날 세르비아의 니시)에서 출생.
283. 페르시아 전쟁 재개됨.
카루스 황제, 페르시아와 전쟁 중 벼락에 맞아 죽음.
284. 디오클레티아누스, 황제 등극.
디오클레티아누스, 막시미아누스를 카이사르로 지명. 양두 정치 개시.
293. 제1차 사두 정치 개시.
동방: 황제 디오클레티아누스. 부황제 갈레리우스.
서방: 황제 막시미아누스. 부황제 콘스탄티우스 클로루스.
296. 페르시아, 북부 메소포타미아 침공. 갈레리우스 참패.
297. 갈레리우스, 페르시아에 대승. 페르시아와 강화를 맺고 메소포타미아 지배.
303. 디오클레티아누스, 그리스도교 괴멸을 목적으로 체계적인 대탄압 시작.
305. 디오클레티아누스, 막시미아누스와 함께 퇴위.
제2차 사두 정치 개시.
동방: 황제 갈레리우스. 부황제 막시미누스 다이아.
서방: 황제 콘스탄티우스 클로루스. 부황제 세베루스.
306. 콘스탄티우스 클로루스 병사.
콘스탄티우스 휘하 군대, 콘스탄티누스를 황제로 옹립.
갈레리우스, 서방 황제로 세베루스를 임명하고 부황제에 콘스탄티누스를 앉히는 것으로 사태 수습.
막센티우스, 수도 로마에서 황제 즉위를 선언.
307. 세베루스, 막센티우스를 징벌하기 위해 로마로 진격. 막시미아누스의 군대에 붙잡혀 자결.
308. 갈레리우스, 카르눈툼으로 디오클레티아누스와 막시미아누스를 초대하여 회담을 열고 서방 황제에 리키니우스를 앉히기로 합의.
제3차 사두 정치 개시.
동방: 황제 갈레리우스. 부황제 막시미누스 다이아.
서방: 황제 리키니우스. 부황제 콘스탄티누스.
콘스탄티누스, 막시미아누스의 딸 파우스타와 정략 결혼.

309. 디오클레티아누스의 그리스도교도 탄압 칙령이 철회됨.
게르만족, 대거 라인 방어선을 넘어 침입.
막시미아누스, 라인강 전선으로 떠난 콘스탄티누스 타도를 목적으로 쿠데타를 일으킴.
310. 콘스탄티누스, 야만족과 강화를 맺고 막시미아누스에게 반격. 막시미아누스 자결.
311. 갈레리우스, 칙령을 공포하여 제국 동방에 그리스도교 신앙의 자유를 인정함.
갈레리우스 사망. 리키니우스, 동방 황제 계승. 서방 황제는 공석으로 남겨둠.
312. 콘스탄티누스, 막센티우스와 결전을 벌이기 위해 군대를 이끌고 알프스를 넘어 이탈리아로 진격.
콘스탄티누스, 로마 근교의 밀비우스 다리 전투에서 대승을 거두고 막센티우스를 처형.
원로원, 수도 로마에 입성한 콘스탄티누스를 황제로 승격시키기로 결의.
313. 막시미누스 다이아, 리키니우스 관할인 소아시아로 진격.
리키니우스, 막시미누스 다이아 군대 격파.
밀라노 칙령이 공포되어 그리스도교가 공인됨.
디오클레티아누스 사망.
315. 콘스탄티누스, 리키니우스와의 두 번에 걸친 전투에서 승리.
콘스탄티누스, 리키니우스와 강화를 맺음. 리키니우스의 세력 범위를 소아시아 동쪽으로 제한함.
316. 콘스탄티누스, 북방 야만족을 격퇴하기 시작함.
317. 콘스탄티누스, 라인 방위선을 아들 크리스푸스에게 맡김.
324. 콘스탄티누스, 소아시아의 에디르네에서 리키니우스와 다시 싸워 승리.
콘스탄티누스, 비잔티움에서 리키니우스와 싸워 또 승리. 리키니우스는 항복하고 황제 자리에서 물러나 테살로니키로 은퇴. 콘스탄티누스, 단독 황제가 됨.
콘스탄티누스, 제국의 수도를 비잔티움으로 옮기고 새 수도 건설에 착수함.
325. 리키니우스, 야만족과 공모하여 반란을 기도한 혐의로 처형됨.
콘스탄티누스, 소아시아의 니케아에 기독교 주교들을 소집하여 공의회를 개최함. 삼위일체설을 정통으로 삼고 아리우스파를 이단으로 단죄하는 니케아 신조가 채택됨.
326. 크리스푸스, 계모 파우스타와 밀통한 죄로 체포되어 이스트라 반도의 풀라 감옥에서 고문을 받고 처형됨.
황후 파우스타, 목욕 중 갑자기 사망.
337. 콘스탄티누스, 페르시아의 군사 행동에 대응하여 동방으로 진격함. 5월 22일, 니코메디아에서 병사함.